Das Buch

Teddi wächst auf einer Farm mitten in der überwältigenden Natur Kentuckys auf. Sie liebt es, mit ihren Händen zu arbeiten und aus Dingen, die andere wegwerfen, Schmuckstücke zu zaubern. Als ein alteingesessener Antiquitätenhändler aus Charleston ihr anbietet, bei ihm zu arbeiten, ergreift die junge Frau ihre Chance und verwirklicht ihren Lebenstraum. Mit harter Arbeit, viel Herz und Charme macht sie Mr. Palmers Laden zum schönsten in ganz Charleston. Ihr Glück scheint perfekt, als eine geheimnisvolle Nachricht zum Verbleib ihres verschollenen Bruders alles auf den Kopf stellt.

Die Autorin

Beth Hoffman wuchs auf der Farm ihrer Großeltern in Ohio auf. Sie interessierte sich von klein auf fürs Malen und Schreiben, wurde Innenarchitektin und gründete ihre eigene Firma. Nach einer schweren Erkrankung beschloss sie, ihren lang gehegten Traum wahr zu machen und Romane zu schreiben. Ihr Debüt »Die Frauen von Savannah« war weltweit ein Erfolg. Beth Hoffman lebt mit ihrem Mann und drei klugen Katzen in Kentucky.

Die Übersetzerin

Jenny Merling, geboren 1983, studierte Literaturübersetzen in Düsseldorf und übersetzt seit 2011 Romane und Kurzgeschichten aus dem Englischen ins Deutsche.

KiWi

1484

Beth Hoffman

Ein Laden, der Glück verkauft

Roman

Aus

Kiepenheuer & Witsch

MIX
Papier aus verantwortungsvollen Quellen
FSC www.fsc.org
FSC® C083411

Verlag Kiepenheuer & Witsch, FSC®-N001512

1. Auflage 2016

Titel der Originalausgabe: *Looking for me*
Aus dem Amerikanischen von Jenny Merling

Umschlaggestaltung: Barbara Thoben, Köln
Umschlagmotiv: © plainpicture / momento
Gesetzt aus der Adobe Caslon
Satz: GGP Media GmbH, Pößneck
Druck und Bindung: CPI books GmbH, Leck
ISBN 978-3-462-04910-7

Dieses Buch ist folgenden Menschen gewidmet:

meinem Mann Mark, einem Gentleman mit sehr viel Geduld und Humor. – Für deine Liebe und deine Unterstützung bin ich dir unendlich dankbar.

Meiner cleveren Agentin Catherine Drayton dafür, dass sie mir neue Wege aufgetan hat. – Deine Freundschaft und dein Rat sind ein Segen.

Meinen Brüdern Mark und Lee für die gemeinsamen Abenteuer in schattigen Wäldern und die Geheimnisse, die wir uns in Opas Scheune erzählt haben. – Ich wünschte, wir könnten noch mal von vorne anfangen – und es besser machen.

Und

im Gedenken an Eddie, den besten vierbeinigen Freund, den ich je hatte. – Wir sehen uns im nächsten Leben.

Eins

Manche Menschen laufen dem Leben voller Vorfreude und mit ausgebreiteten Armen entgegen. Andere öffnen lieber erst einmal die Tür einen kleinen Spalt und spähen vorsichtig nach draußen. Dann sind da noch die, die sich vom Leben verabschieden, lange bevor ihr Herz aufhört zu schlagen – sie sind kaputt, verbraucht, am Ende. Trotzdem stehen sie jeden Morgen auf und schlurfen auf müden Beinen durch den neuen Tag. Vielleicht hoffen sie noch auf eine Veränderung, ein Wunder sogar, aber ihre Rücken sind gebeugt vom Traum, einfach wegzulaufen, und von den verschenkten Jahren. Dieses Leben ist ihnen so bequem geworden wie ein alter Wintermantel.

Sie haben sich eben daran gewöhnt.

Das ging mir durch den Kopf, als Mama die Tür mit dem Fliegengitter öffnete und auf die Veranda hinaustrat.

Ich saß auf der Treppe und legte Kissenbezüge zusammen, die ich gerade von der Leine genommen hatte. Sie waren frisch wie ein neuer Morgen und noch warm von der Sonne. Ich legte sie einen nach dem anderen in den Wäschekorb und beobachtete Mama aus dem Augenwinkel dabei, wie sie sich mit hängenden Schultern und in Pantoffeln zu ihrem Lieblingsschaukelstuhl schleppte.

Mit ihren neunundsechzig Jahren war Mama meiner Meinung nach zu jung, um so zu laufen. Ich hätte ihr am liebsten gesagt, sie solle doch mal das Kinn heben, damit man ihre Augen sehen konnte – Augen wie irische Wiesen und immer noch so atemberaubend schön, dass ich mich in ihnen verlieren konnte. Ich hätte ihr gern gesagt, wenn sie dem Tag mit erhobenem Haupt gegenübertreten würde, könnte sie die Schönheit um sich herum sehen und würde sich vielleicht etwas wohler in der Welt fühlen, mit ihrem Platz darin etwas zufriedener sein.

Ich hatte jedoch nicht das Recht, so etwas zu sagen. Ich hatte ihr Leben nicht gelebt, hatte ihre Last nicht getragen, also hatte ich auch nicht über sie zu urteilen.

Mamas blaues Hauskleid, das von der Sonne ganz ausgeblichen war und eigentlich schon längst in die Mülltonne gehörte, bauschte sich in der leichten Brise und schmiegte sich dann wieder eng an ihre schmale Gestalt. Sie ließ sich in den Schaukelstuhl sinken, beugte sich mit einem Seufzen vor und nahm ihre Strickarbeit aus dem Korb. Einen Moment später war auch schon das Klicken der Nadeln zu hören, Nadeln, die nur wenig dünner waren als ihre Arme.

Als ich klein war, drehten sich die Männer nach Mama um. Sie war schlank, hatte lange Beine und volles rotes Haar, das in der Sonne glänzte. Ich sah sie nie auf das Pfeifen und die Blicke ihrer Verehrer reagieren, aber heimlich gefiel ihr die Aufmerksamkeit bestimmt ganz gut. Da ich nie so angehimmelt worden war, hatte ich keine Ahnung, wie sich das anfühlte. Ich kannte deshalb aber auch nicht die Trauer, die einen überfiel, wenn diese Aufmerksamkeit dann irgendwann ausblieb.

Ich legte die Wäsche beiseite und nahm einen tiefen Atemzug. Die verschiedenen Düfte des Gartens lagen in der Luft: Basilikum, Tomaten, Lauch. Seitdem ich 1972, direkt nach der Highschool, zu Hause ausgezogen war, lockten mich die Düfte der Erntesaison jedes Jahr magisch zu unserer Farm zurück. Genauso wie die Myrte, die hochaufgeschossen am Zaun entlang wuchs und ihre Blüten in den Augusthimmel reckte.

Eddie lag ausgestreckt neben mir und ließ sich die Sonne auf den Pelz scheinen. Ich kraulte ihm den Bauch. »Na, ist Kentucky nicht schön?«

Er gähnte und wedelte mit dem Schwanz über den Holzboden.

Mama wand sich ein Stück Garn um den Finger. »Eddie erinnert mich immer an den Hund aus dem Comic, diesen schwarz-weißen. Na, wie heißt der noch gleich, Teddi?«

»Snoopy?«

»Ja, genau. Er sieht aus wie Snoopy.«

»Stimmt. Und wenn er morgens aufwacht und ihm wieder mal klar wird, dass er ein liebevolles Zuhause gefunden hat und nicht alles nur ein Traum war, dann lächelt er. Ehrlich.«

»Wo hast du ihn noch mal her?«

»Ich hab ihn die Straße langhumpeln sehen. Im März, bei diesem schlimmen Unwetter. Hatte ich dir geschrieben, weißt du nicht mehr?«

»Vielleicht hatte er sich nur verlaufen. Hast du mal versucht, den Besitzer ausfindig zu machen?«

Ich zog ein Geschirrtuch aus dem Wäschekorb und strich es auf meinen Knien glatt. »Nein, er hatte sich bestimmt nicht verlaufen. Er war abgehauen. Aus einem schlechten Zuhause.«

»Woher weißt du das so genau?«

»Hat er mir erzählt.«

»Der Hund hat dir das erzählt?«

Mama schüttelte den Kopf und wir schwiegen wieder. Ich weiß nicht genau, warum, aber dieser Besuch fühlte sich anders an als die anderen. Ich hatte das Gefühl, oder vielleicht hoffte ich es auch nur, dass wir beide in unserer jeweils eigenen, ungeschickten Art versuchten, aufeinander zuzugehen. Es war eine wackelige Brücke, die wir uns da bauten, aber eben immerhin eine Brücke.

Ich legte eine Schürze zusammen und sah dabei zur Scheune hinüber. Über dem Silo kreiste ein Rotschwanzbussard. Er drehte dort oben am Himmel mit ausgestreckten Flügeln seine Kreise, ab und zu blitzte sein heller Bauch auf.

Immer, wenn ich einen Bussard sah, musste ich an meinen Bruder Josh denken.

In unserer Kindheit waren Raubvögel keine Seltenheit gewesen, Habichte, Wanderfalken, sogar der ein oder andere Adler. Oft saßen Josh und ich frühmorgens auf der Veranda und sahen ihnen dabei zu, wie sie aus ihren Nestern im Wald hinter der Scheune angesaust kamen. Die Vögel kreisten den ganzen Tag tief über den Feldern und machten Jagd auf nichts ahnende Kaninchen und Eichhörnchen. Manchmal nutzten sie die Luftströmungen und glitten einfach dahin. Nach dem Abendbrot, wenn die Sonne tief hing und lange Schatten auf den Wiesen lagen, verschwanden die Raubvögel wieder in ihre geheimen Nester, versteckt zwischen den säulenartigen Stämmen der riesigen Bäume. Die Greifvögel waren alle wunderschön, aber der Rotschwanzbussard hatte es meinem Bruder besonders angetan.

Manchmal rannte Josh ihm über das Kornfeld hinterher und achtete dabei kaum darauf, wohin er trat, stolperte dann über eine Ackerfurche und fiel genau aufs Gesicht. Und einmal lief er neben der Scheune entlang, ohne den Rotschwanz aus den Augen zu lassen, rannte direkt in einen Zaun und holte sich eine blutige Nase.

An einem Sommerabend, Josh kann nicht älter als sechs Jahre gewesen sein, kam er mit aufgerollten Hosenbeinen, die nackten Füße dreckverkrustet, über den Rasen zu mir gelaufen. »Schau mal«, rief er aufgeregt und zeigte auf die Scheune. »Da oben ist der große, von dem ich dir gestern erzählt habe. Ich erkenne ihn ganz genau!«

Ich stand von der Schaukel auf und setzte mich neben ihn auf die Treppe. Und tatsächlich, auf dem Rand des Silos saß ein Rotschwanzbussard.

Mein Bruder sah zu mir hoch. »Was macht der da oben?«

Ich legte den Arm um ihn. »Ich hab mal eine Geschichte über den Ururgroßvater von diesem Bussard gehört. Der hat einen Indianer beschützt, der in einer Höhle hoch über der Red-River-Schlucht gewohnt hat. Der Bussard hat schon über ihn gewacht, als der Indianer noch ganz klein war, sie waren nämlich allerbeste Freunde. Und als der Indianer dann irgendwann alt war und gestorben ist, weißt du, was da passiert ist?«

»Was denn?«

»Da kam der Bussard mit weit gespreizten Krallen heruntergesaust und hat dem Indianer die Seele aus dem Körper gerissen. Und dann ist er mit der Seele hoch zu den Wolken geflogen, am Mond und an den Sternen vorbei direkt in den Himmel. Die beiden sind bis heute zusammen da oben.«

Mein kleiner Bruder sog überrascht die Luft ein. »Wirklich?«

Ich nickte. »Und der Bussard da oben auf dem Silo wurde in Clifty Wilderness geboren und von allen Rotschwänzen in ganz Kentucky ausgewählt, um hierherzufliegen und über dich zu wachen.« Ich sah meinen Bruder ernst an. »Ich verrate dir jetzt mal ein Geheimnis. Er heißt Menewa. Weißt du, was das bedeutet?«

Josh schüttelte den Kopf.

Ich beugte mich zu ihm und flüsterte: »Großer Krieger.«

Bis heute sehe ich meinen kleinen Bruder deutlich vor mir, wie er sich umdrehte und dem Vogel mit offenem Mund nachsah – als hätte er eben eines dieser Kindheitsgeschenke bekommen, an die man sein Leben lang gern und wehmütig zurückdenkt, die einen von dem Moment an verändern.

Vielleicht war ja genau das passiert.

Ich saß still da und sah dem Vogel hinterher, wie er in der Ferne verschwand, wie seine rostroten Schwanzfedern in den blauen Himmel eintauchten. Ich stellte mir vor, Josh hätte ihn mir gesandt, und konnte im Windhauch, der durch den Garten strich, fast die Stimme meines Bruders hören: *Mach dir keine Sorgen.*

Die erste Feder tauchte am fünften Februar 1967 auf, am Morgen meines dreizehnten Geburtstags. Als ich erwachte, wehte ein kühler Wind ums Haus, rüttelte an den Fensterläden und plusterte die Vorhänge davor auf. Ich wollte einen Blick auf die Uhr werfen, da entdeckte ich eine Feder auf meinem Nachttisch, die auf einem zusammengefalteten Stück Papier lag. Es war so kalt, dass mich ein Schauer überlief, als ich den Arm unter den vielen Deckenschichten hervorstreckte. Sie war etwa zwanzig Zentimeter lang, von einem sanften Rostrot mit braunschwarzen Streifen. Ich lächelte und strich mir damit über die Wange. Dann griff ich nach dem Stück Papier. Mit grünem Buntstift hatte mein Bruder die Worte »Herzlichen Glückwunsch zum Geburtstag, Lieblingsschwester« und darunter noch »Menewa« geschrieben.

Manchmal war Josh stundenlang verschwunden, suchte den Waldboden nach Federn, Fossilien und Pfeilspitzen ab, je seltener, desto kostbarer. Dass mein Bruder mir überhaupt eine Feder aus seiner Sammlung geschenkt hatte, war schon ein Ding. Aber dass er sich von einer seiner heiß geliebten Rotschwanzbussardfedern getrennt hatte, das war wirklich etwas sehr Besonderes.

Ich habe die Feder und den Zettel noch immer. Sie liegen beide in einem Schuhkarton, aber ich bringe es einfach nicht über mich, sie mir anzusehen. Ich habe Angst, daran zu zerbrechen.

Mamas Stimme riss mich aus meinen Gedanken. »Was ist denn da draußen bloß so spannend? Du siehst ja aus, als wärst du in Trance.«

Ich hätte ihr gern den Bussard gezeigt und erzählt, dass ich gerade an Josh denken musste. Ich hätte ihr gern in die Augen gesehen und gesagt: *Wir müssen über ihn reden, Mama. Wir müssen uns an ihn erinnern und seinen Namen aussprechen.*

Aber ich wusste, dass sie das nicht hören wollte, also legte ich das nächste Geschirrtuch zusammen und antwortete stattdessen: »Ich genieße einfach den schönen Tag. Da fällt mir ein, ich wollte dir ja noch von meinem neuesten Fund erzählen. Ich hab nämlich letzte Woche auf einem Flohmarkt in Orangeburg einen wunderschönen alten Kupferblitzableiter mit zwei dunkelblauen Kobaltglaskugeln gefunden, und die Kugeln haben keinen einzigen Kratzer! Den poliere ich schön und leg ihn dann bei mir im Laden ins Schaufenster.

Antike Blitzableiter sind gerade in, die Leute stellen sich so was gern in den Garten.«

Mama runzelte die Stirn. »Ein Blitzableiter? Also manchmal mache ich mir wirklich Sorgen um dich. Da bist du sechsunddreißig und sammelst immer noch Müll. Wieso suchst du dir nicht endlich einen Job mit Zukunft, wo du krankenversichert bist und irgendwann auch Rente bekommst? Kennst du noch Adele Stafford? Die war auf deiner Schule. Die arbeitet jedenfalls als Sekretärin bei einem großen Bestattungsunternehmen in Louisville.«

Ich verdrehte die Augen. »Wundert mich nicht, dass Adele für einen Bestatter arbeitet, so eisig, wie die immer zu anderen war. Mit Toten zu hantieren ist genau das Richtige für sie. Ich sehe sie noch vor mir, wie sie in der Schulkantine sitzt. Sie hatte so strähnige, schwarze Haare, die ihr immer im Gesicht hingen.«

»Ich hab jedenfalls gehört, sie verdient da ziemlich gut.«

»Klar. Und zu Weihnachten bekommt sie wahrscheinlich keinen Truthahn von ihrem Chef geschenkt, sondern Einbalsamierungsflüssigkeit.«

Mama versuchte, ein Lachen zu unterdrücken. »Sie hat sich ein richtig hübsches Haus gekauft.«

Ich schüttelte ein Geschirrtuch aus, dass es knallte. »Dafür wohne ich in einem alten Kutschenhaus mit original Kiefernböden und einem Garten.«

»Adele Stafford gehört ihr Haus aber. Du zahlst Miete.«

Da war er wieder, Mamas finaler Stoß, mit äußerster Präzision mitten ins Herz. Ich war den weiten Weg von Charleston, South Carolina, hergefahren, um ein nettes Wochenende mit meiner Mutter zu verbringen, und was taten wir? Nichts als sticheln.

So viel zu der Brücke, die wir zu bauen versuchten.

Ich hatte lange gehofft, dass meine Mutter mich irgendwann sehen würde. Dass sie eines Tages die Augen öffnen und – wie wenn plötzlich strahlender Sonnenschein in ein abgedunkeltes Zimmer fällt – endlich sehen würde, was ich war, nicht nur immer den Schatten dessen, was ich nicht war. Aber wahrscheinlich wünschte sie sich genau dasselbe von mir. Und hier waren wir also wieder, Mutter und Tochter, wie sie an den entgegengesetzten Enden der Veranda saßen und an ihren entgegengesetzten Wahrheiten festhielten. Wahrheiten, die nicht nebeneinander existieren konnten, die einander verdrängten, bis schließlich nur noch ein tiefes Loch übrig blieb, das bis oben hin mit den Jahren der Enttäuschung angefüllt war.

Ich schüttelte den Stachel ab und versuchte zum Ich-weiß-nicht-wievielten-Mal, mich meiner Mutter gegenüber zu erklären: »Ich sammele keinen Müll. Ich bin Antiquitätenhändlerin und bereite alte Möbel auf. Ich sehe in den Dingen einfach etwas anderes als du, das ist alles. Wenn wir zusammen zu einer Haushaltsauflösung oder zu einer Auktion gehen würden, würdest du wahrscheinlich nur einen Haufen Müll sehen. Für mich stünden da aber unendlich viele Möglichkeiten. Und Geschichten. Es ist einfach toll, wie viel alte Möbel zu erzählen haben. Je älter sie sind, umso mehr haben sie zu erzählen.«

»Jetzt reden also nicht nur Hunde mit dir, sondern auch noch die Möbel, ja? Und was kommt als Nächstes? Spricht dein Auto? Oder wie sieht's mit dem Geschirrtuch da aus, hat uns das vielleicht auch was zu sagen?«

Ihr Sarkasmus brachte mich zum Lachen. »Jetzt sei doch mal ernst. Ich will dir hier von meiner Arbeit erzählen. Vor ein paar Monaten habe ich zum Beispiel auf der Straße eine alte Kommode gefunden. Die hatte jemand einfach abgestellt. War ein ziemlich seltenes Stück mit geschwungener Front und Ananasfüßen. Ich hab sie in antikem Blattsilber gestrichen und die langweiligen Griffe durch welche aus Kristallglas ersetzt. Zum Schluss habe ich für die Ablage eine Platte aus schwarzem Speckstein anfertigen lassen. Die Schubladen hab ich mit dunkelrosa Seidenmoiré ausgekleidet. Du hättest die Kommode mal sehen sollen, die sah hinterher aus wie aus einem Dekomagazin! Und außerdem hab ich das gute Stück innerhalb von nur einer Woche an eine Dame aus Louisiana verkauft. Die hat ohne mit der Wimper zu zucken tausendsechshundertfünfzig Dollar dafür bezahlt – plus Versandkosten.«

»Also bitte, Theodora Grace Overman. Ich bin doch nicht von gestern! Du erzählst mir hier Quatsch, oder?«

»Nein, das stimmt. Ehrlich.«

»Na ja, manche Leute haben eben mehr Geld als Verstand.«

»Manche Menschen wissen Kunst einfach zu schätzen.«

Lange Zeit sagte keine von uns beiden etwas, störrische Esel, die wir nun mal waren. Aber der Tag war einfach viel zu schön, um lange böse zu sein, also riss ich mich zusammen und wechselte das Thema: »Darf ich mir was wünschen?«

Es vergingen etwa zehn Sekunden, bevor sie antwortete. »Was denn?«

»Dass du mich mal besuchen kommst. Charleston würde dir bestimmt gefallen. Schon allein die Architektur ist so schön, da geht einem das Herz auf. Und du könntest Grammy Belle besuchen. Die hast du doch schon lange nicht mehr gesehen.«

»Ich verreise nicht gern, das weißt du.« Sie begann eine neue Reihe ihrer Strickarbeit. »Und außerdem verstehe ich immer noch nicht, wieso deine Großmutter unbedingt mit dir wegziehen musste. Sie hatte hier ja wohl ein schönes Zuhause. Aber bring sie doch einfach das nächste Mal mit, wenn du herkommst.«

»Ich würde sie gern mitnehmen, aber du hast im Erdgeschoss kein Badezimmer. Und mit ihrem Rollstuhl ...«

»Wenn sie nicht diese fixe Idee gehabt hätte, dort runterziehen zu müssen, wäre sie nicht gestürzt, hätte sich nicht die Hüfte gebrochen und müsste auch nicht im Rollstuhl sitzen.« Mama schnaufte ärgerlich und klapperte immer wilder mit ihren Stricknadeln. »Und was hat ihr das alles gebracht? Jetzt sitzt sie im Altenheim.«

»Es war ein Unfall. Sie ist gestolpert und hat das Gleichgewicht verloren. Das hätte ihr hier genauso passieren können. Und bitte komm mich mal besuchen. Ich würde mich so freuen.«

Ich wartete auf eine Antwort von ihr, aber das Klappern der Nadeln blieb ihr einziger Kommentar. Schließlich nahm ich den Wäschekorb und ging ins Haus. Die Tür ließ ich hinter mir zuknallen.

Nachdem ich die Geschirrtücher in den Schrank geräumt hatte, rief ich nach draußen: »Ich wette übrigens, Adele Staffords Haus ist genauso langweilig und kalt wie sie selbst. Die schläft bestimmt in einem Scheißsarg.«

Durch das offene Fenster drang leise das Lachen meiner Mutter herein.

Mama dachte bei dem Wort »Kutschenhaus« bestimmt an so etwas wie eine Scheune. In ihrer Vorstellung schlief ich in einem alten Kinderbett neben einem Rasenmäher, und bis sie sich mit eigenen Augen vom Gegenteil hatte überzeugen können, würde sie auch an dieser Vorstellung festhalten.

Ich wohnte seit etwa fünf Jahren zur Miete in einem Kutschenhaus aus dem neunzehnten Jahrhundert. Es war aus Backstein gebaut, stand hinter einem alten Herrenhaus auf der Rutledge Avenue und war ebenso wunderschön wie ruhig gelegen. Über eine steile Treppe kam man in den Wohnbereich im zweiten Stock, wo alle Räume drei Meter hohe Decken hatten und mit Stuck verziert waren. Es gab sogar einen kleinen Wintergarten, der von der Küche zum Garten hinausging. Mit jedem Lufthauch wehte der Duft von Jasmin durch die offenen Fenster herein.

Ich ging den Flur hinunter zum Zimmer meiner Mutter. Alles war wie eh und je – alles blinkte und blitzte oder war frisch gebügelt. Von dem Set aus Haarbürste und Kamm abgesehen, die ordentlich nebeneinander auf der Kommode lagen, gab es keinen persönlichen Touch in diesem Zimmer.

Früher hatte auf Daddys Nachttisch immer die *Bronze Star Medal* gelegen, mit der er im Zweiten Weltkrieg ausgezeichnet worden war. Als Kind schlich ich mich manchmal ins Schlafzimmer meiner Eltern und holte den Orden aus seinem Samtkästchen. Ich liebte das Gefühl des Ripsbandes und wie der fünfzackige Stern kühl und schwer in meiner Hand lag. Aber nach dem verhängnisvollen Herbstabend 1977 legte Daddy den Orden in seine Kommode und ich sah ihn nie wieder.

Ich legte einen Stapel Laken und Kissenbezüge auf Mamas Bett und ging mit dem leeren Wäschekorb wieder nach unten. Aus dem Küchenfenster sah ich einen alten, grünweißen Rambler in den Garten schlingern und unter der Eiche zum Stehen kommen.

Stella Rose war da.

Sie und Mama waren seit der ersten Klasse beste Freundinnen. Während Mama mit der Zeit dünn und zerbrechlich geworden war, war Stella Rose weich und rund geworden. Wenn sie lächelte, sah es aus, als hätte jemand in jeder Wange einen großen Daumenabdruck hinterlassen. Solange ich denken konnte, trug Stella weite geblümte Kleider, und der heutige Tag war keine Ausnahme: Ein schreiendes Muster aus Mohnblüten schwang ihr um die dicken Waden.

Ich stellte den Korb auf dem Küchentisch ab und lief hinaus, um sie zu begrüßen.

»Teddi!«

Ich lief ihr in die Arme und wir wiegten uns hin und her, als wollten wir Walzer tanzen. In ihrer Umarmung wurde ich wieder zum Kind, schloss die Augen und vergrub mein Gesicht in ihrer Weichheit.

Stella blieb für den Rest des Tages. Nachdem die Sonne hinter den Bäumen verschwunden war, aßen wir zu Abend. Es gab Hühnchen und Klöße. Danach holte Mama die Spielkarten aus der Küchenschublade.

»Soll ich das Radio anmachen, Mama?«

»Ja, aber keine Nachrichten. Ich ertrage die Berichte vom Golfkrieg langsam nicht mehr, die machen mich immer so nervös.«

Ich stellte am Radio herum und sie mischte die Karten. Als ich wieder am Tisch saß, fragte Stella: »Wie läuft's denn so im Laden?«

»Nach dem Hurricane Hugo neulich war es erst ein bisschen schwierig. Aber nachdem die Leute alle ihre Versicherungszahlungen bekommen haben, war der Laden wieder voll, es gab natürlich Unmengen antiker Möbel zu reparieren.«

Wir spielten zu dritt Euchre und schwatzten, im Hintergrund liefen leise Oldies aus den Vierzigern. Meine Mutter klopfte bei den Andrew Sisters und Glenn Miller immer mit den Füßen den Rhythmus mit: tapp, tapp, tapp, tapp. Nachdem Stella wieder mal gewonnen hatte, legte meine Mutter die Karten auf den Tisch und schob ihren Stuhl zurück. »Möchte jemand Kaffee und Kuchen?«

Stella strahlte. »Kuchen? Na, da bin ich dabei. Was hast du denn für welchen?«

»Rhabarber.«

Ich sah überrascht auf. »Du hast meinen Lieblingskuchen gebacken?«

Sie schwieg, aber während sie das Kaffeepulver in den Filter löffelte, wurden ihre Mundwinkel von einem Lächeln nach oben gezogen.

Stella ging ins Bad. Ich sah meiner Mutter dabei zu, wie sie Teller aus dem Schrank nahm. Vielleicht versuchte sie auf eine andere Art als ich, an unserer Brücke zu bauen. Vielleicht kamen wir zwar aus verschiedenen Richtungen, arbeiteten aber an derselben Brücke.

»Ich geh kurz mit Eddie Gassi, bin gleich wieder da.« Ich öffnete die Tür. »Na komm, Dicker!« Er kam mir freudig entgegengerannt, seine Krallen klickten fröhlich auf dem Linoleum.

Der Mond war rund und riesengroß, und ein leichter Windhauch streichelte meine Haut. Die Scheune hob sich gegen den Himmel ab. Ihre weiße Farbe war stellenweise abgeblättert und gab den Blick auf den ursprünglich grauen Putz frei. Seit mehr als hundertsechzig Jahren stand die Scheune schon auf ihrem Steinfundament, schützte Tiere vor den Elementen, bewahrte Arbeitsgeräte in ihrem Bauch auf und trug bergeweise Heuballen auf ihren dickbalkigen Schultern. Dieses Gebäude war der Urgroßvater des Overman-Gehöfts und ich bewunderte es schon mein ganzes Leben für seine standfeste Schönheit. Als ich an Daddys altem Schuppen vorbeikam, wurde ich langsamer. Obwohl er schon vor vielen Jahren an Leberkrebs gestorben war, fühlte es sich manchmal noch an, als sei es erst gestern passiert. Ich trat durch ein Gewirr von Unkraut und legte die Hand auf die verschlossene Tür. »Ich vermisse dich so, Daddy. Jeden Tag.«

Eddie und ich spazierten um das Silo herum und einen überwucherten Weg entlang, der neben dem Wald verlief. Die Luft war voll von dem abendlichen Gezwitscher und Geflatter der Vögel.

Als mein Bruder und ich noch klein waren, hatte Grammy Belle oft Waldspaziergänge mit uns gemacht. Zweige knackten unter unseren Füßen und die Bäume streckten ihre Äste nach uns aus und stupsten uns damit, als ob sie Hallo sagen und uns darum bitten wollten, sie ruhig öfter zu besuchen. Während wir immer tiefer in den schattigen Wald hineingingen, machte uns meine Großmutter auf die verschiedensten Schätze aufmerksam: Feuerkolben, Laubfrösche und Pilzfamilien. Eines Abends saßen wir auf einem Stein und ein großer Schmetterling landete auf meinem Schuh. Grammy sagte, das bringe Glück.

Meine Großmutter brachte uns bei, den Wald zu ehren, seinen Wundern mit Respekt zu begegnen. Sie sagte uns, wir sollten nie irgendwo eindringen und keinem Lebewesen wehtun, wir seien Gäste bei Mutter Natur und sollten uns dementsprechend benehmen. An einem Nachmittag unternahmen wir drei eine Wanderung und kamen an einem uralten Schwarznussbaum vorbei. Meine Großmutter blieb stehen und streichelte seine raue Rinde. »Die Bäume hier besitzen mächtige Heilkräfte. Wenn ihr Kinder mal unglücklich seid oder euch einsam fühlt, kommt einfach her und verbringt ein bisschen Zeit unter ihnen, streichelt ruhig mal den Stamm. Wenn ihr dann wieder nach Hause geht, wird es euch besser gehen.«

Ich drückte meine kleine Hand gegen den Baum, sah hinauf in das Sonnenlicht, das durch die Blätter fiel, und glaubte ihr jedes Wort.

Ich glaube ihr bis heute.

An diesem Abend warf ich einen suchenden Blick in den dichten Wald, holte tief Luft und sah offen dem entgegen, was da kommen würde. Ich dachte an das alte Sprichwort, dass kein Weg zurückführt. Ich denke, wir lassen an jedem Ort einen Teil von uns zurück. Einen Teil, der uns dann nicht mehr gehört, der uns bei unserem nächsten Besuch dort erwartet und dafür sorgt, dass wir uns erinnern.

Zwei

Als ich zehn war, warf ich einmal einen kurzen Blick in meine Zukunft. Es geschah an einem schwülen Sommerabend im Jahr 1964.

Bis heute habe ich noch deutlich vor Augen, wie die Beine des alten Stuhls aus dem überwucherten Straßengraben herausragten. Wie ich ihn dort herauszerrte und an den Straßenrand stellte und eine kleine Staubwolke von der abgewetzten Sitzfläche aufstieg. Trotz der Schmutzkruste konnte ich sehen, wie schön der Stuhl war. Früher hatte er bestimmt im Esszimmer einer herrschaftlichen Villa gestanden und dort viele feine Dinnerpartys, Geburtstagsfeiern und Familienfestlichkeiten erlebt. Die Armlehnen waren geschwungen und zierlich, die Rückenlehne hatte die Form einer Vase. Was dieser Stuhl hier im ländlichen Kentucky in einem Graben machte, werde ich wohl nie erfahren. Als ich ihn sah, wollte ich ihn jedenfalls sofort haben. Also nahm ich ihn mit.

Wer's findet, dem gehört's.

Obwohl ich eine gute halbe Meile von unserer Farm entfernt war, schleppte ich den Stuhl nach Hause. Erst steckte ich die Arme durch die Lehnen und trug ihn auf dem Rücken wie einen verwundeten Soldaten. Als er mir so zu schwer wurde, zerrte ich ihn hinter mir her. Es war heiß und stickig, und als dann auch noch ein Wind aufkam, fühlte es sich an, als würde ich gegen einen überdimensionalen Fön ankämpfen. Aber dieser alte Stuhl gehörte mir und ich würde ihn auf keinen Fall zurücklassen.

Als ich endlich zu Hause ankam, war mir ganz schwindelig von der Sonne und ich hatte einen Riesendurst. Ich trug den Stuhl den Sandweg hinauf in den Garten und stellte ihn im Schatten der Eiche ab. Sofort kam mein Hund Jigs angerannt, sprang um mich herum und begrüßte mich ausgelassen. Ich kraulte ihn einen Moment, stillte meinen Durst am Gartenschlauch und ließ mich dann ins Gras fallen. Jigs streckte sich neben mir aus und so lagen wir nebeneinander da und genossen einfach nur die Gesellschaft des anderen. Während ich ihn hinter den Ohren kraulte und überlegte, wie ich das Sitzpolster am besten wieder herrichten könnte, hörte ich das Quietschen der Fliegentür.

Meine Mutter trat auf die Veranda. Ihr Sommerkleid hing in der Hitze schlaff herunter. Die verschwitzten Haare hatte sie sich zu einem Dutt zusammengesteckt. Sie schüttelte einen Läufer aus und hängte ihn über das Verandageländer. »Wo hast du den denn her?«

»Hab ich in einem Graben gefunden, unten bei Will Fowlers Farm.«

»So weit weg? Wie hast du den denn hergekriegt?«

»Ich hab ihn getragen.«

»Bei dieser Hitze?« Mama kam die Stufen herunter und besah sich den Stuhl aus der Nähe. »Ach du lieber Himmel. Den kann man doch nicht mehr benutzen.«

»Klar kann man das. Der ist wunderschön!«

»Man weiß wirklich nie, was du als Nächstes anschleppst.« Sie warf Jigs einen genervten Blick zu und schüttelte den Kopf. Ich legte ihm den Arm um den Hals, zog ihn zu mir heran und sah sie herausfordernd an. Jigs leckte mir das Gesicht. Mein Bruder und ich hatten ihn letzten Sommer am Rand eines Maisfelds gefunden. Jemand hatte ihm ins Hinterteil geschossen, er jaulte kläglich und hinkte stark. Wir hoben den armen Hund auf unseren Wagen und nahmen ihn mit nach Hause. Als Mama uns kommen sah, wurde sie böse. Sie sagte, wir hätten kein Geld für einen Hund, schon gar keins für Tierarztrechnungen. Aber Daddy hatte schon immer ein Herz für Tiere gehabt und bezahlte den Tierarzt, damit Jigs wieder gesund wurde. Wenn Mama gerade nicht hinsah, gab er ihm beim Abendbrot manchmal sogar heimlich ein Stück Wurst oder Fleisch.

Mama warf einen letzten resignierten Blick auf den Stuhl. Dann nahm sie meine Hand. »Du warst schon wieder an meinem Nagellack!«

Gerade als ich dachte, sie würde mich reinschicken und ich müsste den Nagellack sofort wieder abmachen, hörte man das Tuckern von Daddys Traktor. Mama und ich sahen dem Traktor zu, wie er hinter der Scheune hervorkam. Aus dem langen Auspuffrohr stiegen graue Rauchwolken auf. Roxy hockte auf ihrem Platz.

In diesem Sommer hatte Daddy ihr etwas Tolles beigebracht. Er legte eine alte Decke zusammen und befestigte sie mit Draht oben auf dem Traktor. Dann hob er Roxy auf die Decke und brachte ihr bei, dort während der Fahrt sitzen zu bleiben. Sie schlug ihre langen Krallen in die Wolle, wackelte kurz mit dem Schwanz und machte es sich dann gemütlich. Wenn sie bereit war, ließ er den Traktor an und los ging's, dann holperten die beiden den Weg zum Maisfeld hinunter. Sie war groß und wunderschön und meinem Dad vollkommen ergeben. Roxy war ein flauschig-weißes Brahmahuhn mit gefiederten Läufen. Sie saß da wie ein Pom-Pom, aufgeplustert und sehr stolz. Es war unübersehbar, wie viel Spaß sie dabei hatte.

Ich für meinen Teil meinte, noch nie etwas Niedlicheres gesehen zu haben, aber wenn Mama Roxy und Daddy da draußen auf dem Feld sah, presste sie immer böse die Lippen zusammen oder verdrehte die Augen. Manchmal auch beides. Mama meinte, Daddy würde mehr Zeit mit diesem Huhn verbringen als mit ihr. Ich hätte nie gedacht, dass man eifersüchtig auf ein Huhn sein könnte, aber siehe da – man konnte.

Grammy Belle kam mit einer Kanne und Gläsern aus dem Haus und stellte alles auf den Gartentisch. »Ich hab hier frische Limonade für euch!«

Sie erblickte den Stuhl. »Was hast du denn da mitgebracht, mein Schatz?«

»Hab ich in einem Graben gefunden. Ist der nicht schön?«

Sie schob sich die Brille ein Stück höher und beugte sich näher herunter. »Ja, der ist wunderschön.«

»Ich will ihn wieder herrichten und dann bei mir ins Zimmer stellen. Kannst du mir vielleicht ein bisschen helfen?«

»Aber gern.«

In diesem Moment kam Josh angelaufen. Er war über und über mit Schlamm verschmiert, roch nach Teich und hielt einen Ochsenfrosch an die Brust gedrückt. Mama stand da und ließ mit ausdruckslosem Gesicht den Blick von Grammy und mir zu Daddy und Roxy und schließlich zu Josh und seinem Frosch wandern. Dann sah sie zu Jigs hinunter. Sie schüttelte wortlos den Kopf und ging zurück ins Haus.

Meine Großmutter und ich arbeiteten stundenlang an dem alten Stuhl, behandelten den Schimmel mit Bleiche und schrubbten jeden Zentimeter. Je sauberer er wurde, umso mehr gefiel mir, was ich sah. Ich deutete auf eine Reihe geschnitzter Blumen am oberen Ende der Lehne. »Wie haben die das gemacht?«

»Für solche Details muss man das Handwerk noch von früher beherrschen und braucht eine Menge Spezialgeräte. Manche sind so winzig wie die von einem Zahnarzt!«

Im Kopf sah ich sofort die ruhigen Hände eines Mannes, der ein Stück Holz bearbeitete, geduldig die einzelnen Blüten schnitzte und dann mit den Fingern über die fertigen Formen strich. Während wir den Stuhl mit Öl einrieben, bis er seidig glänzte, fragte ich mich, wie es wohl wäre, alte Möbel aufzubereiten und in meinem eigenen Laden zu verkaufen.

Samstags scheuchte uns Mama nach dem Frühstück immer alle aus dem Haus, damit sie die Böden wischen konnte. Josh verzog sich meistens in den Wald, Grammy setzte ihren Strohhut auf und machte einen Spaziergang durch ihren Blumengarten, und ich pfiff nach Jigs. Wir sprangen in den alten grünen Pick-up und warteten darauf, dass Daddy sich dazusetzte und den Motor anließ. Dann fuhren wir drei mit heruntergekurbelten Fenstern die holprige Straße entlang in die Stadt.

Zuerst fuhren wir zur Bank. Daddy war sehr fleißig, arbeitete oft sieben Tage die Woche. Er hatte jede Menge Land und erntete viel Mais und Heu, und in seinem Heu war so viel Alfalfa, dass es ihm die reichen Pferdebauern aus

Lexington immer bis auf den letzten Ballen abkauften. Außerdem unterhielt er einen kleinen Laden neben der Scheune, in dem er Geräte reparierte – Rasenmäher, Staubsauger, ab und zu auch mal einen Toaster. Fast jeder aus unserer Stadt hatte ihm irgendwann schon einmal etwas zur Reparatur vorbeigebracht. Oft sah er abends so müde aus, dass ich Angst hatte, er würde jeden Moment zusammenbrechen. Trotzdem habe ich ihn nie klagen hören.

Nach einem weiteren Halt bei der Post machten wir uns auf den Weg zu Gilsons Farm & Feed, wo Jigs stets einen Kauknochen bekam, Daddy ein Stück Beefjerky aus dem Glas neben der Kasse und ich eine Cola. Manchmal nahmen wir den längeren Weg zurück nach Hause. Ich schob während der Fahrt gern die Fußmatte zur Seite und sah durch das Loch im Boden dem Asphalt zu, der unter uns entlangsauste.

Wenn ich Glück hatte, kamen wir an einem kleinen privaten Flohmarkt vorbei. Und Daddy, der genau wusste, wie gern ich alte Möbel wieder schön machte, hielt immer an.

Beim Aussteigen drückte er mir dann ein paar Dollar in die Hand und sagte: »Na los, meine Kleine. Such dir was Schönes aus. Und lass dir ruhig Zeit, ich hab's nicht eilig.« Er lehnte sich gegen den hohen Radkasten des Trucks, holte eine Zigarette aus der Brusttasche und zündete sie an.

Und ich machte mich auf die Suche nach etwas Besonderem – einem kleinen Telefontischchen, einem Schaukelstuhl oder vielleicht sogar einem alten Klavierhocker mit gedrechselten Beinen. Daddy lud meine Schätze dann auf den Truck und wir fuhren wieder nach Hause. Wir sprachen nicht viel, manchmal gar nicht. Und immer aßen wir Black-Jack-Kaugummi.

Ich verbrachte meine Sommer damit, die Stücke herzurichten, die ich fand. Wenn ich mehrere zusammenhatte, stellte ich sie mit einem »Zu verkaufen«-Schild am Straßenrand auf. Jigs und ich setzten uns unter einen Ahornbaum in den Schatten und warteten. Es kamen tatsächlich eine ganze Menge Touristen vorbei, die gerade zum Wandern im Daniel Boone National Forest in der Gegend waren oder ein Wochenende in der Hemlock-Lodge verbrachten. Sie gaben ihr Geld anscheinend sehr gern aus, manche gaben mir sogar noch Trinkgeld. Mit fünfzehn hatte ich bereits vierhundertzweiundachtzig Dollar in meiner Zigarrenkiste, jeder Penny davon mit meinen Möbelverkäufen verdient.

Eines Tages entdeckte ich in der Bibliothek ein Buch, in dem anschaulich erklärt wurde, wie man Möbel von Hand bemalte. Verschiedene Techniken, die Craquelé und Marmorieren hießen, setzten sich mir sofort im Kopf fest, und vom Kapitel über Trompe-l'Œil wurde mir ganz schwindlig. Als ich beim Blättern dann noch auf ein Kapitel stieß, in dem es um das Auskleiden von Schubladen ging … tja, da war es um mich geschehen. Mein Schicksal breitete sich vor mir aus wie ein neuer Morgen.

Als ich dann anfing, mir das Anstreichen von Möbeln selbst beizubringen, bemerkte ich, dass ich dafür tatsächlich so etwas wie Talent hatte. Ich übte die Techniken aus dem Buch und machte mir dabei Notizen. Wenn mir etwas nicht gelang, schliff ich meine Fehler von dem Tisch oder Stuhl eben wieder ab und begann von vorn.

Wenn ich nachts nicht schlafen konnte, suchte ich mir einen Klassiksender im Radio, hörte leise Musik und stellte mir den Laden vor, den ich eines Tages besitzen würde. Diese Fantasie wuchs von Jahr zu Jahr und als ich siebzehn war, sah ich mich in Gedanken bereits durch die Dörfer reisen und nach Stühlen, Truhen und Tischen suchen. Ich würde für meine Kunstfertigkeit und mein geschultes Auge bekannt sein. Ich stellte mir sogar vor, wie es wäre, berühmt zu sein.

Und dank eines Gentlemans namens Jackson T. Palmer war ich das heute sogar tatsächlich ein bisschen.

Drei

Ich hatte über eine Woche an einem kleinen Nachttisch gearbeitet, den ich bei einem Privatverkauf für einen Dollar erstanden hatte. Der erste Schritt war, die alte Farbe abzulösen. Dann schlug ich mit einer Fahrradkette mehrmals auf die Tischplatte, damit das Holz abgenutzt aussah. Danach strich ich den gesamten Nachttisch hellblau. Schließlich tunkte ich eine Zahnbürste in dunkelbraune Farbe und verpasste der Oberfläche damit ein paar Spritzer. Als alles trocken war, sorgte ich mit einer Lasur noch für eine schöne Patina. Ich mochte das Wort »Patina« und kam mir immer sehr gebildet vor, wenn ich es laut sagte.

Ich schraubte den Knauf noch einmal fest, trat einen Schritt zurück und begutachtete mein Werk. Noch nie war mir etwas so gut gelungen. Ich rannte die Kellertreppe hinauf in die Küche. »Schau mal, wie toll die Patina aussieht!«

Mama hob eine Bratpfanne aus dem Wasser und spülte sie unter klarem Wasser ab. »Ich verpass deinem Hinterteil gleich eine Patina! Du hast vergessen abzuwaschen!« Sie sah mich müde an, trocknete sich aber die Hände an der Schürze und folgte mir in den Keller.

»Wieso sind da Kratzer drauf?« Sie betrachtete skeptisch die Platte.

»Damit es abgenutzt und alt aussieht. Hab ich aus einem Buch aus der Bibliothek.«

»Hast du schön gemacht.«

Ich wartete darauf, dass sie mehr sagen würde, eine der Schubladen aufziehen oder vielleicht mit dem Finger darüber streichen würde. Aber sie sagte nur: »Vergiss nicht, dass du heute noch was zu tun hast!«, und ging wieder die Treppe hinauf.

Ich rief ihr hinterher: »Ich bring den Nachttisch zum Verkauf nach draußen, danach sauge ich und ziehe die Betten ab, ja?«

Vorsichtig, damit ich nirgendwo anstieß, trug ich das Stück hinaus in den Garten. Ich lehnte mein »Zu verkaufen«-Schild gegen den Briefkasten, setzte mich unter den Baum daneben und wartete. Es war ein kühler, heller Herbstmorgen, der die Spitzen der Berge so farbenprächtig entflammte, dass es von überall her Fotografen, Wanderer und Touristen anzog.

Ein paar Autos und ein Wohnwagen fuhren vorbei, aber niemand hielt an. Als mir schließlich schon der Hintern vom Sitzen wehtat, stand ich auf, um mich an die Hausarbeit zu machen, bevor Mama böse wurde. Ich klopfte mir ein paar Blätter von der Jeans und wollte gerade ins Haus gehen, als plötzlich ein kleiner schwarzer Lieferwagen auftauchte, die Fahrt verlangsamte und schließlich hielt.

Mit einem rostigen Quietschen wurde die Fahrertür geöffnet. Ein grauhaariger Mann, groß und dünn wie ein Setzling, kletterte umständlich vom Fahrersitz. Sein weißes Hemd war schmuddelig und an den Bündchen schon leicht ausgefranst, die ausgebeulte braune Hose wurde von Hosenträgern aus Leder gehalten.

»Was haben wir denn da, kleines Fräulein?«

Ich lächelte und streckte die Brust heraus. »Das ist ein französischer Nachttisch. Den hab ich selbst lackiert.«

»Ach was?« Er trat einen Schritt heran und besah sich das Ganze etwas näher, fuhr mit der Hand über die Oberfläche und öffnete eine Schublade. Überrascht begutachtete er den weißen Brokatstoff, mit dem ich das Innere der Schubladen ausgeschlagen hatte. Ich sagte nicht, dass es der Stoff eines alten Hochzeitskleids war, das ich im Ausverkauf erstanden hatte.

»Und du hast das ganz allein gemacht, hab ich das richtig verstanden?«

»Jawohl, Sir. Ich restauriere Möbel, seit ich zehn bin. Hab ich mir mit Büchern selbst beigebracht.«

Er warf mir einen misstrauischen Blick zu. »Na, dann erklär mir doch mal genau, wie du das gemacht hast.«

Ich merkte, dass er mir nicht glaubte. Mein Gesicht wurde ganz heiß. Ich nahm all meinen Mut zusammen, stellte mich sehr gerade hin und erklärte ihm Schritt für Schritt, wie ich vorgegangen war.

Er fixierte mich mit seinen grauen Augen und hörte mir gespannt zu. Am Ende erzählte ich noch von der Antiklasur, die ich selbst angemischt hatte. Er nickte ab und zu, schwieg jedoch. Nach einer Weile holte er eine Packung Kautabak aus der Tasche, riss ein Stück ab und schob es sich in die Wange.

»Und wie viel willst du dafür haben?«

»Fünfzig Dollar.« Ein stolzer Preis, aber für weniger wollte ich das gute Stück nicht hergeben.

Er sah mich einen quälend langen Moment prüfend an. »Du meinst, es ist fünfzig Dollar wert?«

Jetzt gab es kein Zurück mehr. Ich hob stolz das Kinn. »Jawohl, Sir. Es ist schließlich ein Einzelstück.«

Er kratzte sich die stoppelige Wange. »Fünfzig Dollar … hm. Na gut, da kommen wir ins Geschäft.«

Ich hatte noch nie ein Möbelstück für so viel Geld verkauft und hätte am liebsten Luftsprünge gemacht. Ich riss mich jedoch zusammen und sagte nur: »In Ordnung.«

Ich trug ihm den Nachttisch zum Lieferwagen. Er öffnete die Tür und ich sah so viele Stühle, Truhen und Bettteile, dass kaum noch Platz war. Der alte Mann holte eine Rolle Draht und eine Decke und wickelte mein Tischchen darin ein.

»Gehst du noch zur Schule?«

»Ja, Sir. Ich bin in der zehnten.«

»Und was willst du mal werden?«

Ich grinste. »Ich will meinen eigenen Antiquitätenladen aufmachen.«

Er stellte den Nachttisch schweigend neben eine Kommode.

»Und jetzt willst du bestimmt endlich das Geld, hm?« Er schlug die Autotür mit einem Knall zu, holte ein dünnes Portemonnaie aus der Hosentasche, das mindestens so alt war wie er selbst, und zog einen Hundertdollarschein heraus. »Bitte schön.«

Ich hatte noch nie einen Hundertdollarschein gesehen, geschweige denn einen in der Hand gehabt.

»Ich hole Ihnen schnell das Wechselgeld, bin gleich wieder da.« Ich drehte mich um und wollte zum Haus laufen.

»Moment mal. Wie heißt du?«

»Teddi Overman.«

Der alte Mann spuckte einen dünnen Strahl Tabaksaft vor sich auf die Straße. »Ich will kein Wechselgeld, Teddi. Du hast wirklich Talent. Ich würde sogar sagen, was du da machst, ist echte Kunst. Das Problem ist nur: Du hast das Stück gerade für viel weniger verkauft, als es wert ist.«

Er beugte sich zu mir herunter. »Ich erklär dir jetzt mal was. Hör mir gut zu, ja?«

»Jawohl, Sir.«

»Fang immer mit einem höheren Preis an als der, den du haben willst. Die Leute feilschen ganz gern ein bisschen. Da haben sie am Ende das Gefühl, sie hätten ein Schnäppchen gemacht.«

Ich sah auf den glatten Schein in meiner Hand und wusste nicht, was ich sagen sollte.

Er fasste mit seinen knochigen Fingern in die Hemdtasche, zog eine Visitenkarte heraus und reichte sie mir. »Komm mal vorbei, wenn du in der Nähe bist.«

Er schüttelte mir die Hand und stieg in seinen Truck. Während er, eingehüllt von einer Staubwolke, davonfuhr, betrachtete ich seine Karte. Sie roch nach Tabak und war an den Ecken schon leicht vergilbt.

Jackson T. Palmer ~ Antiquitätenhandel
Wentworth Street
Charleston, South Carolina

Vier

Der letzte Schultag vor den Osterferien war überstanden. Ich kam nach Hause und die Küche verströmte einen warmen, wohligen Duft. Neben dem Ofen stand ein Apfelkuchen zum Abkühlen. Ich wollte mir gerade ein Stück vom Rand abbrechen, als Mama mit einem Briefumschlag in die Küche kam.

»Finger weg vom Kuchen. Und setz dich mal kurz, ich möchte was mit dir besprechen.«

»Okay.« Ich setzte mich ihr gegenüber an den Küchentisch.

»Dein Vater und ich wissen, dass du wirklich sehr klug bist, aber wir haben nicht das Geld, um dich auf ein normales College zu schicken. Also hab ich mich mal schlau gemacht. Es gibt hier in der Nähe mehrere Institute, an denen man Kurse belegen kann. Ich hab hier schon mal ein paar Broschüren …«

»Ich weiß doch schon, was ich nach der Schule machen will. Ich will Antiquitäten verkaufen und Möbel aufbereiten.«

Sie sah mich mit ihren grünen Augen durchdringend an und öffnete den Umschlag. »Du musst aber erst mal was Vernünftiges lernen, damit dein Lebensunterhalt gesichert ist.«

Lustlos überflog ich die Broschüren. In einer ging es um eine Ausbildung zur Protokollführerin bei Gericht, in einer anderen um eine zur medizinischen Sekretärin und drei warben für verschiedene Sekretärinnenschulen. Ich schob den Stapel weit weg. »Das interessiert mich doch alles gar nicht. Ich bin gut darin, Möbel zu restaurieren und anzustreichen. Ich möchte mit meinen Händen arbeiten und …«

»Beim Maschinenschreiben würdest du doch auch mit den Händen arbeiten.«

»Das ist aber nicht dasselbe. Außerdem hab ich so viele Ideen für Möbel im Kopf, dass ich gar nicht weiß, wohin damit.«

»Komm mal mit.« Wir gingen durchs Wohnzimmer. Meine Mutter öffnete die Haustür. Die jahrhundertealten Holzdielen knarrten unter unseren Füßen, als wir auf die Veranda traten.

Sie zeigte auf die Straße. »Siehst du das? Das da ist nicht der gelbe Ziegelsteinweg wie im *Zauberer von Oz*. Ohne Ausbildung landest du in einem Leben, das du nie wolltest, und hast keine Chance, da wieder rauszukommen. Ich weiß, es macht dir Spaß, an dem Müll herumzubasteln, den du so zusammensammelst. Aber du musst jetzt endlich mal erwachsen werden und was aus dir machen.«

Ihre Worte taten mir so weh, als hätte sie mich geohrfeigt.

»Da draußen wartet eine hässliche Welt auf dich.«

»Das stimmt nicht, Mama. Die Welt ist wunderschön. Du bist nur so damit beschäftigt, ständig von allem enttäuscht zu sein, dass du das gar nicht mitbekommst!«

Sie sah mich wütend an, in ihren Augen standen Tränen. »Du nimmst jetzt die Broschüren und gehst rauf in dein Zimmer.« Ihre Stimme zitterte. »Sieh dir diese Schulen wenigstens an. Verstehst du denn nicht, dass ich es nur gut mit dir meine?«

Es fühlte sich nicht so an.

Trotz meines vehementen Protests vereinbarte Mama einen Termin für uns beide an der Alice-Brown-Sekretärinnenschule in Richmond, Kentucky. Der Termin war an einem Freitag, nur ein paar Wochen nach meinem letzten Schultag. Mama war so aufgeregt, dass sie von nichts anderem mehr sprach. Je mehr sie darüber redete, desto wütender wurde ich.

Eines Abends standen wir in der Küche, Mama wusch ab, ich trocknete das Geschirr, und Grammy räumte es in den Schrank. Mama erzählte wieder mal davon, wie fantastisch diese Schule war, bis ich so böse wurde, dass meine Hände zitterten.

Sie spülte ein Glas ab und stellte es auf das Abtropfgitter. »Stell dir doch mal vor, was du dir für schöne Kleider kaufen kannst, wenn du mit der Sekretärinnenschule fertig bist und einen Job hast. Und was du für eine hübsche Wohnung haben wirst.«

»Jetzt hör doch mal auf damit! Geh doch selbst auf diese blöde Schule, wenn du die so toll findest, aber lass mich endlich in Ruhe damit!«

Mama drohte mir mit einem schaumigen Löffel. »Jetzt werd mal nicht frech!«

Grammy sah verstört zwischen mir und Mama hin und her. Ohne ein Wort nahm sie die Schürze ab, hängte sie an einen Haken und eilte aus der Küche.

»Ich gehe nicht auf diese dämliche Schule!« Ich warf das Handtuch auf den Küchentisch und rannte aus dem Haus. Ich lief die Straße hinunter und um die Kurve. Meine Mutter rief mir hinterher, aber ich drehte mich nicht um.

Ich rannte so lange, bis ich völlig außer Atem war, bis meine Lunge stach und ich nur noch keuchend Luft holen konnte.

Erst dann ging ich etwas langsamer. Ich fluchte und weinte und ging immer weiter, bis der Himmel sich verfärbte, als hätte sich dort über den Bäumen ein riesiger blauer Fleck gebildet. Obwohl ich mittlerweile mindestens fünf Meilen von zu Hause entfernt war, lief ich einfach weiter, mitten hinein ins Dunkel. Ich schlang meine Arme in der abendlichen Kühle um meinen Körper und versuchte, mich zu wärmen. Ich hatte kein Ziel vor Augen, keine Ahnung, wohin ich wollte. Ich wusste nur, ich würde auf keinen Fall auf diese Schule gehen.

Plötzlich war hinter mir das Knattern eines Motors zu hören. Einen Augenblick später stand ich im hellen Lichtkegel zweier Scheinwerfer. Ich verzog mich an den Straßenrand, wo ich über Steine balancieren musste, die so groß waren wie Frühkartoffeln. Als das Auto neben mir verlangsamte und schließlich anhielt, fing mein Herz sofort wieder wie wild an zu pochen. Ich machte mich bereit zur Flucht. Die Autotür ging auf. Ich rannte so schnell ich konnte querfeldein davon.

»Hey, Teddi! Warte doch mal, Mädchen!«

Ich hielt an und drehte mich um. Im Scheinwerferlicht war nur Daddys Silhouette zu erkennen. Ein lautes Klick ertönte und eine blaue Flamme leuchtete auf, als er sich die Zigarette anzündete. Ein Rauchkringel stieg in den Nachthimmel hinauf.

»Alles in Ordnung, meine Kleine?«

Ich holte tief Luft, um mein Herz ein bisschen zu beruhigen, das mir bis zum Hals schlug. »Nein, nichts ist in Ordnung. Und ich werde nicht auf diese blöde Schule gehen. Da werd ich ja lieber Totengräberin wie Adele Stafford! Aber Mama hört mir einfach nicht zu. Sie ist so dickköpfig.«

»Hm, dasselbe sagt sie auch über dich.«

»Einen Traum haben und dickköpfig sein ist doch nicht dasselbe. Mama will immer, dass alle machen, was sie sagt, und wenn wir das mal nicht tun, wird sie böse. Ich hab's so satt.«

Daddy warf seine Zigarette auf den Boden und trat sie mit dem Stiefel aus. Rote Funken tanzten auf. »Lass uns auf dem Nachhauseweg darüber reden.«

Ich sah hinauf in den Nachthimmel und schüttelte den Kopf. »Ich gehe nicht auf diese Schule, egal, was sie sagt.«

»Hier draußen im Dunkeln finden wir jedenfalls keine Lösung. Na komm, steig in den Truck.«

Wir fuhren mehrere Minuten lang schweigend.

»Am Montag gehe ich zur Bank und bitte Lloyd Turner um einen Kredit. Ich hab genug gutes Land als Sicherheit. Dann kannst du auf ein richtiges College gehen.«

Ich versuchte zu lächeln. »Danke für das Angebot. Wenn es doch bloß ein College geben würde, an dem man alles über Antiquitäten und Möbelaufbereitung lernen könnte. Aber mein Lehrer hat sich überall erkundigt und so was gibt es einfach nicht.«

Das schummrige Licht des Armaturenbretts beleuchtete die vielen kleinen Fältchen um die Augen meines Vaters. Es tat mir leid, dass ich ihm Kummer bereitete. Er holte eine Packung Black-Jack-Kaugummi aus der Hemdtasche und reichte sie mir. Ich steckte den nach Anis duftenden Kaugummi in den Mund. Daddy hatte sich auch einen Streifen genommen. Wir wussten beide, dass es nichts mehr zu sagen gab, also hingen wir den Rest der Fahrt durch die tintenblaue Dunkelheit jeder unseren eigenen Gedanken nach.

Als Geschenk zum Schulabschluss bekam ich von Mama einen Karton mit silbernem Geschenkpapier darum überreicht. Ich dachte, es wäre das Ölfarbenset, von dem ich in letzter Zeit oft gesprochen hatte, und konnte das Geschenk gar nicht schnell genug öffnen. Zu meiner großen Enttäuschung war in dem Karton jedoch eine blaue Schreibmaschine. Mama strich liebevoll über den »Smith-Corona«-Schriftzug, als wäre es ein Bibelvers.

Grammy überreichte mir eine Karte, die sie selbst gebastelt und mit getrockneten Blütenblättern und kleinen Spitzestücken beklebt hatte. Innen drin lag ein Fünfzigdollarschein. Josh schenkte mir eine Meisenfeder und einen rosa Quartzstein, den er zu einem Briefbeschwerer geschliffen hatte. Daddys Geschenk war jedoch die größte Überraschung. Er bat mich hinaus zur Scheune. Er verzog keine Miene, als er das Tor zur Scheune öffnete. Vor dem Traktor stand ein weißer Ford Falcon Sedan. Dreiganggetriebe, grün karierte Sitze, weiße Reifen.

Es war ein unglaublich hässliches Auto.

Daddys Augen leuchteten. »Ich weiß, dass du fahren kannst und auch immer vorsichtig bist, aber der hier hat natürlich viel mehr unter der Haube als mein Truck. Die Kupplung muss man zum Beispiel nur ganz sacht antippen, also pass schön auf. Okay?«

Wir stiegen ein, ich setzte mich hinter das Lenkrad und Daddy setzte sich auf den Beifahrersitz. Er klopfte zärtlich auf das Armaturenbrett. »Das ist ein richtig verlässlicher Bursche. Damit musst du keine Angst haben, unterwegs auf dem Highway liegen zu bleiben.«

»Danke, Daddy!«

Ich stellte den Sitz ein, trat die Kupplung durch und drehte den Zündschlüssel herum. Ich war so aufgeregt, dass ich mich nicht zusammenreißen konnte und das Gaspedal durchtrat. Daddy lachte, als wir aus der Scheune schossen und zur Jungfernfahrt aufbrachen.

»Fährt sich doch einwandfrei, oder?«, fragte Daddy zufrieden. »Die Federung ist auch super.«

Während ich schaltete und um die Kurven sauste, musste ich zugeben, dass das Auto – hässlich hin oder her – fahrtechnisch wirklich was hermachte. Ich lächelte Daddy an. »Das ist wirklich ein tolles Auto. Fährt sich ganz anders als dein Truck.«

»Sei nur immer schön vorsichtig, ja?«

»Na klar.«

Als wir wieder zu Hause angekommen waren und ich das Auto unter der Eiche geparkt hatte, zog Daddy unter seinem Sitz einen großen Umschlag hervor. »Das hier geht nur uns beide was an, davon muss niemand was wissen, ja?«

Ich nickte und steckte den Umschlag in meine Handtasche.

Daddy stieg aus, warf die Tür zu und kam mit ernstem Gesicht zu meiner Seite herum gelaufen. »Ich möchte dir noch was mit auf den Weg geben, Teddi.«

Ich hakte die Daumen in die Gürtelschlaufen meiner Jeans. »Okay.«

»Ich habe im Krieg gekämpft, damit die Menschen frei sind. Frei von Angst, damit sie eine Familie gründen und einer ehrlichen Arbeit nachgehen können.« Er legte den Kopf in den Nacken und sah hoch zum Himmel. Es war so still, dass ich das leise Ticken des abkühlenden Motors hören konnte.

»Es gibt nichts Wertvolleres als Freiheit, Teddi.« Er strich über die Motorhaube. »Es sieht vielleicht nicht nach viel aus, aber das Auto hier kann dein Schlüssel zur Welt sein.«

Ich dachte, er würde weitersprechen, aber er drückte nur kurz meinen Arm und ging dann zur Scheune zurück.

Ich ging ins Haus. Mama stellte den Staubsauger aus. »Gefällt dir dein neues Auto?«

»Ja, sehr.«

»Dein Bruder will zur Rangerstation, aber ich hab gerade keine Zeit. Kannst du ihn hinfahren?«

»Klar.«

Ich rief nach Josh und er rief aus seinem Zimmer zurück: »Komme gleich!«

Er wurde bald dreizehn und war in letzter Zeit noch mal ein ganzes Stück gewachsen, weshalb er manchmal ein bisschen tollpatschig wirkte. Ich sah ihm zu, wie er auf seinen schlaksigen Beinen die Treppe hinuntergestolpert kam.

Als wir im Auto saßen, fragte ich ihn, was er eigentlich bei den Rangern wollte.

»Die brauchen Leute, die die neuen Broschüren verteilen, wie man sich im Wald zu verhalten hat. Viele Camper und Wanderer halten sich nämlich nicht an die Regeln. Manche machen zum Beispiel einfach mitten im Wald ein Lagerfeuer! Und letzte Woche haben drei Typen sogar ein Fuchsjunges gestohlen.«

»Im Ernst?!«

»Ja, die haben überall damit angegeben, das hat jemand gehört und uns dann Bescheid gesagt. Ranger Wiley hat ihnen das Fuchsjunge abgenommen und es wieder zu seinem Bau zurückgebracht. Die Typen haben jetzt richtig Ärger. Seitdem halte ich im Wald jedenfalls noch mehr die Augen offen.«

Ich klopfte ihm anerkennend aufs Knie. »Ranger Jim hat neulich zu Daddy gesagt, du kennst dich im Wald besser aus als jeder andere.«

Mein Bruder sagte darauf nichts, aber das Rot seiner Wangen sprach eine deutliche Sprache.

Ich hielt vor der Rangerstation. »Soll ich dich nachher wieder abholen?«

Er warf die Tür zu und sagte durch das offene Fenster: »Nee. Ranger Jim bringt mich dann nach Hause. Tschüss!«

Ich sah ihm nach, wie er in seinen ausgetretenen Schuhen davonschlurfte. Als ich gerade wieder losfahren wollte, drehte sich mein Bruder noch einmal um und winkte mir kurz. Sonnenstrahlen fielen zwischen seinen Fingern hindurch. Er lächelte.

Wieder zu Hause zog ich mich in mein Zimmer zurück. Ich nahm den Umschlag aus der Handtasche, den mir Daddy gegeben hatte, und schüttete den Inhalt aufs Bett. Zwanzig knisternd-neue Fünfzigdollarscheine lagen vor mir. Ich tippte vorsichtig den einen oder anderen an. Ich konnte mir kaum vorstellen, wie viele Rasenmäher Daddy dafür hatte reparieren müssen.

Ich schluckte.

Da war noch etwas anderes in dem Umschlag. Eine Landkarte. An einer Ecke war mit einer Büroklammer ein Zettel befestigt. Darauf stand:

Damit du deinen Weg findest.
In Liebe, Dad

Ich dachte an das, was er über Freiheit gesagt hatte, und dass das Auto mein Schlüssel zur Welt sein könnte. Dort auf dem Bett, mit der Landkarte in der Hand, wurde mir die Bedeutung seiner Worte erst bewusst.

Ich breitete die Karte aus. Vor lauter Möglichkeiten wurde mir ganz schwindlig. Das hier war meine Chance auf ein Abenteuer und ich wusste nicht, wo ich anfangen sollte. Ich wollte schon immer mal ans Meer und ins Smithsonian Museum. Am meisten interessierte mich aber der Antiquitätenladen von Mr. Palmer.

Ich faltete die Karte zusammen, steckte sie wieder in den Umschlag und versteckte alles zusammen in der untersten Schublade meiner Kommode. Etwas später an diesem Nachmittag ging ich hinaus zum Schuppen. Daddy saß auf einem kleinen Holzhocker und nahm gerade den Motor eines Rasenmähers auseinander. In dem alten Radio wurde ein Baseballspiel übertragen. Meinem Vater lief der Schweiß übers Gesicht und seine Hände waren ölverschmiert.

Ich klopfte an den Türrahmen. Er drehte sich zu mir herum und wir sahen einander in die Augen. In diesem Blick lag unglaublich viel, so etwas hatte ich noch nie erlebt. Tief in meinem Inneren spürte ich, wie etwas an dem Faden zog, der uns miteinander verband, uns immer verbinden würde.

»Danke für das Geld und das Auto«, flüsterte ich, den Tränen nahe. »Auch für die Karte … und den Schlüssel.«

Daddy zwinkerte mir zu. Wir brauchten keine Worte.

Zwei Tage später saß ich gerade auf der Verandatreppe und plante heimlich meine Reise in einem Notizbuch, als Josh über den Rasen spaziert kam. »Na Kumpel, wie war deine Wanderung? Was Interessantes gefunden?«, fragte ich.

Er ließ den Rucksack von den Schultern gleiten, setzte sich auf die Stufe unter mir und holte ein Buch aus dem

Rucksack. Zwischen den Seiten lag eine kleine Feder. Sie war zierlich und schwarz und hatte auf jeder Seite vier große, weiße Tupfen.

»Die ist für dich.«

Ich nahm die Feder. »Wow, danke. Die ist ja wunderschön. Von welchem Vogel ist die denn?«

»Von einem Dunenspecht. Ist eine der äußeren Steuerfedern.«

»Du weißt bestimmt mehr über Vögel als alle Ranger zusammen. Du überraschst mich immer wieder mit deinem Wissen. Was hast du denn da für ein Buch?«

Er reichte es mir. *Anleitung zum Überleben in der Wildnis.* Ich blätterte darin herum. Josh hatte viele Stellen unterstrichen und Notizen an den Rand geschrieben. Ich rümpfte die Nase. »Rohrkolben kann man essen?«

»Ja. Das obere Ende nicht, aber die Wurzeln. Schmecken sogar.«

Ich schlug das Buch zu. »Wieso nimmst du dir nicht einfach ein bisschen mehr Proviant mit?«

»Darum geht's doch nicht ...«

Mein Bruder erzählte, was er alles über essbare Pflanzen gelernt hatte und wie man mit Naturmaterialien Werkzeuge herstellen konnte. Nachdem er mir noch erklärt hatte, wie man sich aus einem abgestorbenen Ast eine Schüssel basteln konnte, verstummte er wieder und spielte an seinen Schnürsenkeln herum. Er warf einen Blick über die Schulter zum Küchenfenster. »Ist Mama zu Hause?«

»Nein, die ist mit Grammy einkaufen gefahren.«

Mein Bruder sah mich ernst an. »Du gehst bald weg, stimmt's?«

»Wie kommst du denn darauf?«

»Kannst du ruhig zugeben. Letzte Nacht hab ich gehört, wie du dich aus deinem Zimmer geschlichen hast, da hab ich aus dem Fenster gesehen. Du hast was in den Kofferraum von deinem neuen Auto gepackt.«

Ich wurde nervös. »Du verrätst mich doch nicht, oder?«

»Nein, ich sag keinem was.«

Ich streichelte kurz seinen Arm. »Danke. Ich bin auch bald wieder da. Ich bin bestimmt zurück, bevor du mich überhaupt vermisst.«

Josh kratzte getrockneten Schlamm von seiner Jeans.

»Du kommst nicht wieder.«

»Klar komm ich wieder. Ich muss mich nur mal ein wenig da draußen umsehen.«

Mein Bruder sah auf die Felder hinaus. »Ich könnte zwar nie weg von zu Hause, aber früher war es schöner hier. Seit sie drüben im Natural-Bridge-Park diese Seilbahn gebaut haben, ist hier ständig alles voller Touristen und Camper. Die meisten von denen respektieren die Natur überhaupt nicht. Weißt du noch, dieser große Felsen, auf dem wir manchmal gesessen haben? Der aussieht wie ein Schildkrötenpanzer? Ich war heute da oben. Rate mal, was ich entdeckt habe.«

»Was denn?«

»Da hat jemand Schimpfwörter reingeritzt. Und auf dem Weg nach Hause sind zwei Typen in einem Pick-up an mir vorbeigefahren und auf einen Wanderweg abgebogen. Die waren bestimmt betrunken. Der Boden war ganz matschig wegen dem Regen gestern Abend, die Räder haben durchgedreht, aber der Fahrer hat nur gelacht und immer wieder das Gas durchgetreten. Der ist zwischen zwei Robinien durchgerast und hat dabei die unteren Äste kaputt gemacht.

Und dann ist er auch noch über eine junge Roteiche gefahren. Die ist total hinüber.«

Ich ließ mein Notizbuch sinken. »Was für ein Arschloch. Zu schade, dass das kein Ranger gesehen hat, sonst hätten die beiden jetzt richtig Ärger.«

Josh krempelte sich die Ärmel hoch. »Noch mal machen die so was nicht.«

»Woher weißt du das?«

»Na ja … irgendwann haben die das Auto stehen lassen und sind zu Fuß weitergegangen. Ich habe mich hinter ein paar Kiefern versteckt, bis sie weg waren. Dann bin ich zum Truck geschlichen und hab die Kappe an einem der Reifenventile abgeschraubt. Ich hab einen kleinen Stein reingesteckt und die Kappe wieder draufgeschraubt, bis es gezischt hat. Das hab ich bei allen vier Reifen gemacht und dann bin ich abgehauen.«

»Im Ernst? Das hast du gemacht?«

Er grinste mich triumphierend an. »Mit platten Reifen sinkt der Truck natürlich richtig schön in den Matsch ein. Und der Abschleppwagen wird teuer. Außerdem müssen sie bestimmt auch noch Strafe zahlen, weil sie mit dem Auto überhaupt in den Wald gefahren sind.«

»Super! Hoffentlich ist denen das eine Lehre. Aber du musst vorsichtig sein, Josh. Wenn die dich gesehen hätten!«

»Ich hab ja aufgepasst. Außerdem waren das nur irgendwelche Idioten. Die wirklich Schlimmen sind die Wilderer, die Hirsche und Rotfüchse jagen. Die schießen sogar Habichte und Adler und verkaufen die Klauen und Federn dann auf dem Schwarzmarkt.«

Ich wusste zwar, dass es Wilderer in der Gegend gab, aber dass sie auch Greifvögel töteten, war mir nicht klar gewesen.

»Was sagt denn Ranger Jim dazu? Haben sie schon welche geschnappt?«

»Ein paar, ja.«

»Du wärst wirklich ein toller Ranger. Keiner kennt sich so gut im Wald aus wie du.«

»Einer muss ja was machen. Einer muss doch unsere Natur beschützen.« Er sah zum Wald hinüber. »Gestern hat Ranger Jim einen toten Adler gefunden. Du willst gar nicht wissen, wie der zugerichtet war! Aber ich …«

»Hey, Sohnemann!«, rief Daddy von der Scheune zu uns herüber. »Kannst du mir mal kurz helfen?«

Josh stand auf. Ich hielt ihn am Ärmel fest. »Versprich mir, dass du Mama nicht erzählst, dass ich wegwill.«

Seine blauen Augen wurden ganz dunkel. »Mach dir mal keine Sorgen. Wir haben doch alle unsere kleinen Geheimnisse.« Dann ging er zur Scheune.

Am Abend setzte ich mich mit Daddys Karte aufs Bett. Ich zeichnete meine geplante Route rot ein, versteckte die Karte wieder und machte mich fertig zum Schlafengehen. In der Schublade, in der ich meine Schlafanzüge aufbewahrte, fand ich ein Stück Papier. Darin eingewickelt war eine honigfarbene Feder mit neun braunschwarzen Querstreifen. Auf das Papier hatte mein Bruder geschrieben:

Er sieht vom höchsten Ast auf uns herunter und wartet.
Der Virginia-Uhu kann Geheimnisse für sich behalten.

Ich weiß nicht, woher mein Bruder immer solche Ideen nahm. Lächelnd steckte ich die Feder und den Zettel in meine Handtasche.

In der Nacht darauf, während alle schliefen, zog ich mich an und machte mein Bett. Kurz nach Mitternacht schloss ich meine Zimmertür hinter mir. Die Schreibmaschine, die mir meine Mutter geschenkt hatte, stand in ihrem Karton in meinem Kleiderschrank. Mit angehaltenem Atem tappte ich auf Zehenspitzen über die knarrenden Dielen die Treppe hinunter. Ich legte für jeden einen zugeklebten Briefumschlag auf den Küchentisch: Mama, Daddy, Grammy Belle und Josh. Dann schlich ich mich zur Hintertür hinaus.

Im schwachen Mondlicht verstaute ich mein Gepäck im Kofferraum und schloss die Klappe, so leise ich konnte. Ich sah noch einmal zum Haus zurück, zu den Feldern, zur Scheune. Plötzlich fühlte ich eine große Unsicherheit in mir und zögerte einen Moment. Aber meine Abenteuerlust war einfach größer. Ich stieg ins Auto und warf einen letzten Blick auf unser Haus.

Hinter seinem Zimmerfenster war Joshs Silhouette zu erkennen. Sein Anblick trieb mir die Tränen in die Augen. Ich drückte die Hand gegen das Autofenster und er tat dasselbe dort oben. So verharrten wir für einen langen Augenblick.

Ich drehte den Zündschlüssel herum und rollte die Ausfahrt hinunter. Als ich mich noch einmal umsah, stand mein Bruder immer noch da, die Hand gegen die Scheibe gelegt.

Fünf

Und hier war ich nun viele Jahre später, fuhr dieselbe Straße entlang und hatte wieder das vage Gefühl, meine Entscheidung zu bereuen. Nicht, weil ich mein Zuhause verlassen hatte, um meinen Traum zu verwirklichen. Sondern weil ich es so gedankenlos getan hatte. Daddy meinte zwar immer, dass mir Mama irgendwann doch verziehen hatte, aber das glaubte ich nicht. Wahrscheinlich würde sie das auch nicht mehr tun.

Manche Dinge kann man einfach nicht wiedergutmachen.

Die Fahrt nach Charleston war anstrengend gewesen, viel Verkehr, dann auch noch ein Unfall und eine Umleitung. Ich hatte fast elf Stunden bis nach Hause gebraucht. Als ich am nächsten Morgen aufwachte, tat mir alles weh und ich wusste erst nicht, wo ich war. Außerdem hatte ich verschlafen.

Ich eilte die Straße zu meinem Laden hinunter und sah auf die Uhr. Ich hätte vor zehn Minuten aufmachen müssen. Ich schloss die Hintertür auf. Sofort hörte ich das sanfte Schaben von Sandpapier auf Holz. Ich warf einen Blick in die Werkstatt, wo Albert gerade an einem Teetischchen arbeitete.

»Na, Albert, wie geht's?«

Er grinste. »Mir geht's blendend, aber dein Tag wird wohl ein bisschen anstrengend heute.«

»Wieso?«

»Weil deine Lieblingskundin schon auf dich wartet. Steht seit Punkt zehn Uhr da. Und ist natürlich sauer, weil ich sie nicht reingelassen habe.«

»Wo ist denn Inez?«

»Die hat doch heute frei. Hast den ganzen Laden für dich.« Lachend widmete er sich wieder seiner Schleifarbeit.

Ich stopfte meine Handtasche in eine Schreibtischschublade und machte die Lichter im Laden an. Meine Absätze klackerten laut auf dem Holzfußboden. Als ich Tula Jane Poteet vor der Tür stehen sah, stöhnte ich auf. Sie stand auf den Zehenspitzen, schirmte mit den Händen das Sonnenlicht ab und versuchte, ins Innere des Ladens zu spähen.

Ich schloss die Tür auf. »Guten Morgen, Miz Poteet.«

Sie trat herein und tupfte sich die Stirn mit einem Taschentuch. »Ich wollte schon fast wieder gehen. Ihr Mitarbeiter da hinten hat mich nicht reingelassen. Ich weiß ganz genau, dass er mich gesehen hat. Ich habe ihm gewunken, aber er hat sich einfach umgedreht und ist wieder nach hinten gegangen. Hat mich hier einfach in dieser unglaublichen Hitze stehen lassen. Was erlaubt der sich denn?«

»Albert ist für die Reparaturen zuständig. Er arbeitet nicht direkt im Laden, deswegen konnte er Ihnen nicht aufmachen. Aber jetzt bin ich ja da. Was kann ich denn heute für Sie tun?«

Sie richtete sich das blaugraue Haar. »Ich wollte nur mal schauen, was es so Neues gibt.«

»Es hat sich noch nicht viel getan seit dem letzten Mal. Vielleicht kommen Sie wieder, wenn …«

»Ach, tun Sie einfach so, als wäre ich gar nicht da«, sagte sie, ging um einen Kleiderschrank herum und verschwand hinter einem antiken Wandschirm.

Ich wollte ihr gerade hinterher, da kam der Postbote. Er stellte einen Karton auf den Boden und reichte mir das Klemmbrett für die Unterschrift. »Hi, Teddi. Alles klar?«

»Auf jeden Fall. Und bei dir, Tim?«

»Kann nicht klagen. Schönen Tag noch!«

Ich schlüpfte aus meinen Schuhen und schlich auf der Suche nach Miz Poteet auf Zehenspitzen an einer alten Vitrine vorbei. Ich fand sie hinter einem Küchenschrank, wo sie gerade einen silbernen Kerzenleuchter in der Handtasche verstaute.

Seit drei Jahren ärgerte ich mich nun schon mit ihren ständigen Diebstählen herum, und langsam hatte ich keine Lust mehr. Wenn ich dann ihren Sohn anrief, einen erfolgreichen Anwalt, der zusammen mit seiner Mutter auf der South Battery Street wohnte, bat er mich immer nur, ihm einfach die Rechnung für die Dinge schicken, die sie »vergessen hatte zu bezahlen«. Er erklärte stets, sie habe ein Nervenleiden und ich sollte seine liebe kleine Mama bitte auf keinen Fall jemals dadurch demütigen, dass ich sie auf die Diebstähle ansprach.

Heute reichte es mir jedoch endgültig.

Mit einem gezwungenen Lächeln ging ich auf Miz Poteet zu. »Soll ich Ihnen den als Geschenk einpacken? Und möchten Sie bar oder mit Karte bezahlen?«

Sie zog den Kerzenleuchter aus der Handtasche und hatte nicht mal den Anstand, dabei beschämt auszusehen. »Ach, wenn ich genauer darüber nachdenke, ist er vielleicht doch ein bisschen zu klein.«

Sie stellte den Kerzenleuchter zurück auf den flämischen Klostertisch und schwatzte fröhlich drauflos, als wäre nichts gewesen: »Hab gehört, Trudy backt heute ihr berühmtes

Vollkornbrot. Da geh ich mal lieber los, das ist ja immer schnell weg.«

»Gute Idee«, stimmte ich ihr zu und verschränkte die Arme vor der Brust.

Sie drehte sich so schwungvoll um, dass ihr das rosa Hemdkleid um die Beine wehte, und verließ den Laden mit hocherhobenem Haupt, als sei sie die ehrenwerteste Einwohnerin von ganz Charleston. Ich sah ihr kopfschüttelnd nach. »Von wegen Nervenleiden. Dass ich nicht lache!«

Ich zog mir die Schuhe wieder an und machte mich auf den Weg in mein Büro. Als ich jedoch an der Mahagonivitrine vorbeikam, blieb ich wie angewurzelt stehen. Die Glastür stand offen und vom mittleren Regal fehlte ein kleines Kästchen aus Limosiner Email. »Verdammt noch mal!«

Das kleine Kästchen war mein Lieblingsteil: ein echtes Sammlerstück, sehr alt, sehr gut erhalten und mit einem Frosch bemalt, der auf einem Seerosenblatt saß.

Ich marschierte in mein Büro und suchte fluchend die Nummer aus meinem Adressbuch.

»Green, Poteet und Davis«, flötete eine geschäftsmäßige Stimme.

»Hallo, hier ist Teddi Overman. Ich möchte bitte Mr. Poteet sprechen.«

Die Sekretärin stellte mich durch und kurz darauf hörte ich eine Stimme, die mir leider mittlerweile viel zu vertraut war.

»Guten Morgen, Miz Overman.«

»Nein, Mr. Poteet, es ist eben kein guter Morgen. Ihre Mutter war gerade bei mir im Laden und hat wieder mal ein Kästchen aus Limosiner Email gestohlen. Könnten Sie ihr nicht mal …«

»Miz Overman, meine Mutter ist vielleicht ein bisschen vergesslich, ja. Aber eine Diebin ist sie bestimmt nicht. Es tut mir leid, dass Ihnen das Unannehmlichkeiten bereitet, aber wir hatten doch eine Vereinbarung, oder? Wenn meine Mutter vergisst, etwas zu bezahlen, schicken Sie mir einfach die Rechnung und dann bekommen Sie Ihr Geld. Das ist doch nicht so schwer zu verstehen, oder?«

»Natürlich ist das nicht schwer zu verstehen, aber mein Problem ist damit noch lange nicht gelöst. Jedes Jahr fehlen bei der Inventur Dinge, von denen ich genau weiß, dass sie meinen Laden in der Handtasche Ihrer Mutter verlassen haben!«

»Ich übernehme auch dafür gern die Bezahlung, Miz Overman. Ich für meinen Teil bin mit unserer Vereinbarung vollauf zufrieden. Einen schönen Tag noch.«

Und damit legte er auf.

»Muttersöhnchen«, fauchte ich in den Hörer.

Den Rest des Vormittags verbrachte ich damit, die Post durchzugehen, die sich angesammelt hatte. Albert reparierte einen Riss in einem Eichenschreibtisch. Das Radio lief, er summte mit und machte ab und zu eine bissige Bemerkung zu einem der Werbespots. Ich lehnte mich auf meinem Bürostuhl zurück und warf einen Blick in die Werkstatt. Wie geduldig und sorgfältig er an jedem Möbelstück arbeitete, wie er jedes einzelne Teil reparierte, als hätte er einen himmlischen Auftrag.

Sechs

Ich traf Albert James Pickens an meinem ersten Tag in Charleston, damals, im Sommer 1972. Ich war nicht auf Charleston vorbereitet, aber das kann man wohl auch gar nicht sein. Kirchtürme ragten in einen Himmel auf, der so blau war, dass er fast unecht aussah. Die Straßen waren von Bäumen gesäumt, die mich staunen ließen. Manche Äste waren so lang und ineinander verschlungen, als würde für sie die Erdanziehung nicht gelten. Daneben standen Palmen, die im Wind schwankten wie riesige Farne. Ich fuhr eine Straße hinunter, die direkt am Wasser entlangführte. Mir blieb beim Anblick der wunderschönen alten Häuser, alle mit Blick auf die Bucht, fast der Mund offen stehen. Viele hatten in jedem der drei Stockwerke einen Balkon und im strahlenden Sonnenschein sahen sie aus, als wären sie aus Perlmutt.

Charleston war eine einzigartige Stadt. Eine Stadt, in der zwei verschiedene Welten nicht etwa aufeinandertrafen, sondern sich eher elegant zueinandergesellten und offensichtlich beschlossen hatten, einvernehmlich nebeneinanderzuleben.

Auf einmal merkte ich, dass ich mich verfahren hatte. Also drehte ich wieder um und fuhr suchend zurück, bis ich die Wentworth Street gefunden hatte. Ich steckte Mr. Palmers Visitenkarte in die Tasche, ließ das Auto stehen und lief die Straße ab. Alle Gebäude hier waren alt und sehr hoch, viele hatten Bogenfenster, Pfeiler und Dachvorsprünge, die mit reich verzierten Simsen geschmückt waren. Ich hatte zwar in einem Buch schon Fotos dieser vielen architektonischen Details bewundert, aber sie nun mit eigenen Augen zu sehen war noch einmal etwas völlig anderes. Ich kam an vielen Läden vorbei und blieb vor den Schaufenstern stehen, in denen einfach alles zu sehen war – von der neuesten Mode bis hin zu feinem Porzellan. Nach ein paar Hundert Metern fiel mir ein kleines, etwas verwittertes Schild auf, das schief in einem zerbrochenen Rahmen hing: *Antiquitätenhandel Palmer*.

Der Laden wurde auf der einen Seite von einem kleinen Café flankiert, auf der anderen verlief eine enge Kopfsteinpflastergasse. So hatte ich mir das wirklich nicht vorgestellt. Das Schaufenster war so schmutzig, dass man die Truhe nur undeutlich erkennen konnte, die dort ausgestellt war. In der Tür waren tiefe Kratzer und als ich die alte Bronzeklinke herunterdrückte und eintrat, wurde ich von einem starken Schimmelgeruch empfangen.

Der Raum war komplett vollgestellt mit Möbeln, Gemälden, Lampen und allem möglichen Nippes. Auf einer riesigen Mahagonivitrine stapelten sich Kartons voller angelaufener Silberlöffel und Glasknäufe, und in der Ecke standen Teppiche, wie Zigarren zusammengerollt und mit Draht umwickelt. Unter der Decke verlief eine Metallstange quer durch den Raum, von der zwei Kronleuchter und ein handgemachter Stoffaffe hingen. In einer Porzellanterrine saß eine einäugige Puppe.

Mr. Palmers Laden war der unordentlichste, staubigste, verrückteste Ort, den ich jemals gesehen hatte.

Ich war sofort verliebt.

Hinter mir knarrte eine Diele. Ich drehte mich um und sah Mr. Palmer auf mich zukommen. Er musste sich dazu an einem Geschirrschrank vorbeizwängen, aber als er mich sah, hellte sich sein Gesicht sofort auf. »Na, da wird doch der Hund in der Pfanne verrückt! Ist ja nicht zu fassen! Bist du nicht das kleine Mädchen aus Kentucky?«

Ich lächelte schüchtern und strich über einen Tiffany-Lampenschirm. »Sie haben wirklich einen hübschen Laden, Sir. So viele Sachen!«

Mr. Palmer sah sich um, als würde er sein Geschäft zum ersten Mal sehen. »Wohl wahr. Soll ich dich mal ein bisschen rumführen?«

Ich nickte begeistert und lief ihm hinterher. Er erzählte mir zu jedem Stück, wie es in seinen Besitz gekommen war und wem es früher gehört hatte. Er warf mit Wörtern wie »Rokoko«, »Biedermeier« und »Schmuckleisten« um sich, dass mir der Kopf schwirrte. Je länger ich ihm zuhörte, desto deutlicher wurde, dass Mr. Palmer ein wandelndes Antiquitätenlexikon war.

Als wir am Ende des Ladens angekommen waren, führte er mich einen Gang entlang und betrat einen weiteren Raum. »Und hier ist die Werkstatt.«

An einer Wand standen Regale voller Gläser mit Farben und Lacken. An einer Steckwand hingen Schraubzwingen und Werkzeuge. Terpentingeruch lag in der Luft. An der Werkbank stand ein Mann wie ein Baum. Seine Glatze glänzte unter dem hellen Licht wie poliertes Mahagoni. Er war mit der Reparatur eines geborstenen Stuhlbeins beschäftigt und brachte gerade mit hoch konzentriertem Gesicht eine Schraubzwinge an.

»Albert, kannst du dich noch an das bemalte Nachttischchen erinnern, das ich aus Kentucky mitgebracht habe? Das Miz Fitch gekauft hat?«, fragte Mr. Palmer.

Albert sah ihn mit ausdruckslosem Gesicht an.

»Das war das Werk von dieser jungen Dame hier.«

Es war klar, dass sich Mr. Palmer nicht mehr an meinen Namen erinnern konnte, also sagte ich lächelnd: »Ich heiße Teddi Overman.«

In Alberts Augen waren seine Gedanken so deutlich zu lesen, als hätte er sie ausgesprochen: *Na und?* Dann widmete er sich wieder seinem Stuhlbein.

Und das war's.

Ich blieb noch eine Stunde im Laden, lauschte Mr. Palmers Möbelgeschichten und stellte ihm Fragen. Als ich erzählte, dass ich ganz allein hierher nach Charleston gefahren war, lud er mich zum Mittagessen ein. Wir gingen nach nebenan in das kleine Café. Mr. Palmer winkte dem Koch zu. Die Stühle hatten rote Vinylbezüge und die Speisekarten waren in Plastik eingeschweißt.

Mr. Palmer steckte sich eine Serviette in den Kragen und machte sich über ein getoastetes Käsesandwich her, das er ab und zu in eine Schüssel geschmorte Tomaten dippte. Ich aß ein Thunfischsandwich.

Ich schwatzte die ganze Zeit, erzählte ihm von den Techniken des Möbellackierens, die ich vor Kurzem gelernt hatte. Mr. Palmer hörte mir aufmerksam zu, schwieg jedoch. Er fragte, wo ich übernachten würde. Ich trank einen Schluck Limonade. »Weiß ich noch nicht. Ich dachte, ich suche mir irgendein billiges Motel.«

»Willst du immer noch unbedingt Antiquitätenhändlerin werden?«

»Ja, Sir!«

Er biss von seinem Sandwich ab, kaute sehr langsam und sah mich dabei prüfend an. Wir aßen schweigend weiter.

»Also …«, er zog sich die Serviette aus dem Kragen und wischte sich den Mund ab. »Bist du nur zu Besuch hier in Charleston oder hast du vor zu bleiben?«

»Ich bin noch nicht ganz sicher. Was ich bis jetzt gesehen habe, gefällt mir aber sehr.«

»Wissen deine Eltern, dass du hier bist?«

»Ja.« Das war nicht gelogen. Also, nicht so richtig zumindest. Ich hatte ihnen ja die Briefe dagelassen, also wussten sie schon, wo ich war.

»Du willst also einen eigenen Laden, hast doch aber bestimmt kein Geld dafür, oder?«

Ich wand mich ein wenig. »Ein bisschen habe ich schon.«

»Egal, wie viel du unter einem ›bisschen‹ verstehst, weit kommst du damit bestimmt nicht. Nehmen wir also an, du stehst hier«, er stellte einen Pfefferstreuer direkt vor mir ab, »und möchtest hierhin kommen.« Er schob den Salzstreuer ans Tischende. »Wie willst du das anstellen?«

Ich sah zwischen den beiden Streuern hin und her und wurde rot. »Ich … na ja, ich suche mir eben einen Job, kaufe alte Möbel und arbeite abends und an den Wochenenden daran, bis ich genug Geld zusammengespart habe.«

»Und wo willst du die Möbel verkaufen? Wenn du die weiter am Straßenrand verkaufst, verhungerst du ja dabei.«

Ich senkte den Blick und malte mit dem Finger ein Muster auf die Tischplatte.

»Ich habe noch eine Frage: Wenn du arbeiten würdest, sagen wir bei mir im Laden, was würdest du da tun?«

Ich sah ihm in die Augen. »Als Erstes würde ich das Schaufenster putzen. Dann würde ich die Kratzer in der Ladentür reparieren und sie neu lackieren. Dann würde ich mich an die beiden Stühle machen, die in der Ecke stehen, und die auch lackieren.«

Seine Augenbrauen schossen in die Höhe. »Die gustavianischen Stühle lackieren? Das wäre … ein Sakrileg!«

Ich zuckte mit den Schultern. »Neu lackiert würden sie sich aber besser verkaufen.«

Er rieb sich das stoppelige Kinn und sah aus dem Fenster. Nach einer Weile fragte er: »Welche Farbe?«

»Die Stühle in Antiksilber und die Tür in Grün.«

»Grün. Wieso ausgerechnet grün?«

»Grün hat eine beruhigende Wirkung und es ist außerdem die Farbe des Geldes. Macht den Leuten vielleicht Lust, welches auszugeben.«

Mr. Palmer sah mich nachdenklich an. Dann brach er in lautes Lachen aus und ließ die Hände auf den Tisch fallen, dass der Salzstreuer nur so durch die Luft flog.

»Und wie viel würdest du verdienen wollen?«

Ich bückte mich nach dem Salzstreuer und dachte dabei an das, was mir Mr. Palmer letztes Jahr erklärt hatte. Hoch anfangen, mit sich feilschen lassen.

Ich stellte das Salz neben den Pfeffer. »Fünf Dollar pro Stunde.«

»Wie bitte? So viel würdest du nirgendwo verdienen. Ich biete dir zwei Dollar und keinen Penny mehr.«

Ich schüttelte den Kopf. »Sie haben selbst gesagt, was ich mache, ist Kunst, wissen Sie das nicht mehr? Aber na gut, ich würde auf vier runtergehen.«

»Wovon träumst du nachts? Zwei fünfzig.«

»Drei fünfundsiebzig.«

Mr. Palmer zupfte sich am Ohrläppchen und sah mich lange an. Ich dachte schon, er würde zurückrudern, da lächelte er. »Na gut, verdammt noch mal. Du bist eingestellt.«

Zurück im Laden gingen wir in Mr. Palmers Büro. Ich saß auf einem unbequemen Stuhl, dessen Sprungfedern sich schon durch das Polster bohrten. Er führte mehrere Telefonate. Nachmittags um vier hatte er eine winzige möblierte Wohnung über einer Bäckerei für mich gefunden. Die Wohnung war natürlich kein Palast, aber sie war sauber und es roch nach frisch gebackenem Brot.

Als ich an diesem Abend meine Sachen auspackte, fand ich auf dem Boden des Koffers einen Umschlag. Darin war ein Zettel:

Dreimal in Richtung Sonne zwitschern bringt Glück.

Eine blaue Feder, wahrscheinlich die eines Hüttensängers, fiel aus dem Umschlag.

Am nächsten Tag begann ich mit meiner Arbeit. Die ersten drei Wochen verbrachte ich damit, das Schaufenster zu putzen, die Tür in einem sanften Viridiangrün zu streichen, Mr. Palmers kompletten Laden von oben bis unten zu schrubben und die Möbel umzuräumen. Nachdem ich jede Holzoberfläche, die ich finden konnte, mit einer speziellen Bienenwachspaste eingerieben hatte, die mir im Lagerraum zwischen die Finger gekommen war, machte ich mich an das

Silberbesteck. Als ich auch damit fertig war, sah der Laden wirklich schön aus. Er war etwas Besonderes.

Mr. Palmer grummelte zwar, als ich ihn bat, ein Radio zu kaufen, aber eines Tages kam er herein und drückte mir wortlos einen Karton in die Hand. Ich stellte das Radio auf ein Bücherregal und suchte einen Klassiksender. Das würde dem Laden den letzten Schliff verpassen.

Und ich hatte recht.

Die Leute spazierten durch den Laden voll glänzendem Holz und funkelndem Silberbesteck, während im Hintergrund sanfte Klassik lief, und konnten gar nicht anders, als entspannt zu sein und die Brieftaschen zu öffnen.

Als es nichts mehr gab, das ich noch hätte polieren oder umstellen können, richtete mir Mr. Palmer in einer Ecke der Werkstatt eine eigene kleine Werkbank ein und ich machte mich an die gustavianischen Stühle. Mit einem seltsam unguten Gefühl dabei.

Albert konnte mich nicht leiden.

Er sagte mir weder Guten Morgen noch Auf Wiedersehen, er sah mich nicht an, wenn ich ihn etwas fragte, und eine Antwort konnte ich von ihm schon gar nicht erwarten. Manchmal beobachtete ich aus dem Augenwinkel, wie er mit seinen dunklen Händen liebevoll über einen Riss in einem Stuhlbein oder einen Kratzer in einer Tischplatte strich, wie er das Ausmaß der notwendigen Reparatur mit seinen Fingern ertastete. Wie er, wenn es sich um einen größeren Schaden handelte, eine kleine Taschenlampe aus seiner Werkzeugkiste holte und damit die betroffenen Stellen genauestens untersuchte. Dann wählte er die entsprechenden Werkzeuge, den Klebstoff, die Schraubzwingen und reihte sie hübsch ordentlich auf einem weißen Handtuch nebeneinander auf wie ein Chirurg seine Skalpelle. An dem Tag, an dem er einen Schrank aus dem neunzehnten Jahrhundert komplett wiederhergestellt hatte, der aus dem Umzugswagen auf die Straße gefallen war, wurde mir klar – Albert James Pickens hatte magische Kräfte, wenn es um Holz ging.

Je länger ich ihn bei der Arbeit beobachtete, desto besser verstand ich, dass Albert eine besondere Bindung zu Möbeln hatte. Je kaputter das Stück war, desto mehr mochte er es. Während er in der Mittagspause war, schlich ich mich oft an seine Werkbank und sah mir seine Arbeit an. Seine fertigen Stücke waren makellos. Man konnte kaum glauben, dass sie jemals kaputt gewesen waren.

Ich weiß bis heute nicht, warum ich angefangen habe, mit Albert zu reden. Ich war wahrscheinlich einsam. Jedenfalls schwatzte ich eines Tages einfach drauflos, während ich Möbel lackierte oder Silber polierte. Ich erzählte ihm zum Beispiel, dass meine Mutter die besten Kuchen im ganzen Powell County backen konnte und Grammy mit geschlossenen Augen die Rinde eines Baumes betasten konnte und sofort wusste, was es für einer war.

Albert schwieg.

»Mein Bruder hat eine unglaubliche Verbindung zur Natur. Es ist schwer zu erklären, aber ihm geschehen oft Dinge. Besondere Dinge. Einmal sind wir durch ein Kornfeld gerannt, Josh vorneweg, und plötzlich läuft ein Murmeltier neben ihm her. Es hat richtig mit meinem Bruder gespielt, ganz ehrlich. Unsere Farm liegt ja auch mitten in der Natur. Waren Sie schon mal in Kentucky?«

Schweigen.

»Ist wunderschön dort. Ach, und ich muss Ihnen unbedingt mal von der Red-River-Schlucht erzählen …«

Albert zeigte nie auch nur das geringste Interesse, also schwieg ich irgendwann wieder. Eines Tages, am Himmel hingen schwarze Wolken und der Regen schlug ans Fenster, fühlte ich mich aber sehr einsam und da fing ich doch wieder an, auf ihn einzuschwatzen.

»Wussten Sie eigentlich, wie toll mein Vater Sachen reparieren kann? Zwar keine Möbel, aber alles, was einen Motor hat. Er ist ziemlich schweigsam, so wie Sie. Aber wenn er dann mal etwas sagt, dann ist es wichtig. Ich weiß ja nicht, wie das bei Ihnen ist, bis jetzt haben Sie ja noch gar nichts gesagt. Meine Grammy meint jedenfalls immer, die weisesten Menschen reden am wenigsten, also müssen Sie ein Genie sein.«

Albert antwortete nicht.

»Daddy und ich sind oft mit dem Truck in die Stadt gefahren. Manchmal haben wir auf der Fahrt geredet, manchmal nicht. Aber wir haben immer Black-Jack-Kaugummi gekaut und es war schön, einfach nebeneinanderzusitzen und zu schweigen. Dieser Kaugummi ist wirklich sehr lecker. Haben Sie den schon mal probiert? Der ist nicht so weich wie andere, man muss ganz schön kauen. Und ich liebe den Duft. Ist schon ein Ding, wie sehr ich diesen Kaugummi vermisse. Hab keinen mehr gegessen, seitdem ich von zu Hause weg bin …«

Albert reagierte kein einziges Mal, ignorierte mich so konsequent, dass ich nicht sicher war, ob er mich überhaupt hörte. Aber manchmal hatte ich einfach das Bedürfnis zu reden, also redete ich eben. Es waren meist die Momente, wenn ich Heimweh bekam. Dann saß ich dort auf meinem kleinen Hocker und erzählte von meinem Zuhause in Kentucky, damit ich nicht vergaß, wo ich herkam.

Manchmal kam Albert morgens zu spät, manchmal kam er auch gar nicht zur Arbeit. Mr. Palmer verwarnte ihn immer wieder und sagte eines Nachmittags ganz deutlich, wenn er noch einmal einfach nicht zur Arbeit kommen würde, wäre er seinen Job los. Die Warnung schien gesessen zu haben, denn eine ganze Weile ging alles gut. Aber dann ging Albert eines Mittwochs zur Mittagspause und kam nicht wieder. Er reparierte gerade das Bein eines holländischen Nussbaumtischs, den die Besitzerin am nächsten Tag abholen wollte.

Nachmittags gegen halb vier kam Mr. Palmer in die Werkstatt. Kopfschüttelnd besah er sich den unfertigen Tisch. »Miz Crenshaw zieht mir das Fell über die Ohren! Wenn Albert morgen zur Arbeit kommt, muss ich ihn entlassen. Falls er überhaupt kommt.« Mr. Palmer warf dem Tisch noch einen bösen Blick zu und wandte sich dann an mich. »Ich habe einen Zahnarzttermin und gehe danach gleich nach Hause, also pass auf, ob du vorn im Laden Kundschaft hörst. Und denk dran, nachher abzuschließen.«

»Mach ich.«

Der Rest des Nachmittags verging wie im Flug. Als ich nach dem Lackieren die letzten Knäufe an einer Kommode festschraubte, war es schon Zeit, den Laden zu schließen. Ich wollte gerade zur Eingangstür, als mein Blick auf das unfertige Tischbein auf Alberts Werkbank fiel. An der Vorderseite des Beins verliefen filigrane Intarsien. Ich hatte keine Ahnung, wie viel dieser Tisch wert war, bestimmt eine ganze Menge. Obwohl Albert mich in den drei Monaten unseres gemeinsamen Arbeitens in diesem Raum kein einziges Mal auch nur eines Blickes gewürdigt hatte, tat es mir trotzdem leid, dass er entlassen werden sollte.

Am nächsten Morgen war ich die Erste im Laden. Ich saß an der Werkbank und polierte gerade ein silbernes Teeservice, als die Tür aufschwang. An den Schritten erkannte ich Albert. Keine zwanzig Sekunden später kam auch Mr. Palmer herein. »Albert, ich habe keine Ahnung, wo du gestern warst, und es geht mich auch nichts an. Aber seitdem Reba dich verlassen hat, bist du einfach nicht mehr der Alte. Mit deinen Launen komme ich klar und auch damit, dass du das Sprechen mittlerweile anscheinend ganz aufgegeben hast. Aber Miz Crenshaw will nachher ihren Tisch abholen, und wenn ich ihr dann sage, dass er noch nicht fertig ist, kann ich mir wieder höllisch was von ihr anhören. Tut mir leid, aber ich muss dich entlassen.«

Albert betrat mit hängenden Schultern die Werkstatt. Seine Latzhose sah so zerknittert aus, als hätte er darin geschlafen. Sein Blick fiel auf den Tisch, den er halb fertig hatte liegen lassen. Er zog sich die Lampe näher heran. Die Glühbirne schwankte über seinem Kopf hin und her, während er Miz Crenshaws Tisch anstarrte. Ich saß auf meinem kleinen Hocker und rätselte, was ihm wohl gerade durch den Kopf ging. Er streckte die Hand nach dem Tisch aus, zog sie jedoch zurück, bevor er ihn berührt hatte. In dem Moment kam Mr. Palmer mit seinem Scheckbuch in der Hand herein. »Ich tue das wirklich nicht gern, aber …«

Als Mr. Palmer den Tisch sah, verstummte er überrascht. Er beugte sich herunter und besah ihn sich aus der Nähe. Er drehte sich zu Albert herum und fauchte: »Wieso hast du denn nichts gesagt, verdammt noch mal? Dann warst du also gestern Abend noch mal hier und hast den Tisch fertig gemacht? Ich seh schon, ist vielleicht nicht die beste Arbeit, die du je abgeliefert hast, aber für Miz Crenshaw wird's reichen.«

Albert schwieg und ich polierte meine Teekanne weiter.

»In Ordnung, du kannst bleiben. Aber ich werd dich im Auge behalten.« Damit verließ Mr. Palmer die Werkstatt.

Der Vormittag verging, ohne dass Albert mich auch nur einmal ansah. In der Mittagspause ging Mr. Palmer in das Café nebenan. Ich holte ein Erdnussbuttersandwich aus der Tasche. Ich rechnete fest damit, dass Albert etwas sagen würde, sobald wir allein waren, *Danke* zum Beispiel oder vielleicht sogar ein halbherziges Kompliment zu meiner Arbeit. Eine Arbeit, mit der ich gestern Abend bis halb elf beschäftigt gewesen war und mit der ich ihm ganz schön aus der Patsche geholfen hatte.

Aber er sagte kein Wort.

Als er einfach das Licht über seiner Werkbank ausknipste und zur Mittagspause ging, war ich verletzt und sauer. Ich aß mein Sandwich auf und polierte dann weiter an meinem Teeservice. Ich zog das Tempo ein wenig an, ich wollte schnell fertig werden, damit ich mich endlich an das Lackieren eines Prince-of-Wales-Stuhls machen konnte. Mr. Palmer hatte mir bei der Farbwahl freie Hand gelassen und ich konnte es kaum erwarten anzufangen.

Während ich über meine Werkbank gebeugt dasaß, öffnete sich die Hintertür. Ich drehte mich nicht um und sagte auch nichts. Von mir aus konnte Albert seine Klebstoffgläser, geheimnisvollen Öl-Harz-Mixturen und seine vielen Spezialwerkzeuge einpacken und mit seinem Truck über die nächste Klippe fahren.

Ich tauchte eine Zahnbürste in eine kleine Schale mit Silberpolitur und bürstete damit am stark verzierten Griff eines Zuckerlöffels herum. Meine Finger waren schon ganz schwarz und mir juckte die Nase von den Dämpfen.

Ein Klicken ertönte und dann strömte der angenehme Windhauch von Alberts Ventilator durch den Raum. Ich hörte Albert hinter mir umherlaufen und seine Werkzeuge zusammensuchen. Plötzlich sah ich aus dem Augenwinkel einen Schatten auf mich zukommen.

Ich saß stocksteif da. Die Haare an meinen Armen stellten sich auf. Ich konnte Alberts Hand sehen.

Er kam näher.

Ich hielt den Atem an, die Zahnbürste schwebte in der Luft.

Langsam streckte Albert den Arm über meine Schulter und legte mir ein Päckchen Black-Jack-Kaugummi auf die Werkbank.

Sieben

Danach näherten Albert und ich uns vorsichtig einem freundlicheren Umgang miteinander an. Nachdem seine Frau Reba und er sich kurz darauf wieder vertragen hatten und sie zu ihm zurückkam, wurde er sogar so fröhlich, dass er ab und zu bei den Liedern im Radio mitsang. Mindestens einmal am Tag begann er von sich aus eine Unterhaltung mit mir, und wenn ich ihn etwas fragte, bekam ich nun immer eine Antwort. Wenn es ihm manchmal doch zu viel wurde und ich ihm mit meinem Schwatzen auf die Nerven ging, drohte er mir im Spaß: »Wenn du nicht bald den Mund hältst, hol ich meinen Spezialkleber!«

Ich hörte dann Mr. Palmer in seinem Büro kichern.

Bald waren Mr. Palmer und Albert für mich so etwas wie meine Lieblingsonkel geworden. Ab Dezember begleitete ich Mr. Palmer immer öfter zu Auktionen und Haushaltsauflösungen. Er meinte, ich hätte ein gutes Näschen dafür, wüsste immer genau, wo sich wertvolle Antiquitäten versteckten.

Ich arbeitete seit vier Jahren dort im Laden, als Albert eines Tages sagte: »Es wird Zeit, dass du dich mal ernsthaft mit Reparaturarbeiten beschäftigst.«

Ich schliff gerade einen Spiegelrahmen ab und ließ verwundert die Hand sinken. »Was meinst du? Das tue ich doch!«

Er deutete auf eine beschädigte Perlmuttintarsie, die in das Bein eines chinesischen Tischchens gehörte. »Hol dir mal deinen Hocker ran und schau zu.«

Seit diesem Tag saß ich jede Woche einen Nachmittag lang neben Albert an seiner Werkbank und sah ihm zu. Er brachte mir alles bei, was er wusste – von der richtigen Konsistenz für Füllspachtel bis zur Reparatur von Intarsia. Einmal zeigte er mir, wie mit Blasen auf Furnier umzugehen war. Ich war beeindruckt. »Woher kannst du das bloß alles?«

»Hab ich bei meinem Pa abgeschaut.« Er schlitzte das Furnier mit einer rasiermesserscharfen Klinge auf. »Es gab kein Möbelstück, das er nicht wieder ganz bekommen hätte. So eine ruhige Hand hatte kein Zweiter.«

»Wie alt warst du, als du selbst damit angefangen hast?«

»Elf.«

»Und seitdem hast du nie wieder was anderes gemacht?«

Albert schüttelte den Kopf und hob das Furnier vorsichtig mit der Spitze der Messerklinge an. »Und jetzt sei still und pass auf ...«

Etwa ein Jahr, nachdem Albert angefangen hatte, mir auch die komplizierteren Reparaturtechniken beizubringen, verschwand Josh. Albert machte sich zwar Sorgen um ihn, gab sich aber Mühe, mir immer wieder Mut zu machen. Manchmal brauchten Menschen einfach ein bisschen Zeit für sich, meinte er, und er sei sicher, dass Josh früher oder später wieder auftauchen würde. Aber als aus den Wochen Monate wurden und Josh immer noch nicht wieder aufgetaucht war, sprach Albert weniger und weniger darüber.

Einmal legte er mir die Hand auf die Schulter und sagte, Reba und er hätten mit den Mitgliedern ihrer Kirchengemeinde gesprochen, alle würden für Joshs Wiederkehr beten. Ich fing an zu weinen.

Mr. Palmer sprach mich nicht oft auf Josh an, gab mir aber immer gern frei, wenn ich für ein paar Tage nach Kentucky wollte, und bezahlte mir diesen Urlaub sogar.

Bei einem meiner Besuche zu Hause nahm ich eins von Joshs karierten Holzfällerhemden mit. Wenn der Schmerz über sein Verschwinden zu groß wurde und ich mich ganz kalt und taub fühlte, zog ich mir sein Hemd über. Solche besonders schlimmen Tage verbrachte ich damit, alte Metallteile mit einer Drahtbürste zu säubern, während mir die Tränen in den Augen brannten. Ich tauchte die Bürste in das Lösemittel und bewegte sie kreisend über eine Stelle. Und mit jeder kreisenden Bewegung betete ich still: *Bitte lass meinen Bruder nach Hause kommen, bitte …*

Ich hatte Angst, war todunglücklich und wütend auf die ganze Welt. Ich hatte sogar mit dem aufgehört, was ich am meisten liebte – die Reparaturstunden bei Albert.

Die Monate gingen ins Land, die Bündchen am Hemd meines Bruders begannen sich langsam aufzulösen, und ich wurde vor Schlafmangel immer schwächer. Alles fühlte sich so zähflüssig an. Meine Hände arbeiteten nicht mehr so, wie ich es gewohnt war, und meine Gedanken drifteten ständig ab. Oft wusste ich nicht mal, welchen Tag wir hatten, und es war mir auch egal. Der Klang meiner eigenen Stimme tat mir in den Ohren weh, also hörte ich schließlich auf zu sprechen.

Eines Nachmittags im Sommer 1978 saß ich gerade in meiner Ecke und besserte einen Riss in einem Buchständer aus, als Albert plötzlich die Stille der Werkstatt durchbrach.

»Als ich ein kleiner Junge war, ist mein Grandpa jeden Samstag mit mir angeln gegangen. Hat uns immer ein leckeres Mittagessen für unterwegs eingepackt, manchmal Sandwiches mit frittiertem Seewolf, manchmal Grillhähnchen. Einmal haben wir am Ufer gesessen und waren gerade mit dem Essen fertig. Grandpa hatte als Nachtisch für jeden von uns einen Glückskeks dabei. Ich hab in meinen reingebissen und das Stück gleich wieder in hohem Bogen ausgespuckt – hat geschmeckt wie alter Karton mit Zucker obendrauf. Grandpa hat sein Keks auch nicht geschmeckt, also haben wir die Dinger einfach in den Fluss geworfen.

Am Samstag drauf fuhren wir wieder angeln. Das war vielleicht ein Tag. Die Rotbarsche kamen so nah ans Ufer, dass man ihre Schwanzflossen über der Wasseroberfläche sehen konnte. An dem Tag hab ich meinen ersten Rotbarsch gefangen. Und was für einen! Der war über einen halben Meter lang. Als wir wieder zu Hause waren, hat Grandpa vorgeschlagen, dass wir ihn nach Cajun-Art kochen. Wir haben zusammen auf der Veranda gesessen, er hatte eine Zeitung vor sich ausgebreitet und wollte den Fisch ausnehmen. Er schneidet ihn also auf und da machen wir vielleicht große Augen: Der Fisch hatte den gefalteten Zettel aus einem unserer Glückskekse im Bauch. Grandpa hat ihn rausgeholt und meinte: ›Albert, das ist eine Nachricht von Gott. Lies mal vor, was er uns zu sagen hat.‹ Und was steht da? ›Die Wasser des Glaubens nähren unsere Seele.‹«

Albert schüttelte lachend den Kopf. »Ich hab Grandpa gefragt, ob das heißt, dass wir öfter in die Kirche gehen sollten. Er hat kurz darüber nachgedacht und meinte dann: ›Nein, das bedeutet, dass wir von jetzt an auch sonntags angeln gehen sollten.‹«

Ich musste unwillkürlich lächeln, blieb aber doch skeptisch: »Hast du dir das gerade ausgedacht?«

»Du weißt doch, ich lüge nie.« Aber die Tatsache, dass sich seine Augenwinkel in kleine Falten legten, ließ mich so meine Zweifel daran haben. Er sah mich ernsthaft an und deutete mit dem Schraubenzieher auf ein kaputtes Schmuckkästchen, das er gerade reparierte. »Bereit für die nächste Lektion?«

Ich nickte und schob meinen Hocker neben seine Werkbank.

An einem kühlen Februarmorgen im Jahr 1982 kam Mr. Palmer in die Werkstatt. »Nächsten Sonntag findet in Orangeburg eine Haushaltsauflösung statt. Hast du Lust, mich zu begleiten?«

»Gern.«

»Dann sei pünktlich um halb acht hier. Sonst fahre ich ohne dich!«

Als wir in Orangeburg angekommen waren und gerade aus dem Truck stiegen, sah mich Mr. Palmer sehr ernst an. »Wenn du was Besonderes siehst, lass es dir nicht gleich anmerken. Und dass du mir ja nicht wieder so aufgeregt quietschst, damit treibst du nämlich bloß den Preis in die Höhe!«

»Ja, ja.«

»Und lächele nicht so viel und schwatz auch nicht wieder mit jedem.«

»Weiß ich doch! Das haben Sie mir schon tausendmal gesagt.«

»Und du hast anscheinend tausendmal nicht zugehört.«

Ich sah betreten zu Boden und folgte ihm ins Haus. Drinnen roch es alt und staubig. Die Zimmer standen voll mit

Möbeln und Nippes, aber nichts davon war wirklich wertvoll. Wir gingen hinauf in den zweiten Stock. An den Wänden waren fettige Fingerspuren zu sehen, wahrscheinlich von Kindern, die inzwischen älter waren als ich. Die Teppiche waren verblichen und ausgetreten.

»Oben auf dem Dachboden steht auch noch eine ganze Menge«, ließ sich hinter uns ein Mann vernehmen. »Meine Tante konnte sich nur schwer von Dingen trennen.« Er zog an einer Schnur, die von der Decke hing, und eine wacklige Dachbodenleiter klapperte uns entgegen. »Sehen Sie sich da oben ruhig um. Wenn Sie irgendwas brauchen – ich bin in der Küche.«

Nachdem der Mann wieder verschwunden war, sagte Mr. Palmer mit einem Kopfschütteln: »Ich setze sicher keinen Fuß auf diese Leiter, wir verschwenden hier sowieso nur unsere Zeit. Gehen wir.«

»Ich seh mich noch schnell oben um.«

»Aber beeil dich. Ich warte hier. Wenn du was Interessantes siehst, bring's einfach mit.«

Ich kletterte die Leiter hinauf. Oben zog ich an einer Strippe und eine Glühbirne leuchtete auf. Die Decke war voller Spinnweben und der gesamte Dachboden war so verkramt, dass ich gar nicht wusste, wo ich anfangen sollte. Ich sah in ein paar Kartons, in den meisten waren jedoch nur alte Kleidungsstücke, vergilbte Tischdecken und Weihnachtsschmuck, dessen Anblick mich ganz traurig machte. Dieser Weihnachtsschmuck würde bestimmt nie wieder an einem Baum hängen.

Ich arbeitete mich weiter in dem staubigen Durcheinander voran. Tote Wespen knirschten unter meinen Schuhen. Ich wollte gerade wieder gehen, als mir hinter einem kaputten Spiegel ein Pappkarton auffiel. Ich griff hinein und zog etwas Schweres heraus, das in eine braune Papiertüte gewickelt war.

In der Tüte steckte eine fein ziselierte, etwas angelaufene Silberschatulle. Auf der Unterseite befand sich ein Schlüsselchen. Ich drehte es ein paar Mal herum, da sprang plötzlich der Deckel der Schatulle auf und ein winzig kleiner Blechvogel reckte sich heraus. Eine Melodie erklang und der Vogel bewegte dazu die Flügel auf und ab. So etwas hatte ich noch nie gesehen. Als die Musik aufhörte und der Vogel wieder erstarrt war, schloss ich den Deckel der Schatulle und stellte sie neben mich auf den Boden. Ich kramte noch in ein paar weiteren Kartons und stieß dabei auf einen Türklopfer aus Bronze und eine Streichholzschachtel aus Messing.

Ich ging zur Leiter zurück und flüsterte: »Ich hab was gefunden.«

Mr. Palmer streckte die Hand aus und ich reichte ihm die Streichholzschachtel, den Türklopfer und schließlich die Vogelschatulle hinunter.

Er legte die Schachtel und den Türklopfer auf den Boden, aber bevor er sich die Vogelschatulle in Ruhe ansehen konnte, stand der Mann neben ihm, der sich um die Haushaltsauflösung kümmerte. »Und, haben Sie was gefunden?«

»Nur die drei Teile hier«, sagte Mr. Palmer. »Aber so ganz sicher bin ich mir nicht …«

Der Mann warf nur einen kurzen Blick auf unsere Ausbeute. »Wie wär's mit fünfzig Dollar für alle drei zusammen?«

»Das sind sie wohl nicht wert.«

Ich verstand nicht, wieso Mr. Palmer so feilschte. Der Türklopfer allein war mehrere Hundert Dollar wert.

Der Mann kratzte sich den Kopf. »Na gut. Sagen wir vierzig?«

»Schon besser.«

Ich kletterte die Dachbodenleiter herunter. »Was ist mit dem Schminkhocker da?«, fragte ich und zeigte in eins der Zimmer.

»Für zwei Dollar gehört er Ihnen.«

Mr. Palmer zog seine Brieftasche hervor und zählte das Geld ab, als würde es ihm körperliche Schmerzen bereiten, sich von den Scheinen zu trennen. »Hier sind Ihre zweiundvierzig Dollar.«

Der Mann faltete die Scheine zusammen und stopfte sie sich in die Tasche. »Falls Sie noch was finden, was Ihnen gefällt, sagen Sie einfach Bescheid.«

Mr. Palmer und ich verließen das Haus. Als wir im Truck saßen, betrachtete er die Silberschatulle etwas näher. Er drehte an dem Schlüsselchen, die Musik begann zu spielen und das Vögelchen reckte sich heraus. Er brach in Gelächter aus, drückte mir die Schatulle in die Hand und startete den Motor.

»Was ist denn so lustig?«

»Halleluja!« Er schlug begeistert auf das Lenkrad und wir donnerten die Straße hinunter. »Sieh dir mal das Herstellerkürzel auf der Unterseite an. Das ist eine Griesbaum, verdammt noch mal! Eine echte Griesbaum!«

»Und was ist das Ding wert?«

»Singvogelspieldosen aus echtem Silber sind sehr selten. Die da ist um 1900 hergestellt worden. Die bringt tausend Dollar ein, vielleicht sogar mehr.«

Ich stellte die Füße auf dem Armaturenbrett ab, damit es nicht so klapperte. »Wow. Da haben wir ja das große Los gezogen.«

»Du hast dir deinen Lohn diesen Monat wirklich verdient. Erinnere mich daran, dass ich dir fünfzig Dollar extra zahle.«

»Alles unter zweihundert wäre in diesem Fall ja wohl eine Beleidigung.«

»Eine Beleidigung?!« Er kurbelte das Fenster herunter und spuckte Tabaksaft nach draußen. »Ich sollte dir eher noch was vom Lohn abziehen dafür, dass du dir so einen Ton mit mir erlaubst!«

»Außerdem hab ich neulich schon die Sardinenbüchse aus Kristallglas in Georgetown entdeckt, die hat Ihnen auch eine Menge Geld eingebracht. Und ohne mich hätten Sie die Vogeldose jetzt gar nicht. Ich war schließlich da oben auf dem Dachboden, nicht Sie.«

Er presste die Lippen zusammen und starrte stur geradeaus, aber er wusste genau, dass ich ihn ansah. Schließlich gab er nach. »Na gut. Du bekommst zweihundert extra. Aber das war's dann auch!«

Ich lachte. »Danke. Auch für den Schminkhocker. Kann's kaum erwarten, den zu lackieren.«

»Ach, na ja, der hat ja nur zwei Dollar gekostet.«

Wir fuhren eine Weile schweigend vor uns hin. Dann drehte ich mich zu Mr. Palmer herum. »Ich habe neulich darüber nachgedacht, wie lange ich jetzt schon bei Ihnen arbeite. Im Juni sind es zehn Jahre. Wenn Sie irgendwann in Rente gehen, könnte ich dann nicht den Laden übernehmen?«

Die Frage überraschte ihn so sehr, dass er das Auto fast in den Graben fuhr. »Herrgott noch mal, eben hab ich dir zweihundert Dollar versprochen, und als Nächstes willst du gleich den ganzen Laden, oder was? Da mach dir mal keine großen

Hoffnungen, ich habe nämlich noch lange nicht vor, in Rente zu gehen. Darüber denke ich noch nicht mal nach, bis ich fünfundsiebzig bin.«

»Sind Sie nicht vor drei Jahren fünfundsiebzig geworden?«

Er wurde rot. »Da hast du bestimmt was falsch verstanden. Aber falls ich jemals in Rente gehen sollte, würde ich dir den Laden wohl überlassen, ja. Du würdest ihn wahrscheinlich nicht gleich völlig ruinieren.«

Ich sah aus dem Fenster und lächelte vor mich hin. Aus dem Mund von Mr. Palmer war das ein sehr großes Kompliment.

Ein paar Monate nach dieser Unterhaltung saß er eines Tages in seinem Büro und berechnete den Ladenpreis für das Silberbesteck, das er bei einer Auktion ersteigert hatte. Albert reparierte gerade die Beine eines antiken Kinderhochstuhls, auf dem anscheinend ein pummeliges Kind ein paarmal zu oft gesessen hatte, und ich verschönerte eine Kiefernholztruhe mit Découpagetechnik.

Es war meine erste Auftragsarbeit für Miz Tedra Calhoun, eine Society-Lady und eine unserer besten Kundinnen. Ich hatte Blumenfotos aus alten Ausgaben britischer Gartenmagazine ausgeschnitten und beklebte damit nun die Truhe. Es sollte eine Collage eines sommerlichen Gartens in voller Blüte werden. Ich wusste, diese Découpage musste perfekt werden, sonst wäre es wohl meine letzte.

Ein paar Minuten vor zwölf ratterte Mr. Palmers Rechenmaschine plötzlich laut los und hörte gar nicht mehr auf. Ich sah Albert fragend an.

»Der alte Mann gerät ja richtig in Wallungen über seinen gesalzenen Silber-Preisen.«

Ich war neugierig, was Mr. Palmer da so zusammenrechnete, legte meinen Pinsel zur Seite und ging in sein Büro. Er saß über den Schreibtisch gebeugt. Die rechte Hand lag schwer auf den Tasten der Rechenmaschine, aus der sich unaufhörlich eine Papierschlange wand, die über den Schreibtisch wanderte und schon bis auf den Boden reichte.

Mr. Palmer war tot.

Bei der Beerdigung saß ich zwischen Albert und Reba. Wir waren fassungslos. Der Pfarrer, ein dicklicher, älterer Herr, sprach herzlich von Mr. Palmers etwas griesgrämiger Art, von seinem Ruf, stets unerbittlich zu feilschen, und von seiner Verlässlichkeit. Als der Pfarrer erwähnte, dass Mr. Palmer sechsundachtzig Jahre alt geworden war, sahen Albert und ich uns überrascht an. Außerdem erfuhr ich, dass er fast fünfzig Jahre lang eine Freundin gehabt hatte. Sie hieß Bessie Wise, war jedoch nicht auf der Beerdigung, weil sie bereits im Altersheim war.

»Die Arme«, sagte eine Frau hinter mir. »Jackson hat sie jeden Sonntag besucht, Gott segne ihn. Aber sie hat ihn schon lange nicht mehr erkannt.«

Mr. Palmer hatte einen Neffen namens Elgin, der in Texas lebte. Nach der Trauerrede unterhielten Albert, Reba und ich uns ein wenig mit ihm. Er kündigte für den nächsten Tag einen Besuch im Laden an, um uns über seine Pläne zu unterrichten. Das Wort »Pläne« gefiel mir zwar ganz und gar nicht, aber ich wollte keine vorschnellen Schlüsse ziehen.

Am nächsten Morgen erklärte uns Elgin dann höflich, aber bestimmt, er sei der rechtmäßige Erbe von Mr. Palmers Besitz, und das schließe den Laden und dessen Inhalt ein.

Wird er den Laden selbst übernehmen oder will er jemanden dafür einstellen? Soll ich ihm einfach sagen, dass ich das Geschäft ganz bestimmt leiten könnte?

Ich wusste nicht, wie man sich in solch einer Angelegenheit verhielt, und während ich noch all meinen Mut zusammennahm, um ihm mein Angebot so respektvoll wie möglich zu unterbreiten, informierte uns Elgin in aller Seelenruhe über seinen geplanten Coup: Er hatte eine Auktionsfirma damit beauftragt, den gesamten Inhalt von Mr. Palmers Laden und danach auch das Haus zu verkaufen. Ich stand auf.

»Entschuldigen Sie bitte, ich möchte nicht unhöflich sein, ich habe nur eine Frage. Könnten Albert und ich Ihnen das Geschäft nicht abkaufen? Wir arbeiten sehr gut zusammen und würden das gemeinsam sicher schaffen.«

»Nein, das tut mir leid«, erwiderte Elgin. »Ich zahle Ihnen beiden noch einen vollen Monatslohn und übernehme natürlich auch den bezahlten Urlaub, falls Sie schon welchen vereinbart hatten. Und wenn Sie ein Empfehlungsschreiben brauchen, verfasse ich Ihnen gern eins. Aber wenn dann alle Reparaturen abgeschlossen sind, räumen Sie bitte schnellstmöglich Ihre persönlichen Gegenstände aus dem Laden.«

Und das war's. Ich hatte nicht nur einen zwar etwas streitsüchtigen, aber dennoch wundervollen Freund und Lehrer verloren. Sein Tod bedeutete außerdem auch das Ende meines Traums, einmal seinen Laden zu übernehmen.

Nach Feierabend begleitete ich Albert zu seinem Truck. »Könnten wir nicht unser Geld zusammenlegen und einen eigenen Laden aufmachen? Als gleichberechtigte Partner?

Mr. Palmers Kunden würden uns die Treue halten, da bin ich mir sicher.«

Albert schüttelte bedächtig den Kopf. »Du bist noch jung, Teddi. Du hast noch so viele Jahre vor dir. Ich habe angefangen zu arbeiten, da war ich vierzehn, und im November werde ich einundfünfzig. Ich möchte einfach nur ein Auskommen haben und am Wochenende angeln gehen. Reba und ich haben ein schönes Leben. Das will ich nicht mit einem Kredit aufs Spiel setzen. Mein Geld bleibt schön da, wo es jetzt ist – auf der Bank. Ich möchte auf meine alten Tage nichts mehr wagen.«

»Und was, wenn ich es für uns beide wage? Du machst einfach deine Arbeit weiter, so wie immer, und ich kümmere mich um den Rest.«

Albert öffnete die Autotür und stieg ein. Er kurbelte das Fenster herunter. »Das wäre nicht richtig. Ich weiß, du hast einen großen Traum. Und so hartnäckig, wie du bist, wirst du ihn dir sicher auch irgendwann erfüllen. Aber wir beide haben einfach verschiedene Träume.«

»Verstehe.«

Albert sah mich an. Einen Moment lang hoffte ich, er würde seine Meinung ändern und sich meinen Vorschlag vielleicht noch einmal durch den Kopf gehen lassen. Aber dann ließ er den Motor an und sagte nur: »Jetzt lass den Kopf nicht hängen. Mein Grandpa hat immer gesagt: ›Aus dem Fenster sieht man nie den ganzen Himmel.‹ Vergiss das nicht. Bis morgen!«

Zehn Tage nach dieser Unterhaltung waren alle noch ausstehenden Reparaturen abgeschlossen und ausgeliefert. Albert fegte den Fußboden und ich wischte die Werkbänke ab. Elgin kam herein und gab jedem von uns einen Briefumschlag. Dann bat er uns noch, unsere Schlüssel dazulassen. Albert sammelte schweigend sein Werkzeug zusammen und brachte es zu seinem Truck. Ich konnte mich nicht beherrschen und weinte, während ich meine Pinsel in ein Handtuch wickelte.

Um sechzehn Uhr verließen wir beide Mr. Palmers Laden. Ich wischte mir mit dem Ärmel die Tränen ab. »Du wirst mir so sehr fehlen, Albert.«

Er klang ebenfalls traurig. »Ich werde dein Geplapper auch vermissen.«

Drei Wochen später kam der gesamte Inhalt von Mr. Palmers Laden unter den Hammer. Ich brachte es nicht übers Herz, bei der Auktion dabei zu sein. Albert auch nicht. Kurze Zeit später wurde das Gebäude an einen Investor aus Raleigh verkauft.

Einen deutlicheren Schlussstrich kann man wohl nicht ziehen.

Acht

Albert fand eine Stelle in einer Möbelwerkstatt am Stadtrand. Er meinte, es gehe dort zu wie am Fließband und dem Besitzer sei sein handwerkliches Können völlig egal, aber die Bezahlung sei gut. Ich suchte ebenfalls nach einer Arbeit, die mit Möbeln zu tun hatte, fand jedoch nichts. Na ja, bis auf eine Stelle bei Miz Hightree, die ein Antiquitätengeschäft in der King Street führte und jemanden suchte, der für einen Hungerlohn den Laden putzen und Lampen reparieren sollte. Lieber hätte ich für den Rest meines Lebens an einem Stein gelutscht, als diesen Job anzunehmen.

Ich arbeitete als Kellnerin in dem kleinen Café, in dem Mr. Palmer und ich vor zehn Jahren zu unserer Übereinkunft gekommen waren. Jeden Abend durchforstete ich die Stellenanzeigen. Während ich die Serviettenspender auffüllte oder die Tageskarte an die Tafel hinter dem Tresen schrieb, musste ich manchmal an die Schreibmaschine denken, die ich zum Schulabschluss bekommen hatte, und wie gern mich Mama an der Sekretärinnenschule gesehen hätte. Wenn sie wüsste, in welcher Lage ich gerade steckte, hätte ich mir eine ordentliche Rede à la »Ich hab's ja immer gesagt!« anhören können. Also erzählte ich ihr nichts davon – und auch niemand anderem.

Ich hatte etwa einen Monat lang als Kellnerin gearbeitet, als ich eines Tages auf dem Weg zur Arbeit ein Schild im

Schaufenster von Mr. Palmers Laden sah: *Zu vermieten*. Dieser Anblick traf mich sehr. Ich klopfte schnurstracks an der Ladentür. Der Mann öffnete mir. Ich lächelte ihn an. »Ich heiße Teddi Overman. Ich habe hier früher gearbeitet, als Mr. Palmer noch der Besitzer war. Ich würde den Laden gern mieten.«

Er ließ den Blick über die Kellnerinnenuniform und meine ausgetretenen Schuhe wandern. Ich fing an, ihm zu erklären, was ich mit dem Laden vorhatte, aber er unterbrach mich barsch: »Irgendwelche Sicherheiten?«

Die Frage traf mich unerwartet. »Na ja, ich … ich habe ein Auto und fast siebentausend Dollar gespart.«

Er schüttelte den Kopf und schlug mir die Tür vor der Nase zu.

Nach meiner Schicht im Café lief ich nach Hause, zog mein bestes Kleid an und ging zu meiner Bank. Dort erklärte ich meine Situation dem Manager, einem kleinen, glatzköpfigen Mann, der verblüffende Ähnlichkeit mit einem Maulwurf hatte. Als ich gerade dachte, sein Interesse geweckt zu haben, erklärte ich, dass ich einen Kredit über etwa dreißigtausend Dollar bräuchte. Sobald ich die Zahl ausgesprochen hatte, begann er, in den Papieren auf seinem Schreibtisch zu blättern, um mich nicht mehr ansehen zu müssen. »Es tut mir sehr leid, Miss Overman. Diese Summe können wir Ihnen leider unter gar keinen Umständen leihen.«

Ich verließ die Bank, der letzte Hoffnungsschimmer war verflogen.

Monate vergingen und das Schild stand immer noch in Mr. Palmers Schaufenster. Die Schrift war von der Sonne schon ganz ausgeblichen und die Ecken des Papiers wellten sich hoch.

Ich fühlte mich oft einsam und manchmal hatte ich auch Angst, aber ich war nach wie vor davon überzeugt, dass ich mein eigenes Geschäft leiten könnte, wenn mir nur jemand eine Chance geben würde. Ich hatte jedoch keine Ahnung, wer dieser Jemand sein sollte.

Erst als ich eines Tages in der Apotheke hinter Miz Tedra Calhoun in der Schlange stand und wir miteinander ins Gespräch kamen, hatte ich plötzlich eine Idee.

»Neulich habe ich bei mir zu Hause eine kleine Spendengala organisiert und dabei so viele Komplimente zu der Découpagearbeit an meiner Truhe bekommen, Teddi!«

»Danke schön. Es hat mir großen Spaß gemacht.«

»Es ist so traurig, dass Mr. Palmer nicht mehr unter uns ist. Die Stadt wird nie wieder dieselbe sein ohne ihn. Was machst du denn jetzt so? Wo arbeitest du?«

Die Antwort war mir unangenehm. »Marty's Café. Aber nur, bis ich wieder eine Arbeit habe, die etwas mit Möbeln zu tun hat.«

Miz Calhoun drückte mir die Hand. »Bei deinem Talent dauert es bestimmt nicht lange, bis dich jemand entdeckt. Es war nett, dich mal wieder zu sehen. Pass auf dich auf!« Sie nahm ihre Einkäufe, winkte mir noch einmal mit ihrer perfekt manikürten Hand zu und entschwebte nach draußen.

Tedra Calhoun hatte etwas Besonderes an sich, es war jedoch schwer zu sagen, was genau. Ich schätzte sie auf Mitte fünfzig. Sie war eine dieser Frauen, die immer perfekt geschminkt und gekleidet sind. Sie war von Hause aus nicht einmal sonderlich hübsch, vermittelte aber trotzdem jedem die Illusion, sie sei wunderschön, was meiner Meinung nach schon wieder einer eigenen Art von Schönheit gleichkam. Ich sah ihr nach, wie sie mit elegantem Gang in ihrem hellgrünen Hosenanzug und der Perlenkette den Gehweg hinunter entschwand, und lief ihr spontan hinterher.

»Miz Calhoun«, sagte ich atemlos, als ich sie eingeholt hatte, »haben Sie vielleicht einen Moment Zeit? Ich habe da nämlich eine Idee.«

Ich erzählte ihr, wie viel ich bei Mr. Palmer gelernt hatte und dass ich davon überzeugt war, einen eigenen Laden leiten zu können. »Ich bin sehr fleißig, Miz Calhoun. Und Mr. Palmer hat immer gesagt, ich hätte ein Auge für wertvolle Dinge. Außerdem bin ich geduldig. Ich mache meine Arbeit immer sehr sorgfältig. Sie kennen doch bestimmt ganz Charleston und da dachte ich, Sie könnten vielleicht bei der Bank ein gutes Wort für mich einlegen. Wenn ich nur eine Chance bekommen würde …«

Ich redete immer schneller und merkte, wie verzweifelt ich klang, aber ich konnte nichts dagegen tun.

Miz Calhoun blieb stehen. »Träume haben manchmal eine ganz schöne Macht über uns. Als ich jung war, habe ich immer davon geträumt, mal eine Primaballerina zu werden. Ich war eine sehr gute Tänzerin, aber mir fehlte die wichtigste Zutat, um ganz vorn mit dabei zu sein: Courage. Ich wurde beim wichtigsten Vortanzen meiner Karriere nicht genommen. Kurz darauf habe ich dann Preston getroffen. Und als er mich gefragt hat, ob ich ihn heiraten möchte, war ich mir gleich sicher. Aber ich habe nie wieder getanzt.«

Sie lächelte traurig. »Ich bereue es nicht. Aber manchmal frage ich mich doch, was hätte sein können, wenn ich nur noch ein bisschen länger ausgehalten und mehr an mich geglaubt hätte.«

Ich fragte mich gerade, was sie mir mit dieser Geschichte eigentlich sagen wollte, da fuhr sie fort: »Du hast also einen Traum und anscheinend auch den Mut, diesen Traum zu verfolgen. Dir fehlt lediglich das nötige Startkapital. Sehe ich das richtig?«

»Ja, Ma'am.«

Es ging hier nicht darum, dass eine reiche Frau Mitleid mit einem armen Bauernmädchen hatte, das sah ich ihren gütigen Augen an. »Komm doch heute Abend zum Essen zu uns. Preston ist ein findiger Geschäftsmann. Vielleicht hat er ja ein paar Ideen für dich. Er nimmt gern einen Drink vor dem Abendbrot. Wenn du gegen sechs vorbeikommst, hätte er Zeit für dich.«

»Ach, danke schön, Miz Calhoun.«

Sie lächelte. »Ich weiß natürlich nicht, was mein lieber Preston für dich tun kann. Aber er wird dir auf jeden Fall zuhören und hat zumindest den einen oder anderen Tipp für dich. Jetzt muss ich aber los. Dann bis heute Abend!«

Ich brauchte eine ganze Stunde für die Entscheidung, was ich anziehen sollte, und um mir die Haare zu machen. Ich wollte erwachsen und professionell aussehen, deshalb entschied ich mich für einen einfachen schwarzen Rock und einen weißen Pullover mit kleinen Perlenknöpfen. Nach mehreren gescheiterten Versuchen gelang es mir mithilfe von etwa hundert Haarklammern und so viel Haarspray, dass ich daran fast erstickte, meine Haare zu einem schicken Dutt aufzustecken.

Ich parkte vor dem Haus der Calhouns und saß dort noch eine ganze Weile mit geschlossenen Augen im Auto und versuchte, mein klopfendes Herz zu beruhigen.

Ich trat durch das schmiedeeiserne Gartentor. *Ob meine Sachen zu schlicht aussahen? Sahen sie billig aus? Oh Gott, natürlich sahen sie billig aus, ich hatte sie schließlich in einem Secondhandladen gekauft. Vielleicht hätte ich meine Schuhe noch ein bisschen länger polieren sollen …*

In dem Moment, als ich auf den Klingelknopf drückte, sprangen mir mehrere Haarklammern aus dem Dutt. Meine Frisur fing an, sich aufzulösen. Ich versuchte schnell, die Strähnen wieder hochzustecken, aber da öffnete sich schon die Tür. Vor mir stand ein Gentleman mit breiten Schultern, silbergrauem Haar und einer Nickelbrille auf der ziemlich großen Nase.

»Du musst Teddi sein.« Er schüttelte mir die Hand. »Ich bin Preston Calhoun. Komm doch rein. Am besten setzen wir uns in mein Büro und unterhalten uns ein wenig.«

Ich hatte ein flaues Gefühl im Magen. Außerdem rutschten mir immer mehr Haare aus dem Dutt. Wir gingen den Flur entlang und betraten ein Zimmer: Mahagoniregale, braune Ledermöbel und ein Perserteppich. Mitten im Raum stand ein beeindruckender Doppelsockelschreibtisch aus Nussbaumwurzel, der fast so groß war wie meine Küche.

Ich strich über die glatten Kanten. »Der ist aus England, nicht? Viktorianisch?«

»Du kennst dich ja wirklich gut mit Antiquitäten aus! Der Tisch hat mal meinem Urgroßvater gehört. Aber setz dich doch erst mal. Möchtest du etwas trinken?«

»Nein danke.«

Mr. Calhoun setzte sich an den Schreibtisch und schenkte sich aus einer Kristallkaraffe ein. »Meine wundervolle Frau meint, du hättest eine Geschäftsidee. Dann lass mal hören.«

Ich erzählte ihm von meinem Plan. Es gelang mir während meiner gesamten Rede nicht, meine zitternden Knie still zu halten. Mr. Calhoun hörte mir aufmerksam zu, machte sich Notizen und stellte ab und zu eine Frage. Falls ihm auffiel, dass sich immer mehr Haarklammern lösten und mir meine Frisur langsam, aber sicher den Rücken hinabwanderte, ließ er es sich zumindest nicht anmerken. Übersehen konnte man es eigentlich nicht.

Wir sprachen fast eine Stunde miteinander. Dann lehnte er sich in seinem Sessel zurück. »Deine Ideen klingen gut, wirklich gut. Aber du brauchst natürlich Startkapital, du musst schließlich Miete und Nebenkosten zahlen und dir auch erst einmal einen Grundbestand für den Laden zulegen. Nach meinen Berechnungen bräuchtest du dafür mindestens achtzigtausend Dollar.«

Ich rang nach Luft. »Puh, so viel Geld!«

»In der Tat. Aber wenn du ein Geschäft eröffnen und es vor allem richtig machen willst, dann wirst du jeden Penny davon brauchen. Du verfügst nur leider selbst nicht über genug Sicherheiten, da wirst du jemanden brauchen, der für dich bürgt. Ohne einen Bürgen gibt dir die Bank bestimmt keinen Kredit.«

Ein Bürge?

Ich sank in mich zusammen. »Ich habe keinen. Ich könnte vielleicht Daddy fragen, er ist der beste Farmer in ganz Powell County. Aber letztes Jahr war die Ernte nicht so gut …« Ich verstummte. Unser Treffen nahm gerade keine gute Wendung.

Mr. Calhoun nahm einen Schluck von seinem Drink und überlegte einen Moment. »Ich sehe mir meine Notizen noch einmal in Ruhe an und dann arbeite ich uns eine Strategie aus. Wir müssen auf alle Fragen von der Bank vorbereitet sein – und glaub mir, die werden eine Menge Fragen stellen. Ich werde also noch ein bisschen über alles nachdenken. Tipp du derweil das Geschäftskonzept für den Laden ab und bring es mir dann vorbei, sobald du fertig bist.«

Das würde Mama gefallen. Ich sah sie schon vor mir, wie sie anklagend auf die Smith-Corona zeigte, die ich nicht mitgenommen hatte.

Ich schämte mich so sehr, dass ich Mr. Calhoun bei den folgenden Worten nicht in die Augen sehen konnte: »Ich habe keine Schreibmaschine.«

Er trat ans Fenster, die Hände tief in die Taschen geschoben. Ich hatte mich bestimmt völlig blamiert. Also stand ich auf und nahm meine Handtasche. Ich versuchte noch kurz, unauffällig die Haarklammern vom Teppich zu sammeln, da drehte sich Mr. Calhoun um. Ich wäre am liebsten im Erdboden versunken. »Bitte entschuldigen Sie, dass ich Ihre Zeit verschwendet habe. Ich habe das wohl alles nicht so gut durchdacht.«

Tränen brannten mir in den Augen.

Wein jetzt nicht. Gib ihm die Hand und dann geh hier mit einem letzten Rest Würde raus.

Mr. Calhoun hob das Kinn und musterte mich. »Die Geschäftswelt hat mich zwei wichtige Dinge gelehrt, Teddi. Erstens: Man bekommt nichts geschenkt. Und zweitens: Nie Schwäche zeigen. Mit diesen beiden Maximen fährt man immer gut. Du weißt, was du kannst, das sehe ich dir an. Aber verhandeln musst du erst noch lernen. Sobald du auch nur die geringste Schwäche zeigst, bist du einen Schritt näher daran, das Spiel zu verlieren. Denn das sind Verhandlungen nun mal – ein Spiel.«

Er tippte auf seinen Schreibblock und hob die Brauen. »Also, meine Sekretärin tippt dir das Geschäftskonzept ab und wir zwei treffen uns dann am Montagmorgen bei der Bank. Punkt neun Uhr. Wir zeigen denen, was du hast, und hören uns an, was sie dazu zu sagen haben.«

Ich war so dankbar, dass ich das Gefühl hatte, meine Beine würden jeden Moment unter mir nachgeben. »Danke, Mr. Calhoun! Vielen Dank!«

»Mach dir klar, dass es lediglich ein Versuch ist. Aber man erfährt ja nur, ob was funktioniert, wenn man es ausprobiert.«

Genau in diesem Moment machte sich eine weitere Haarklammer selbstständig und fiel neben mir zu Boden. Mr. Calhoun war jedoch zu sehr Gentleman, um sich etwas anmerken zu lassen.

Wie verabredet stand Mr. Calhoun am Montagmorgen vor der Bank. In der Hand hielt er das Geschäftskonzept – auf wunderschönem, edlem Briefpapier und fehlerlos abgetippt. Wir wurden in ein holzgetäfeltes Büro geführt, in dem uns der Bankdirektor, ein großer, dünner Mann namens John Hamilton, bereits erwartete.

Mr. Calhoun und ich waren ein perfektes Team, hoben die Vorteile meiner Idee hervor und legten lückenlos dar, warum mein Geschäftskonzept auf jeden Fall funktionieren würde. Als sich der Bankdirektor am Ende in seinem roten Ledersessel zurücklehnte und erklärte, er würde mein Konzept der Kreditvergabestelle vorstellen, wollte ich schier platzen vor

Glück. Als er jedoch hinzufügte, es ginge nur, wenn ich einen Bürgen hätte, verschwand das Glücksgefühl leider so schnell wieder, wie es gekommen war. Trotz Mr. Calhouns Warnung hatte ich tatsächlich gedacht, dass mir der Bankdirektor, wenn er erst mal von meinen Plänen hörte, sofort einen schönen dicken Scheck ausstellen würde. Ernüchtert und mit einem verwundeten Ego erhob ich mich. Es fiel mir schwer, Mr. Hamilton die Hand zu schütteln. Draußen blieb ich stehen. »Danke für Ihre Hilfe, Mr. Calhoun. Meinen Sie, ich würde den Kredit bekommen, wenn ich um weniger Geld bitten würde?«

»Mit weniger Geld kommst du nicht aus. Wenn man ein Geschäft gründet, muss man es schon richtig machen, sonst ist es von vornherein zum Scheitern verurteilt. Weißt du noch, was ich dir über das Verhandeln gesagt habe?«

»Dass es ein Spiel ist?«

»Genau. Das hier war gerade mal die erste Halbzeit.«

Ich kämpfte mit den Tränen. »Aber wenn ich mit weniger Geld keinen Laden aufmachen kann und für die Summe, die ich brauche, keinen Kredit bekomme, wie soll ich denn dann mitspielen?«

Darauf hatte er nicht sofort eine Antwort, er sah mich nur lange an. »Ich werde darüber nachdenken. Und das solltest du auch.«

Wir gaben uns die Hand. Ich ging zu meinem Auto. Drinnen ließ ich seufzend die Stirn aufs Lenkrad sinken.

Die nächsten zwei Wochen schleppte ich mich niedergeschlagen durch meine Schichten in Marty's Café. Ich zwang mich trotzdem jedes Mal zu einem Lächeln, wenn ich einem

Gast den Kaffee servierte, denn von dem Trinkgeld, das ich mir mit diesem Lächeln verdienen wollte, hing mein Überleben ab. Jedes Lächeln war etwa achtundsiebzig Cents wert, hatte ich mir ausgerechnet, an Sonntagen ein bisschen mehr. Wenn es so weiterging, musste ich noch über neunzigtausend Mal lächeln, bevor ich meinen eigenen Laden eröffnen könnte. So viel Kaffee konnte ich gar nicht ausschenken, um mir meinen Traum damit jemals zu verwirklichen. Dafür würde ja mein ganzes Leben nicht ausreichen.

Jeden Abend nach Schichtende warf ich meine Schürze in den Wäschekorb und machte mich mit einer Zeitung unter dem Arm auf den Nachhauseweg. Ich setzte mich damit an meinen winzigen Küchentisch und durchsuchte die Stellenanzeigen. Immer wurden Buchhalter, Krankenschwestern und natürlich Sekretärinnen gesucht, und jede dieser Stellen bot neben dem Lohn auch noch Mamas heiß begehrte Bonuszahlungen.

An einem windigen Dienstagmorgen war ich im Café gerade schwer beschäftigt, als Mr. Calhoun plötzlich eintrat. Ich hatte ihn noch nie hier gesehen. Er setzte sich an einen der Tische an der Wand. Ich hoffte inständig, dass er eine Eingebung gehabt hatte, wie ich doch noch an meinen Kredit kommen könnte.

Ich holte tief Luft, strich meine Schürze glatt und trat an seinen Tisch. Er lächelte mich freundlich an, sagte aber nur: »Guten Morgen, Teddi. Ich hätte gern zwei Spiegeleier, Toast und einen Kaffee, bitte.« Er schlug seine Zeitung auf und versank darin.

Ich servierte ihm das Frühstück und blieb noch kurz an seinem Tisch stehen. Er sagte jedoch immer noch nichts. Nachdem er gezahlt und das Café wieder verlassen hatte, ohne noch einmal mit mir zu sprechen, wusste ich, es war vorbei. Er hatte auch keinen neuen Plan, das Spiel war aus für uns.

Ich sah vom Fenster aus zu, wie Mr. Calhoun die Straße überquerte, ins Auto stieg und losfuhr. Mir war speiübel. Langsam räumte ich seinen Tisch ab. Er hatte mir nicht einmal ein Trinkgeld dagelassen. Ich stellte seine Tasse auf den Teller und legte das Besteck dazu. Als ich den Teller anhob, sah ich einen Umschlag unter dem Platzdeckchen hervorschauen, auf dem mein Name stand. Ich steckte ihn schnell in die Schürzentasche, und sobald etwas Ruhe im Café eingekehrt war, lief ich auf die Toilette, schloss mich ein und riss den Umschlag auf. Ich rechnete mit einem verbesserten Geschäftskonzept, eins, das dem Bankdirektor gefallen und meine Chancen erhöhen würde, und konnte das Blatt Papier gar nicht schnell genug auseinanderfalten. Als ich jedoch las, was dort tatsächlich stand, legte sich eine besänftigende Stille um mich. Diese Art von Stille, die eintritt, wenn einem bewusst wird, dass Kräfte in unserem Leben wirken, die man nicht vorhersehen kann.

Ich lehnte mich gegen die Wand und starrte das Blatt an. Ganz unten war eine Zeile, unter der »Theodora Grace Overman« stand. Daneben war eine weitere Zeile. In schwungvoller Schrift war dort über dem Wort »Bürge« die Unterschrift eines Mannes zu lesen, der mein Leben für immer verändern würde: Preston J. Calhoun.

Und hier waren wir nun: Albert reparierte nebenan weiterhin Möbel, ein wenig langsamer als früher vielleicht, aber immer noch mit derselben Präzision. Und ich saß in dem kleinen Büro, das früher Mr. Palmer gehört hatte. Über der Eingangstür hing nicht mehr das Holzschild mit dem Schriftzug *Antiquitätenhandel Palmer*. Stattdessen stand nun in zierlichen Goldbuchstaben am Schaufenster: *Teddis Laden*.

Neun

Ich hatte mir fest vorgenommen, nach der Arbeit gleich meine Großmutter zu besuchen. Doch die Fahrt von Kentucky hierher hatte mich so müde gemacht, dass ich mir die Schuhe auszog und mich kurz zum Ausruhen auf das Sofa legte. Nur ein paar Minuten, sagte ich mir. Nur ein paar …

Ich erwachte mit einem Ruck. Mein Rock hatte sich wild um meine Hüfte gewickelt und die ersten Sonnenstrahlen des Tages bahnten sich einen Weg durch die Spitzengardinen. Ich war verschwitzt und wusste einen Moment lang nicht, wo ich war. Ich warf einen Blick auf die Uhr. Ich hatte fast zehn Stunden geschlafen. Eddies Blase war bestimmt kurz vorm Platzen. Ich machte erst mal einen ausgedehnten Spaziergang mit ihm, dann duschte ich und sprang ins Auto. Die Straßen waren noch frei und nach gerade mal fünfzehn Minuten hatte ich mein Ziel erreicht.

Zwei alte Eichen streckten ihre knorrigen Äste über den Rasen und die gepflegten Blumenbeete aus. Das Grundstück lag wunderschön und friedlich da, aber diese Schönheit konnte nicht verhindern, dass mich jedes Mal unweigerlich eine tiefe Traurigkeit überkam, sobald ich hier war. Das Altenheim »Audrey Clayton« war die letzte Station im Leben für eine Handvoll der ältesten Einwohner von Charleston.

Ich hätte nie gedacht, dass meine Großmutter einmal eine von ihnen sein würde.

Im Spätsommer 1985 hatte ich ein langes Wochenende mit meiner Familie verbracht. Am Tag meiner Abreise waren Daddy und Mama bei einem gemeinsamen Sonntagsfrühstück der Nachbarn. Ich schleppte meinen Koffer zum Auto, da sah ich Grammy auf dem Beifahrersitz sitzen. Sie trug eine Brille mit verdunkelten Gläsern daran, die man herunterklappen konnte, und einen roten Filzhut. Diesen Hut hatte sie schon ewig, ich kannte ihn noch aus meiner Kindheit. Sie hatte ihn einmal an Ostern getragen und da hatte er schon alt ausgesehen.

»Was machst du denn hier, Grammy?«

»Mir ist neulich aufgefallen, dass ich in meinem ganzen Leben noch nie aus Kentucky rausgekommen bin. Und gestern Abend meintest du doch, du würdest dich über Besuch freuen. Also bitte – hier bin ich.«

Sie meinte es ernst. Auf dem Rücksitz lag ein kleiner Koffer und ein Beutel mit ihren Gärtnerutensilien.

Charleston gefiel meiner Großmutter so gut, dass sie verkündete, sie wolle bis Weihnachten bleiben. Im November stürzte sie jedoch, brach sich die Hüfte und den Oberschenkel, und beides sollte nie wieder richtig heilen. Alle waren überrascht, als Grammy daraufhin beschloss, ganz in Charleston zu bleiben.

Also machte ich mich schlau und stieß dabei auf das »Audrey Clayton«. Das Gebäude war etwa um 1880 im italienischen Stil errichtet und in den Sechzigerjahren zu einem Altenheim umgebaut worden. Das Haupthaus mit den hohen Decken, den Stuckverzierungen und den bogenförmigen Durchgängen wirkte sehr wohnlich und gemütlich. Der

Medizingeruch, der stets in der Luft lag, ließ jedoch keinen Zweifel daran, in was für einer Einrichtung man sich befand.

Ich machte mich auf den Weg zum *gelben Zimmer*, das wegen seiner sonnenhellen Wände und der hohen Fenster mit den geblümten Chintzvorhängen so genannt wurde. Miz Olson und Miz Fitzwater saßen dort am Tisch und genossen ihre morgendliche Tasse Tee. Obwohl es erst kurz vor halb acht war und beide Damen noch ihren Morgenmantel trugen, waren sie bereits mit mehreren Lagen Strasssteinen, Diamanten und bunten Edelsteinen behangen.

Miz Olson, die in den Dreißigern eine Tänzerin bei den Rockettes gewesen war, begrüßte mich. »Morgen, Teddi!«

Ihre Ohrläppchen wurden von walnussgroßen Kristallohrringen nach unten gezogen. Ein Sonnenstrahl fiel auf einen der Ohrringe und ließ ihn gleißend funkeln.

»Sie haben sich heute Morgen aber hübsch gemacht. Gibt's einen besonderen Anlass?«

Miz Olson strahlte. »Heute ist Schönheitstag. Die netten Mädchen von Lindy Lane's Kosmetikschule kommen später vorbei und machen uns die Nägel.«

»Gratis!«, fügte Miz Fitzwater hinzu und stützte den Arm auf ihrem Rollator ab, als wäre ihr der viele Schmuck zu schwer.

Ich lächelte. »Na, dann wünsche ich Ihnen viel Spaß nachher.«

»Den werden wir haben!« Miz Fitzwater winkte mir zu, das Klimpern ihrer Armreifen hallte noch lange nach.

Ich ging an der winzigen Bibliothek vorbei und bog in den Flur zum Anbau ab. Neben einem Wagen voll frischer Bettwäsche standen drei neue Rollstühle an der Wand, die auf

Hochglanz polierten Kutschen der reicheren und dennoch hilfebedürftigen Gäste des Hauses. An jeder Armlehne hing ein großes rotes Schild mit der Aufschrift »eingeschränkte Nutzungsdauergarantie«.

Toll, dachte ich, *damit sind sie auf der sicheren Seite. Eingeschränkte Nutzungsdauer. Als ob die Heimbewohner wirklich daran erinnert werden müssten, dass sie diese Rollstühle nur noch eine beschränkte Zeit nutzen würden.*

Im Vorbeigehen riss ich die Schilder ab und stopfte sie in meine Handtasche. Ich ging um die Ecke und konnte schon die angelehnte Tür sehen. An der Wand daneben war ein grünes Namensschild aus Plastik. BELLE FORRESTER – ZIMMER 7.

Ich steckte den Kopf zur Tür hinein.

Und da war sie, meine Grammy Belle. Sie saß in einem Schaukelstuhl am Fenster. Sie war nun nicht mehr einfach nur alt, sie war schon greis und fiel mehr und mehr in sich zusammen. Unter dem Saum ihres lavendelfarbenen Morgenmantels schauten ihre arthritischen, verformten Knie hervor und das weiße Haar stand ihr in wirren Büscheln vom Kopf ab. Auf einem kleinen Tisch neben dem Schaukelstuhl stand eine geöffnete Keksdose.

Einen Moment lang stand ich nur da und sah ihr zu. Wie sie den Keks von allen Seiten genauestens inspizierte, bevor sie abbiss. Wie sie mit solch schlichter Freude kaute, dass mir das Herz wehtat. Ich wartete, bis sie aufgegessen hatte, und klopfte dann leise an.

Sie sah auf und lächelte. Im Mundwinkel klebte ihr etwas Cremefüllung und ihre Augen sahen hinter den dicken Brillengläsern riesig aus. »Teddi!«, rief sie und fegte sich die Krümel vom Schoß.

Ich umarmte ihren eingefallenen, zerbrechlichen Körper. »Guten Morgen, Grammy.«

»Du riechst so gut. Wie ein frisch gepflückter Pfirsich!«

»Wo hast du denn die Kekse her?«

»Hab sie gestern Abend beim Bingo gewonnen. Nimm dir ruhig einen, mein Schatz. Die schmecken gut.«

»Vielleicht später. Hast du Lust auf einen kleinen Ausflug in den Garten?«

Sie strahlte. »Ja, gern!«

Ich half ihr in den Rollstuhl, legte ihr einen Pullover um die Schultern und schob sie aus dem Zimmer. Die elektronische Eingangstür öffnete sich mit einem Zischen. Frische Luft strömte herein und meine Großmutter rief begeistert: »Was für ein wunderschöner Tag!«

Auf dem Weg in den Garten sagte Grammy: »Ich hab gerade darüber nachgedacht, dass ich ja erst einundneunzig Pflanzzeiten erlebt habe. Wenn man es so sagt, hört es sich gar nicht so viel an.«

Ich wusste nicht, was ich dazu sagen sollte, und drückte ihr nur einen Kuss auf die Haare. Ich stellte ihren Rollstuhl an einem schattigen Plätzchen ab und setzte mich daneben auf eine Bank.

»In letzter Zeit vermisse ich meine Pfingstrosen so. Ich hatte doch immer so viele, weißt du noch? Ach, die habe ich so geliebt.«

Grammy glitt in Gedanken in die Vergangenheit zurück und erzählte mir Geschichten von ihren Blumen, als wären es ihre Kinder gewesen. Sie wusste, dass ich an diesem Wochenende auch Mama besucht hatte, fragte aber nicht danach. Ich war nicht sicher, ob sie das Thema meiden wollte oder es vielleicht wirklich gerade für einen Moment vergessen hatte, also sprach ich es auch nicht an. Zumindest heute nicht.

Sie erzählte mir eine Geschichte über das Tomatenpflanzen, die überging in eine Anekdote darüber, wie sie sich während der Weltwirtschaftskrise im Winter Zeitungspapier zwischen die Kleiderschichten gestopft hatte, um nicht zu erfrieren. Ich hörte ihr zu und beobachtete dabei die Sonnenstrahlen, die durch die Bäume fielen und über Grammys Hände tanzten.

Grammys Hände: Ihr Anblick brach mir jedes Mal aufs Neue das Herz.

Als ich noch klein war, war meine Großmutter eine Zauberin der Pflanzenwelt gewesen, eine Pfingstrosenpriesterin und Malvenbeschwörerin, und jede Blume konnte sich glücklich schätzen, von ihr berührt zu werden. Ihre Hortensien hatten Blüten so groß wie Cantaloupe-Melonen. Ich konnte mich immer noch an einen bestimmten Sommertag erinnern. Ich war etwa vier Jahre alt. Grammy war mit ihrer Gartenarbeit beschäftigt und ich sah ihr dabei zu. Sie hatte für mich eine Decke im Gras ausgebreitet und mir ein Glas mit bunten Perlen zum Spielen gegeben. Mit einem geflochtenen Korb über dem Arm ging sie zwischen den hohen Stängeln umher und brachte mir bei der Gelegenheit die Namen der Schmetterlinge bei, die sich in der bunten Farbenpracht tummelten.

»Das da ist ein Monarchfalter. Und der da drüben am Zaun ist ein Bläuling.«

Ich spielte mit den Perlen, während Großmutter Blumen schnitt. »Riech mal an der hier, mein Schatz.« Sie hielt mir eine Blüte unter die Nase. »Das ist eine Pfingstrose. Ich glaube, so duftet es im Himmel.«

Grammy ließ mich an allen Blumen in ihrem Korb schnuppern. Je mehr Düfte ich roch, desto mehr wollte ich sie alle festhalten. Ich nahm das leere Einmachglas, in dem meine Perlen gewesen waren, und lief von Blume zu Blume, um die vielen Düfte einzufangen. Ich sehe immer noch vor mir, wie liebevoll mich meine Großmutter ansah, als sie das Glas mit ihren rauen Händen zuschraubte.

Doch das Schicksal hatte es nicht nur gut mit ihr gemeint und nun lagen diese Hände, die einst aus einem bisschen Erde und einer Handvoll Samen etwas Wundervolles hatten zaubern können, von Arthritis verkrümmt in ihrem Schoß.

Wir unterhielten uns bis etwa neun Uhr. Dann brachte ich Grammy zurück in ihr Zimmer, gab ihr zum Abschied einen Kuss und fuhr zurück in die Stadt. Sobald ich meinen Laden durch den Hintereingang betreten hatte, hörte ich schon das Geklapper der Schreibmaschine.

Inez war eine Naturgewalt, sie hämmerte auf die Tastatur ein wie ein Specht und hatte das Temperament eines Wirbelsturms. Ich hatte sie vor drei Jahren eingestellt und sie gehörte vom ersten Tag an einfach hierher. Letzten Monat hatte sie ihren fünfzigsten Geburtstag gefeiert und diese Gelegenheit genutzt, um sich äußerlich völlig neu zu erfinden. Ihr vormals schwarzgraues Haar war nun feuerrot und wurde von einem voluminösen Haarteil gekrönt, das sie jeden Morgen mit Haarklammern befestigte. Die früher fast unsichtbaren Augenbrauen malte sie von nun an täglich nach, und zwar so schwungvoll, dass sie ständig einen Ausdruck größter Überraschung auf dem Gesicht trug.

Albert und ich hatten uns immer noch nicht richtig daran gewöhnt.

»Guten Morgen, Inez!«

Sie tippte weiter und antwortete mir über das Geklapper hinweg. »Von wegen gut. Der Kopierer hat den Geist aufgegeben und der Reparaturfritze kann erst morgen kommen. Außerdem hast du wieder mal vergessen, Zucker und Toilettenpapier zu kaufen. Ist beides fast alle.«

»Tut mir leid. Ich geh dann nachher in der Mittagspause und …«

»Ich habe mich schon darum gekümmert, hab Albert mit Geld aus der Portokasse einkaufen geschickt.«

»Danke.« Ich betrachtete die alte IBM Selectric vor ihr auf dem Tisch. »Darf ich dir nicht vielleicht doch mal einen Computer kaufen? Das wäre doch bestimmt bequemer für dich, vor allem bei der Inventur.«

»Vergiss es. Computer sind doch nur so ein neumodischer Kram, die setzen sich sowieso nicht durch. Außerdem sind sie hässlich. Da lobe ich mir doch meine Selectric.«

»Na gut.« Ich wollte gerade wieder gehen, da fiel es mir wieder ein. »Wenn du zwischendurch kurz Zeit hast, könntest du mal nachsehen, wie viel das kleine Kästchen aus Limosiner Email gekostet hat, das mit dem Frosch drauf? Die Rechnung könntest du dann an …«

»Lass mich raten.« Sie hörte auf zu tippen und drehte sich zu mir herum. »War Miz Poteet wieder mal am Werk?«

»Ding-ding-ding, Sie haben den Hauptpreis gewonnen! Richtig geraten. Hab sie zwar auf frischer Tat ertappt, als sie gerade einen silbernen Kerzenleuchter einstecken wollte, aber leider hat sie dann im Rausgehen das Kästchen mitgehen lassen. Ich könnte ihr wirklich den Hals umdrehen.«

»Na ja, wenigstens verdienst du an ihr immer ein bisschen extra.«

»Extra?«

Inez' Augen blitzten. »Seit letztem Jahr schlage ich immer noch zehn Prozent drauf, wenn sie wieder was bei uns geklaut hat.«

»Im Ernst?«

»Und ob. Ich finde fast, es wird mal wieder Zeit für eine kleine Erhöhung. Ab heute schlage ich zwanzig Prozent drauf.«

»Die Idee gefällt mir ja, aber ist das nicht ein bisschen unfair?«

»Blödsinn. Ist doch nur gerecht!« Inez schlug die Beine übereinander. »Überleg mal: Nach einer Scheidung gibt's doch auch Alimente. Und was sind Alimente, wenn man mal richtig drüber nachdenkt? Die bekommt man doch eigentlich als Entschädigung für die schlimmen Jahre davor. Ich weiß, wovon ich rede. Und genau so ist das hier auch: Wir bekommen eine Entschädigung dafür, dass wir seit Jahren unter Miz Poteet zu leiden haben. Sie klaut hier schließlich schon ewig, seitdem du ihr den Kostenvoranschlag für die Wohnzimmereinrichtung gemacht hast.«

»Stimmt. Aber ich hab ehrlich gesagt nie so richtig verstanden, wieso.«

»Weil sie vor ihren reichen Freunden damit angeben wollte, dass ihr Teddi Overman das Haus neu eingerichtet hat, aber dafür bezahlen wollte sie nicht. Egal, ab heute schlage ich jedenfalls zwanzig Prozent auf die Rechnungen drauf. Und wenn sie nicht aufhört, werden's dreißig. Dann können wir drei in fünf Jahren in Rente gehen und ich kauf mir ein rotes Cabrio.« Inez sah mich über ihre Brillenränder hinweg an und grinste. »Nennen wir es einfach Klaulimente.«

Ich musste lachen.

Hochzufrieden schob sie ihre kurzen Beine wieder unter den Schreibtisch und tippte weiter.

Ich gab ein paar Bestellungen für Gips, Ölfarben und Blattsilber auf und öffnete dann den Laden. Ich begradigte gerade ein Bild über einem Scherensessel, das etwas schief hing, als das Telefon klingelte. Einen Moment später rief Inez nach mir. »Teddi, ist für dich!«

Ich ging in mein Büro, beugte mich quer über den Schreibtisch und nahm ab. Ich lauschte fassungslos den Worten vom anderen Ende der Leitung und dachte immer wieder: *Meinst du das ernst? Meinst du das wirklich ernst …? Meinst du das wirklich ernst …?*

Danach rief ich sofort meine beste Freundin an. Während es klingelte, wickelte ich mir ungeduldig das Telefonkabel um den Finger. Ich wollte schon wieder auflegen, als sie endlich abhob. Olivia hatte eine Stimme, die immer nach spätabends klang. Man wusste nie, ob man sie gerade geweckt hatte oder ob sie eben erst nach einer langen Nacht nach Hause gekommen war.

»Können wir uns heute um eins bei Pernelia treffen?«

»Du weißt schon, dass heute mein freier Tag ist, oder? Ich wollte eigentlich ausschlafen. Wehe, es nicht nichts Wichtiges.«

»Es ist wichtig«, versprach ich und schob die Bürotür mit dem Fuß zu. »Rate mal, wer gerade angerufen hat …«

Zehn

Um zwanzig vor eins verließ ich mit einem kleinen Picknickkorb den Laden. Ich bog in die King Street ein und spazierte dort an den Schaufenstern entlang. Vor einigen blieb ich kurz stehen, besonders vor denen der Konkurrenz. Dann überquerte ich die Clifford Street und betrat durch ein kleines Tor an der Rückseite den Friedhof.

Das alte Eisentor führte auf einen Pfad, der so schmal war, dass man ihn leicht übersehen konnte. Er verlief im Schatten uralter Bäume und war links und rechts von Unkraut gesäumt, das mich an den Knöcheln kitzelte.

Ich kannte zwar die Menschen nicht persönlich, die hier ihre letzte Ruhe gefunden hatten, hatte aber trotzdem immer das Gefühl, dass sie sich über meinen Besuch freuten. Manche hätten vielleicht bemängelt, dass das Grundstück ziemlich überwuchert war, aber gerade das gefiel mir. Olivia und ich trafen uns hier schon seit Jahren und waren uns einig, dass dieser Ort einem verwunschenen Garten so nahekam wie kein anderer.

Schließlich war ich an meinem Lieblingsplatz angekommen. Ich fegte ein paar Blätter von der moosbewachsenen Marmorbank, setzte mich und holte eine Flasche selbst gemachter Limonade aus dem Picknickkorb.

»Wie geht's dir denn heute so, Pernelia? Mir geht's ganz wundervoll. Heute ist ein besonderer Tag, hab ihn mir sogar im Kalender angestrichen.«

Pernelia antwortete mir natürlich nie, aber ich empfand uns beide trotzdem als Freundinnen. Ich beugte mich vor und pustete eine Staubschicht von ihrem Grabstein. Sonnenlicht tanzte über die eingemeißelten Worte:

Pernelia M. Ownby
gestorben am 4. März 1889
mit 72 Jahren
Der Himmel wache über diese Seele
in ewiger Glückseligkeit

Der Stein war schön geschwungen, sonst aber schlicht und ohne weitere Verzierungen. In meiner Vorstellung passte er perfekt zu Pernelias Persönlichkeit.

Ich trank einen Schluck Limonade. Plötzlich blitzte es auf der Archdale Street leuchtend rot auf. Ich spähte durch die dichte Hecke und sah Olivia Dupree, die dort ihren 64er Chevy-Pick-up parkte, einen mit Liebe zum Detail restaurierten Oldtimer mit silberglänzendem Kühlergrill. Einen Moment später kam sie um die Ecke der Steinkirche geschlendert, es war die älteste Unitarierkirche im Süden der USA.

Olivia stakste um die Gräber herum auf mich zu. Die braunen Locken hatte sie zu einem schiefen Pferdeschwanz zusammengebunden. Wie ich sie kannte, hatte sie sich die Haare wahrscheinlich nicht mal gekämmt. Die über und über mit Sommersprossen bedeckten Arme schauten aus den aufgerollten Ärmeln ihrer pfirsichfarbenen Leinenbluse heraus, die Jeans war so alt, dass sie sich fast schon auflöste. Über ihren braunen Lederstiefeletten lugten Rüschensöckchen hervor. Olivia zog sich je nach Laune jeden Tag anders an –

und sah dabei immer fantastisch aus. Obwohl sie auf die vierzig zuging, sah sie im richtigen Licht keinen Tag älter aus als fünfundzwanzig. Manchmal schlenderte sie in einem weiten, bunten Rock und Sandalen durch die Stadt und wirkte so rätselhaft und zart wie die Dame von einer Kameenbrosche. An anderen Tagen lief sie von Kopf bis Fuß in Jeans und Leder gekleidet herum und sah aus, als wäre es ihr ein Leichtes – und vor allem ein Vergnügen –, jemandem eine ordentliche Tracht Prügel zu verpassen. Olivias Laune erkannte ich besser an ihrer Kleidung als an ihren Worten. Sie war wie ich eine Zugezogene, dem Charme von Charleston jedoch auch sofort verfallen und hatte ihre Heimatstadt Jacksonville in Florida nie vermisst. Im Gegensatz zu mir war Olivia bereits mehrmals verheiratet gewesen. Der Erste, Eric, hatte sie nach fünf Jahren, laut Olivia waren es wunderschöne Jahre gewesen, ohne Vorwarnung von heute auf morgen verlassen. Und zwar für die Liebe seines Lebens, einen jungen, blonden Fotografen aus Kalifornien, der zufällig auch Eric hieß. Obwohl Olivias Exmann sich wieder und wieder bei ihr entschuldigt und ihr den kompletten gemeinsamen Besitz inklusive des Hauses überlassen hatte, war sie an der Trennung fast zerbrochen.

Wie immer trottete ihr treuer Begleiter an ihrer Seite. Bear war ein großer, braunschwarzer Mischlingshund, den sie am Tag ihrer Scheidung aus dem Tierheim geholt hatte. Er entdeckte mich und sah kurz zu Olivia hoch. Sie gab ihm mit einem kaum merklichen Nicken die Erlaubnis und er sprang zur Begrüßung fröhlich an mir hoch, wobei er mich fast von der Bank schubste. »Wow, du riechst aber gut, Bear!«

»Hab ihn gestern gebadet.« Olivia ließ sich neben mich auf die Bank fallen. »Er hatte sich wieder mal in irgendwas

Ekligem rumgewälzt, ich will gar nicht wissen, was das war. Er ist wirklich der cleverste Hund, den ich kenne, aber er suhlt sich einfach gern in komischen Sachen.«

»Tut mir leid, dass ich dich vorhin geweckt habe.« Ich wickelte mein Sandwich aus.

Olivia öffnete einen Joghurt. »Entschuldigung angenommen. Und jetzt erzähl endlich.«

»Also, als ich das letzte Mal zu Hause war, habe ich Mama wieder mal angebettelt, dass sie mich endlich mal hier besucht. Aber das gehört mittlerweile schon zu unserem Abschiedsritual: Ich bettele, sie sagt ›Vielleicht‹, und das war's dann. Und heute ruft sie plötzlich an und sagt, sie will für eine Woche herkommen. Ich bin fast in Ohnmacht gefallen.«

Olivia leckte ihren Löffel ab und sah mich nachdenklich an. »Woher der plötzliche Sinneswandel?«

»Keine Ahnung. Erst habe ich überlegt, ob sie vielleicht die Farm verkaufen will. Aber sie verdient ganz gut damit, dass sie das Land an andere Farmer verpachtet, also wird's das nicht sein.«

»Du wohnst jetzt schon seit wie viel … achtzehn Jahren hier, oder? Und auf einmal will sie dich besuchen? Klingt auf jeden Fall, als würde was Ernstes dahinterstecken. Lerne ich sie dann endlich mal kennen? Ich sterbe vor Neugier.«

Olivia drehte sich um. »Tut mir leid, Pernelia. Das sagt man nur so.«

»Na klar lernst du sie kennen. Sie glaubt mir übrigens nicht, dass du von alten Büchern lebst.«

»Nicht alte Bücher, *seltene* Bücher. Das ist ein Unterschied.«

»Ich weiß, ich weiß. Tut mir leid.«

Olivia fing an zu grinsen. »Was sie wohl von meiner PEZ-Spender-Sammlung hält?«

Ich musste lachen. »Sie wird wahrscheinlich sprachlos sein. Sie hält mich ja schon für eine Müllsammlerin!«

»Das wird sich garantiert ändern, wenn sie endlich deinen Laden sieht.«

»Da wär ich mir nicht so sicher. Mama gibt nicht gern zu, dass sie falschlag.«

Olivia riss eine Tüte Brezeln auf, zerbröselte ein paar und warf die Krümel einer Meise hin, die vor Emma Wilsons Grabstein herumpickte. Auf der anderen Seite des Friedhofs ging ein älteres Paar Arm in Arm. Sie hatten sich schick gemacht, er in einem beigefarbenen Seersuckeranzug mit blauer Fliege und sie in einem geblümten Kleid, das in der sanften Brise wehte.

»Schau mal, wie süß«, flüsterte ich und zeigte auf das Paar. »Glaubst du eigentlich, dass wir was verpassen im Leben?«

Olivia schraubte ihre Wasserflasche auf und nahm einen tiefen Schluck. »Was denn, Altwerden?«

»Du weißt genau, was ich meine. Die beiden sehen einfach so … keine Ahnung … so verbunden aus.«

»Natürlich sind die miteinander verbunden. Wenn einer von beiden loslässt, fällt der andere hin.«

»Ich meine es ernst. Schau mal, die gehen beide perfekt miteinander im Takt. Vielleicht waren sie früher mal Tänzer. Meinst du, du heiratest noch mal?«

Olivia wickelte ein Käse-Tomaten-Sandwich aus. »Wenn ich mir die letzten Jahre so ansehe, würde ich sagen, die Chancen stehen eher schlecht. Das Ende meiner letzten Ehe hat mich so mitgenommen, ich habe wirklich gedacht, davon erhole ich mich nie wieder. So was will ich nicht noch mal durchmachen.«

»Was hast du denn aber auch erwartet? Er war doch erst dreiundzwanzig.«

»Auf das Alter kommt es nicht an. Ich war Louis einfach völlig verfallen. Das waren die berauschendsten zwei Monate meines Lebens.«

»Du meinst, die lustvollsten zwei Monate deines Lebens.«

»Was soll die Fragerei überhaupt? Hast du jemanden kennengelernt?«

»Nein«, sagte ich und hielt die Servietten fest, die mir der Wind wegreißen wollte. »Aber manchmal frage ich mich, ob mit mir irgendwas nicht stimmt. Ich meine, ich bin gerade in der Blüte meines Lebens und habe nicht mal die geringste Lust auf ein Date. Wieso geht's mir so gut allein?«

Olivia verschluckte sich fast an ihrem Sandwich.

»Was denn?«

»Du bist echt die Einzige, die hinterfragt, warum sie glücklich ist. Hör doch mal auf, ständig über alles nachzudenken! Ach, übrigens, was anderes: Ich habe mal wieder einen Schatz gefunden. Hast du nach dem Essen Zeit, ihn dir mal anzusehen?«

»Klar, wenn du mich danach zurück zum Laden fährst.«

Bear lag neben dem Grabstein eines Jonas Buckley und ließ sich die Sonne auf den Pelz scheinen. Olivia und ich unterhielten uns noch ein bisschen, klärten die Frage, wie viele Bücherregale sie meiner Meinung nach in ihrem Zimmer unterbringen könnte, und ich erzählte ihr von dem Rosenholzschreibtisch aus dem neunzehnten Jahrhundert, den ich vor Kurzem erstanden hatte.

Dann war es Zeit zu gehen. »Bis zum nächsten Mal, Pernelia.«

Olivia zwinkerte dem Grabstein zu. »Pass gut auf dich auf, Mädchen. Und schlaf schön.«

Wenige Minuten später hielten wir vor Olivias Laden in der Montagu Street. Es war ein blaues Haus im Federal-Stil, das man wegen der dichten Hecke drumherum von der Straße aus fast nicht sehen konnte. Olivia schloss die Tür auf und sofort ertönte ein ohrenbetäubendes Alarmsignal, das sie schnell mit dem entsprechenden Code wieder zum Verstummen brachte.

Falls tatsächlich jemals jemand versuchen sollte, bei ihr einzubrechen, würde er einen dreifachen Schock erleben: Erstens hatte sie eine sehr moderne Alarmanlage, zweitens war Bear ein gut ausgebildeter Wachhund und drittens behauptete Olivia, eine Schrotflinte zu besitzen und davon im Notfall auch Gebrauch zu machen.

Der Grund für diese Sicherheitsvorkehrungen war ihre Arbeit. Als hoch angesehene Buchrestauratorin befanden sich oft seltene Bücher und Manuskripte im Wert von mehreren Millionen Dollar in ihrem Besitz.

Ein Besuch bei Olivia war immer ein Fest für die Augen. Ihr Haus war ein einziges Sammelsurium. In jeder Ecke, auf jedem Regal, hinter jeder Tür verbarg sich etwas Neues, das nur darauf wartete, entdeckt zu werden. Man konnte tagelang durch die vielen Zimmer wandern und hätte trotzdem noch nicht alles gesehen. Ihre Sammelleidenschaft war vielschichtig und reichte von Marionetten (Howdy Doody, Captain Hook und Tinkerbell) über Parfumflakons bis hin zu ihrer heiß geliebten PEZ-Sammlung. Die Wände im Flur waren mit Schwarz-Weiß-Fotografien alter Hollywoodstars bedeckt – Jackie Gleason, der Lone Ranger und ihr absoluter Liebling, Marlon Brando. In der Küche hatte sie über den Hängeschränken noch Regale angebracht, auf denen mindestens fünfzig alte Limonadenflaschen standen. Was an sich noch nicht seltsam gewesen wäre, hätte nicht auf jeder einzelnen eine Handpuppe gesteckt.

Wenn ich Olivia damit aufzog und sie eine Sammelholikerin nannte, hob sie nur stolz das Kinn und gab zurück: »Dafür kannst du Möbeln nicht widerstehen. Du kriegst ja schon beim Wort Nussbaumtruhe leuchtende Augen.«

Es brachte uns jedes Mal wieder zum Lachen, wie recht sie hatte.

Wie immer, bevor ich Olivias Werkstatt betrat, wusch ich mir die Hände mit einer nach Zitrone duftenden, scharfen Seife. Als sie mir das erste Mal eins ihrer Bücher zeigen wollte und mich davor gebeten hatte, mir erst einmal die Hände zu waschen, fand ich das noch seltsam.

»Wieso trägst du nicht einfach solche dünnen weißen Handschuhe wie im Film?«

Olivia hatte bloß die Augen verdreht. »Das ist so ein bescheuerter Mythos, den sich irgendein Hollywoodproduzent ausgedacht hat.« Sie hob Daumen und Zeigefinger. »Es ist wichtig, dass man die Finger gut bewegen kann, man darf das Papier nämlich nur ganz leicht berühren. Man benutzt auch nur die Fingerspitzen, nie den Nagel.«

Nachdem wir uns die Hände gewaschen und sorgfältig abgetrocknet hatten, betraten wir die Werkstatt. Dort sorgte eine Maschine dafür, dass immer dieselbe Luftfeuchtigkeit und Temperatur herrschte. An den Wänden bogen sich übervolle Regale unter dem Gewicht wertvoller Werke – Tolstoi, Faulkner und Elizabeth Barrett Browning.

Olivias Leidenschaft für Bücher war genauso groß wie meine Liebe zu Antiquitäten. Sie verschlang sie, las oft fünf Bücher in der Woche. Sie spürte sie auf, heilte ihre Wunden und verhalf ihnen wieder zum Leben.

Mitten im Raum stand ein großer Eichentisch. Links davon ein kleiner Wagen mit Restaurationsleim, einem Stapel säurefreiem Papier und Buchbindernadeln. Am Ende des Raums hing ein großes gerahmtes Foto der Kleinen Strolche. Olivia ließ die Hand am unteren Ende des Rahmens entlangwandern, bis sie den Knopf gefunden hatte. Der Rahmen schwang zur Seite. Dahinter befand sich ein kleiner Safe. Ich wandte mich kurz ab, damit sie den Code eingeben konnte. Ich kannte das schon und nahm es nicht persönlich. Wenn es um den Inhalt ihres Safes ging, vertraute sie niemandem.

Sie nahm ein kleines Buch heraus und legte es mir mit feierlicher Miene in die Hand. »Das ist eine Erstausgabe von *Die Geschichte von Peter Hase*. Davon gibt es auf der ganzen Welt nur zweihundertfünfzig Stück, von Beatrix Potter persönlich herausgegeben und signiert. Sie wurde bei so vielen Verlagen abgelehnt, dass sie das Buch 1901 einfach im Selbstverlag vertrieben hat.«

Vorsichtig blätterte ich durch das Buch. »Die Illustrationen sind wunderschön. Josh hat das Buch geliebt. Ich habe es ihm damals so oft vorgelesen, dass wir es beide irgendwann auswendig kannten.« Ich klappte das Buch zu und gab es Olivia zurück. »Mama wird begeistert sein, wenn sie sieht, was du hier machst.«

»Ich kann's kaum erwarten, sie endlich kennenzulernen. Ich würde euch beiden gern was kochen. Das wird bestimmt ein sehr interessanter Abend.«

Ich warf einen Blick in Olivias Flur, in dem eine Stoffhexe in einem Bollerwagen saß. »Daran habe ich keinen Zweifel.«

Sie legte das Buch auf den Arbeitstisch und sah auf die Uhr. »Na komm, ich fahr dich mal zurück zum Laden.«

»Ach, weißt du, ich hab's mir anders überlegt. Heute ist ein schöner Tag für einen Spaziergang.«

Ich holte meinen leeren Picknickkorb aus Olivias Auto, schlenderte los und dachte dabei über den anstehenden Besuch meiner Mutter nach.

Daddy war einmal hier in Charleston gewesen, etwa ein Jahr, nachdem ich mein Zuhause verlassen hatte.

Er hatte sich nicht angekündigt und war einfach eines Tages in Mr. Palmers Laden spaziert. Ich war so überrascht, dass ich aufschrie und ihm so stürmisch um den Hals fiel, dass ich ihn dabei fast umwarf.

Man konnte deutlich sehen, dass er sich gerade gekämmt hatte, diese Linien in seinem feuchten Haar erinnerten mich immer an ein frisch gepflügtes Feld. Seine nagelneue braune Drillichhose hatte noch die Falten der Verpackung und seine alten Bauernstiefel waren frisch gewachst und so gut geputzt, wie es nur ging.

Er und Mr. Palmer verstanden sich auf Anhieb. Nachdem sich die beiden eine Weile unterhalten hatten, zeigte ich Daddy die Werkstatt und stellte ihm Albert vor. Mr. Palmer gab mir für den Rest des Tages frei. Ich führte Daddy durch die Stadt. Nach dem Abendessen machten wir einen Spaziergang entlang der Battery-Promenade. Das letzte Abendrot fiel auf die Häuser. Wir kamen an den White Point Garden und setzten uns auf eine Bank, von der aus man auf das Wasser blickte. Wie so oft sprachen wir beide nicht viel miteinander, genossen einfach die Gesellschaft des anderen.

Ein Segelboot glitt vorbei. Daddy holte einen kleinen Umschlag aus der Hemdtasche. »Von deinem Bruder.«

In dem Umschlag lagen eine kleine graue Feder mit hellgelber Spitze und ein Zettel:

Es tut gut, an einem neuen Himmel zu fliegen.
Der Goldzeisig bringt Glück.

»Du fehlst ihm, Teddi. Du fehlst uns allen.«

»Ihr fehlt mir auch. Ich werde versuchen, öfter nach Hause zu kommen.«

Er tätschelte mein Knie. »Ich wollte dir kein schlechtes Gewissen machen, ich freue mich ja, dass es dir hier gut geht und dich deine Arbeit glücklich macht. Das ist das Wichtigste im Leben. Ich bin stolz auf dich.«

»Danke, Daddy.«

Die letzten Sonnenstrahlen fielen auf sein Gesicht und hoben die tiefen Falten hervor, die sich im Laufe seines harten Lebens in seine Haut gegraben hatten. Die rauen Hände hatte er im Schoß gefaltet.

»Versprichst du mir was, meine Kleine?«

»Na klar. Was denn?«

Er warf einen Blick auf die eleganten alten Häuser hinter uns und sagte sehr ernst: »Vergiss nie, wo du herkommst.«

Während ich für die Heimreise Spielzeug und Futter für Eddie zusammenpackte, dachte ich darüber nach, was mein Vater gesagt hatte. Seine Sorge war unbegründet gewesen. Die Leute hier in Charleston waren freundlich zu mir und ließen mich gern ihre wertvollen Antiquitäten reparieren, aber ich würde nie eine von ihnen sein. Und obwohl mir die Stadt sehr ans Herz gewachsen war, war es eher ein Bewundern aus der Ferne, wie wenn man im Museum eine Statue bewundert, aber immer hinter der Samtkordel stehen bleiben muss.

Ich war dankbar dafür, in dieser wunderschönen, duftenden Stadt wohnen zu dürfen. Ihre reiche Geschichte und die typische Höflichkeit hatten aus den Bürgern Charlestons eine vornehme Gesellschaft voller Charme und Anstand gemacht, die sich selbst genügte und stolz auf das Erreichte war. Obwohl viele wohlhabend waren und ein angenehmes Leben führten, gab man hier mit seinem Reichtum nicht an.

Ich konnte es kaum erwarten, Mama Charleston zu zeigen. Auf der Fahrt nach Kentucky stellte ich mir vor, wie wir beide im Morgenmantel auf meiner kleinen Veranda sitzen und uns beim Frühstück unterhalten würden. Ich wollte mit ihr zu der kleinen Gasse, von der aus man – vorausgesetzt, man wusste genau, wo – einen Blick auf einen Garten von geradezu atemberaubender Schönheit werfen konnte. Ich stellte mir sogar vor, wie wir beide lachend die King Street hinunterschlendern und uns die Auslagen in den Schaufenstern ansehen würden. Vielleicht würde ich sie unterhaken und sie würde kurz meinen Arm streicheln. Vielleicht …

Bei meiner Ankunft in Slade war mein Kopf angefüllt mit Szenarien, die auf der emotionalen Skala von ziemlich kindlich (wir beide blieben bis spät in die Nacht auf und erzählten uns unsere Geheimnisse) bis ziemlich unwahrscheinlich (Mama würde meinen Laden betreten und sprachlos vor Stolz sein) reichten.

Ich fuhr unsere Einfahrt hinauf, nahm meine Tasche vom Rücksitz und ging ins Haus. Mama war jedoch nicht da. Ich rief mehrere Male nach ihr und ging dann hoch ins Obergeschoss, um nachzusehen, ob sie vielleicht im Bad war. Aber sie war nirgendwo zu finden. Als ich am Schlafzimmer vorbeikam, sah ich einen halb gepackten Koffer auf dem Bett liegen und musste lächeln. Erst als ich wieder in der Küche war, sah ich den Zettel.

Teddi,
Stella und ich sind beim Friseur und
machen noch ein paar Besorgungen.
Wir sind gegen fünf wieder da. Leg dich
doch für ein Stündchen hin.
Mom

Ich war gar nicht müde, hatte aber ziemlichen Hunger, also durchsuchte ich erst einmal die Speisekammer. Ich fand eine Schachtel Cracker und füllte mir etwas von Mamas selbst gemachtem Apfelmus in eine Tasse, nahm mir die *Woman's Day* aus dem Korb in der Ecke und ging nach draußen. Ich warf Eddie eine Handvoll Hundekuchen hin, setzte mich auf die Schaukel auf der Veranda und ließ mir das Apfelmus schmecken. Ich blätterte durch die Zeitschrift voller Rezepte und Tipps zu Themen, die mir ebenso fremd waren wie meiner Mutter mein Beruf. Bei einer Seite hatte meine Mutter die obere Ecke umgeknickt. Ich musste lächeln, als ich sah, dass sie die verschiedenen Anwendungsmöglichkeiten für Backpulver anscheinend sehr interessant fand. Mein Lächeln verflog jedoch, als mein Blick auf einen anderen Artikel fiel.

Die Überschrift lautete: »Wie suche ich den richtigen Namen für mein Baby aus?«

Elf

Sommer 1959

Ich saß auf der Verandatreppe und lauschte dem Summen, das aus den Feldern aufstieg. Bei uns gab es jede Menge Insekten, Grillen, Heuschrecken und große grüne Grashüpfer, die taten, was auch immer Insekten taten, um diesen Lärm zu veranstalten.

Das Gras unter der Wäscheleine war zu goldenen Flecken vertrocknet, und die Lilien neben dem Haus hatten einen Sonnenstich erlitten. Ein aufgeplusterter Pirol sauste aus dem Himmel herab und stillte seinen Durst an der Vogeltränke. Weit draußen auf dem Feld war Daddy bei der Heuernte.

Ich balancierte eine Schüssel mit Wasser auf dem Schoß, in der meine Schildkröte Perry herumschwamm, und sang ihr ein Liedchen vor, das ich mir selbst ausgedacht hatte: »Schwimm nur, schwimm nur fröhlich! Die Sonne ist unser Freund. Es ist Sommer und wir beide …«

Hinter mir knarzte die Tür, und Mama trat auf die Veranda heraus. Ihr Gesicht war hochrot und sie war ganz verschwitzt. Eine Weile stand sie einfach nur da, die Hände in die Hüften gestemmt fixierte sie scheinbar einen imaginären Punkt in der Ferne. Mit einem unterdrückten Stöhnen setzte sie sich neben mich. Sie hielt sich die Haare aus dem Nacken und stöhnte wieder. Ihre ärmellose Bluse hatte Schweißflecken.

»Du denkst, das Leben macht immer Spaß, hm? Sitzt hier mit deiner Schildkröte und singst Lieder. Aber sing nur, solange dir noch danach ist. Das vergeht dir schon noch schnell genug.«

Sie zupfte sich die schweißnasse Bluse vom Körper. »Herr im Himmel, ich will einfach nicht mehr. Ich bin zu alt. Zu müde.«

Mein Herz raste. Der Ausdruck auf Mamas Gesicht machte mir Angst.

Sie musterte mich aus rot geränderten Augen, beugte sich vor und fuhr sich durch die Haare. Schweißtropfen fielen auf die Stufen unter uns. »Es ist so heiß, ich kann einfach nicht mehr. Vielleicht steck ich irgendwann einfach den Kopf in den Ofen, dann hab ich's wenigstens hinter mir. Dann kannst du deine Liedchen auf meiner Beerdigung singen, wär das nicht was?«

Meine Ohren glühten vor Angst. Das Sonnenlicht blitzte in der Wasserschüssel auf und war so hell, dass mir die Augen schmerzten. Ich wusste nicht, was ich getan hatte, dass Mama so böse war.

Sie zog sich am Treppengeländer hoch. Die Tür klappte hinter ihr zu.

Danach verbrachte ich so viel Zeit draußen, wie ich nur konnte. Wenn ich bei der Hausarbeit helfen musste oder nicht nach draußen konnte, weil es regnete, schaute ich ab und zu ängstlich in die Küche, ob Mama dort schon mit dem Kopf im Ofen kniete.

Als die Erntezeit kam und frisch gepflücktes Obst und Gemüse leuchtend gelb, rot und grün auf der Veranda lag, fuhr Daddy Mama ins Krankenhaus. Während sie weg war, fiel der Hochsommer über die Farm her. Es war so heiß, dass

Grammy und ich den ganzen Tag in dünnen Nachthemden herumliefen. Wir saßen in der Küche, kochten Tomaten und Bohnen ein und hörten Radio, während ein kleiner Ventilator neben uns summte. Nach dem Abendbrot machten wir Spaziergänge durch die Felder und pflückten Wildblumen, und Grammy erzählte mir Geschichten.

Nachdem Mama etwa eine Woche im Krankenhaus gelegen hatte, kühlte es sich endlich wieder etwas ab, Daddy brachte sie wieder nach Hause. Ich sah den beiden vom Küchenfenster aus zu, wie sie über den Rasen gelaufen kamen. Daddy öffnete die Tür, Mama trat herein und drückte mir ein gelbes Bündel in die Hand.

Darin lag mein kleiner Bruder.

Ich dachte, er wäre für mich, ich dachte, es wäre ein Geschenk von Mama als Entschuldigung dafür, dass sie so schlimme Sachen gesagt hatte.

Daddy half Mama in einen Sessel. »Wir konnten uns nicht auf einen Namen einigen, also darfst du einen aussuchen.«

Ich sah auf das Bündel hinunter und überlegte. Ich war gut darin, Tieren Namen zu geben, aber das hier war ja etwas ganz anderes.

Wie soll ich das denn entscheiden? Was ist, wenn ich den falschen Namen aussuche?

Ich war völlig überwältigt und konnte keinen klaren Gedanken fassen. Ich sah auf das kleine rosa Gesicht hinunter und murmelte: »Er sieht irgendwie aus wie ein Josh.«

»Oh«, sagte Daddy, »gefällt mir! Josh. Josh Overman. Klingt doch gut.«

Ich sah erschrocken auf. »Aber das hab ich doch nur so …«

»Mir gefällt's auch«, sagte Mama. Ihre Stimme klang angestrengt, aber sie lächelte.

Grammy reichte Mama eine Tasse Tee. »Josh ist wirklich ein schöner Name.«

Und dabei blieb es dann.

Einer Sache oder einem Menschen einen Namen zu geben bringt auch immer ein gewisses Verantwortungsgefühl mit sich, zumindest ging es mir so. Also kümmerte ich mich von da an viel um meinen kleinen Bruder, badete ihn in einer kleinen Schüssel auf der Veranda und schob ihn in seinem wackeligen Kinderwagen durch den Garten.

»Ich heiße Teddi«, erklärte ich ihm, während ich ihn herumschob. »Kannst du das schon sagen: Teddi?« Unter Grammys Lilien saß eine dicke Kröte. Ich setzte sie zu meinem Bruder in den Wagen. »Das ist mein bester Freund hier im Garten!«

Ich fuhr mit dem Wagen den holprigen Weg entlang zum Wald mit seinen schattigen und sonnigen Flecken. »Hier wohnen die Tiere und die Vögel.« Ich zeigte hinauf in die Baumkronen. »Und da oben wohnt Mister Eule. Weißt du, wie der macht? Der macht: Huu-huu, huu-huu! Kannst du das schon sagen? Und schau mal, das da sind Walnüsse.« Ich sammelte ein paar auf und legte sie meinem Bruder in den Kinderwagen. Als ich wieder zu Hause angelangt war, war mein Bruder unter den eingesammelten Schätzen fast begraben.

Der kleine Josh sah der Welt mit fröhlicher Neugier und voller Staunen entgegen. Ich hörte ihn kein einziges Mal weinen. Er saß nur immer mit großen Augen in seinem Wagen, die Ohren wie bei einem Reh gespannt aufgestellt. Die Natur um ihn herum schien eine deutlichere Sprache für ihn zu sprechen als wir Menschen. Ich sah ihm zu, wie er den Kopf hin und her wandte, wie seine Augen etwas ins Visier nahmen. Wir sahen dieselben Dinge, aber er nahm sie anders wahr als ich. Als ob der Wind, der durch die Bäume ging, oder eine Veränderung im Gesang der Amsel ihm etwas über unsere Welt verrieten, das wir anderen nicht wussten.

Einmal ließ ich Josh auf meinen Knien hüpfen und er schlug sich dabei den Kopf am Küchentisch an. Ich umarmte ihn sofort ganz fest und sagte ihm, wie leid es mir tat. Seine Augen füllten sich natürlich dennoch mit Tränen und ich war mir sicher, dass er gleich anfangen würde zu weinen. Aber er sah mich nur an, und dann lächelte er plötzlich. Ich konnte es kaum glauben.

Mama sagte, dass sie noch nie von einem Baby gehört hatte, das nicht weinte. Sie hatte Angst, dass vielleicht etwas mit ihm nicht in Ordnung sein könnte. Aber Grammy meinte, sie solle sich einfach glücklich schätzen. Mama sah zu Boden und sagte, sie habe doch noch nie Glück gehabt.

Seine ersten Worte sagte mein Bruder an einem Sommertag im Alter von zwei Jahren. Er saß in seinem Laufgitter unter dem Ahornbaum und kaute an einem Keks. Als er mich mit einem Korb Tomaten über den Rasen gehen sah, reckte er sich auf die Zehenspitzen und quietschte: »Teddi!« Dann zeigte er auf den Wald und rief: »Mister Eule! Huu-huu, huu-huu!«

Mit jedem Jahr wurde mein Bruder mehr von den Wundern der Natur angezogen. Als er zehn war, verehrte er den Wald und seine Tiere bereits mit einer Hingabe, die kaum jemand nachvollziehen konnte. Wo andere nur Alltägliches sahen, spürte er etwas Heiliges. Bäume stellten für ihn die Turmspitzen einer Kathedrale dar, seine sanften Schritte über den gesegneten Waldboden waren seine Gebete. Er kniete am steinigen Ufer des Red River, stillte seinen Durst dort in Gesellschaft der Regenbogenforellen und pfiff mit den Vögeln um die Wette.

Während seiner Teenagerzeit zog sich Josh immer mehr zurück, wurde ein mutiger, stiller und oft etwas rätselhafter Junge, der die Einsamkeit liebte. Außerdem kannte er sich unglaublich gut mit Tieren aus. Es flog kein Vogel über unsere Farm, dessen Namen Josh nicht wusste. Er kannte alle Tierspuren und sämtliche Bäume.

An einem kalten Wintertag stand er mitten im abgeernteten Maisfeld und holte einen Apfel aus der Jackentasche. Ein junger Sechsender stand vor ihm. Mein Bruder näherte sich ihm vorsichtig bis auf etwa zwei Meter und legte den Apfel vor dem Hirsch auf die Erde. Dann trat er langsam wieder ein paar Schritte zurück und ließ sich zu Boden gleiten.

Der Hirsch stand regungslos da und starrte meinen Bruder an. Nur seine Schwanzspitze zuckte. Weiße Wölkchen stiegen aus seinen Nüstern auf. Vorsichtig ging er ein paar Schritte auf den Apfel zu. Sein Schwanz wippte noch einmal nervös, dann senkte der Hirsch den Kopf und fraß den Apfel.

Was er wohl in den Augen meines Bruders gesehen hatte? In diesen Augen, die uns, seine Familie, so selten ansahen?

Ich verstand lange nicht, wie sehr seine Seele tatsächlich mit der Natur verbunden war. Das geschah erst später, bei einem meiner Besuche zu Hause. Es war Joshs siebzehnter Geburtstag.

Zwölf

Es war ein warmer Septembernachmittag im Jahr 1976. Die ersten trockenen Herbstdüfte lagen in der Luft. Ich war zu Besuch aus Charleston. Ich parkte das Auto und stieg aus, da winkte mir Grammy Belle schon von der Veranda aus zu.

»Bin ich froh, dass du da bist, Schatz!« Stufe für Stufe kam sie vorsichtig die Treppe hinunter. Sie umarmte mich. »Dein Bruder ist in der Scheune. Geh rein, aber ganz langsam, und sprich auch nicht so laut, flüstere lieber.«

»Wieso, was ist denn los?«

»Das ist eine Überraschung. Jetzt geh schon, er wartet schon den ganzen Tag auf dich.«

Das Tor der Scheune war nur so weit aufgeschoben, dass ich gerade so durchpasste. Erst konnte ich nichts erkennen, aber nachdem sich meine Augen an das Dunkel gewöhnt hatten, nahm ich plötzlich eine Bewegung an der Tür am anderen Ende der Scheune wahr. Ich ging um einen Holzstapel herum. Auf ein paar Heuballen war ein Schlafsack ausgebreitet. Daneben standen ein Gartenstuhl und eine alte Lampe.

Wieder war mein Bruder kurz an der Hintertür zu sehen. Er stand in unserem alten Kuhstall, einem schon recht baufälligen Anbau mit verrostetem Blechdach. Quer durch den Raum verlief nun eine halbhohe Mauer, und zwischen Mauer und Decke war Maschendraht gespannt.

»Josh?«, flüsterte ich.

Er drehte sich zu mir um und lächelte schüchtern. Mehrere Baumstämme waren zwischen Decke und Boden befestigt. Plötzlich flog ein weißer Blitz an mir vorbei und ließ sich auf einem Ast an einem der Baumstämme nieder. So einen großen Vogel hatte ich noch nie gesehen.

»Ist der nicht wunderschön? Ich hab ihn Ghost getauft.«

Der Vogel hatte einen mächtigen Körper. Sein gebogener Schnabel war sicher rasiermesserscharf und er hatte erschreckend große Krallen. Von einem dünnen rostroten Streifen auf der Schulter abgesehen war der Vogel strahlend weiß wie frische Milch. Er wandte mir den Kopf zu und sah mich sehr ernsthaft aus bernsteinfarbenen Augen an.

Ich beugte mich näher zu Josh herüber. »Was ist denn das für ein Vogel?«

»Ein Rotschwanzbussard. Aber der hier ist ein Albino. Ich kannte die bis jetzt nur von Fotos, Ghost ist der erste, den ich in freier Wildbahn gesehen habe. Ich bin nicht ganz sicher, aber da die Weibchen meistens größer sind als die Männchen, nehme ich an, Ghost ist ein Männchen.«

»Wo hast du ihn denn her?«

»Hab ihn drüben bei Gray's Arch gefunden. Er war angeschossen, wahrscheinlich von einem Wilderer. Die Kugel hat seine Brust gestreift und ist mitten durch den linken Flügel gegangen. Ich hab ihn mit nach Hause genommen. Grammy hat die Wunde mit Teebaumöl gesäubert und ich hab ihm aus Pappe, Eisstielen und Garn eine Schiene für den Flügel gebastelt.«

»Ehrlich?«

Josh nickte. »Dann haben wir ihm den Flügel festgebunden, damit er ihn eine Weile nicht bewegen kann. Dad hat mir geholfen, die Mauer hochzuziehen und oben den Draht anzubringen, damit er hier in Sicherheit ist.« Josh lächelte den Bussard an. »Du hast dich schon wieder richtig gut erholt, stimmt's?«

Der Vogel war von einer zarten Schönheit, wirkte aber dennoch sehr kraftvoll. Mit einem eleganten Satz ließ er sich auf dem Ast nieder, der meinem Bruder am nächsten war.

»Menewa«, flüsterte Josh. Er ließ den Vogel nicht aus den Augen. »Weißt du noch, wie du mir erzählt hast, dass der Vogel über mich wacht?«

Ich lächelte. »Ja … Menewa. Großer Krieger.«

Da standen wir, Josh in dem Käfig an die kleine Mauer gelehnt und ich auf der anderen Seite, meine Nase berührte fast den Draht. Draht, der ebenso von einer sachlichen Notwendigkeit wie von einer tieferen Symbolik war. Denn ich wusste genau, dass ich die Welt meines Bruders nie würde betreten können. Ich durfte lediglich von außen zuschauen.

»Und wie geht es jetzt mit ihm weiter?«

»Ich lasse ihn frei.«

»Wann?«

»Sobald du allen im Haus Bescheid gesagt hast. Er ist schon seit über einer Woche wieder gesund genug, aber ich wollte auf dich warten.«

Ich steckte einen Finger durch den Draht und berührte Josh am Arm. »Danke.«

Mit langsamen Schritten ging ich durch die dunkle Scheune zurück zum Tor. Dort angekommen rannte ich zum Haus, so schnell ich konnte. »Kommt schnell! Josh lässt Ghost frei!«

Daddy legte sein Wettertagebuch beiseite, Mama hörte auf, Kartoffeln zu schälen, und Grammy schloss ihr Rezeptekästchen.

Als wir im Stall ankamen, trug Josh schon dicke Wildlederhandschuhe. Er hielt die Beine des Vogels mit sicherem Griff fest. Als Ghost uns sah, schlug er ein paarmal mit den Flügeln. Josh flüsterte ihm etwas zu und er beruhigte sich wieder.

Daddy öffnete den kleinen Riegel des Drahtkäfigs. »Bereit, mein Sohn?«

Josh nickte und umfasste den Vogel mit der linken Hand. »Okay, Ghost. Heute ist dein großer Tag.«

Mein Vater öffnete die Tür, Josh drückte sich den Vogel fest an die Brust und trat hinaus. Er ging den Pfad entlang, den der Traktor ins Feld gefahren hatte, und wir folgten ihm schweigend. Schließlich standen wir mitten auf dem Feld, etwa einen Meter von Josh entfernt, und warteten.

Und warteten.

Mein Bruder sah aus, als wäre er in ein Gebet vertieft, den Kopf vorgebeugt, seine Lippen berührten Ghost fast. Er sprach leise mit ihm, seine Worte wurden zu einer Beschwörungsformel, die keiner hören konnte.

Stille breitete sich aus, sogar der Wind legte sich für einen Moment, als Josh zum Himmel aufsah. Wieder sagte er etwas, das ich nicht hören konnte. Er hielt Ghost mit beiden Händen fest. Langsam senkte er die Arme. Dann riss er sie in einer schnellen Bewegung nach oben und ließ den Bussard fliegen.

Mit beeindruckend mächtigem Flügelschlag stieg Ghost hinauf in die Luft, flog über das Feld hinweg, wurde immer schneller. Erst hatte er noch etwas Schräglage, gewann dann aber sein Gleichgewicht wieder und sauste immer höher, bis er nur noch eine perfekte Silhouette am Himmel war.

Ich jubelte ihm zu, Mama und Grammy klatschten begeistert in die Hände, Daddy beschattete seine Augen mit einer Hand und sah dem Vogel lächelnd nach. Josh stand da, die Daumen in die Hosentaschen gehakt. Er ließ den Vogel keine Sekunde aus den Augen. Ein Windhauch wirbelte seine dunklen Locken durcheinander.

Kurz bevor Ghost den Wald erreicht hatte, machte er plötzlich eine scharfe Linkswendung. Ich stöhnte entsetzt auf und schlug die Hand vor den Mund. Bestimmt machte ihm sein verletzter Flügel Probleme. Ich sah fassungslos zu, wie er unaufhaltsam nach unten rauschte.

Aber Ghost stürzte nicht ab, er drehte um. Zurück zum Feld.

Zurück zu meinem Bruder.

Er gewann wieder an Höhe, stieg immer weiter auf und kreiste mit ausgebreiteten Schwingen über Josh. Dann drehte er wieder ab und flog zum Wald.

In dem Moment wurde es mir klar.

Mein Bruder war Teil des Waldes, war Teil seiner Geheimnisse, gehörte zu den Tieren dort. Und sie gehörten zu ihm.

Manchmal wurde ich bei dem Gedanken an meinen Bruder von einer lähmenden Trauer überwältigt, manchmal schäumte ich vor Wut. Eine Wut, die so groß war, dass ich Josh erst einmal eine Ohrfeige verpasst hätte, hätte er in diesem Moment plötzlich vor mir gestanden. Und dann gab es wieder Tage, an denen er mir so sehr fehlte, dass ich es fast nicht ertragen konnte. Heute war einer dieser Tage.

Im Jahr nach seinem Verschwinden nahm Mama mich einmal zur Seite. Sie hielt mich an den Schultern fest. In ihren Augen standen Tränen. Sie sagte, ich solle endlich aufhören, im Wald nach ihm zu suchen. Dass es Zeit sei loszulassen, damit seine Seele endlich Frieden finden könnte. Dass er tot sei.

Ich hatte jedoch berechtigten Grund zu der Annahme, dass das nicht stimmte.

Nach Joshs Verschwinden fuhr ich jedes Wochenende die lange Strecke von Charleston nach Hause und suchte die vielen Orte unserer Kindheit ab. Ich wanderte tief in den Wald hinein und rief nach ihm. Dann lauschte ich gebannt, hoffte, die Berge würden das Echo einer Antwort von ihm zurückwerfen. Ich schrieb ihm Briefe, verpackte sie wasserfest und versteckte sie an den geheimen Orten, an denen wir gemeinsam gewesen waren. Einen steckte ich zwischen zwei große Felsen, auf denen wir als Kinder oft gespielt hatten.

Drei Wochen später machte ich mich bei eisigen Temperaturen wieder auf den Weg dorthin. Die Plastikhüllen lagen noch genauso da, wie ich sie zurückgelassen hatte, und als ich bei den beiden Felsen ankam, erschöpft und mit vor Kälte schon ganz tauben Fingern, klemmte auch dort die Plastikhülle noch immer. Jedoch an einer anderen Stelle.

Und sie war leer.

Ich weinte vor Glück und rief nach meinem Bruder. Dann setzte ich mich auf den Felsen und überlegte, was die leere Hülle wirklich zu bedeuten hatte.

Hatte Josh meinen Brief gefunden? Vielleicht hatte ihn auch nur ein Wanderer zufällig entdeckt. Wenn es wirklich

Josh gewesen wäre, hätte er mir dann nicht eine Nachricht hinterlassen? Einen kleinen Stein, ein Blatt oder vielleicht sogar eine Feder? Und wieso hatte er die Hülle wieder sorgfältig verschlossen und zurückgelegt?

Andererseits passte das genau zu ihm.

Dreizehn

Die Erinnerung an diesen Tag tat immer noch zu sehr weh, also sprang ich, um nicht weiter darüber nachdenken zu müssen, so heftig von der Hollywoodschaukel, dass sie mir gegen die Beine schlug. Ich rieb mir die schmerzende Stelle. Eddie lief wie immer dicht an meiner Seite, als ich zurück ins Haus ging und das Radio anschaltete. Ich wusch gerade meine Tasse aus und hörte die Regionalnachrichten, da klingelte das Telefon.

Ich trocknete mir die Hände an einem Geschirrtuch ab und ging um den Tisch herum, um abzuheben. »Hallo?«

»Da bist du ja endlich! Ich habe vorhin schon mal angerufen, aber da bist du nicht drangegangen. Ich hab mir schon Sorgen gemacht! Süße, ich muss dir was sagen. Aber mach dir keine Sorgen.«

Ich zerrte das Telefonkabel quer durch die Küche und stellte das Radio ab. »Stella, was ist denn los?«

»Deine Mutter und ich waren doch zusammen beim Friseur und danach sind wir noch kurz zur Reinigung. Als sie aus dem Auto aussteigen wollte, konnte sie sich plötzlich nicht richtig bewegen. Sie hat sich irgendwie wackelig gefühlt und meinte, sie hat so ein komisches Kribbeln. Ich bin sofort mit ihr ins Clark Regional gefahren.«

Mir schlug das Herz bis zum Hals. »Ist sie jetzt immer noch da?«

»Ja, aber kein Grund zur Panik. Es geht ihr anscheinend wieder besser, sie hat sich schon mit den Schwestern angelegt, als die sie untersuchen wollten.«

»Ich mach mich sofort auf den Weg!«

Ich schnappte mir meine Handtasche, versicherte Eddie, dass ich bald zurück sei, und fuhr zum Krankenhaus, das gut vierzig Minuten entfernt lag. Ich fuhr schnell, krallte meine Hände um das Lenkrad. Meine Gedanken rasten wild in alle Richtungen. Ich hatte Angst, aber gleichzeitig machte mich das Timing von Mamas plötzlicher Krankheit auch misstrauisch. Tat sie vielleicht nur so, um mich nicht in Charleston besuchen zu müssen? Oder war doch etwas Schlimmes passiert? »Wenn das nur wieder eins deiner Ablenkungsmanöver ist, Mama …, das würde ich dir nicht verzeihen, das schwöre ich dir!«

Ich kam am Krankenhaus an. Eine Frau an der Rezeption sagte mir, wo Mamas Zimmer zu finden war. Ich eilte den Gang entlang. Im Vorbeigehen sah ich Stella in einem kleinen Wartezimmer sitzen. Als sie mich sah, lächelte sie, doch ihr Blick verriet, dass sie sich Sorgen machte.

»Ich war gerade bei ihr im Zimmer, aber sie wird noch untersucht.«

Ich setzte mich neben Stella. »Worauf wird sie denn untersucht?«

»Sie hat ein Medikament bekommen, um ihren Blutdruck zu senken, und dann haben sie sie an so eine Maschine angeschlossen, die den Herzschlag aufzeichnet. Danach war noch ein Neurologe da, der ihr eine ganze Menge Fragen gestellt hat, und sie musste mit den Fingerspitzen ihre Nase berühren. Dann hat er einen Bleistift hochgehalten und sie sollte dem mit den Augen folgen, während er ihn hin und her bewegt hat. Er hat eine ganze Weile lang ihre Reflexe getestet.«

»Hat er gesagt, wie hoch ihr Blutdruck ist?«

Stella knetete ihre Hände. »Vielleicht, aber ich hab's nicht mitbekommen. Da waren so viele Schwestern und Ärzte, es war ganz schön was los. Aber er hat noch gesagt, dass sie eine Computertomographie machen wollen. Ich komme mir so dumm vor – ist das das, wo sie Fotos vom Gehirn machen?«

»Ja, genau. Hat Mama erwähnt, dass sie Kopfschmerzen hatte? Oder ist sie vor Kurzem hingefallen?«

»Nein. Soweit ich weiß, ging es ihr gut, bis wir bei der Reinigung ankamen. Aber …«

»Entschuldigung«, unterbrach uns eine junge Krankenschwester. »Mrs. Overman ist jetzt wieder in ihrem Zimmer.«

Wir liefen schnell den Gang hinunter. Mama lag mit zwei Kissen im Rücken im Bett. Von ihrem zerzausten Haar und dem genervten Gesichtsausdruck abgesehen sah sie ganz normal aus, fand ich.

Bevor ich etwas sagen konnte, schüttelte sie den Kopf. »Ich bin kerngesund. Und ich *will* auch nicht hier sein!«

Ich küsste sie auf die Wange. »Was hat der Arzt denn gesagt?«

»Den hab ich nach der Computertomographie noch nicht wieder gesehen. Aber die ganzen Untersuchungen sind sowieso reine Zeitverschwendung. Ich glaube, die komische Taubheit und das Kribbeln hatten nur mit meinem Genick zu tun. Ich muss mich letzte Nacht verlegen haben, heute Morgen hat mir alles wehgetan. Sogar mein linker Arm.«

Stella warf mir einen besorgten Blick zu und zog sich einen Stuhl ans Bett.

»Kann ja sein, aber lass uns trotzdem abwarten, was der Arzt sagt.«

»Ich verstehe wirklich nicht, wieso die mich an einen Tropf angeschlossen haben«, sagte meine Mutter ärgerlich. »Ich habe auf jeden Fall genug getrunken und bin doch auch gar nicht krank.«

Stella streichelte Mama die Hand. »Reg dich nicht auf, Franny. Du bist bestimmt ganz schnell wieder hier raus.«

Ein Arzt betrat das Zimmer, seine Gummisohlen quietschten auf dem glänzenden Linoleum. Er hatte etwas Seriöses, Großväterliches an sich, und es gefiel mir, wie er sich als Dr. Ashford vorstellte und uns dabei der Reihe nach ansah.

»Ich bin Teddi, Mrs. Overmans Tochter.«

Er schüttelte mir die Hand und wandte sich dann an Mama. »Nach dem, was Sie uns erzählt haben, und der Auswertung der Untersuchungsergebnisse gehen wir davon aus, dass Sie eine transitorische ischämische Attacke hatten, kurz TIA.« Er sah über den Rand seiner Brillengläser hinweg erst zu mir und Stella, dann wieder zu Mama. »Sie haben sicher schon einmal von einem ›Mini-Schlaganfall‹ gehört.«

Ich biss mir auf die Lippe.

»Wie die meisten TIAs«, fuhr er fort, »hat sie sich auch bei Ihnen anscheinend innerhalb kurzer Zeit von allein wieder aufgelöst. Aber das heißt leider nicht, dass Sie völlig über den Berg sind.«

»Was meinen Sie damit?« Ich verschränkte die Arme vor der Brust.

»Wir haben bei der Computertomographie Blutungen und andere Faktoren ausschließen können, aber eine TIA sollte immer als Warnsignal verstanden werden, dass noch ein richtiger Schlaganfall folgen kann. Was wir bisher herausgefunden haben, ist …«

Ich lauschte seinen Erklärungen über Cholesterinwerte, Medikamente und Untersuchungen. Als der Arzt auf Mamas gefährlich hohen Blutdruck zu sprechen kam, war ich überrascht. Und als Mama zögerlich zugab, dass sie seit mehr als neun Jahren nicht mehr beim Arzt gewesen war, fiel ich fast vom Glauben ab. Ich versuchte, ruhig zu klingen. »Als ich dich vor ein paar Monaten gefragt habe, ob du beim Arzt warst, hast du doch Ja gesagt.«

»Ich war ja auch bei ihm, bin auf dem Weg zum Supermarkt an seiner Praxis vorbeigegangen. Ich war eben nur nicht drin.«

Ich konnte kaum glauben, was ich da hörte.

Dr. Ashford schimpfte nicht mit ihr und gab sich Mühe, sie nicht bloßzustellen, sagte aber dennoch sehr bestimmt: »Mrs. Overman, Ihre Gesundheit ist ins Schleudern geraten. Sie müssen mit uns zusammenarbeiten, um sie wieder ins Gleichgewicht zu bringen. Sobald alle Testergebnisse vorliegen, werde ich Sie über Ihre Risikofaktoren aufklären – die, an denen wir etwas ändern können, und die, die wir hinnehmen müssen. Einige der Medikamente, die ich Ihnen verschrieben habe, können sehr müde machen. Nutzen Sie das und schlafen Sie sich aus. Ich schaue dann morgen noch mal bei Ihnen vorbei.«

Damit nahm er sein Klemmbrett und ging.

Mama machte ein Gesicht, als wäre das alles überhaupt nicht schlimm. »Teddi, das tut mir wirklich sehr leid, dass wir morgen nicht nach Charleston können. Aber in ein paar Tagen bin ich bestimmt wieder fit. Kannst du so lange warten?«

»Hauptsache, du wirst wieder gesund. Das ist eine ernste Sache, Mama.«

»Ach was.« Sie winkte ab. »Kennst du noch Leroy und Cora Fuller? Die haben drüben in der Cat Creek Road gewohnt. Leroy hatte ständig Mini-Schlaganfälle. Cora meinte, das war wie bei einer kaputten Lichterkette, es hat immer mal wieder bei ihm geflackert. Und es ging ihm trotzdem blendend! Er ist über achtzig geworden und eines Tages einfach beim Schneeschippen an einem Herzinfarkt gestorben.«

Ich stöhnte auf und fuhr mir mit der Hand übers Gesicht. Was sollte ich darauf bloß antworten?

Stella richtete sich auf und strich Mama über den Kopf. »Franny, ich werde dir keine Standpauke halten, weil du so lange nicht beim Arzt warst, das ist ja nun nicht mehr zu ändern. Aber versprich mir bitte, dass du von jetzt an alles machst, was dir die Ärzte sagen.«

Mama nickte und schloss die Augen.

Ein Krankenpfleger brachte ein Tablett mit dem Abendessen herein. »Ich habe keinen Hunger«, sagte meine Mutter. »Aber ihr beiden solltet mal nach Hause gehen und was essen.«

Ich stellte das Tablett auf den Tisch. »Ich habe auch keinen Hunger.«

Stella hob den Metalldeckel vom Teller und rümpfte die Nase. »Also, ich für meinen Teil habe Riesenhunger. Aber hoffentlich gibt's in der Cafeteria noch was anderes als das hier.«

Ich legte ihr den Arm um die Schulter. »Du hast einen langen Tag hinter dir. Willst du nicht lieber nach Hause?«

Mama pflichtete mir bei. »Wirklich, geh doch nach Hause und ruh dich aus.«

»Ich gehe nirgendwohin, Ende der Diskussion.« Stella lächelte meine Mutter an und erhob sich. »Ich seh mich mal nach was zu essen um. Und du willst wirklich nichts, Teddi?«

»Nein danke.«

Ich setzte mich näher an Mama heran. Ich hätte gern gewusst, wieso sie mich wegen ihrer Arztbesuche angelogen hatte, wollte sie aber nicht zu sehr aufregen. Das Thema musste warten. Sie fragte mich, ob ich eine gute Fahrt gehabt hatte und wie lange ich in Kentucky bleiben wollte.

»Hast du vielleicht einen Spiegel dabei?«, fragte sie plötzlich.

Ich hatte eine kleine Puderdose mit einem Spiegel im Deckel dabei und gab ihn ihr. Ihre Hand fühlte sich trocken an, wie Papier.

Sie betrachtete sich einen Moment, dann ließ sie den Spiegel auf die Brust sinken. »Schade, dass du meine Frisur nicht gesehen hast, bevor die sie hier ruiniert haben. Und was ist denn mit meiner Haut passiert? Ich sehe ja schlimm aus.«

Ich holte eine kleine Tube mit rotem Lipgloss aus der Tasche. »Hier, Mama. Du brauchst nur ein bisschen Farbe im Gesicht, mehr nicht. Unter Neonlicht sieht man immer irgendwie krank aus.« Ich rückte ein Stück heran und tupfte ihr den Lipgloss auf.

Sie schloss die Augen und flüsterte: »Danke.«

Ich nahm ihr die Dose aus der Hand und strich mit dem Pinsel über den pfirsichfarbenen Puder. »Das ist genau deine Farbe. Sie heißt Frischer Frühling.«

Sie lächelte kaum merklich, als ich ihr sanft mit dem Pinsel über die Wangen strich. »Das machst du auch immer mit deinen Möbeln, stimmt's?«, sagte sie, die Augen immer noch geschlossen. »Du nimmst was Altes, Wertloses und lässt es wieder hübsch aussehen.«

»Auf meine Möbel trifft das zu, ja. Aber du bist doch nicht alt und wertlos, Mama.«

»Ach, ich weiß doch, wie abgespannt ich mittlerweile aussehe. Das Alter ist schon eine komische Sache. Man sagt immer, es würde sich anschleichen, aber mich hat es einfach so überfallen.«

»Wie meinst du das?«

Mamas Augen füllten sich mit Tränen. »Es ist noch gar nicht so lange her, da fand ich abends vor dem Schlafengehen, dass ich doch eigentlich noch ganz gut aussehe für mein Alter. Und am nächsten Morgen starrt mich auf einmal diese eingefallene, alte Frau aus dem Spiegel an. Ich wollte mich für den Besuch bei dir ein bisschen hübsch machen. Ich wollte nicht wie ein Landei aussehen und dich vor deinen schicken Freunden blamieren.«

»Du bist doch immer noch wunderschön. Du hast die schönsten Augen und Hände, die ich je gesehen habe. Und nur damit du es weißt, ich habe keine schicken Freunde. Höchstens ein paar schicke Kunden, aber die sind mir egal.«

»*Du* bist schick. Immer hübsch angezogen und geschminkt, deine Nägel sind perfekt lackiert. Richtig elegant.«

Ich ließ den Pinsel noch einmal über Mamas Wangen gleiten. Ich wollte die plötzliche Nähe zwischen uns so gern festhalten. »Ich bin immer noch dieselbe, Mama. Ich bin ein Bauernmädchen in High Heels, mehr nicht.«

Sie strich mir über die Haare. Ihre Hand war ganz sanft und es fühlte sich so schön an, dass ich eine Gänsehaut bekam. Ich hielt ganz still, damit sie nicht aufhörte.

»Schön, dass du immer noch deine langen Haare hast.« Sie wickelte sich eine Strähne um den Finger. »Weißt du noch, vor ein paar Jahren, als sich auf einmal alle jungen Frauen die Haare abgeschnitten haben? Das sieht doch schlimm aus.«

Sie sollte mich weiterstreicheln. Plötzlich ließ sie jedoch die Hand sinken. Ihr Gesicht wurde ganz traurig. »Wenn du doch nur gesehen hättest, wie hübsch meine Haare heute Nachmittag ausgehen haben.«

»Ich kann's mir gut vorstellen.« Ich strich ihr ein paar Locken aus der Stirn. »Wenn du hier wieder rauskannst, gehen wir zusammen in einen Beautysalon. Ich lade dich ein. Und dann lassen wir uns auch gleich die Nägel machen, wir machen einen richtigen Mutter-Tochter-Tag daraus.«

Meine Mutter ließ den Blick langsam über mein Gesicht wandern und lächelte. Es schien, als würde sie mich zum ersten Mal als erwachsene Frau wahrnehmen.

In diesem Moment kam Stella herein und dieser besondere Moment zwischen Mama und mir verblasste. Sie quetschte sich an mir vorbei und ging zu Mama ans Bett.

»Was gab's denn zum Abendbrot?«, fragte ich.

»Na ja, das Buffet sah nicht sehr verlockend aus, also hab ich einfach ein Stück Kirschkuchen gegessen.« Sie lachte, strich sich den Bauch und ließ sich auf ihren Stuhl sinken. »Ihr beide scheint ja Spaß gehabt zu haben.«

»Teddi hat mein Gesicht ein bisschen aufgehübscht, wie sonst mit ihren Möbeln.«

»Die Farbe steht dir wirklich gut, Franny. Ich war gestern in der Drogerie, da haben die jetzt eine ganz tolle Kosmetikabteilung. Ich hab mir einen wunderschönen Lippenstift gekauft. Wenn du hier wieder raus bist, müssen wir mal zusammen dahin und dir auch einen holen. Und danach lade ich dich zum Essen ein.«

Wir drei unterhielten uns, bis es draußen dunkel wurde und meiner Mutter die Augen fast zufielen. Um acht erhob sich Stella. Sie beugte sich über das Bett und streichelte Mamas Wange. »Ich gehe jetzt nach Hause, aber morgen früh bin ich wieder da.«

Die beiden sahen sich an. Die stille Sprache ihrer Freundschaft wirkte so intim, dass ich mich abwendete und so tat, als hätte ich einen Fussel auf der Hose.

»Ich bring dir morgen eine Überraschung mit. Ich weiß noch nicht, was, aber es wird was Tolles.«

Nachdem Stella gegangen war, fuhr ich Mama durch die zerzausten Haare. »Soll ich dir die Haare kämmen?«

Sie klang erschöpft. »Vielleicht lieber morgen. Die vielen Tabletten machen mich so müde. Und du solltest auch nach Hause gehen und dich ausruhen.«

»Schlaf ruhig, Mama. Ich bleibe hier.«

»Ich kann doch nicht einschlafen, wenn du mich dabei anstarrst. Außerdem vermisst dich dein kleiner Hund bestimmt schon. Der hat doch Angst, so allein in einem fremden Haus.«

Ich zog ihr die Decke über die knochigen Schultern. »Na gut. Morgen früh komme ich wieder. Soll ich dir irgendwas von zu Hause mitbringen?«

Sie überlegte einen Moment. »Ja, meine Nachthemden hätte ich gern. Das blaue mit dem Spitzenkragen. Und das gelbe dickere auch, falls mir kalt wird.«

»Wenn dir noch was einfällt, ruf einfach an. Ich hoffe, du kannst dich ein bisschen erholen.« Ich drückte ihr einen Kuss auf die Stirn.

»Kannst du meine Handtasche mitnehmen? Nicht, dass mir die hier noch einer klaut.«

Ich nahm ihre Tasche.

»Und kannst du bitte das Licht ausmachen, wenn du rausgehst?«

An der Tür überkam mich plötzlich das Bedürfnis, ihr zu sagen, dass ich sie lieb hatte. Das Gefühl war so stark, dass es mir das Herz zusammendrückte. Aber ich traute mich nicht. Was, wenn der Satz einfach unerwidert zwischen uns auf den Boden fallen würde? Wenn sie mir nicht dasselbe sagen wollte?

Die Worte stiegen weiter in mir auf. Doch anstatt sie einfach rauszulassen, tat ich das, was ich immer getan hatte: Ich schluckte sie wieder herunter. In der Tür blieb ich kurz stehen. Dann knipste ich das Licht aus.

Ich weiß nicht, warum, aber ich drehte mich doch noch einmal um. Mama sah mich an. Ich lächelte, drückte die Hand an die Lippen und warf ihr eine Kusshand zu.

In ihren Augen leuchtete etwas auf, sie sah gleichzeitig resolut und sehr liebevoll aus. Zu meiner Überraschung warf sie mir eine Kusshand zurück. Einen Moment lang hielt sie die Hand in der Luft, und ihre schlanken Finger öffneten sich wie eine blasse Blüte.

Vierzehn

Eddie jaulte vor Freude, als ich zur Hintertür hereinkam. Ich ging mit ihm spazieren und fütterte ihn, dann verschloss ich alle Türen und legte mich ins Bett. Ich war so erschöpft, dass meine Beinmuskeln zuckten, konnte aber dennoch nicht einschlafen. Ein ganzes Meer an Gedanken rauschte mir durch den Kopf.

Mama sollte besser nicht mehr allein leben. Ob ich sie überreden kann, zu mir zu ziehen? Aber bei dem Thema streiten wir uns bestimmt wieder, und das ist ja nicht gut für ihren Blutdruck. Vielleicht könnte Stella hier einziehen. Wie lange kann ich noch in Kentucky bleiben? Wie lange kann ich es Inez zumuten, sich neben ihrer eigentlichen Arbeit auch noch um die Kunden zu kümmern? Ob Albert mit der vielen Extra-Arbeit klarkommt? Und was wird aus den Sonderanfertigungen, die ich persönlich vornehmen muss? Und was, wenn …?

Ich erwachte. Die Fensterläden glänzten im Sonnenlicht. Mein Kopf brummte, und ich fühlte mich am ganzen Körper steif. Ich warf mir meinen Morgenmantel über, ging in die Küche, ließ Eddie hinaus in den Garten und rief Olivia an. »Mama ist im Krankenhaus!«

Stille. »Im Ernst?«

»Leider ja. Sie hatte einen sogenannten Mini-Schlaganfall. Aber es scheint ihr schon wieder ganz gut zu gehen. Ich mache mir zwar Sorgen um sie, bin aber auch ein bisschen böse. Sie war schon seit Ewigkeiten nicht mehr beim Arzt.«

»Was haben die im Krankenhaus denn gesagt?«

»Sie hat wohl zu hohen Blutdruck und zu hohe Cholesterinwerte und dann noch tausend andere Sachen, die zu hoch oder zu niedrig sind.«

»Das tut mir leid. Dabei hast du dich so auf den Besuch gefreut. Ich hab mich ja auch gefreut, hab gestern Abend sogar schon meine PEZ-Sammlung abgestaubt.«

Ich musste lächeln. »Vielleicht kann sie uns ja ein anderes Mal besuchen kommen. Mal sehen. Ich meld mich morgen noch mal.«

»Mach das. Und ruf auch zwischendurch an, wenn irgendwas ist. Tag und Nacht. Ich mein's ernst.«

Nachdem ich aufgelegt hatte, brauchte ich einen Moment, um meine Gedanken zu ordnen. Dann rief ich meine Großmutter an. Ich gab mir Mühe, unbeschwert zu klingen, und stellte Mamas Gesundheitszustand so positiv wie möglich dar, beschönigte die Wahrheit, bis ich schließlich einfach log und behauptete, Mama hätte nur so etwas wie einen schweren Migräneanfall gehabt. »Mach dir keine Sorgen, Grammy, die Ärzte sagen, es ist alles in Ordnung mit ihr. In ein paar Tagen wird sie wieder entlassen, und dann fahren wir zusammen zurück nach Charleston.«

Ich verabschiedete mich, duschte schnell und zog mich an, suchte Mamas Nachthemden zusammen und machte mich auf den Weg ins Krankenhaus.

Die Morgenluft strömte durchs Autofenster zu mir herein. Ich fuhr an abgeernteten Feldern vorbei, manche waren schon für den Winter umgepflügt worden, auf anderen spazierten noch Gänse umher und pickten nach heruntergefallenen

Körnern. Kurz vor dem Krankenhaus kam ich an einem kleinen Blumenladen vorbei, in dem gerade die Lichter angingen. Als ich davor hielt, stellte eine Frau gerade ein »Geöffnet«-Schild ins Fenster.

Ich suchte weiße Rosen und Lilien aus, die Lieblingsblumen meiner Mutter, und ging im Laden unruhig auf und ab, während die Verkäuferin in aller Seelenruhe die Stiele zurechtschnitt und die Blumen in einer Vase anordnete. Als sie endlich fertig war und ich bezahlt hatte, schnappte ich mir die Vase und rannte zum Auto. Ich wollte auf keinen Fall die Morgenvisite verpassen.

Ich bog in die Einfahrt des Krankenhauses ein. Dabei ging mir durch den Kopf, dass Mamas Mini-Schlaganfall ja vielleicht auch Glück im Unglück war, dass uns die Umstände näher zusammenbringen würden. Wenn man bedachte, wie wir gestern Abend miteinander umgegangen waren, dann würde sich unser Mutter-Tochter-Verhältnis vielleicht doch langsam in die von mir so ersehnte Richtung bewegen.

Mit der Handtasche über der Schulter, Mamas Nachthemden in einer Papiertüte in der Hand und die Blumenvase an die Brust gedrückt, betrat ich lächelnd das Krankenhaus. Die Blumen dufteten herrlich süß, Mama würde sich über den Strauß freuen.

Die Fahrstuhltüren öffneten sich und ich trat auf den Flur hinaus. Dort waren gerade alle in heller Aufregung. Ein junger Mann in einem OP-Kittel rannte an mir vorbei und stieß mich fast mit der Trage um, die er vor sich herschob. Hinter ihm liefen zwei Schwestern, und ihnen folgte ein Mann in einem Arztkittel. Ich sah ihnen nach, wie sie den Flur entlang und in eines der Zimmer liefen.

Mamas Zimmer.

Ich wurde schneller, meine Handtasche und die Papiertüte schleuderten hin und her, und das Wasser aus der Vase verteilte sich über meinem Pullover.

Eine grauhaarige Schwester schob Stella Rose aus dem Zimmer. Selbst aus der Entfernung sah ich, dass sie weinte.

Jetzt rannte ich. Die Blumen rutschten aus der Vase und das Wasser klatschte überallhin.

Stella drehte sich zu mir um.

Als ich den Ausdruck auf ihrem Gesicht sah, ihre zitternden Lippen und ihre roten Wangen, blieb ich stehen. Ich blieb einfach mitten auf dem Flur stehen. Wasser tropfte auf den glänzenden Linoleumboden.

Kein Grund mehr zur Eile.

Ich wusste Bescheid.

Das Durcheinander legte sich wieder. Die Schwestern verließen Mamas Zimmer, und der Arzt nahm Stella und mich beiseite. Er führte uns zu einem kleinen Alkoven am Ende des Flurs. Ich stand dort mit dem Rücken zur Wand und sah, wie sich seine Lippen bewegten, aber seine Worte erreichten mich nicht. Als würde er mir hinter einem dichten Vorhang hervor etwas zuflüstern. Es war mir egal, was er uns über Risikofaktoren und den Schlaganfall erzählte, und wie leid es ihm tat. Seine Worte hatten keinerlei Bedeutung für mich. Immer noch mit der Vase und der Tasche mit Mamas Nachthemden in der Hand ging ich einfach an ihm vorbei.

Ich fühlte mich wackelig auf den Beinen. Alles um mich herum wirkte irgendwie unecht. Eine Schwester kam mit einem Handtuch auf mich zu. Sie versuchte mir die Blumen abzunehmen und wollte mir das Handtuch für Hände und Pullover reichen. Ihr Gesicht war freundlich, ihre Worte sogar noch freundlicher. Aber ich ließ sie einfach stehen, ging in Mamas Zimmer und schloss die Tür hinter mir.

Das Licht war aus. Es war so still im Zimmer, dass man den Deckenventilator summen hören konnte. »Deine Lieblingsblumen«, flüsterte ich und stellte die Vase auf den Nachttisch. Der Strauß sah ziemlich mitgenommen aus, zwei Rosenköpfe waren abgebrochen und mehrere Lilien zerknickt. Ich versuchte, sie wieder herzurichten.

Ich weiß nicht, wie lange ich dastand und meine Mutter ansah. Es kam mir vor wie eine Ewigkeit. Ich fasste unter der Decke nach ihrer Hand. Man konnte noch den Puder auf ihrer linken Wange sehen, den ich ihr gestern aufgetragen hatte. Bei diesem Anblick brach ich fast zusammen. Ich sah aus dem Fenster zum morgendlichen Himmel hoch. Er war so blau und hell, das Versprechen eines neuen Tages. Ich hätte ihn am liebsten heruntergerissen und weggeworfen. Ich wollte schwarze Wolken, Donner, Sturm.

Ich wollte, dass die Welt meinen Schmerz fühlte.

Ich lehnte mich gegen die Wand und schloss die Augen. »Tja, Mama, dann wirst du mich wohl doch nicht so bald in Charleston besuchen kommen.«

Fünfzehn

Es ist traurig, dass man viele Dinge über einen Menschen erst nach seinem Tod erfährt. Von Stella erfuhr ich, dass Mama nicht beerdigt werden wollte. Sie wollte eine Feuerbestattung und ihre Asche sollte verstreut werden. Wo, das war ihr egal. Sie wollte einfach nur frei sein. Das bestätigte auch der Inhalt der feuerfesten Kiste, in der sich die Besitzurkunde für die Farm und Mamas einfaches Testament befanden, das sie nach Daddys Tod aufgesetzt hatte.

Sie vermachte mir alles. Mein Bruder wurde nicht erwähnt.

Ich organisierte alles so, wie sie es sich gewünscht hatte, die Feuerbestattung und eine kleine Trauerfeier. Die Stelle neben Daddys Grab würde frei bleiben. Wo ich die Asche verstreuen würde, wusste ich noch nicht, es war alles noch zu frisch, und ich war viel zu durcheinander. Mir würde schon etwas einfallen.

Ich konnte Mamas plötzlichen Tod einfach nicht fassen, und diese Fassungslosigkeit lähmte mich. Nach Daddys Tod war ich so am Boden zerstört gewesen, dass ich es kaum geschafft hatte, den ganz normalen Alltag zu bewältigen. Und dennoch hatten wir seinen Tod damals fast als Erleichterung empfunden. Ich hatte zwei Wochen lang hilflos an seinem Bett gesessen und zugesehen, wie mein einst so kraftvoller Vater durch den Krebs bis aufs Skelett abmagerte, wie seine Haut gelb wurde und er sich vor Schmerzen wand. An dem Tag, als er mich aus tief eingefallenen Augen ansah und um sein Gewehr bat, erlaubte ihm Gott endlich zu sterben.

Aber wo war dieser Gott jetzt? Meine Mutter und mein Vater waren beide tot, und mein Bruder galt immer noch als vermisst. Ich saß am Küchentisch, vergrub den Kopf in den Händen und stieß einen Seufzer aus, der in ein Weinen überging. Ich hatte keine Ahnung, wie ich das alles schaffen sollte, wo ich überhaupt anfangen sollte – die vielen Formulare, die Farm, die Möbel, der Hausrat.

Es klopfte leise an der Hintertür. Ich wischte mir die Tränen am Ärmel ab. Stella kam mit einem Teller herein, der mit Alufolie abgedeckt war.

»Ich hab dir was zu essen gebracht. Wie geht's dir denn?«

»Nicht gut.«

Sie zog sich einen Stuhl heran, setzte sich neben mich und streichelte mir den Rücken. »Mir auch nicht.«

Wir saßen eng nebeneinander. Ich lehnte den Kopf an ihre Schulter.

»Kann ich irgendwas für dich tun?«

»Mir fällt im Moment nichts ein.«

»Denk immer dran, ich wohne nur ein paar Straßen weiter und hab weiß Gott genug Zeit. Ich kann gern ein paar Mal in der Woche herkommen und nach dem Rechten sehen, wenn du möchtest.«

»Wenn es dir nichts ausmacht – das wäre wirklich nett.«

Stella blieb noch eine Weile und wir unterhielten uns, während ich in meinem Essen herumstocherte. Auch wenn ich völlig durch den Wind war, war ich doch sehr dankbar für die Gesellschaft. Ich schob eine Erbse mit der Gabel quer über den Teller. »Morgen fahre ich zurück nach Charleston. Ich muss Grammy Belle erzählen, was passiert ist, und das kann ich nicht am Telefon tun.«

»Ach, die Arme. Drück sie von mir, ja?« Stella sah hinüber ins Wohnzimmer, wo die Urne mit Mamas Asche auf dem Kaminsims stand. »Weißt du schon, wo du die Asche verstreust?« Ihre Stimme zitterte.

Ich schüttelte den Kopf.

Als ich am nächsten Morgen aufwachte, war der Himmel von einem bedrückenden Grau und lag dunkel über den Bergen. Ein guter Zeitpunkt, um sich in den Süden aufzumachen. Ich ging durch alle Zimmer, klappte die Fensterläden zu und ließ die Jalousien herunter. Das Haus fühlte sich bereits ganz kalt und leblos an. Ich betrachtete Mamas halb gepackten Koffer und strich über die zusammengelegten Sachen darin. Dann zog ich den Reißverschluss zu und trug ihn die Treppe hinunter.

Ich stellte ihn in den Kofferraum, marschierte zurück ins Wohnzimmer und nahm die Urne vom Kamin. »Versprochen ist versprochen, Mama. Du kommst mit nach Charleston.« Mit der Urne im Arm trat ich aus dem Haus und schloss hinter mir ab.

Und so machten meine Mutter und ich uns an einem nebligen Herbstmorgen auf zu unserem ersten und letzten gemeinsamen Roadtrip. Sicher nicht so, wie wir uns das beide vorgestellt hatten, aber es war trotz allem eine gemeinsame Reise.

»An diesem Landhof wollte ich eigentlich mit dir anhalten«, erzählte ich ihr, als wir an der Ausfahrt nach Ashville vorbeifuhren. »Das hätte dir gefallen.« Als wir später an der kleinen Stadt Newberry vorbeirauschten, erklärte ich ihr: »Direkt hinter der Ausfahrt hier ist ein ganz fantastisches kleines Restaurant. Da wollte ich mit dir essen gehen.«

Schließlich erreichten wir Charleston. Ich schleppte unser Gepäck die Treppen hinauf. Mamas Urne stellte ich auf den Nachttisch im Gästezimmer, wo sie hätte schlafen sollen. Ihren Koffer stellte ich in den Schrank. »Da wären wir also. Ich hoffe, dein Zimmer gefällt dir.« Mir kamen die Tränen. »Ich habe sogar die Bettwäsche gebügelt.«

Ich konnte vor Müdigkeit kaum noch stehen, wankte in mein Zimmer und ließ mich aufs Bett fallen.

Morgen musste ich es Grammy erzählen.

Ich wachte im Morgengrauen auf. Meine Augen waren rot und mein Mund ganz ausgetrocknet. Ich duschte, zog mich an und saß schon im Auto, bevor der neue Tag richtig angebrochen war. Ich fuhr eine Weile ziellos herum, bog von einer Straße in die nächste ab und versuchte dabei, meine Gedanken zu ordnen.

Schließlich hielt ich vor dem Altenheim. Ich holte tief Luft und betrat Grammys Zimmer. Sie lächelte vergnügt, als sie mich kommen sah. Ihre Augen leuchteten. Als sie bemerkte, dass Mama nicht mitgekommen war, erstarb ihr Lächeln jedoch. Sie versuchte die Fassung zu bewahren. »Welcher Tag ist denn heute, mein Schatz?«

Ich zwang mich zu einem Lächeln und zog mir einen Stuhl heran. »Dienstag.«

»Manchmal komme ich durcheinander«, sagte sie und lehnte sich in ihrem Schaukelstuhl zurück. »Ich bin mir oft nicht mehr sicher. Das ist wohl so, wenn man älter wird. Macht mich manchmal ganz verrückt!«

Sie schaukelte leicht vor und zurück und schwatzte weiter vor sich hin. Das war wohl ihre Art, mit der Enttäuschung umzugehen. Die Minuten verstrichen. Sie erzählte mir alles, was in meiner Abwesenheit hier geschehen war. Am Ende seufzte sie schwer. »Und Frances wollte also doch nicht mitkommen.«

Es war keine Frage.

Um Himmels willen. Wie soll ich es ihr denn nur sagen?

Ich schob meinen Stuhl ein Stück näher zu ihr heran und nahm ihre Hand. »Sie hatte schon gepackt. Sie wollte kommen, wirklich. Aber sie … sie hat sich nicht wieder erholt. Die Ärzte konnten ihr nicht mehr helfen.«

Grammy wurde blass. Ihre Finger begannen zu zittern. »Oh Gott, sie ist tot?«

Ich nickte.

Grammy sah an mir vorbei aus dem Fenster, zu einem geheimen Ort, den nur sie kannte. Sie schaukelte immer noch vor sich hin. Das langsame, rhythmische Knarren des Schaukelstuhls war das einzige Geräusch im Zimmer. Eine einzelne Träne lief ihr über die Wange, wurde von einer Falte aufgehalten und glitt dann hinunter zu ihrem Mundwinkel. Sie senkte den Blick. »War es ihr Herz?«

»Ein Schlaganfall.«

»Warst du bei ihr?«

»Nein, aber Stella war da, und dafür bin ich sehr dankbar. Sei bitte nicht böse, ich konnte dir das einfach nicht am Telefon sagen. Es ging nicht.«

»Ich bin doch nicht böse, mein Schatz.«

»Ich bin immer noch ganz durcheinander. In der Nacht davor sah es noch so aus, als würde es ihr besser gehen. Wir haben uns ganz lange unterhalten, und ich hab sie sogar noch ein bisschen geschminkt.«

Meine Großmutter lächelte traurig. »Das war lieb von dir. Da hast du sie für ihre letzte große Reise noch mal richtig hübsch gemacht.«

Ich fuhr mit dem Finger eine blaue Ader auf Grammys Hand nach.

Ihre Lippen zitterten. »Wir waren weiß Gott nicht immer einer Meinung, aber ich habe Frances sehr lieb gehabt. Wirklich sehr.« Sie fing an zu weinen. »Kinder sollten nicht vor ihren Eltern sterben, das ist gegen die Natur.«

Ich konnte geradezu sehen, wie Grammy ein Stück ihrer Lebensenergie verlor.

»An ihrem letzten Abend wollte ich gerade nach Hause gehen. Ich hatte sie umarmt und mich schon von ihr verabschiedet. Ich weiß nicht genau, warum, aber in der Tür hab ich mich dann noch mal umgedreht. Und sie hat mich angesehen. Mehr als das, eigentlich. Sie hat ausgesehen, als ob sie sich meinen Anblick ganz genau einprägen wollte. Da hab ich ihr eine Kusshand zugeworfen.« Ich musste schlucken. »Und sie hat mir eine zurückgeschickt.«

»Meine Tante Lil hat immer gesagt, kurz bevor man stirbt, sieht man noch einmal alles ganz klar. Du bist ein liebes Mädchen. Ich hoffe, Frances hat das in dem Moment endlich erkannt.«

Eine weitere Träne lief Grammy die Wange hinunter. Ich wischte sie weg. Dann, als hätten wir uns abgesprochen, wandten wir beide gleichzeitig den Kopf zum Fenster und sahen in den Garten hinaus. Die Blumen verschwammen vor meinen Augen zu einem bunten Durcheinander.

Ich sah zu meiner Großmutter. Ich wusste nicht genau, ob sie eingeschlafen war oder nur sehr tief in ihren Gedanken versunken. Auf jeden Fall hatte ich das Gefühl, dass sie ein bisschen Zeit für sich brauchte. Ich zog die Jalousien ein Stück herunter, damit die Morgensonne sie nicht blendete, und machte mich auf die Suche nach einer Tasse starkem Kaffee.

Sechzehn

Die nächsten Wochen schleppte ich mich durch meinen Arbeitsalltag. Albert und Inez schwatzten und lachten nicht mehr miteinander wie sonst. Sicher wussten sie einfach nicht, was sie sagen und wie sie mit mir umgehen sollten. Und was hätten sie auch tun sollen? Nichts. Das ist das Schlimme am Tod: Man kann nichts dagegen tun, ihn nicht rückgängig machen. Dabei waren wir in unserem Laden doch eigentlich genau dafür da – wir reparierten und heilten und machten ganz. Die Leute kamen zu uns, weil wir es immer schafften, ihre kaputten Möbelstücke wieder zum Leben zu erwecken, egal, wie schlimm es um sie stand.

Also taten wir weiter das, was wir am besten konnten. Es blieb uns ja nichts anderes übrig. Während meiner Arbeit an den verschiedenen reparaturbedürftigen Teilen bemerkte ich plötzlich eine Zielstrebigkeit an mir, die ich schon seit Jahren nicht mehr so empfunden hatte. Ich erfreute mich am Duft von Ölfarben, Beize und Terpentin und war dankbar für die Konzentration, die mir die Arbeit abverlangte. Ich bemalte einen Stuhl mit schildförmiger Rückenlehne mit einem Pinsel, der so dünn war, dass man die Spitze kaum sehen konnte. Ich zeichnete mit chirurgischer Präzision ein Fleur-de-lis-Muster auf eine Tischplatte. Was meine Arbeit anging, lähmte mich die Trauer nicht. Sie bereicherte sie sogar in gewisser Weise.

Eines Morgens staubte ich gerade ein paar Lampen ab, als Miz Poteet den Laden betrat. Nachdem ich sie das letzte Mal mit dem Kerzenleuchter auf frischer Tat ertappt hatte, war ich davon ausgegangen, sie würde ihre Diebestouren von nun an woanders veranstalten. Aber sie betrat den Laden, als wäre nie etwas gewesen. Ich hatte keine Lust, mich mit ihr herumzuärgern, also sagte ich schnell Inez Bescheid, sie möge ein Auge auf sie haben, und verzog mich.

Ich unterhielt mich so lange mit Albert und wartete darauf, dass Miz Poteet den Laden wieder verlassen würde. Glücklicherweise dauerte es lediglich ein paar Minuten, bis Inez mit einem triumphierenden Lächeln zu uns in die Werkstatt kam. »Mission erfüllt. Ich hab ganz genau aufgepasst, dass sie nichts klauen konnte. Aber sie hat mir was für dich mitgegeben.« Inez reichte mir einen Umschlag und ein sorgfältig in Geschenkpapier eingewickeltes Päckchen.

Ich öffnete den Umschlag und war einen Moment lang sprachlos. Darin war eine Weihnachtskarte mit einem Engel darauf. Auf der Karte stand »Fröhliche Weihnachten«. Als ich las, was Miz Poteet daruntergeschrieben hatte, konnte ich nur den Kopf schütteln. »Was will sie mir denn damit sagen?«

Inez setzte ihre Brille auf, die sie an einer Kette um den Hals trug. »Lass mich mal sehen.« Mit großen Augen las sie laut vor. »›*Es tut mir sehr leid, dass Ihre Mutter von uns gegangen ist. Sie ist jetzt ein Engel und wacht über Sie. War sie denn getauft? Herzlich, Ihre Tula Jane Poteet.*‹«

Albert sah über Inez Schulter auf die Karte und verzog das Gesicht. »Getauft? Was soll die Fragerei?«

Ich wickelte das Päckchen aus und konnte kaum glauben, was ich sah. Es war das Kästchen aus Limosiner Email, das mir Miz Poteet vor Kurzem gestohlen hatte. Der Moment war so absurd, dass ich in schallendes Gelächter ausbrach. »Da müssen wir ihrem Sohn wohl eine Gutschrift fertig machen.«

»Nur über meine Leiche! Damit haben wir doch endlich den Beweis, dass sie wirklich reif für die Klapse ist!«, sagte Inez. Da mussten auch Albert und Inez lachen, und in diesem Moment verflog plötzlich meine Trauer. Wir drei lachten einfach aus vollem Halse, so wie früher. Da klingelte die Türglocke. »Ich geh schon«, sagte ich und versuchte meine Fassung wiederzuerlangen. Zu meiner Überraschung stand Olivia im Laden.

»In der Church Street findet gerade eine Haushaltsauflösung statt. Auf dem Schild steht, dass sie um elf aufmachen. Da haben uns die Frühaufsteher noch nicht alles wegkaufen können. Sieht aus, als hätten die eine ganze Menge Bücher und Geschirr, aber auch Möbel. Kommst du mit?«

»An sich gern, aber ich muss erst mal kurz einen Blick auf meine Finanzen werfen. Komm mal mit.«

Olivia blieb wie angewurzelt stehen. Sie hatte meine neueste Errungenschaft entdeckt, einen Kleiderschrank aus Seidenholz aus der Zeit Edwards des VII. Das Ungeheuer war etwa drei Meter hoch. Olivia öffnete die geschnitzten Türen und spähte hinein. »Wow. Machen wir einen Ausflug nach Narnia?«

»Nachher vielleicht.« Ich zog sie am Ärmel weiter zu Inez' Büro. »Wie steht es denn um unsere Finanzen?«

»Wir hatten einen ziemlich guten Monat, aber die Miete ist demnächst fällig und dann kommt auch bald noch das Silberbesteck aus England. Da hatten wir Bezahlung per Nachnahme ausgemacht, wenn ich mich recht erinnere.«

Inez erhob sich von ihrem Stuhl, gab Olivia einen freundlichen Klaps auf den Rücken und ging zum Aktenschrank. »Ich kopiere dir schnell mal die Übersicht.«

Wir folgten ihr. Olivia flüsterte mir zu: »Mit Inez hast du wirklich das große Los gezogen. Ich liebe diese Frau!«

»Ich liebe dich auch, Olivia!«, rief Inez ihr zu.

»Inez hört echt besser als ein Luchs. Und Augen im Hinterkopf hat sie garantiert auch!«

»Klar, ich hab schließlich vier Kinder großgezogen«, rief Inez von nebenan.

Olivia und ich gingen in die Werkstatt, wo Albert gerade Beize anrührte.

»Was hältst du von einer kleinen Pause?«

Er sah uns misstrauisch an. »Habt ihr da an was Bestimmtes gedacht?«

»In der Church Street ist eine Haushaltsauflösung. Olivia meint, die haben eine ganze Menge interessante Sachen. Vielleicht ist ja was für uns dabei. Hast du Lust mitzukommen?«

»Schon. Aber ich sag's euch gleich: Ich trag euch nichts Schweres nach Hause! Hab mir beim letzten Mal in Atlanta fast den Rücken ruiniert an diesem Bücherregal, das ihr zwei Verrückten unbedingt haben musstet.«

Inez reichte mir die Übersicht. Ich überflog die Spalten. »Uns geht's nicht schlecht, aber wir müssen auch ein bisschen aufpassen. Mal sehen, was die da so zu bieten haben.«

Albert zog seine Schürze aus und wir drei kletterten in Olivias Truck, während Inez auf den Laden aufpasste.

Das Angebot sah vielversprechend aus. Es standen Unmengen von Möbeln, Gemälden und Haushaltswaren herum, und lange Reihen aneinandergestellter Tapeziertische warteten nur auf unsere Inspektion. Jeder einzelne bog sich unter dem Gewicht hübscher Kristallschüsseln, Silberteller und verschiedenstem Nippes. Olivia stürzte sich sofort auf den Büchertisch, Albert und ich wanderten erst einmal in die entgegengesetzte Richtung.

»Wie soll man denn hier die Übersicht behalten?« Albert zwängte sich hinter einem Sofa entlang und warf dabei fast eine Stehlampe um.

Kurz darauf hatte er einen Fischkorb entdeckt und ich ein Opernglas sowie einen großen, filigranen Servierlöffel, den ich zwar wunderschön fand, an dessen Funktionalität ich jedoch zweifelte. Während ich ihn fasziniert von allen Seiten betrachtete, ging eine elegant gekleidete ältere Dame an mir vorbei und sagte schwärmerisch: »Ach Gott, so was findet man ja heutzutage nur noch selten.«

»Wissen Sie, wozu der benutzt wurde?«

»Mit so einem Löffel hat man früher Bonbons serviert«, antwortete sie lächelnd. Dann ging sie weiter zu einem Tisch mit Kristallgläsern.

»Davon habe ich hinten noch mehr«, rief ihr eine junge Frau von der Veranda aus zu.

Albert und ich gingen um das Haus herum in den Garten. Ich deutete auf einen Tisch mit Geschirr und Haushaltswaren und flüsterte ihm zu: »Jetzt ist das Geheimnis endlich gelüftet. Hierhin zieht sich alte Tupperware also zum Sterben zurück.«

Albert lachte und stieg über einen Gartenschlauch.

Neben ein paar Blumenbeeten stand eine Reihe Kartons, die bis obenhin mit Kleidung gefüllt waren, von Gürteln bis zu Pullovern war alles dabei. Daneben stand ein Schuhkarton voller Schmuck. Ich holte eine Kette mit blauen Glasperlen heraus. Mehrere hatten Risse und drei waren ganz zerbrochen. Ich rollte die Kette nachdenklich zwischen den Fingern. Wie die Perlen wohl kaputt gegangen waren? Hatte sie jemand während einer heftigen Auseinandersetzung an die Wand geworfen? Hatte ein Kind damit gespielt oder war aus Versehen mit dem Fahrrad darübergefahren?

Alte Dinge bewahrten so viele Geschichten in sich, die niemand mehr erzählen konnte.

Ich mochte diese Art Flohmarkt zwar sehr, aber wenn man näher hinsah, hatte es natürlich auch immer etwas Trauriges an sich – Leute wühlten sich schließlich durch die Gegenstände von Toten oder von Menschen, die es bald sein würden.

Auf der Veranda stand eine Kleiderstange, auf der festliche Kleider, Mäntel und Jacketts mit Pokerchipknöpfen hingen. Bei Haushaltsauflösungen fand ich die Ecke mit der Kleidung immer am traurigsten, wie sie dort leblos hing und sanft im Wind wehte wie ein müder Geist.

Ich nahm ein rot-weiß kariertes Kleid vom Bügel und hielt es mir an. »Das muss aus den frühen Vierzigern sein. Was meinst du? Steht mir das?«

Albert schüttelte den Kopf. »Ich werd mir sicher kein Urteil darüber erlauben, ob einer Frau was steht oder nicht. Den Fehler mach ich nicht mehr. Ich sage immer nur noch ›Sehr hübsch‹ und ›Nein, du siehst nicht dick darin aus‹, mehr nicht.«

Ich musste lachen. »Nein, sei ehrlich. Ich will wirklich deine Meinung hören.«

»Na ja, es hat ein bisschen was von einer Tischdecke.«

Ich sah an mir herunter. »Da hast du leider recht.« Ich hängte das Kleid zurück auf die Stange und trat von der Veranda.

Dann sah ich sie.

Sie musste einmal wunderschön gewesen sein – bevor sie in die falschen Hände geraten war, bevor sie die vielen Kratzer und Schnitte abbekommen hatte und so oft Zigaretten auf ihr ausgedrückt worden waren, dass ihr Rand ganz schwarz war. Aber selbst jetzt stand die alte Kommode immer noch mit unübersehbarem Stolz dort in der Sonne auf der Wiese.

»Ach du meine Güte. Die ist aus dem achtzehnten Jahrhundert. Aus Holland!«, flüsterte ich Albert zu und kniete mich vor die Kommode, um die Schubladen näher betrachten zu können. Ich kratzte mit dem Daumennagel etwas von dem schmutzigen Film ab, der das gesamte Stück überzog, um zu sehen, was sich darunter verbarg. Ich lächelte Albert an. »Goldbronze.«

»Du willst das Ding doch nicht im Ernst mitnehmen? Die ist doch hinüber und …«

»… Nussbaum.« Ich strich über das Holz.

»Klar ist das Nussbaum, aber es könnte genauso gut Sperrholz sein, so wenig ist die noch wert. Schau doch mal, die Intarsien lösen sich schon. Das ist ein schlechtes Zeichen, das weißt du. Und überhaupt, die ist auch schon in sich ganz verzogen.«

Ich versuchte, die oberste Schublade aufzuziehen. Sie klemmte. Ich versuchte es mit der nächsten. Auch die ließ sich nicht öffnen. Die dritte ebenfalls nicht.

»Man kann die Schubladen gar nicht mehr aufziehen.«

»Ja, das sehe ich«, sagte ich lachend. »Ich weiß, die bräuchte eine Riesenmenge Arbeit, aber …«

»Die Kommode braucht keine Arbeit, die braucht ein Wunder. Und das wird Albert James Pickens sicher nicht vollbringen, das könnte nämlich nicht mal Jesus.«

Da standen wir in der Sonne und sahen einander an.

»Ich bekomme die Brandlöcher weg und kann das Lackieren übernehmen. Aber wirklich zum Leben erweckt kriege ich sie nicht, das kannst nur du. Du bist der größte Intarsienspezialist, den ich kenne. Du hast schon Stücke wieder hinbekommen, an die keiner mehr geglaubt hat. Bitte! Ich liebe diese Kommode. Sie ist schon wie ein alter Freund für mich.«

Er verdrehte die Augen. »Such dir doch lieber einen anderen Freund. Wie wär's denn mit der da drüben?« Er zeigte auf eine Mahagonibank.

Ich winkte ab. »Ich will die Kommode ja nicht für den Laden, ich will sie für mich. Ich habe mich sofort in sie verliebt, ich kann dir nicht mal sagen, warum. Ist einfach so.«

»Ich habe keine Zeit für so eine Kommode. Ich hab zwar beantragt, dass der Tag mehr Stunden bekommt, aber darum hat sich anscheinend noch keiner gekümmert.«

Ich lächelte. »Und wenn ich ein ganzes Jahr lang warten muss. Das wär in Ordnung für mich.«

Er stöhnte. »Ich sag dir doch, es hat keinen Zweck! Aber ich seh' schon deinen Blick, da hat's wohl keinen Sinn mehr zu argumentieren. Na, dann bringen wir das gute Stück mal zum Truck.«

Während Albert und ich die Kommode ins Auto luden, kam Olivia mit einem Karton voller Bücher angelaufen. Eine junge Frau trug ihr einen Krocketschläger und eine Kuckucksuhr hinterher.

»Alles in Ordnung?«, fragte ich. Ihr Blick sagte nur: *Frag jetzt nicht.* Wir setzten uns ins Auto.

Sobald wir unterwegs waren, platzte es aus Olivia heraus: »Heilige Scheiße! Da hatte jemand überhaupt keine Ahnung von Preisen! Ich hab *Arms and the Covenant* von Winston Churchill gekauft, Erstausgabe, fantastischer Zustand. Ich dreh gleich durch!«

»Und was hast du dafür bezahlt?«

»Zwei lausige Dollar!«

Albert stützte den Ellenbogen im Fensterrahmen ab und lachte. »Dafür hat Teddi eine Kommode für zwanzig Dollar gekauft, die nicht mal zwei wert ist.«

Ich sah ihn herausfordernd an. »Wart's nur ab! Du wirst dich noch wundern.«

Olivia fuhr in eine Kurve. »Vielleicht kauf ich mir ja eine Yacht, und dann fahren wir alle zusammen angeln.«

»Eine Yacht?«, fragte Albert ungläubig. »Wie viel ist das Buch denn wert?«

»Mindestens fünftausend.«

Alberts Stimme wurde mehrere Oktaven höher. »Für einen Stapel Papier? Das ist doch nicht mehr normal! Mein Haus hat neuntausend gekostet, und das hat im Gegensatz zu dem Buch auch noch eine Küche und ein Bad.«

»Klar, aber das ist ja auch schon eine Weile her.«

»Ist doch egal, wie lange das her ist. Du hast da nur ein staubiges Buch, und ich hab ein ganzes Haus!«

Olivia und ich prusteten los. Albert brachte die Sachen manchmal wirklich gut auf den Punkt.

Zu Hause luden wir unsere Schätze aus. Olivia ging nicht nach Hause, sie hüpfte und tanzte geradezu. Sie konnte es kaum erwarten, die ersten Sammler anzurufen.

Kurz vor Ladenschluss ging ich zu Albert in die Werkstatt. Er arbeitete gerade an einem komplizierten Reparaturauftrag. »Miz Osgoods Stuhl ist fertig.« Er wischte sich die Hände an einem Lappen ab.

»Danke, Albert.«

Er hängte seine Schürze an den Haken und nahm seine Mütze. »Dann bis morgen.«

Ich unterschrieb noch ein paar Schecks für Inez. Bevor ich den Laden für heute schloss, ging ich noch einmal zurück in die Werkstatt. Mit einer Lupe inspizierte ich die alte Nussbaumkommode etwas genauer. Die Intarsien, zumindest das, was von ihnen noch übrig war, waren wunderschön.

Manchmal geschah es, dass ich ein antikes Stück berührte und sofort eine Verbindung mit demjenigen spürte, der es gebaut hatte. Meine Finger berührten einen Knauf, den einst auch jener Mensch berührt hatte, und es war, als öffnete sich ein Tor in die Vergangenheit. Es war schwer zu beschreiben, fühlte sich für mich jedoch so real an wie mein eigenes Leben.

»Du hast demjenigen, der dich gebaut hat, sehr viel bedeutet, stimmt's? Im Moment siehst du etwas mitgenommen aus, aber das kriegen wir schon wieder hin. Ich weiß auch schon genau, wo ich dich später hinstelle. Du kommst neben mein Bett.«

Siebzehn

Am liebsten hätte ich sofort mit der Arbeit an der Kommode begonnen, aber dafür war keine Zeit. Ich hatte noch etwas in Kentucky zu erledigen, bevor der Winter kam. Ich sprach mit Inez und Albert ab, dass sie den Laden in meiner Abwesenheit allein führen würden, und nahm mir zehn Tage frei. Ein paar Stunden, nachdem ich mit meiner Reiseplanung fertig war, rief mich Olivia an. Sie klang aufgeregt. »Am Sonntag findet in Atlanta eine Haushaltsauflösung statt, die soll riesig sein. Der *komplette* Hausrat einer Dreißigzimmervilla. Willst du mit?«

»An sich gern, aber ich fahre am Donnerstagmorgen los nach Kentucky, hab schon den Lieferwagen gemietet.«

»Ein Roadtrip? Da bin ich dabei.«

»Hier geht's aber nicht um ein langes Wochenende, Olivia. Ich bleibe wahrscheinlich neun oder zehn Tage da oben, es gibt wirklich viel zu tun. Vielleicht kannst du ein anderes Mal mitkommen.«

»Ich könnte mir doch auch ein paar Tage freinehmen. Ich kann bis Dienstag bleiben und auch schon ein paar Sachen mit zurücknehmen, die du behalten willst.«

»Im Ernst? Ich könnte die Hilfe schon gut gebrauchen. Aber ich muss dich warnen: Es wird anstrengend.«

Ich konnte ihr Lächeln durch das Telefon spüren. »Wir machen das schon. Wann willst du denn los?«

»Ist dir halb sechs zu früh?«

»Halb sechs morgens?! Oh Gott, ja, das ist mir zu früh. Aber ich bin auf jeden Fall da.«

Es war früher Nachmittag, als wir die letzte Biegung nahmen und vor uns die Farm auftauchte. Ich war vorgefahren, Olivia hinterher. Ihr Truck, der sonst immer blitzsauber glänzte, war mit einer Staubschicht überzogen.

Trockenes Laub knisterte unter den Rädern. Die Landschaft war in ein flammendes Herbstlicht getaucht.

Olivia parkte neben mir und kletterte aus dem Truck. Bear und Eddie tollten sofort fröhlich durch den Garten. »Wow!« Sie streckte sich und sah sich um. »Die große Scheune da drüben und die schönen Felder. Das gehört alles dir? Wie viel Land habt ihr denn?«

»Etwa hundertzwanzig Hektar«, antwortete ich und kramte in meiner Handtasche nach dem Schlüssel. »Mein Urgroßvater hat es meinem Daddy vererbt. Er war gerade mal siebzehn, als er das alles hier übernommen hat.«

Die Hunde jagten einander um die Scheune. Wir brachten unsere Sachen ins Haus. Olivia räumte die Lebensmittel in die Schränke, während ich durch die einzelnen Zimmer ging und überall die Fenster öffnete, um ein wenig durchzulüften und wieder etwas Leben ins Haus zu lassen.

»Da steht ein Kuchen im Kühlschrank!«, rief Olivia plötzlich.

Ich lief in die Küche. »Ehrlich?«

»Ja!«

Ich zog den Kuchen heraus. Auf der Frischhaltefolie klebte ein Zettel. »Ich dachte, ihr Mädels könnt bestimmt was Süßes gebrauchen. Alles Liebe, Stella.«

»Ist das die Freundin von deiner Mutter?«

»Ach, viel mehr als eine Freundin. Sie gehört eigentlich zur Familie. Ich hätte gern gehabt, dass ihr beide euch mal trefft. Sie wollte dich auch unbedingt kennenlernen, ist aber gestern schon nach Pennsylvania losgefahren. Sie besucht ihren Sohn und seine Frau.«

Olivia hob eine Ecke der Folie hoch und schnupperte. »Hmmm … Zitronen-Baiser. Was essen wir denn zu Abend?«

»Wie wär's mit Spaghetti?«

»Ich mach mich gleich mal an die Arbeit.«

Während sie in der Küche hantierte, bezog ich oben unsere Betten.

»Oh Mann, ihr habt ja noch ein Telefon mit Wählscheibe!«, ertönte es plötzlich aus der Küche. Ich musste lachen.

Minutenlang war nur das Geräusch eines Messers auf Holz zu hören, dann duftete es nach gebratenen Zwiebeln. Ich ging durch die Küche hinaus zum Lieferwagen, an Olivia vorbei, die Radio hörte und fröhlich ihre Tomatensoße kochte.

Ich räumte die Kartons, das Klebeband und die Mülltüten aus dem Auto auf die Veranda. Ich würde mit den einfachen Zimmern anfangen. Im Alkoven am Ende des Flurs stand Daddys Schreibtisch, ein sperriges Ding auf Rollen, das das Fenster halb verdeckte. Ich setzte mich auf den Bürostuhl mit den abgenutzten Armlehnen.

In der obersten Schublade lagen seine Armbanduhr, sein silbernes Zippo-Feuerzeug und das Wettertagebuch. Ich betrachte die einzelnen Teile ehrfürchtig, bevor ich sie in einen Karton legte. In der anderen Schublade lag ein alter Bauernkalender. Der kam in den Müllsack. Ein Hefter voller Rezepte gleich hinterher. Ganz unten lag eine ölverschmierte Bedienungsanleitung für einen Rasenmäher. Ich wollte sie gerade wegwerfen, als zwischen den Seiten ein vergilbter Zeitungsartikel herausrutschte. Ich hielt ihn unters Licht, und als ich die ersten Zeilen gelesen hatte, stellten sich mir die Nackenhaare auf.

Der Artikel war datiert auf den 17. Juli 1979. Einundzwanzig Monate nach Joshs Verschwinden.

Meine Hände zitterten. Ich stützte die Ellenbogen auf die Knie und las den Artikel noch einmal. Nachdenklich faltete ich das Stück Papier zusammen und steckte es in die Hosentasche.

Großer Gott.

Nach dem Abendessen setzten wir uns mit Kaffee und einem Stück Kuchen ins Wohnzimmer. Ich saß in Daddys Lieblingssessel, Olivia hatte es sich mit einem Buch auf der Couch bequem gemacht. Bear und Eddie lagen nebeneinander auf dem Teppich und kauten vergnügt an ihren Hundeknochen. Ich sah aus dem Fenster. Meine Gedanken wanderten immer wieder zu dem Zeitungsartikel in meiner Tasche. Viele Fragen schwirrten mir durch den Kopf, allen voran: *Wieso hat Daddy mir nie davon erzählt?*

Olivias Stimme riss mich aus meinen Gedanken. »Ich habe mich durch vier Kapitel gekämpft und das Buch ist immer noch langweilig. Also lassen wir's. Zeitpunkt des Todes: einundzwanzig Uhr fünfundzwanzig.« Sie ließ das Buch zu

Boden rutschen und setzte sich auf. »Alles in Ordnung mit dir? Du siehst traurig aus.«

»Ach, es ist einfach das Haus hier. Mir wird ganz anders beim Gedanken, die Farm zu verkaufen. Aber ich kann sie einfach nicht behalten. Ich hoffe jeden Tag, dass Josh nach Hause kommt. Dann könnte er die Farm übernehmen.«

Olivia schwieg nachdenklich. Schließlich sagte sie leise: »Er ist doch jetzt schon so lange weg.«

Ich sah zu Boden.

»Du sagst immer, wie sensibel er war und wie naturverbunden. Und du meintest sogar mal, dass er nicht von dieser Welt sei. Wir müssen nicht drüber reden, wenn du nicht willst, aber du hast mir nie erzählt, wieso er eigentlich weggelaufen ist.«

Das stimmte leider. Ich erzählte ihr zwar gern von meinem Bruder und stellte ihn dabei mehr oder weniger als einen Waldgott dar, hatte aber noch nie erwähnt, was ihn eigentlich von zu Hause fortgetrieben hatte.

Es war so still im Raum, dass ich die Uhr über dem Kamin ticken hören konnte. Olivia sagte nichts, aber ich spürte ihren fragenden Blick auf mir.

Die Uhr tickte weiter.

Olivia schwieg weiter.

Schließlich stand ich auf. »Ich mach uns mal lieber noch einen Kaffee. Das hier wird wohl eine Weile dauern.«

Achtzehn

November 1977

Albert und ich waren gerade mit der Restauration einer Mahagonivitrine, eines Esstischs und zwölf Chippendale-Stühlen fertig geworden, die bei einem Brand Rauchschäden davongetragen hatten. Es war eine elende Arbeit. Der Ruß stank so sehr, dass wir ununterbrochen den Ventilator laufen lassen und bei offenen Fenstern arbeiten mussten, obwohl es draußen ziemlich kalt war. Auf dem Boden lagen rußschwarze Putzlappen wie schmutzige Schneewehen. Mir schmerzten die Hände und meine Lunge brannte. Alberts Augen waren rot und geschwollen. Doch erst nachdem die Möbelstücke von einem Truck abgeholt worden waren, gönnten wir uns etwas Ruhe. Wir waren am Ende.

Kurz vor Ladenschluss kam Mr. Palmer herein und gab jedem von uns einen Umschlag. Er drehte sich wieder um, ging zur Tür und rief uns über die Schulter hinweg zu: »Na los, raus mit euch beiden. Und kommt mir ja nicht vor Dezember wieder.«

Albert und ich sahen einander an und rissen die Umschläge auf. Mr. Palmer hatte uns überraschend zwei ganze Wochen bezahlten Urlaub geschenkt. Albert lächelte glücklich. Er zog sich in Windeseile seine Jacke an und war schon aus der Tür, bevor ich mir überhaupt die Hände gewaschen hatte. Ich nahm meine Tasche und meine Jacke, bedankte mich bei Mr. Palmer und ging nach Hause. Alles an mir war so rußig, dass ich aussah wie ein Schornsteinfeger.

Am nächsten Morgen stand ich früh auf, packte meine Sachen und machte mich auf nach Kentucky.

Als ich ankam, war unsere Küche aufgeheizt und duftete nach Gewürzen. Mama hatte gerade Apfelmus eingekocht. Auf einem Gitter kühlten zwei Laibe von Grammys berühmtem Vollkornbrot. Während wir drei uns unterhielten, schnitt ich mir eine ordentliche Scheibe von dem frischen Brot ab und bestrich sie dick mit hausgemachter Erdbeermarmelade.

Ich biss ab und genoss den Moment. Niemand konnte den Sommer so perfekt in einem Marmeladenglas einfangen wie Grammy.

Aufgeputscht von dem vielen Zucker lief ich hinaus zu Daddy. Er schärfte gerade seine Sichel in der Werkstatt. Ich umarmte ihn und wir unterhielten uns ein paar Minuten. Dann ging ich aufs Feld. Josh saß auf dem Traktor und pflügte gerade die leeren Maisstängel unter, um den Acker für den Winter vorzubereiten. Der Traktor tuckerte über einen kleinen Hügel und pufften Abgase in die klare Luft. Ich kletterte auf den Zaun am Feldrand und winkte meinem Bruder zu. Er hob sein Basecap zum Gruß. Nachdem er die letzte Furche umgepflügt hatte, fuhr er zurück zur Scheune. Ich sprang vom Zaun und rannte ihm hinterher.

Plötzlich sah ich etwas auf der Erde glänzen. Ich bückte mich danach. Erst dachte ich, es wäre eine Münze. Ich rieb das runde Metallding an meinem Hosenbein sauber und erkannte, dass es ein Chip für einen Spielautomaten war. Ich hatte keine Ahnung, wie der hierhergekommen war, aber so war das eben manchmal bei uns auf der Farm: Wenn man am wenigsten damit rechnete, schenkte einem die Erde auf einmal einen kleinen Schatz. Ich polierte den Chip noch einmal richtig schön und lief dann zu Josh.

»Du, ich hab eine Überraschung für dich. Halt mal die Hand auf.«

Josh sah mich neugierig an. Ich legte ihm den Chip in die Hand, die vom Arbeiten schon etwas rau war. »Der hat Zauberkräfte.«

Mühsam entzifferte er die Inschrift: *Ein glücklicher Gewinner.* Er lächelte und steckte den Chip in die Hosentasche. »Danke, Teddi.«

Er löste die Egge vom Traktor. Ich zog ihn sanft am Ärmel. »Drehen wir noch eine kleine Runde?«

Josh war ganz schön gewachsen, mittlerweile war er fast so groß wie Daddy. Im Laufe des letzten Jahres hatte er das Jugendliche, Weiche verloren. Sein Gesicht war kantiger geworden, seine blauen Augen blickten ernst. Er strahlte etwas Kraftvolles aus, aber es war eine stille Kraft, und er bewegte sich elegant und lautlos wie eine Katze. Geschickt kletterte er auf den Traktor und reichte mir die Hand. Ich stellte mich auf die Ackerschiene und hielt mich an seinen Schultern fest. Wir fuhren am Feldrand entlang. Die Nachmittagssonne schien uns warm ins Gesicht. Dann lenkte er den Traktor über einen Hügel in Richtung Wald. Das Motorengeräusch schreckte ein paar Kaninchen auf, die im Gebüsch gesessen hatten. Josh stellte den Motor schnell aus, damit wir ihnen zusehen konnten. Ihre weißen Schwänzchen blitzten kurz auf, dann verschwanden sie im Dickicht. Über uns zog ein Gänseschwarm hinweg, auf dem Weg Richtung Süden grüßten sie noch einmal schnatternd die Welt zu ihren Füßen.

Ich drückte mich an meinen Bruder, so fest, dass ich seinen Herzschlag unter der Jeansjacke spüren konnte. »Ich hab dich lieb, Josh Overman«, flüsterte ich ihm ins Ohr.

Er ließ das Lenkrad los, griff hinter sich und streichelte mir über den Kopf.

Vor dem Schlafengehen klopfte ich leise an seine Zimmertür.

»Komm rein, Teddi.«

Ich ging hinein und schloss die Tür hinter mir. »Woher wusstest du, dass ich es bin?«

»Das höre ich. Wenn hundert Leute an meinem Zimmer vorbeigehen würden, würde ich genau heraushören, wenn du es bist.«

Er saß mit einem Notizbuch im Schoß auf seinem Bett. Auf dem Kopfkissen lagen drei schwarze Federn nebeneinander aufgereiht. Ich setzte mich im Schneidersitz zu ihm aufs Bett. »Was machst du da?«

»Ich mache mir Notizen.« Er reichte mir eine der Federn. »Weißt du, von welchem Vogel die ist?«

Sie war etwa dreißig Zentimeter lang und tiefschwarz. »Muss von einem ziemlich großen Vogel sein. Ich würde mal sagen, von einer Krähe.«

Josh schüttelte den Kopf. Seine Augen leuchteten, wie immer, wenn er ein Geheimnis hatte.

»Sag schon!«

»Unter einer Bedingung.« Er senkte die Stimme. »Du musst mir versprechen, dass du es nie einer Menschenseele erzählst, solange du lebst.«

»In Ordnung.« Ich gab ihm die Feder zurück. »Ich verspreche es.«

Er betrachtete die Feder, drehte den Kiel langsam zwischen Daumen und Zeigefinger hin und her. »Um diesen Vogel ranken sich unglaublich viele Legenden. Er ist der größte aus der Familie der Corviden und verfügt über ein komplexes Klangvokabular.«

»Ich habe immer noch keine Ahnung.«

Mein Bruder beugte sich zu mir vor. »Das ist eine Rabenfeder.«

»Es gibt doch gar keine Raben hier in der Gegend.«

Josh sah mich bedeutungsvoll an und nickte kaum merklich.

»Wo hast du die denn her?«

»Clifty Wilderness. Im neunzehnten Jahrhundert waren die Raben da oben so gut wie ausgerottet, es wurde richtig Jagd gemacht. Die Leute haben so viele getötet, wie sie konnten. Jetzt habe ich zwei Paare entdeckt, die sich ein Nest bauen. Ich beobachte sie seit letztem Oktober.«

»Wow. Hast du Ranger Jim schon davon erzählt?«

»Ich hab doch gerade gesagt, außer uns beiden darf *niemand* etwas davon wissen. Das meine ich ernst. Raben sind in der Appalachenregion vom Aussterben bedroht. Wenn bekannt wird, dass es wieder welche gibt, stürzen sich doch sofort die ganzen Hobbyvogelkundler darauf. Die würden hier alles kaputt machen.«

Josh holte ein Buch unter seinem Kissen hervor und schlug eine Seite auf. »Raben sehen so geheimnisvoll aus. Schau mal, was die für einen kräftigen Schnabel haben.« Er zeigte auf ein Foto. »Die sind viel größer als Krähen. Sie sind todesmutig, du müsstest mal ihre Flugmanöver sehen. Die machen Sturzflüge und drehen sich um die eigene Achse.«

»Zeigst du sie mir mal?«

Er ließ das Buch zuklappen und schob es wieder unter sein Kissen. »Geht nicht. Es ist ein ziemlich steiler Aufstieg da hoch, das würdest du nicht schaffen. Ich glaube, außer mir war da noch niemand. Und wenn's nach mir geht, soll das auch so bleiben.«

»Ich verrate es keinem. Aber wieso ist es denn überhaupt ein Geheimnis?«

Mein Bruder flüsterte: »Es passiert gerade was mit den Raben. Was Heiliges. Mehr kann ich dir jetzt nicht sagen, aber irgendwann erzähl ich's dir. Dann erzähle ich dir alles.«

Am Tag vor Thanksgiving wurde ich vom Geklapper und Gepolter in der Küche geweckt. Ich duschte schnell und zog mich an, um unten bei den Vorbereitungen zu helfen. Ich schälte Äpfel und Mama knetete Teig, während Grammy die restlichen Zutaten für den Kuchen zusammensuchte, den wir backen wollten. Sie kramte im Gewürzregal. »Ich finde den Zimt nicht!«

Mama überlegte kurz. »Oh nein, den hab ich vergessen zu kaufen. Und Backpapier brauchen wir auch noch!«

»Ich geh schnell«, sagte ich und ließ das letzte Kerngehäuse in die Schüssel plumpsen. Ich wusch mir die Hände, zog meine Jacke über und fuhr zum Supermarkt.

Der Laden war voller Leute, die noch etwas auf die letzte Minute besorgen mussten. Ich stand eine Viertelstunde in der Kassenschlange, bis jemand so freundlich war, mich mit meinen zwei Sachen vorzulassen. Zu Hause wartete Mama bestimmt schon ungeduldig. Ich beeilte mich.

Es war noch etwa eine halbe Meile bis zu unserer Farm. Ich fuhr gerade am Anwesen der Hicksons vorbei. Das kleine schindelgedeckte Haus mit der baufälligen Veranda stand ganz allein auf einem etwa fünf Hektar großen Grundstück. Seit Mr. Hicksons Tod hatte dort schon eine ganze Reihe von Mietern gewohnt, von denen sich keiner so richtig um die Instandhaltung des Hauses gekümmert hatte. Auch Mr. Hicksons Sohn hatte anscheinend kein allzu großes Interesse daran.

Neben einer verrosteten Karosserie stand ein Mann und hämmerte irgendetwas in den Boden. Ich fuhr ein Stück näher heran. Und schnappte fassungslos nach Luft. Der Mann hämmerte nichts in den Boden, er prügelte nach Leibeskräften auf einen Hund ein, der an der Stoßstange des Trucks festgebunden war. Ich konnte das panische Fiepen des Hundes hören, und bevor ich noch richtig darüber nachdenken konnte, hatte ich angehalten, war aus dem Auto gesprungen und rannte auch schon auf die beiden zu.

Adrenalin jagte mir durch die Adern. »HÖREN SIE SOFORT DAMIT AUF! Was tun Sie denn da?«

Der Mann sah mich aus seinen tief liegenden Augen böse an. Sein Gesicht war eingefallen und er hatte strähniges Haar. Der Hund lag auf dem Bauch, ein rostfarbener Pitbull mit schmutzig weißen Pfoten. Er schaute mich mit den traurigsten Augen an, die ich jemals gesehen hatte. Er zitterte am ganzen Körper und versuchte, unter den Truck zu kriechen. Der Mann hob einen Holzpflock vom Boden auf und schwang ihn durch die Luft. »Mach bloß, dass du wegkommst, du kleine Schlampe!«

»Ich werde nicht zulassen, dass Sie den Hund weiter quälen! Wenn Sie ihn nicht mehr wollen, nehme ich ihn mit!«

Die Lippen des Mannes verzogen sich zu einem höhnischen Grinsen. »Ich schlitz dich gleich von oben bis unten auf wie ein Schwein!«

Mit entschlossen vorgerecktem Kinn machte er zwei Schritte auf mich zu. Er stank bestialisch. Plötzlich gab er einen so animalischen Schrei von sich, dass ich erschrocken zusammenfuhr, und dann rannte er auch schon auf mich zu.

Ich sprang ins Auto und konnte gerade noch die Tür zuschlagen und verriegeln, bevor der Holzpflock auf das Auto niedersauste. Er traf die Motorhaube. Der Mann holte aus und schlug noch einmal zu, dann noch einmal. Ich hätte ihn am liebsten einfach überfahren, legte aber stattdessen den Rückwärtsgang ein und machte, dass ich dort wegkam. Ich trat aufs Gas und verschwand in einer Staubwolke.

Ich war so aufgebracht, dass ich die Kurve zu unserer Einfahrt zu eng nahm und über Mamas Forsythien hinwegbretterte. Ich sprang aus dem Auto und rannte in die Werkstatt zu Daddy. Dort war niemand. Also lief ich in die Scheune. Er schraubte gerade am Traktor herum.

»Daddy! Da verprügelt so ein Mann einen Hund und der wollte mein Auto kaputt machen. Der ist total verrückt!«

Daddy ließ das Werkzeug sinken und legte mir die Hände auf die Schultern. »Moment mal, ganz ruhig. Was ist los?«

Ich holte tief Luft und erzählte ihm genau, was passiert war. Die Worte kamen stoßweise zwischen wütenden Schluchzern aus mir heraus. »Er hat den Hund an seinem Truck festgebunden und verprügelt ihn einfach!«, schloss ich.

Daddy zog sein Taschentuch hervor und gab es mir. »Ich kann deine Wut verstehen, aber du kannst nicht einfach auf das Grundstück fremder Leute fahren und sie anschreien. Man weiß doch nie, was passieren kann oder wie der andere reagiert!«

»Aber ich musste einfach was tun.«

»Dir hätte jemand was antun können, Teddi. Na, komm erst mal mit ins Haus.«

Er legte mir den Arm um die Schultern, und wir gingen zusammen aus der Scheune. Als wir an meinem Auto vorbeikamen und Daddy die Beulen in der Motorhaube sah, hielt er an. »Dieser Scheißkerl hätte dir den Schädel einschlagen können. Du könntest tot sein!«

Ich unterdrückte ein erneutes Schluchzen, holte nur die Einkaufstüte vom Rücksitz und lief ins Haus.

Daddy rief sofort seinen alten Freund Hilfssheriff Jeb Davis an. Während er mit ihm sprach, erzählte ich Mama und Grammy, was passiert war. Mama war so außer sich, dass Daddy danach mit ihr auf die Veranda gehen und sie erst einmal trösten musste.

Jeb kam zusammen mit einem Polizist namens Walt. Die beiden befragten mich eingehend und machten sich Notizen. Sie wiederholten noch einmal, was mir Daddy schon gesagt hatte – dass ich nie wieder einen solchen Alleingang wagen durfte. Daddy ging mit den beiden nach draußen und zeigte ihnen mein Auto. Währenddessen schnappte sich Mama den Wischmop. Ich konnte nicht fassen, dass ihr erster Gedanke in so einer Situation war, erst einmal den Fußboden zu wischen, als könnte man mit heißem Wasser und Seifenlauge alles wieder ins Lot bringen.

Als sie fertig war, war sie ganz rot im Gesicht. Sie sah mich an, sagte jedoch nur: »Dann machen wir mal mit dem Kuchen weiter.«

Wir backten Seite an Seite vor uns hin, die Stimmung blieb angespannt. Mama schob den Kuchen in den Ofen. Ich trat ans Fenster. »Ich will diesen Hund unbedingt haben. Du hättest mal seine Augen sehen sollen!«

Sie packte mich am Arm und riss mich herum. »Der Kerl hätte dich umbringen können! Was hast du dir bloß dabei gedacht?«

»Ich musste doch irgendwas …«

In diesem Moment trat Daddy in die Küche. Er hängte seine Jacke an den Haken, setzte sich an den Tisch und seufzte. »Haben wir noch Kaffee, Franny?«

Mama nahm eine Tasse aus dem Schrank.

»Und, was hat Jeb gesagt?«, fragte ich.

Bevor Daddy antworten konnte, kam Josh zur Tür herein. Als er mein Gesicht sah, ließ er seine Schulbücher fallen. »Was ist passiert?«

Daddy fuhr sich mit den Fingern durch die Haare. »Setz dich. Setzt euch alle mal.«

Mama reichte Daddy die Kaffeetasse. Daddy erzählte Josh, was sich zugetragen hatte. Je weiter er kam, desto dunkler wurden Joshs Augen. »Wieso sitzen wir dann noch hier rum? Wir müssen den Hund sofort holen.«

»Immer mit der Ruhe. Jeb und Walt sind hingefahren, um mit dem Mann zu reden.«

»Um mit ihm zu reden?!«

»Jetzt beruhig dich mal wieder. Um solche Sachen muss sich eben der Sheriff kümmern.«

»Der Sheriff? Was kann der denn schon ausrichten?«

Mama legte Josh die Hand auf den Arm. »Hör auf deinen Vater.«

Daddys Tonfall ließ keine Diskussion zu. »Jeb kümmert sich darum. Halt dich da raus. Ich habe ihm gesagt, dass wir den Hund gern bei uns aufnehmen.«

»Ach ja?« Mama klang nicht gerade begeistert.

Ich sah sie an. »Keine Sorge, wenn wir das arme Tier wirklich bekommen, nehme ich ihn mit nach Charleston.«

Daddy trank einen Schluck Kaffee, stand auf und schob seinen Stuhl an den Tisch. »Wir halten uns von jetzt an vom Hickson-Anwesen fern, verstanden? Das gilt für alle. Keiner weiß, wozu der Kerl fähig ist. Jeb wird die Sache schon klären. Ist das klar?«

Ich spielte an meinem Daumennagel herum. »Jawohl.« Aus dem Augenwinkel sah ich Josh nicken.

Aber nur gerade so.

Neunzehn

Am Morgen von Thanksgiving kümmerte Mama sich um das Essen, und Grammy deckte den Tisch. Ich ging in den Garten, um Zweige und Blätter zusammenzusuchen und ein paar Chrysanthemen zu pflücken. Josh stand unten am See, die Hände in den Jackentaschen. Als ich genug Material für die Tischdekoration zusammenhatte, gesellte ich mich zu ihm.

»Hey.« Ich stieß ihn sanft an. Er reagierte nicht, sondern sah weiter aufs Wasser. Ich folgte seinem Blick, um herauszufinden, was ihn dort so faszinierte. Ich sah jedoch nur Bruder und Schwester nebeneinander, unser Spiegelbild gebrochen von einem Wasserkäfer, der über die glitzernde Oberfläche flitzte.

Josh holte ein Taschentuch heraus. »Die hier hab ich gefunden. Hatte sich in einer Distel verhakt. Ich schenk sie dir.«

Ich nahm die kleine graue Feder mit der leuchtend blauen Spitze in die Hand. Sie war ganz weich und kaum zwei Zentimeter lang. »Die ist wunderschön. Und so winzig! Ich hätte die bestimmt übersehen.«

Er sah mich an. »Ich hab sie entdeckt, weil ich wach bin.«

»Wie meinst du das?«

Er sah mich weiter an, blieb aber stumm, das Gesicht ausdruckslos.

»Jetzt sag schon, was meinst du damit?«

»Vor einer Weile war ich mal wandern. An den Angel Windows habe ich eine Pause gemacht. Wir waren dort schon mal zusammen, ist aber ein paar Jahre her. Erinnerst du dich noch?«

»Da, wo wir das versteinerte Stück Farn gefunden haben?«

»Genau. Ich hab dort in dem Steinbogen gestanden und hab die Arme ausgestreckt. Hab auf das Tal hinausgesehen. Plötzlich ist was in mir aufgestiegen, hat sich fast ein bisschen angefühlt wie elektrischer Strom. Das ging mir jedenfalls durch die Beine und rauf in die Wirbelsäule. Als hätte jemand meinen ganzen Körper erst ausgestellt und dann wieder eingeschaltet. Ist schwer zu erklären. Und in dem Moment hatte ich das Gefühl, zum ersten Mal im Leben überhaupt richtig aufzuwachen. Seitdem sehe ich die Welt eben mit wachen Augen.«

Ich war nicht sicher, ob ich meinen Bruder richtig verstand.

»Die Feder habe ich entdeckt, während ich heute durch unsere Felder gelaufen bin und über dich nachgedacht habe.«

»Du hast über mich nachgedacht?«

»Darüber, wie mutig du bist.«

»Ich?«

»Ja, weil du versucht hast, dieses Arschloch davon abzuhalten, weiter auf den Hund einzuprügeln. Das war wirklich mutig von dir. Nicht gerade klug, aber mutig.« Er drehte sich um und ging am Ufer entlang. Mit dem Korb voller Blumen am Arm hatte ich Mühe, mit ihm Schritt zu halten.

»Die Feder ist von einem Indigofink. Die hat er extra für dich dagelassen.«

Ich machte einen großen Schritt über eine Ackerfurche und hielt mich an Joshs Arm fest. »Wie kommst du darauf?«

»Weißt du nicht, was die bedeutet?«

Ich schüttelte den Kopf.

»Die Liebe reist viele Meilen.«

Mein Bruder ging schneller und bog in Richtung Scheune ab. Er ließ mich einfach mit der Feder in der Hand und dem Kopf voller Fragen dort stehen.

Unser Thanksgivingessen begann wie immer um vierzehn Uhr. Wir saßen gemeinsam am festlich gedeckten Tisch und hielten uns an den Händen, während Grammy das Gebet sprach. Dann reichten wir Schüsseln und Teller herum und unterhielten uns munter. Josh war jedoch stiller als sonst und sah immer wieder aus dem Fenster. Ich stieß ihn unter dem Tisch mehrmals mit dem Fuß an, bis er endlich kurz zurückstieß. Das machten wir schon immer so, seitdem wir klein waren, und wahrscheinlich bedeutete es viel mehr, als uns bewusst war.

Nach dem Essen räumten Grammy und ich den Tisch ab und kümmerten uns um den Abwasch, während Mama und Daddy im Wohnzimmer saßen. Er sah sich das Footballspiel an und sie strickte. Josh zog sich die Jacke über und ging spazieren. Er sagte, er wäre in einer Stunde wieder da.

Aber er kam nicht wieder.

Ich deckte den Kaffeetisch, dann zog ich mir einen dicken Pullover über und ging ihm nach. Ich suchte in der Scheune nach ihm, dann draußen auf dem Feld. Immer wieder rief ich seinen Namen. Als jedoch keine Antwort kam, gab ich schließlich auf und ging wieder zurück ins Haus. Mein Bruder war verrückt nach Kuchen, früher oder später würde er schon wieder auftauchen.

Ich stand am Küchentisch und schlug gerade Sahne, als draußen etwas meine Aufmerksamkeit erregte. Dort war Josh. Er ging am äußersten Feldrand entlang, man konnte ihn zwischen den hohen Halmen fast nicht sehen. Ich stellte das Rührgerät aus, spülte die Schneebesen ab und wusch mir die Hände. Als ich wieder aus dem Fenster sah, blieb mir das Herz stehen. Ich rannte so schnell zur Tür, dass ich dabei die Schüssel mit der Sahne vom Tisch stieß.

»Daddy … Daddy … DADDY!« Ich stieß die Küchentür so schwungvoll auf, dass sie gegen die Hauswand knallte.

Ich hörte Daddy hinter mir, während ich zum Feld rannte. »Was ist denn los?«

Ich hielt an und drehte mich zu ihm um, aber er hatte Josh bereits selbst entdeckt. »Franny, hol schnell eine Decke!«

Mein Bruder hatte das Feld durchquert und lief durch den Garten auf das Haus zu. Sein kariertes Hemd war blutüberströmt, auf seinem Gesicht lag eine Mischung aus Entsetzen und Wut.

Ich hatte das Gefühl, kaum noch Luft zu bekommen. Mama breitete eine Decke auf dem Boden aus und Grammy kam mit einem Arm voller Handtücher gelaufen.

Mein Bruder ging auf die Knie und legte sanft ein blutiges Bündel auf die Decke. Daddy schlug den Stoff von Joshs Jacke zurück und wir blickten alle auf den Hund des verrückten Mannes. Ich kniete mich neben meinen Bruder. Der Hund sah ihn die ganze Zeit an. Josh strich ihm sanft über die Flanke. Ich legte ihm die Hand auf die Schulter. Grammy deckte ihn mit den Handtüchern zu.

Daddy bat Mama, Doc Evans anzurufen. Ich redete auf den Hund ein. »Halt durch, alter Junge. Halt durch. Wir passen auf dich auf. Keiner tut dir mehr was.«

Blutiger Schaum stand ihm vor der Schnauze.

»Du heißt ab jetzt Buddy«, sagte ich mit zitternder Stimme. »Und wenn es dir wieder gut geht, kannst du bei uns durch die Felder rennen und in der Sonne liegen und schlafen.« Ich legte ihm noch ein Handtuch über und beugte mich über das, was von seinem Ohr übrig war. »Bleib bei uns, Buddy. Gib nicht auf. Bald kannst du dich ausruhen, aber gib jetzt nicht auf!«

Der Hund und mein Bruder sahen einander ununterbrochen an. Josh holte tief Luft und atmete langsam wieder aus. Der Hund machte es ihm nach und hörte auf zu zittern. Noch einmal formten sich blutige Blasen vor seiner Schnauze. Dann wich das Leben aus seinen Augen.

Daddy ließ den Kopf sinken und legte meinem Bruder die Hand auf die Schulter. »Es ist vorbei, Sohn.«

Ich war blind vor Tränen. Mama kam und wollte mich ins Haus bringen, aber ich machte mich von ihr los. »Ich bleibe hier bei Buddy. Er soll nicht allein sein. Außerdem müssen wir ihn sauber machen, das ganze Blut abwaschen.«

»Wir können ihn nicht sauber machen, bis Jeb ihn gesehen hat«, sagte Daddy.

»Ich habe ihn schon angerufen«, sagte Mama leise. »Er ist gleich da.«

Mama und Daddy gingen ins Haus. Grammy wischte sich die Augen mit einem Schürzenzipfel und strich mir über den Kopf.

»Josh«, flüsterte ich. »Hast du was dagegen, dass wir ihn Buddy nennen?«

Er schüttelte den Kopf und stand auf.

Eine ganze Weile saß ich dort allein im Gras neben dem Hund, streichelte ihm weinend die Schnauze und redete auf ihn ein. »Tut mir leid, dass dir jemand so wehgetan hat. Aber jetzt bist du bestimmt im Himmel, und da warten schon deine Freunde auf dich.« Ich schloss die Augen. Ich musste an ein Foto denken, das ich einmal in der Zeitung gesehen hatte: ein Bild von einem Hund, der bei einem Hundekampf ums Leben gekommen war. Das war nichts gewesen gegen das, was man Buddy angetan hatte.

Reifen knirschten auf dem Kies. Jeb war da. Kurz darauf hielt Doc Evans mit seinem Truck neben ihm. Daddy kam aus dem Haus. »Geh lieber rein.«

Ich schüttelte den Kopf. »Ich bleibe hier bei Buddy.«

Er zog mich hoch. »Na los.«

Ich sah von Jeb zu Doc Evans. Grammy nahm meine Hand und führte mich ins Haus.

Ich wusch mir in der Spüle das Blut von den Händen und beobachtete dabei durchs Fenster, was draußen geschah. Daddy, Jeb und Doc Evans beugten sich über Buddy und redeten miteinander. Josh war nirgendwo zu sehen.

Ich war so aufgebracht, dass ich nicht still sitzen konnte, und tigerte zwischen Küche und Wohnzimmer hin und her. Draußen kniete Doc Evans neben Buddy, Jeb machte sich Notizen. Dann holte er einen Fotoapparat aus dem Auto und machte Bilder vom toten Buddy. Der Anblick tat mir so weh, dass ich die Augen zukniff.

Als ich mich wieder traute hinzusehen, kam Daddy gerade mit Josh über den Rasen gelaufen. Jeb unterhielt sich sehr lange mit meinem Bruder, machte sich weitere Notizen und nickte ab und zu.

Schließlich machten sich Doc Evans und Jeb wieder auf den Weg. Josh und Daddy kamen herein. Mein Bruder war rot im Gesicht. »Ich habe hinter der Scheune ein Grab für ihn ausgehoben.«

»Ich bin gleich so weit«, sagte ich und holte einen Eimer aus der Kammer.

Mama stemmte die Hände in die Hüften. »Was wird das denn?«

»Wir waschen Buddy.«

»Wieso wickelt ihr ihn denn nicht einfach in die Decke?«

»Wir können ihn doch nicht einfach so begraben, wenn er noch voller Blut ist! Er soll sauber sein, wenn er in den Himmel kommt.« Ich wich ihrem Blick aus und füllte den Eimer mit warmem Seifenwasser. Josh holte derweil ein altes Laken. Dann gingen wir hinaus zu Buddy und brachten die schwere Aufgabe hinter uns, ihn für seine Beerdigung herzurichten.

Als wir fertig waren, wickelte Josh ihn in das Laken und trug ihn hinter die Scheune. Wir fassten das Bündel jeder an einem Ende und ließen es vorsichtig in das Loch hinunter. Josh nahm den Spaten und begann, das Grab zuzuschütten, da tauchte Daddy mit einer Schaufel in der Hand auf und half mit.

Wir sprachen kein Wort.

Nachdem wir Buddy begraben und den Hügel glatt geklopft hatten, blieb ich noch kurz stehen und sprach ein Abschiedsgebet. Josh und Daddy waren schon vorgegangen. Auf dem Weg zum Haus hörte ich einen Fetzen ihrer Unterhaltung aus der Scheune und stellte mich heimlich an das angelehnte Scheunentor. Daddy saß auf einem kleinen Hocker und kratzte sich mit einem Messer getrockneten Schlamm aus seiner Stiefelsohle. Josh stand neben dem Traktor.

»Dann bist du also doch wieder dorthin gegangen, obwohl ich gesagt habe, ihr sollt die Sache Jeb überlassen.«

»Wollte ich ja auch, aber dann hab ich den Hund gesehen, schon voller Blut und halb tot.«

»Und was, wenn der Kerl zu Hause gewesen wäre? Hm? Jeb hat gesagt, der ist komplett irre.«

Mein Bruder wurde laut. »Wieso hat er dieses Arschloch dann gestern nicht verhaftet? Er war doch schon da!«

»Weil er keinen Grund dazu hatte. Jeb fand, er und Walt hätten ihm genug Angst gemacht, dass er sich von jetzt an zusammenreißt.«

»Das haben sie ja toll hinbekommen. Haben ihm solche Angst gemacht, dass er den Hund als Lockvogel für einen Hundekampf benutzt hat!«

Daddy klappte das Messer zu und steckte es in die Hosentasche. »Jeb tut es wirklich sehr leid. Ihm geht's richtig schlecht deshalb.«

»Nicht so schlecht wie dem armen Hund.«

Ich trat in die Scheune und räusperte mich. »Es ist alles meine Schuld. Wenn ich …«

»Nein«, unterbrach mich Josh, »du bist die Einzige, die was unternommen hat.« Er marschierte entschlossen um den Traktor herum, nahm eine schwere Eisenkette von der Wand und ging zur Tür.

Daddy sprang auf. »Was zum Teufel hast du vor?«

Mein Bruder sah ihn an, die Augen kalte blaue Schlitze. »Irgendjemand muss dafür sorgen, dass so etwas nie wieder geschieht. Und dieser Jemand werde ich sein.«

Daddy legte ihm die Hand auf die Schulter. »Jetzt hör mir mal gut zu. Mir geht's doch ganz genauso wie dir. Meinst du, ich würde ihn nicht am liebsten so zusammenschlagen, dass ihm Hören und Sehen vergeht? Aber das geht nun mal nicht. So wütend ich auch bin, aber das ist einfach ein Fall für das Gesetz.«

Josh wurde blass. Er schüttelte die Kette, das Geräusch von Metall auf Metall hallte durch die Scheune. »Du hast doch gesehen, was das Gesetz gebracht hat. Nein, dieses Mal läuft es anders. Dieses Mal …«

»Mach jetzt nichts Unüberlegtes!«, warnte Daddy und griff nach der Kette.

Ich stand da wie gelähmt und sah den beiden wichtigsten Männern in meinem Leben dabei zu, wie sie an der Kette zerrten, wie sie beide an dem festhielten, was sie für richtig hielten, jeder an seiner eigenen Wahrheit.

Josh sah meinem Vater in die Augen. »Du hast oben im Schlafzimmer einen Orden. Eine Bronze Star Medal. Du bist durch gegnerisches Gewehrfeuer gerannt, um einen Kameraden zu retten, du hast in der Ardennenoffensive mitgekämpft. Du bist ein Kriegsheld, wie er im Buche steht. Von allen Menschen, die ich kenne, bewundere ich dich am meisten. Aber du verschließt die Augen vor einem Unrecht, das direkt vor deiner Nase passiert, und da kann ich einfach nicht …«

»GENUG JETZT!«, schrie Daddy und riss an der Kette. »Du weißt nichts über den Krieg. Ich habe Dinge gesehen, an die ich nicht mal denken kann. Jungs in deinem Alter, die Augen tief im Schädel, die Schultern so knochig, dass man sich daran hätte wehtun können. Alle halb tot. Und lass dir gesagt sein, das waren noch die, die Glück hatten.«

An Daddys Hals pulsierte deutlich sichtbar eine Ader. Er deutete auf sein Gesicht. »Ich habe das Böse mit meinen eigenen Augen gesehen. Ich habe es selbst gerochen. Ich habe dem Herrn im Himmel versprochen, wenn ich da wieder rauskomme und eines Tages Kinder habe, dann tu ich alles für sie, dann beschütze ich sie vor solchen Dingen.«

Daddy riss noch einmal an der Kette. Josh kam kurz ins Straucheln. »Deshalb lasse ich euch so viele Freiheiten, wie es nur geht. Ihr sollt in den Wald gehen können und euch die Natur und die Tiere ansehen, eine richtige Kindheit haben. Und das willst du daraus machen? Jemanden umbringen und den Rest deines Lebens im Gefängnis verbringen? Geh ins Haus und beruhige dich. Was mit dem Hund passiert ist, ist schrecklich. Wirklich schrecklich. Mir ist es auch nahegegangen. Aber wir sind hier nicht im Krieg, mein Sohn.«

»Du redest vom Tod und dass du das Böse gesehen hast. Und was ist mit dem Hund? Wie viele Hunde müssen noch getötet werden, wie viele Vögel geköpft, wie viele Füchse abgeschlachtet und wie viele Hirsche verstümmelt, bevor du oder jemand anderes hier endlich mal was dagegen unternimmt?« Joshs Brust hob und senkte sich heftig. Er zeigte nach draußen. »Dieses Grab dort ist der Beweis des Bösen!«

Mein Vater öffnete den Mund, sagte jedoch nichts. Dunkelrote Flecken bedeckten seinen Hals. Sehr leise sagte er: »Komm wieder zu dir, Josh. Bis du dich beruhigt hast, hast du Hausarrest.«

»Du kannst mir keinen Hausarrest erteilen, ich bin achtzehn!«

»Solange du unter meinem Dach lebst, hältst du dich an meine Regeln.«

Josh sah meinen Vater lange an. Langsam öffnete er die Faust und ließ die Kette zu Boden gleiten. Dann drehte er sich um und ging.

Daddy stand reglos da, die Kette baumelte von seiner Hand und klirrte leise. Stumm sah er seinem Sohn nach. Selbst hier im Halbdunkel konnte ich erkennen, wie erschöpft er war. Meine Beine fühlten sich wackelig an. Ich ging ebenfalls ins

Haus. Josh war schon oben in seinem Zimmer und hatte die Tür geschlossen. Ich zog mir die blutverschmierten Sachen aus und duschte. Dann legte ich mich auf mein Bett und vergrub das Gesicht im Kissen.

Stunden später wachte ich auf. Mein Hals war trocken und ich hatte Kopfschmerzen. Die Uhr auf meinem Nachttisch zeigte 22:40 Uhr. Im Haus war es dunkel und still, diese beunruhigende Art der Stille, die sich nach einem schlimmen Sturm über alles legt. Ich stand auf. Die Tür zum Zimmer meiner Eltern stand einen Spalt weit offen. Ich sah Daddy auf dem Bettrand sitzen. Er trug seinen Schlafanzug und saß vornübergebeugt, die Ellenbogen auf die Knie gestützt. In der Hand hielt er die Bronze Star Medal und rieb immer wieder mit dem Daumen darüber. Sein Gesicht war so traurig, dass ich es kaum ertragen konnte. Ich wollte etwas sagen, tat es dann aber doch nicht und ging stattdessen ins Badezimmer, um mir eine Kopfschmerztablette zu holen.

Auf dem Weg zurück in mein Zimmer sah ich Licht unter Joshs Zimmertür. »Josh«, flüsterte ich und klopfte leise an. Er antwortete nicht. Ich trat hinein und schloss die Tür hinter mir.

Er saß auf einem Stuhl am Fenster, die Füße auf dem Fensterbrett. Auf seinem Schreibtisch flackerte eine Kerze in einem Marmeladenglas. Vor ihm lagen zwei Federn gekreuzt übereinander, eine schwarze und eine weiße. In einem Halbkreis um die Federn herum lagen drei Steine, eine getrocknete Distel und ein Monarchfalter. Es sah aus wie eine Art Schrein, auf dem mein Bruder die Geschenke der Natur ausstellte.

Seine Augen waren zwar auf das Fenster gerichtet, aber er schien gar nichts zu sehen. Er trug immer noch das blutige Hemd, und seine Stiefel waren voller Sand von Buddys Grab.

Ich kniete mich neben ihn und berührte ihn an der Schulter. »Josh?«, flüsterte ich.

Ich hatte ihn schon öfter so erlebt, er zog sich in eine dunkle Höhle in seinem Inneren zurück, nachdem er von irgendeiner Grausamkeit aus den Nachrichten erfahren oder etwas Schlimmes im Wald gesehen hatte. Aber ich hatte das Gefühl, dass es dieses Mal schlimmer war als sonst.

Ich lehnte den Kopf gegen seinen Arm. »Lass mich doch rein zu dir. Es macht mir Angst, wenn du dich so weit zurückziehst, dass ich gar nicht mehr an dich rankomme.«

Ich blieb so sitzen und wartete auf irgendein Zeichen dafür, dass er mich gehört hatte. Ich wartete so lange, bis mir die Knie wehtaten. Mein Bruder bewegte sich keinen Zentimeter und sagte kein Wort. Ich schob meine Hand in seine. Er drückte sie kaum spürbar, und eine Welle der Erleichterung überspülte mich. Aber er sagte immer noch nichts.

»Na gut.« Ich erhob mich. »Wir reden dann morgen, ja?«

Ich trat an seinen Schreibtisch und strich vorsichtig über den Schmetterling. Dann blies ich die Kerze aus.

Am nächsten Morgen erwachte ich nass geschwitzt und mit Schmerzen am ganzen Körper. Ich schlug die Bettdecke zurück und setzte mich auf. Unter meiner Zimmertür hatte jemand ein Stück Papier hindurchgeschoben.

Ich ging zur Tür. Die Holzdielen waren kühl unter meinen nackten Füßen. In dem gefalteten Papier war eine schmale, tiefschwarze Feder eingeklebt. Darunter hatte mein Bruder geschrieben:

Wenn die Schatten fliehen
und der Mond sich von den Sternen abwendet,
sorgt der Rabe für die Einhaltung der göttlichen
Gesetze.

Als ich die vier Worte las, die Josh rechts unten in die Ecke geschrieben hatte, war ich schlagartig hellwach:

Sucht nicht nach mir.

Ich rannte in sein Zimmer. Sein Bett war unberührt und der Schrank stand offen. Die Hälfte seiner Sachen fehlte.

Immer noch barfuß und im Schlafanzug rannte ich die Treppe hinunter und durch die Küche, wo Mama und Grammy das Frühstück machten.

»Ist was passiert?«, rief Mama erschrocken, aber ich lief weiter, durch die Hintertür hinaus zur Scheune. Hinter mir hörte ich Daddy rufen, aber ich rannte immer weiter, so schnell ich konnte. Ich rannte in die Scheune, am Traktor vorbei. »Josh! Josh!«

Schon ganz außer Atem lief ich zur Abstellkammer. Das Schloss war offen. Ich schob die Tür auf.

Die Campingausrüstung meines Bruders war nicht mehr da.

Daddy kam mir entgegen. » Teddi, was ist denn los?«

»Josh ist weg!«

Zum ersten Mal in meinem Leben sah ich in den Augen meines Vaters echte Angst. Er drehte sich um und eilte zurück ins Haus. Ich lief hinterher. Meine Füße waren eiskalt und ich bekam kaum noch Luft. Ich hörte Daddy rufen: »Franny, ruf beim Sheriff an und sag ihm, er soll zum

Hickson-Anwesen fahren. *Schnell!*« Mit der Schrotflinte in der Hand trat er durch die Tür. »Geh ins Haus und bleib da.«

Daddys Truck donnerte in einer Wolke aus Staub und Kieseln die Einfahrt hinunter. Ich stand auf der Veranda und betete: *Bitte mach, dass meinem Bruder nichts passiert ist. Bitte, bitte …*

Zwanzig

Als ich meine Geschichte beendet hatte, war Olivia ganz blass, ihr Gesicht vollkommen ausdruckslos. Sie zog sich die Wolldecke enger um die Schultern. »Mir ist ganz schlecht. Dein Bruder hatte es auf diesen Verrückten abgesehen, stimmt's?«

»Das denke ich auch. Er wusste aber nicht, dass Sheedy schon längst verhaftet war.«

»Sheedy?«

»Ja, so hieß der Kerl: Creighton Sheedy. Als Jeb und Walt am Abend von Thanksgiving zu seinem Haus gefahren sind, war er nicht da. Ein paar Stunden später haben sie es aber noch mal versucht und hatten Glück. Sie wollten nur mit ihm reden, aber er wurde sofort aggressiv. Jeb meinte, er hätte ihnen genug Gründe gegeben, ihn zu verhaften, also taten sie es einfach. Ab halb neun saß Sheedy hinter Gittern. Damit war ausgeschlossen, dass er noch mehr anrichten konnte.«

Das war das erste Mal, dass ich jemandem die ganze Geschichte erzählte, und ich fühlte wieder dieses Brennen in der Brust wie an dem Tag, an dem mein Bruder verschwunden war. Ich knöpfte meine Bluse ein Stück auf und strich mir über das Schlüsselbein.

»Wir dachten alle, dass Josh eben wütend war und einfach eine Weile allein sein wollte. Aber als er nach zwei Tagen immer noch nicht zurück war, informierte Daddy Jeb und die Parkranger. Er hatte Angst, dass Josh vielleicht irgendwo im Wald gestürzt war und dort nun mit einem gebrochenen Bein herumlag, oder dass ihm vielleicht sogar etwas Schlimmeres passiert war. Obwohl Josh schon achtzehn war und ihn offensichtlich niemand gegen seinen Willen mitgenommen hatte, organisierten Jeb und die Ranger eine Suche nach ihm. Sie setzten sogar Suchhunde ein, die seine Spur bis zur Clifty Wilderness verfolgten. An einem Steilhang verlor sich seine Spur jedoch. Am nächsten Morgen seilte sich eine Gruppe erfahrener Kletterer von dort ab, aber auch sie konnten nichts finden. Da mischte ich mich schließlich ein und ließ Handzettel mit einem Foto von Josh drucken. Sie wurden an die Besucher des Daniel Boone National Forest und der Red-River-Schlucht verteilt und auch in allen Anglerbedarfsläden und Wandergeschäften ausgelegt. Aber aus den Tagen wurden Wochen und niemand fand ihn. Als wäre eines Tages ein Wind aufgekommen und hätte meinen Bruder einfach von der Erdoberfläche geweht.«

Olivia sah mich bestürzt an. »Oh mein Gott, das ist ja noch schlimmer, als ich es mir vorgestellt hatte. Sie haben nicht die geringste Spur von ihm gefunden? Haben sie denn wirklich das gesamte Gelände durchsucht?«

»Der Daniel Boone National Forest hat eine Fläche von dreitausend Quadratkilometern.«

Olivia ließ diese Zahl auf sich wirken.

»Und ein Großteil der Fläche ist nicht zugänglich. Es gab eine ganze Menge Theorien. Die meisten glaubten, dass Josh beim Klettern abgestürzt und in eine Felsspalte gerutscht war. Andere meinten, er sei von einem Bären angegriffen worden. Eine Gruppe Camper war sich ganz sicher, in der Ferne auf einer Anhöhe einmal die Silhouette eines jungen Mannes gesehen zu haben, über dem ein Vogel flog. Sie riefen nach ihm und daraufhin drehte er sich auch kurz zu ihnen um, aber dann verschwanden er und der Vogel in einem blauen Nebel. Wir wussten alle, dass die Camper bestimmt nur zu lange am Lagerfeuer gesessen und ein bisschen zu viel getrunken hatten, aber trotzdem bildeten sich immer mehr Legenden um meinen Bruder. Einige Einheimische nannten ihn von da an sogar den ›unsichtbaren Jungen‹.«

Olivia schüttelte den Kopf. »Ach, Teddi. Ich kann mir vorstellen, wie schrecklich das alles für dich und deine Familie gewesen sein muss …«

Ich presste meine Hände zwischen die Knie und dachte: *Nein, das kann sich niemand vorstellen.*

Die endlosen Tage unerträglicher Anspannung, gefolgt von den schlaflosen Nächten, in denen wir uns immer wieder fragten: Warum? Was, wenn …? Und dann fing das Streiten an. Wer hatte Schuld?

Mama machte mich dafür verantwortlich.

»Das ist alles nur *deine* Schuld!«, rief sie. »Sieh nur, was du angerichtet hast! Wenn du dich nicht immer überall einmischen müsstest und nicht am Hickson-Anwesen angehalten hättest, wäre das alles nie passiert!«

Meine Wangen glühten. Die Wut, mit der sie das sagte, war kaum zu ertragen. Wenn ich es nicht mehr aushielt, ging ich hinaus. Ich stand da in der kühlen Abendluft und sah meinem Atem zu, der mir in weißen Wolken aus dem Mund quoll. Was meine Mutter sagte, tat zwar sehr weh, überraschte mich aber kein bisschen. Ich selbst war ja der Meinung, ich sei schuld an allem.

Im Haus stritt sich Mama nun mit Grammy. Ich sah durchs Fenster, wie sie ihr mit dem Finger vor dem Gesicht herumfuchtelte. »DU hast damit angefangen! Du hast meine Kinder in den Wald geschleppt und ihnen komische Geschichten erzählt!«

Eines Morgens stand Mama am Herd, rührte in einem Topf Haferbrei und schimpfte wieder einmal mit mir wegen Joshs Verschwinden, da schlug Daddy so hart mit der Faust auf den Küchentisch, dass die Teller klapperten. »Jetzt reicht's, Franny June! Wenn überhaupt jemand Schuld hat, dann bin ich es. Ich und kein anderer. Verstanden?«

Mama presste die Lippen aufeinander und sprach das Thema nie wieder an. Genau genommen sagte sie gar nichts mehr.

Aber das plötzliche Ende unseres Streitens brachte etwas viel Dunkleres mit sich: Über unsere Familie legte sich ein Schweigen, das so undurchdringlich war, dass wir fast daran erstickten. Wir schluckten unsere Worte hinunter. Bei Tisch starrten wir vor uns hin und das Klappern der Gabeln auf den Tellern erschien uns unerträglich laut. Wenn Daddy sich auf der Veranda den Schnee von den Stiefeln klopfte, dröhnte uns das Geräusch in den Ohren. Wenn jemand sich ein Papiertuch von der Küchenrolle riss, zuckten die anderen zusammen.

Die Stille wurde zur Sprache unserer zerbrochenen Familie.

Der Kalender hing unbeachtet an der Küchenwand. Als der Dezember kam, riss niemand das alte Blatt ab. Auf der Overman-Farm war die Zeit stehen geblieben. Vor Kurzem waren wir noch eine Familie gewesen, die zu Thanksgiving um den festlich gedeckten Tisch gesessen und sich zum Gebet an den Händen gehalten hatte. Jetzt hingen Suchplakate mit dem Gesicht meines Bruders an den Telefonmasten.

Die wortlosen Wintermonate gingen in den Frühling über, und langsam kehrte das Leben in unsere Familie zurück – in Form einer kleinen, freundlichen Geste oder eines unerwarteten Lächelns. Eines Abends im April, ich war gerade zu Besuch da, sah Daddy von seinem Teller auf und sagte: »Franny, dieser Kartoffelauflauf ist dir wirklich gut gelungen.«

Mama wurde rot und sah auf ihre Hände. »Danke, Henry.«

In diesem Moment wusste ich: So tief die Wunde auch war, die mein Bruder durch sein Weggehen in der Familie hinterlassen hatte, wir würden versuchen, diese Wunde zu heilen.

»Das bricht einem wirklich das Herz«, unterbrach Olivia meine Gedanken. »Also dachten *alle*, Josh wäre weggelaufen oder schon tot?«

Ich hatte die Knie so zusammengepresst, dass meine Hände ganz taub waren. »Nein. Nicht alle. Nach Weihnachten machten sich fast hundert Kletterer und Wanderer noch einmal auf die Suche nach ihm. Drei reisten sogar extra aus Colorado an. Sie trafen sich in der Hemlock-Lodge mit den Rangern, um sich abzusprechen. Ein Lokalsender übertrug das Treffen in den Abendnachrichten. Mama konnte das nicht ertragen, sie blieb zu Hause. Aber Daddy, Grammy und ich waren bei dem Treffen dabei. Ranger Jim hängte zwei große Umgebungskarten im Gemeinschaftsraum der Lodge auf, eine vom Daniel Boone National Forest und eine von der Schlucht. Als ich sah, wie alle so entschlossen und ernst die Karten studierten, musste ich weinen. Daddy brachte kein Wort heraus und Grammy saß ganz zusammengesunken da. Das hättest du sehen sollen, Olivia. Frauen aus der Gemeinde brachten Essen vorbei. Farmer richteten Schlafgelegenheiten in ihren Häusern ein. Es war ein richtiges Ereignis. Vor allem für diese verlassene Gegend hier.« Mir kamen die Tränen. »Aber tief drinnen wusste ich genau, dass sie ihn nicht finden würden.«

»Wieso nicht?«

»Weil er nicht gefunden werden *wollte*. Meiner Meinung nach ist mein Bruder losgezogen, um das zu tun, was er für seine Bestimmung hielt.«

»Nämlich?«

Ich zog den Zeitungsausschnitt aus der Hosentasche, faltete ihn auseinander und reichte ihn Olivia. Sie hielt ihn unter die Lampe. Während sie las, was dort stand, wurde sie immer blasser.

Nackter Mann in Clifty Wilderness an Baum gefesselt

Vergangenen Dienstag machten drei Wanderer auf der Südseite der Clifty Wilderness eine erschreckende Entdeckung. Alex Bell, Doug York und Byron Jennings aus Tennessee waren nach einer Wanderung gerade auf dem Rückweg zu ihren Zelten, als sie gedämpfte Schreie und einen auffälligen Geruch bemerkten. Ihnen bot sich ein grausiger Anblick. Ein Mann stand nackt an einen Baum gebunden, um den Hals eine Wildererfalle und darin der Rotfuchs, der ihr zum Opfer gefallen war.

Gegenüber der Polizei gab Arnold G. Paddick (43) sofort zu, illegal Tiere im Wald gejagt zu haben. Nachdem er am Dienstag mehrere Fallen aufgestellt hatte, habe er am Mittwoch nach ihnen sehen wollen. Paddick erklärte, als er sich der Falle mit dem Fuchs genähert habe, sei eine Rolle Klebeband durch die Luft geflogen und habe ihn an der Schulter getroffen. Er habe sich umgedreht und einen dunkel gekleideten Mann gesehen, der eine Maske aus Erde und Blättern vor dem Gesicht getragen habe.

Paddick gab weiter an, der Mann habe ihn mit Pfeil und Bogen bedroht und gezwungen, sich auszuziehen. Danach habe er sich die Füße mit dem Klebeband zusammenbinden müssen. Der maskierte Mann habe Paddick daraufhin an den Baum gefesselt und ihm die Falle mit dem toten Fuchs um den Hals gehängt.

Laut Paddick habe der Mann dann mit dem Pfeil auf sein Gesicht gezielt und gesagt: »Ich werde dafür sorgen, dass du für den Rest deines Scheißlebens nicht mehr vergisst, was du diesem Fuchs angetan hast. Komm nie wieder hierher. Wenn ich dich noch einmal hier sehe, bist du fällig.«

Zwei Tage lang habe Paddick versucht, sich zu befreien. Währenddessen sei der Verwesungsgeruch des Fuchses so stark geworden, dass er mehrmals das Bewusstsein verloren habe.

Gegen Paddick ist inzwischen Anklage wegen Wilderei in fünf Fällen erhoben worden. Er wurde stark dehydriert ins Krankenhaus eingeliefert, konnte mittlerweile jedoch wieder entlassen werden.

Olivia sah mich fassungslos an. »Du denkst doch nicht, der Typ mit der Maske war dein Bruder?«

»Ich weiß es ehrlich gesagt nicht. Aber Daddy muss anscheinend den gleichen Gedanken gehabt haben, sonst hätte er den Artikel nicht aufgehoben.«

»Wieso hast du mir nie davon erzählt?«

»Ich wusste bis heute Morgen gar nichts davon, bis ich den Zeitungsausschnitt in Daddys Schreibtischschublade gefunden habe. Ich kann gut verstehen, warum mir Mama nichts davon erzählt hat. Im Laufe der Jahre sind hier in den Bergen eine ganze Menge seltsamer Dinge passiert, Mordopfer wurden hier versteckt, Wanderer überfallen, Wilderer zusammengeschlagen. Falls Mama den Artikel damals auch gelesen hat, hat sie dabei bestimmt nicht sofort an Josh gedacht. Sie war zu dem Zeitpunkt schon davon überzeugt, dass er tot ist. Aber warum Daddy nichts gesagt hat, weiß ich nicht.«

Olivia sah aus dem Fenster. »Vielleicht wollte er dich schützen. Vielleicht hatte er Angst, damit alte Wunden aufzureißen.« Sie rutschte näher an die Lampe heran und las den Artikel noch einmal. Dann gab sie ihn mir zurück. »Konnte Josh denn gut mit Pfeil und Bogen umgehen?«

Ich faltete das Stück Papier zusammen und steckte es wieder in die Hosentasche. »Nicht, dass ich wüsste. Aber ich habe mich mittlerweile damit abgefunden, dass es wohl eine ganze Menge Dinge gibt, die ich nicht über ihn wusste.«

Olivia trank einen Schluck Kaffee, der inzwischen schon längst kalt war. Die Schatten unter ihren Augen waren ein kleines bisschen dunkler geworden. »Und was ist aus diesem Arschloch Sheedy geworden?«

»Es hat sich herausgestellt, dass er Teil eines Hundekampfrings war. Für eine geringere Haftstrafe hat er die Namen der anderen Mitglieder genannt. Er wurde zu fünfzehn Tagen Gefängnis verurteilt und musste danach noch gemeinnützige Arbeit verrichten. Das ist nun wirklich kaum eine Strafe angesichts dessen, was er Buddy angetan hat. Aber nachdem Sheedy seine Strafe abgesessen hatte, haben ihn Jeb und seine Männer nicht mehr aus den Augen gelassen. Jeb meinte, Sheedy könnte für den Rest seines Lebens nicht mal mehr aufs Klo gehen, ohne dass sie davon erfuhren. Und das muss wohl gestimmt haben, Sheedy ist nämlich bald weggezogen.«

»Wieso glaubst du eigentlich immer noch, dass dein Bruder lebt? Gab es denn, von dem Kerl in dem Zeitungsartikel mal abgesehen, jemals irgendein Lebenszeichen von ihm?«

»Nein, nichts.« Ich schloss die Augen und massierte mir die Schläfen, hinter denen sich Kopfschmerzen anbahnten. »Ich fühle es einfach.«

Die nächsten Tage verbrachten Olivia und ich von morgens bis abends mit Ausräumen, Sortieren und Saubermachen. Unsere Hände wurden ganz rissig und rot. Stundenlang hörte man das Quietschen des Klebebands, wir verschlossen Karton um Karton. Das Esszimmer stand schon bald voller Gegenstände, die verschenkt oder verkauft werden sollten. Alles andere warfen wir weg. Am Montagnachmittag waren wir mit dem ersten Stock fertig.

Wir waren vollkommen erschöpft.

»Komm, lass uns mal kurz raus hier«, sagte ich zu Olivia. Sie stand gerade in der Speisekammer auf der Leiter und wischte die Regale mit Essigwasser ab.

»Wo willst du denn hin?«

»Verrate ich dir nicht. Aber du musst fahren, weil wir die Sachen im Lieferwagen noch nicht festgebunden haben.«

Sie warf mir einen verwirrten Blick zu, holte aber die Autoschlüssel und los ging's. Nach ein paar Minuten bogen wir auf eine Straße ein, die ein wenig versteckt hinter ein paar Bäumen lag. Olivia fuhr auf den Parkplatz und stellte den Motor ab. Sie lächelte. »Ich habe mich schon gefragt, wann ich endlich mal diese berühmte Schlucht zu sehen bekomme.«

Wir gingen zum Tickethäuschen. Hinter der Kasse saß Norma Higgins. Ihre grauen Haare, die ich noch so gut in Erinnerung hatte, waren mittlerweile völlig weiß, aber ihr

Lächeln war immer noch dasselbe. Sie eilte hinter der Kasse hervor, um mich zu umarmen.

»Teddi!«

Ich stellte ihr Olivia vor, und Norma umarmte auch sie gleich. So war sie eben, vierzig Kilo pure Herzlichkeit. Sie zeigte auf eine Pinnwand: ein einzelner Handschuh, eine Sonnenbrille, ein pinkfarbener Flip-Flop, ein Basecap – eine Sammlung der Sachen, die Touristen und Wanderer unterwegs verloren hatten. Als ich jedoch sah, worauf sie wirklich zeigte, vergaß ich, was ich gerade sagen wollte. Das Blut rauschte mir in den Ohren. Rechts oben in der Ecke hing ein verblichener Flyer in einer Plastikhülle.

»Der bleibt da dran«, sagte Norma und sah zum Foto meines Bruders hinauf. Sie drückte mir die Hand. »Man darf die Hoffnung nie aufgeben.«

Ich konnte nur nicken.

Olivia wurde blass, als sie den Flyer sah, fing sich aber wieder und wechselte schnell das Thema. »Sie haben hier ja wirklich einen wunderschönen Arbeitsplatz, Norma«, sagte sie und sah aus dem Fenster auf die Berge hinaus.

»Oh ja. Ich arbeite hier schon seit 1967, als die Seilbahn eröffnet wurde. Die Landschaft wird mir nie langweilig. Wollt ihr Mädchen da hoch?«

»Ja. Zwei Karten, bitte.«

Ich zog mein Portemonnaie aus der Handtasche, aber Norma winkte nur ab. »Die gehen aufs Haus.« Sie zwinkerte mir zu. »Habt euch einen guten Tag ausgesucht, schönes Wetter und es ist auch nicht so heiß. Hatten heute erst eine Handvoll Besucher hier. Ihr habt den Berg bestimmt ganz für euch.«

Auf dem Weg zur Seilbahnstation hakte sich Olivia bei mir unter. »Das war bestimmt gerade schlimm für dich. Alles in Ordnung?«

»Ja, schon okay. Norma hat es ja nicht böse gemeint.«

Wir stiegen ein. Der Seilbahnführer ließ den Sicherheitsriegel mit einem Klicken einrasten und die Gondel fuhr summend mit uns davon. Als Olivia sah, wie weit das Kabel hinauf in die Berge verlief, machte sie große Augen. »Ähm, wie weit fahren wir denn?«

»Etwa eine halbe Meile. Also reg dich lieber gar nicht erst auf, man kann nämlich unterwegs nicht aussteigen.«

Je höher wir kamen, desto stiller wurde es um uns herum, bis irgendwann nur noch ab und zu der Ruf eines Vogels weit unter unseren baumelnden Füßen zu hören war. Oben angekommen führte ich Olivia einen felsigen Wanderweg entlang, der uns viele kleine Naturwunder schenkte: dicke Baumwurzeln, die sich wie eine Treppe über gefährliches Gelände legten, das Echo eines Spechts, der starke Duft von feuchter Erde und Moos.

Wir erklommen eine Anhöhe. Ich flüsterte: »Sieh mal!« Auf einer Lichtung, deren Schatten von Sonnenflecken durchbrochen wurde, stand ein weißschwänziges Reh. Wir sahen dem jungen Tier dabei zu, wie es sich an dem Farn satt fraß, dann verschwand es im Dickicht hinter ein paar dunklen Bäumen. Der Wind trug uns die Hymne des Waldes zu – das stete Rauschen eins Wasserfalls, ein Lerchenzwitschern, das Knistern von trockenem Laub. Für meine Ohren klang all das schöner als jeder menschliche Gesang.

Schließlich waren wir am Ziel. Der Himmel erhob sich strahlend blau über uns. Olivia sah sich um, überwältigt von der Schönheit.

Seite an Seite standen wir auf dem höchsten Punkt der Natural Bridge, Kentuckys berühmtem Felsentor. Neunhundert Tonnen uralter Sandstein hingen dort wie von Zauberhand gehalten über der Bergwand in der Luft. Im Laufe von siebzig Millionen Jahren hatte die Natur den Steinkoloss in einen Bogen verwandelt. Es war atemberaubend schön, aber auch ein wenig beängstigend.

Wenn man hier stand, wurde einem die unglaubliche Kraft von Mutter Natur erst richtig bewusst, man wurde Zeuge ihrer Kunstfertigkeit und ihrer unerbittlichen Macht. Ich schloss die Augen und fühlte, wie ihre freundlichen Winde meine Haare streichelten, lauschte dem Echo, das von den schroffen Felsen widerhallte.

An diesem Ort fühlte man sich winzig klein und riesengroß zugleich, verbunden mit etwas, das man gar nicht wirklich verstand. Vor allem aber fühlte man, dass einem eine höhere Macht die Last abnahm, man fühlte Vergebung.

Einundzwanzig

Danke für die Küchengeräte.« Olivia stellte den Karton auf den Beifahrersitz. »Die alte Kaffeemühle finde ich besonders toll.«

»Gern geschehen.« Wir schlossen die Heckklappe und spannten eine Plane über den hinteren Teil des Trucks. »Fahr schön vorsichtig. Ich hab ein ganz schlechtes Gewissen, dass du mir so viel geholfen hast.« Ich sah zu den dunklen Wolken am Himmel auf. »Du fährst ja nicht gern bei Regen. Der Wettermann meinte, es würde noch eine Weile dauern, aber es sieht eher aus, als würde es jeden Moment losgehen.«

Olivia kramte in ihrer Handtasche nach dem Autoschlüssel. »Wehe, wenn der sich geirrt hat. Dem komm ich sonst hin und steck ihm sein Barometer in den Hintern.«

Ich lachte laut los.

»Ehrlich gesagt habe ich ein ganz blödes Gefühl dabei, dich jetzt hier allein zu lassen, Teddi. Bist du sicher, dass du klarkommst?«

Ich drückte sie fest. »Mach dir keine Sorgen.«

In Olivias Augen stand deutlich geschrieben, dass sie sich durchaus Sorgen machte, aber sie sagte nichts weiter. Langsam fuhr sie die Einfahrt hinunter. Bear steckte den Kopf aus dem Beifahrerfenster. Ich winkte ihr, bis das Auto hinter der Kurve verschwunden war. Ich kniete mich neben Eddie und kraulte ihm die Ohren. »Jetzt sind wir beide allein.« Er spielte zwar sehr gern mit Bear, leckte mir aber fröhlich die Hand, als ob ihm der Gedanke auch ganz gut gefallen würde, dass jetzt nur noch wir zwei hier waren.

Ich nahm mir ein paar leere Kartons und die Rolle Klebeband und ging in Mamas Schlafzimmer. Die alte Anrichte, in der sie alles Mögliche aufbewahrt hatte, war voller Zeitschriften, Rezepte und Stapel entwerteter Schecks, die mit sprödem Gummiband zusammengebunden waren.

Ich arbeitete mich durch alle Fächer der Anrichte und sortierte: *aufheben, wegwerfen, verkaufen*. Die Gefühle und Erinnerungen, die das Aussortieren der persönlichen Sachen meiner Mutter heraufbeschwor, brannten in meinem Inneren. Mehrmals war ich den Tränen nahe. Viele Dinge kannte ich nicht – ein alter grüner Wollschal, der so mottenzerfressen war, dass er aussah wie ein Stück Spitze, eine Tüte mit Haarnadeln, ein gläserner Kerzenhalter mit einem Sprung. Mama hatte vieles aufgehoben, aber nichts, was an ihre eigene Familie erinnerte.

Ich ging zu Daddys Nachttisch und zog die Schublade auf. Sie war leer. Meine Augen wanderten über die Anrichte zu ihrer Kommode. »Wo hast du denn bloß Daddys Bronze Star Medal gelassen? Ich weiß doch noch genau, dass du sie nach seinem Tod hier reingelegt hast.«

Erinnerungen, hatte Mama mal gesagt, *wer braucht die schon? Was geschehen ist, ist geschehen, man sollte lieber alles gleich vergessen.*

Das hatte sie zu mir gesagt, während wir vier Jahre nach seinem Verschwinden gemeinsam Joshs Zimmer ausräumten. Unter seiner Matratze hatte ich einen Briefumschlag mit selbst gezeichneten Karten entdeckt. Ich hatte sie beiseitegelegt, weil ich sie mit nach Hause nehmen wollte. Mama hatte am Fenster gestanden und gesagt: »Er ist tot, Teddi. Wenn du die Karten aufhebst, machst du dich damit nur unglücklich.«

Ich nahm ihre Handtasche vom Schreibtischstuhl und sagte in die Stille hinein: »Mir bedeuten Erinnerungen eben etwas.«

Ich setzte mich mit der Handtasche aufs Bett, zog den Reißverschluss auf und holte nach und nach den Inhalt heraus. Ein zerknittertes Stofftaschentuch mit blau eingefassten Rändern. Ihr Scheckbuch mit dem grünen Plastikumschlag, in dem sie auch ihre »Zwei für eins«-Coupons für Hühnersuppe und Frischhaltefolie aufbewahrte. Vor Mamas Tod hätten mir diese Sachen nicht das Geringste bedeutet, aber jetzt kamen sie mir so wertvoll vor, dass ich es kaum ertragen konnte, sie anzusehen.

In ihrem kleinen braunen Portemonnaie waren zwei Fünfundzwanzigcentstücke und ein Lippenstift in der Farbe »Pink Paradise«, Mamas Lieblingsfarbe. Dieser angebrochene Lippenstift führte mir ihren Tod deutlicher vor Augen als die Sterbeurkunde. Ich hielt ihn in der Hand, bis das Metall ganz warm war. Draußen schlugen die ersten schweren Regentropfen gegen das Fenster.

Frühling 1969

Mama stand in der Küche und machte das Abendbrot. Ich sah ihr zu, wie sie Teig ausrollte und dabei den Mund zu einer schmalen Linie zusammenpresste. Ich wusste nicht, warum, aber sie hatte schon seit Tagen schlechte Laune. Und es sah nicht danach aus, als ob sich so bald etwas daran ändern würde.

Sie stach mit einem ausgewaschenen Marmeladenglas Kreise aus dem Teig und legte sie auf das Backblech. Josh und ich saßen am Küchentisch und spielten eine Runde Dame. Wir hatten ruhig zu sein und gaben uns große Mühe, nicht zu kichern und die Spielsteine nicht aneinanderzuschlagen.

Seit fast einer Woche regnete es nun schon ununterbrochen, und der Boden bestand eigentlich nur noch aus Schlamm. Heute Morgen hatte Mama am Fenster gestanden und zusehen müssen, wie eine regelrechte Sturzflut ihre Ringelblumen mitriss. Die gelben Blüten drehten auf dem Wasser Pirouetten und wurden dann in den Straßengraben gespült.

Schwarze Wolken ballten sich über unserem Haus zusammen, und der Himmel wurde immer wieder von Blitzen zerschnitten. Wasser war schon in den Keller eingedrungen, aus dem Gitter im Boden neben dem Küchentisch stieg Schimmelgeruch auf. Mama hasste diesen Geruch, deswegen hatte sie eine Kerze mit Vanilleduft angezündet.

Sie schob das Backblech in den Ofen und ging zur Garderobe. Josh und mich würdigte sie keines Blickes. Mit einem Regenschirm in der Hand öffnete sie die Hintertür und trat hinaus auf die Veranda. Ich lief hinterher.

»Wo gehst du denn hin?«

»Raus zur Werkstatt, dein Vater soll essen kommen.«

Der Wind wehte mir einen Schwall Regen ins Gesicht. Ich zeigte auf den Himmel. »Aber der Sturm, Mama! Nicht, dass du noch vom Blitz getroffen wirst!«

Sie drehte sich zu mir um, der Regen durchnässte ihr Kleid und der Wind zerzauste ihr die Haare. Ihr Gesicht machte mir Angst, die Augen ganz leer und die Haut weiß wie Wachs.

»Da mach dir mal keine Sorgen.« Sie spannte den Regenschirm auf. »So viel Glück hab ich nicht.«

Die Erinnerung an diesen Tag ließ mich nicht los. Ich hielt immer noch den Lippenstift in der Hand und sah mich im Schlafzimmer um. »Warum warst du nur immer so unglücklich? Was hat dich so werden lassen?«

Ich leerte den Inhalt aus der obersten Schublade der Kiefernholzkommode, Büstenhalter und Unterwäsche, in einen Karton. In der zweiten Schublade befanden sich ein paar cremefarbene Wollknäuel und ein Fotoalbum, dessen Ledereinband so alt war, dass er wie mumifiziert aussah.

Ich setzte mich mit dem Album im Schoß auf den Boden. Die uralte Schutzfolie knisterte und zerfiel fast unter meinen Händen. Auf der dritten Seite klebte ein Schwarz-Weiß-Foto von Josh. Ich zog es unter der Folie hervor und hielt es ins Licht. Er war etwa neun oder zehn Jahre alt und saß an einem See. Sein Lächeln war voller Unschuld, die Augen lachende Halbmonde. Ich starrte lange auf das Foto, versuchte, dieses Kind mit dem maskierten Mann aus dem Zeitungsartikel zusammenzubringen.

Ein paar Seiten weiter stieß ich auf ein Foto von Daddy aus seiner Armeezeit. Er stand auf einem Sherman-Panzer, den Arm um einen Mann namens Max Walker gelegt. Max war im Krieg Daddys bester Freund gewesen. Ein einziger Moment hatte die beiden für immer miteinander verbunden.

Es war im Dezember 1944. Die 6. Panzerdivision der US-Armee hatte gerade Belgien erreicht. Im beengten Inneren des Panzers saßen vier Soldaten, darunter Private Max

Walker und mein Vater, Private Henry Overman. Mein Vater war der Bugschütze und Fahrerassistent. Die Witterungsverhältnisse waren schlimm. Es war so kalt, dass immer wieder der Panzerturm einfror und die Männer das Eis wegschlagen mussten, um das Geschütz bewegen zu können. Wenn Eis oder Schnee das Sehrohr bedeckten, war der Fahrer so gut wie blind. Dann musste jemand mit Nerven aus Stahl aus dem Panzer klettern und das Sehrohr frei kratzen, oft unter Feindbeschuss.

In solch einer Situation wurde Max Walker verwundet. Er kletterte aus der Einstiegsluke, um das Sehrohr vom Eis zu befreien, wurde von einer Kugel in die Hüfte getroffen und vom Panzer geschleudert. Er lag auf der Straße und wand sich vor Schmerzen. Da sprang ihm jemand hinterher. Es war ein Bauernjunge aus Kentucky, der Max Walker durch den Kugelhagel des Feindes zurück in den Panzer zerrte. Dieser Bauernjunge war mein Vater.

Ich blätterte das Fotoalbum bis zur letzten Seite durch. Mir ging auf, dass meine Familie schon immer so zerbrechlich gewesen war wie dieses Album in meinem Schoß. Ich drückte es an die Brust.

In der untersten Schublade lagen Strümpfe und Baumwollschlafanzüge. Unter einem blauen Morgenmantel lag ein flacher weißer Karton. Noch bevor ich den Deckel abgenommen und das Seidenpapier auseinandergeschlagen hatte, wusste ich, was ich da in der Hand hielt.

Ich hatte es zum ersten Mal im Alter von fünf, vielleicht auch sechs Jahren entdeckt und erinnerte mich bis heute an die weichen Biesen und den sorgfältig umnähten Saum. Ich hatte es als Kind oft berührt und mir ab und zu vorgestellt, es würde mir gehören.

Vorsichtig faltete ich das dünne Papier auseinander.

Das Nachthemd war aus echter Seide und von Hand genäht. Es war hellrosa, wie Puder, und fühlte sich kühl und fast flüssig an, als könnte man es in eine Teetasse gießen. Man konnte sehen, dass Mama es nie getragen hatte.

Als ich klein war, schlich ich mich manchmal auf Zehenspitzen hierher ins Schlafzimmer, während Mama gerade ihr abendliches Bad nahm. Ich lauschte auf das Plätschern und zog dann lautlos die Schublade auf, um mich an dem wunderschönen Nachthemd zu erfreuen. Ich konnte mich einfach nicht daran sattsehen. Vorsichtig strich ich über die schmalen Träger, die zu Schleifen gebunden wurden, und betrachtete versonnen die drei kleinen Rosenknospen aus Seide in der Mitte der gerafften Taille. An manchen Abenden träumte ich dort mit dem Nachthemd auf dem Schoß vor mich hin, bis ich den Badewannenabfluss glucksen hörte. Dann faltete ich das Seidenpaper schnell wieder zusammen, schob die Schublade zu und flitzte zurück in mein Zimmer, bevor Mama den Flur entlangkam und mich erwischen konnte.

Das Nachthemd sah immer noch genauso schön aus, wie ich es in Erinnerung hatte. Ich legte es liebevoll zurück in den Karton. Das kam mit nach Hause.

Ich trug mehrere Kartons ins Esszimmer und stellte sie zu den vielen anderen, die schon mit Dingen gefüllt waren, die ich auf dem Flohmarkt verkaufen wollte. Ich sah mich um. Ich stellte mir vor, wie die Geschichte meiner Familie auf den Tischen dort ausgebreitet liegen würde, die rosa Melaminteller, die meine Mutter durch das Sammeln von Treuepunkten erstanden hatte, Daddys Wintersachen, Grammys angeschlagenes Salzstreuerset in Form von zwei kleinen Schweinchen und die Bausteine meines Bruders. Der Gedanke, dass fremde Leute sich diese Gegenstände ansehen und vielleicht sogar über sie schmunzeln würden, brach mir das Herz.

Es war an der Zeit, zurück nach Charleston zu fahren.

Das Deckenlicht brannte grell in meinen müden Augen. Ich stieg die Treppe in meinem Kutschenhaus hinauf. In der Tür zum Gästezimmer blieb ich kurz stehen und sah Mamas Urne. »Ich hab das Haus ausgeräumt«, erklärte ich ihr. »Na ja, zumindest fast. Draußen auf der Straße steht ein Lieferwagen bis obenhin voll mit Kartons. Und weißt du was in diesen Kartons verstaut ist? *Erinnerungen.*«

Ich ging in die Küche, fütterte Eddie, nahm eine Dose Kamillentee aus dem Regal und setzte den Teekessel auf. Während ich darauf wartete, dass das Wasser kochte, ging ich zurück ins Gästezimmer und ließ mich dort aufs Bett fallen.

»Ich habe so viele Kartons mit Erinnerungen mitgebracht, dass ich gar nicht weiß, wo ich das alles lassen soll, Mama. Wenn ich ein Haus hätte, wäre es noch was anderes, aber ich hab ja nur meine Wohnung hier. Du hast mich immer damit aufgezogen. Soll ich dir mal sagen, wieso ich kein Haus habe? Ich könnte mittlerweile eins haben, wenn Grammy nicht gestürzt wäre. Ihre Krankenversicherung übernimmt leider nicht die volle Rechnung für das Altenheim, also muss ich einspringen. Ich tue das gern. Aber ich verdiene nun mal einfach nicht genug Geld, um meine Miete hier zu zahlen, die Rechnung für das Altenheim zu übernehmen und dann auch noch was für ein Haus beiseitezulegen. Und die Farm werde ich deshalb auch nicht behalten können. Ich liebe diese Farm und es bricht mir das Herz, dass ich sie verkaufen muss.

Während du also da oben sitzt und weiße Söckchen für die Engel strickst oder dich darüber beschwerst, dass das Essen zu salzig ist, wirf doch vielleicht ab und zu mal einen Blick zu mir runter. Ich habe vielleicht kein Haus, wie du es immer wolltest, aber dafür eine hübsche kleine Wohnung und den schönsten Laden, den man sich nur vorstellen kann. Und wenn du nicht einfach gestorben wärst, bevor du herkommen konntest, dann wüsstest du das auch. Ich vermisse dich so sehr. Aber ein bisschen böse auf dich bin ich auch.«

Ich stand vom Bett auf, stupste mit dem Finger gegen die Urne und ging aus dem Zimmer.

Zweiundzwanzig

In Charleston gab es mehre Antiquitätengeschäfte. Wir Besitzer respektierten einander und auch unser jeweiliges Expertenwissen, eine gewisse Rivalität war jedoch nicht zu leugnen. Ich wollte mich gerade wieder einmal auf den Weg machen und ein bisschen auskundschaften, was die Konkurrenz im Moment so zu bieten hatte, da betrat ein Mann den Laden. Er war klein, hatte einen Bauchansatz und trug ein Basecap. In der Brusttasche seines dunkelblauen Polohemds steckte ein Kugelschreiberetui, auf dem »Rodneys Abschleppdienst« stand. Er war einer dieser Menschen, die mit ihrem Eintreten sofort den ganzen Raum einnahmen, und das nicht gerade auf eine sympathische Art. Bevor ich ihn auch nur begrüßen konnte, fing er schon an zu reden.

»Meine Frau war am Sonnabend hier. Sie hat mit einer kleinen Frau mit roten Haaren über die Kommode da geredet.« Er zeigte mit seinem dicken Finger auf ein Stück im Renaissancestil aus dem achtzehnten Jahrhundert, das ich vor Kurzem erstanden hatte. »Sie wollte mit ihr über den Preis verhandeln, aber die Rothaarige meinte, das geht nur mit der Ladenbesitzerin. Deshalb bin ich hier. Ist die Besitzerin zu sprechen?«

»Ich bin die Besitzerin, Teddi Overman.«

Er musterte mich. »Meine Frau sagt, das Ding soll dreitausend Dollar kosten. Ich hab ihr gesagt, das ist lächerlich. Sie muss da was falsch verstanden haben.«

»Nein, Ihre Frau hat recht. Die Kommode wurde Mitte des achtzehnten Jahrhunderts in Italien gefertigt. Die Italiener sind dafür bekannt, nur das beste Holz zu verwenden. Und wie Sie sehen, ist sie in einem erstklassigen Zustand.« Ich zog eine Schublade auf und zeigte ihm, wie wunderschön alles verarbeitet war. »Das ist Palisanderholz aus Brasilien. Solche Stücke findet man nicht oft. Genau genommen ist es noch ein Schnäppchen.«

Er sah mich skeptisch an. »Ein Schnäppchen? Sie sind wohl auch so eine typische kleine Charlestoner Studentin mit reichen Eltern, die nicht weiß, was es bedeutet, Geld mit richtiger Arbeit zu verdienen, was?«

Ich schob die Schublade langsam wieder zu und sah ihm in die Augen. »Nein, ich komme aus Kentucky. Und Sie, Mr. …?«

»Barnes. Rodney Barnes. Meine Frau und ich sind aus Miami und besuchen gerade ihren Neffen, der ist hier am Military College. Die Studenten da sind jedenfalls alle verwöhnte Gören. Aber egal. Was die Kommode angeht – jetzt mal im Ernst …«

Und da wären wir mal wieder – erst der Schwachsinn, dann das Feilschen.

»Ein paar Häuser weiter ist ein Antiquitätenladen, der eine ganz ähnliche hat, nur viel preiswerter.«

»Tja«, ich zeigte auf die Tür, »dann kaufen Sie doch die andere.«

Das war offensichtlich nicht die Reaktion, mit der Mr. Barnes gerechnet hatte. Er machte einen kleinen Schritt zurück. »Das würde ich auch gern, aber meine Frau will unbedingt diese Kommode hier. Sie hat heute Geburtstag und ich hab ihr versprochen, dass sie sich was aussuchen kann.«

»Ach, mit Ihrem Charme können Sie Ihre Frau doch sicher von den Vorzügen der anderen Kommode überzeugen. Und vielleicht bekommen Sie die ja sogar für noch weniger, als Sie dachten.«

Er sah aus dem Fenster und kaute auf seiner Unterlippe herum. Man sah ihm genau an, dass er überlegte, mit welcher Strategie er fortfahren sollte. Aber ich hatte auch eine Strategie. Mr. Palmer hatte mir zwar beigebracht, wie man richtig feilschte, aber es gab eben auch den seltenen Fall, dass das Festhalten am veranschlagten Preis das beste Ergebnis einbrachte.

»In Ordnung, passen Sie auf. Ich gebe Ihnen fünfzehnhundert Dollar jetzt gleich in bar – wenn Sie die Versandkosten übernehmen.«

»Tut mir leid, aber sie kostet nun mal dreitausend. Kein Verhandlungsspielraum.«

»Ach, kommen Sie schon«, sagte er von oben herab. »Wenn es um Bargeld geht, gibt es immer einen Verhandlungsspielraum. Meinten Sie nicht, das wäre Ihr Laden hier?«

Ich warf ihm einen eisigen Blick zu. »Das ist auch mein Laden. Er wäre es jedoch nicht mehr sehr lange, wenn ich meine Antiquitäten einfach verschenken würde. Es war sehr nett, Sie kennenzulernen, Mr. Barnes. Ich wünsche Ihnen und Ihrer Frau noch viel Spaß in Charleston.«

Er wollte gerade etwas erwidern, da klingelte die Türglocke und eine Frau kam herein. Rodneys Gesicht war sofort anzusehen, dass die pummelige Blondine seine Gattin war. Sie trug einen engen roten Rock und tippelte mit kurzen Schrittchen so hektisch durch den Laden, dass ihre großen Ohrringe nur so klimperten.

Rodney wirkte gleichzeitig überrascht und genervt von ihrem plötzlichen Auftritt. »Chrissie, ich hab dir doch gesagt, ich komme nach. Wir sind hier auch gleich fertig, also geh doch ruhig schon mal vor.«

»Ich hab's einfach nicht ausgehalten! Ist das nicht die schönste Kommode der Welt?« Sie schlang ihren Arm um seine stämmige Taille und sah zu ihm hoch. »Hast du sie mir gekauft?«

Er zwang sich zu einem Lächeln. »Na klar, mein Schatz. Hab auch einen richtig guten Preis ausgehandelt.«

Sie stellte sich auf die Zehenspitzen und küsste ihn auf die Wange. »Ach, Rodney! Du bist wirklich der klügste Mann, den ich kenne.«

Er strich ihr über den Rücken. »Dann lass mich das hier mal zu Ende bringen. Setz dich doch schon mal in das kleine Café nebenan, ich bin gleich da.«

Rodney wartete, bis seine Frau den Laden verlassen hatte. Dann zog er eine dicke Brieftasche hervor. Mit hochrotem Kopf und ohne mich dabei anzusehen, zählte er das Geld ab und legte es auf die Kommode. Dann schrieb er mir eine Adresse auf die Rückseite seiner Visitenkarte und legte sie auf die Geldscheine. »Das ist die Lieferadresse. Wie hoch sind die Versandkosten?«

Es war an der Zeit, ihm etwas entgegenzukommen. Ich lächelte. »Die Versandkosten gehen aufs Haus, Mr. Barnes.«

Ich stellte ihm eine Quittung aus und überreichte sie ihm in einem Umschlag. Er riss ihn mir aus der Hand und ging. Ich steckte sein Geld und die Visitenkarte ein. Die Tür fiel hinter ihm zu. »Ach, Rodney, du bist der klügste Mann, den ich kenne!« Ich musste lachen.

Auf dem Weg zurück ins Büro entdeckte ich Albert und Inez auf dem Gang, die beiden hatten alles mitangehört. Albert rief wie ein Sportkommentator: »Teddi Overman verteidigt den Ball gegen Big Rodney, täuscht eine Übergabe an, rennt los und dann: Touchdown!«

Inez hielt ihm die offene Hand hin. »Hab ich dir doch gesagt, dass sie den vollen Preis dafür bekommt.«

Albert drückte ihr einen Fünfdollarschein in die Hand. »Als der Kerl von den reichen Eltern angefangen hat, hatte er verloren, das war klar.«

Mir klappte die Kinnlade herunter. »Ihr habt auf mich gewettet?«

Inez steckte sich den Schein in den BH. »Klar. Und nicht zum ersten Mal.«

In dem Moment erklang wieder die Türglocke. Inez drückte die Hand an die Brust. »Ach verdammt! Nicht, dass er es sich doch anders überlegt hat!«

Ich für meinen Teil war bereit für Runde zwei. Dort stand jedoch kein rasender Rodney, sondern ein eher schmales Männlein. Sein Hemd hing an seiner klapperdürren Gestalt herunter wie an einem Kleiderbügel und die Hose war so weit, dass sie ihm um die Beine schlotterte. Er nahm seinen Strohhut ab und fing sehr leise an zu sprechen, so als wäre ihm seine Anwesenheit unangenehm. »Guten Tag, Ma'am. Wer ist denn bei Ihnen für den Ankauf zuständig?«

»Ich bin Teddi Overman, die Ladenbesitzerin. Was kann ich für Sie tun, Sir?«

»Ich heiße Willard Otis und bin sozusagen ein Sammler.« Er sah sich um. »Ich brauche … also, es wurde Zeit, dass ich mal bei mir aufräume. Deshalb hab ich meine Sachen auf den Truck geladen und bin von Lee County hierhergefahren. Ich dachte, ich schau mal bei ein paar Antiquitätenhändlern vorbei, ob nicht vielleicht Interesse besteht.«

Das war nichts Ungewöhnliches. Es kamen öfters Leute her, die Sperrmüll durchsucht hatten und ihre Ausbeute dann verkaufen wollten. Ich lehnte so etwas normalerweise immer ab, aber Lee County war eine sehr arme Region und diesem Mann, der mindestens achtzig war, ging es offensichtlich nicht gerade blendend.

»Ich sehe mir Ihre Sachen gern mal an, Mr. Otis. Haben Sie den Truck hier in der Nähe geparkt?«

»Ja, Ma'am, gleich um die Ecke.«

Ich bat Inez, kurz auf den Laden aufzupassen, und folgte dem älteren Gentleman zu seinem Auto. Es war ein verrosteter grauer Pick-up mit hohen, selbst gebauten Holzwänden an den Seiten.

Er mühte sich eine Weile mit seinen knotigen Fingern an der Heckklappe ab und zog dann eine selbst gebaute Leiter hervor. »Bitte, sehen Sie sich in Ruhe um.«

Der Truck war bis obenhin voll. Lediglich in der Mitte war ein schmaler Gang frei gehalten, in dem man sich bewegen konnte. Ich quetschte mich hinein und sah mich um.

Neben einem Kühlschrank aus den Zwanzigern stand ein hässlicher, mit grünem Samt bezogener Sessel. Auf einem alten Fernseher lag ein Westernsattel, das Leder steif und schon gerissen. Unter einer Werkbank standen Kartons mit Toastern und Rührgeräten sowie jeder Menge Uhren. Aus einer Zinkwanne starrte mich eine glatzköpfige Puppe an.

Während ich dort drin herumkramte, sah ich aus dem Augenwinkel den alten Mann mit hoffnungsvollem Blick vor dem Truck stehen. Seine Lippen bewegten sich stumm, als würde er beten. Ich war gerührt.

Unter einer eigentlich noch recht hübschen Tagesdecke entdeckte ich in einem Schnellkochtopf einen kleinen Teddy.

Er war höchstens dreißig Zentimeter groß und sein goldenes Angorafell teilweise schon etwas abgenutzt. Es war ein alter Bär mit weit auseinanderstehenden Knopfaugen. Ich nahm ihn hoch und befühlte seinen Bauch. Holzwolle.

Ich behielt den Teddy im Arm und arbeitete mich zur Heckklappe vor. Ich wollte meine Durchsicht gerade beenden, da fiel mir eine kleine Zedernholzkiste mit Schnappverschlüssen auf. Ich zog sie am Griff hervor und kletterte vorsichtig die wackelige Leiter hinunter.

»Können Sie den mal kurz halten?« Ich gab dem Mann den Teddy.

Er nahm mir den Bären ab und bemerkte die Kiste. »Wissen Sie, was da drin ist?«

»Zeichenzubehör vielleicht?«, riet ich.

Er schüttelte den Kopf. Seine Augen blitzten. »Sie werden staunen.«

Ich klappte die Verschlüsse auf und öffnete den Deckel. In der Kiste lag ein Schreibtischteleskop aus angelaufenem Messing, daneben ein Okular mit Schraubgewinde und ein kleines Stativ. Es war nur etwa fünfzig Zentimeter lang und hatte einen Durchmesser von vielleicht acht Zentimetern, aber es fühlte sich überraschend schwer an. Auf der Unterseite war ein rundes Schild mit einer Inschrift: *J. van der Bildt, Franeker*.

Ich fuhr mit dem Finger über eine kleine Schramme an der Seite. »Funktioniert das noch?«

Mr. Otis befürchtete offensichtlich, der Kauf könnte nicht zustande kommen, und trat nervös von einem Bein aufs andere. »Ich glaube schon!«

Ob das Teleskop noch funktionierte oder nicht, war aber eigentlich auch egal. Es war ein wunderschönes altes Instrument und es gefiel mir. So war es immer bei meiner Arbeit: Wenn ich es am wenigsten erwartete, lief mir auf einmal etwas über den Weg und schlug mich in seinen Bann, auch wenn ich davon eigentlich überhaupt keine Ahnung hatte. Und entgegen aller Logik musste ich es dann trotzdem unbedingt haben.

»Mr. Otis, ich würde Ihnen gern das Teleskop und den Teddy abkaufen. Wie viel möchten Sie für beides zusammen haben?«

»Für das Fernrohr hätte ich schon ganz gern hundertfünfzig.« Er sah auf den Teddy. »Und sagen wir einen Dollar für den Bären?«

An jedem anderen Tag hätte ich sofort eingeschlagen. Ich hätte einfach den Preis gezahlt, gewartet, bis der Mann wieder abgefahren war, und dann vor Freude gequietscht. Aber heute war kein Tag wie jeder andere. Und der Mann vor mir war nicht irgendein Mann. Ich fragte mich, wann er das letzte Mal etwas gegessen hatte. Ich holte das Geld aus der Tasche, das ich von Mr. Barnes für die italienische Kommode bekommen hatte, und zählte fünf Hundertdollarscheine ab. Dann nahm ich dem Mann den Teddy aus der Hand und gab ihm das Geld. Ich ließ die Verschlüsse der Kiste zuschnappen.

»Mr. Otis, ich habe keine Ahnung, was dieses Teleskop wert ist, aber glauben Sie mir, es ist auf jeden Fall mehr, als Sie dafür haben wollen. Wenn Sie mit unserem Handel einverstanden sind, bin ich es auch.«

Er sah mich verwirrt an. »Sie wollen mir fünfhundert Dollar zahlen?«

»Richtig.«

Ein Lächeln breitete sich auf seinem Gesicht aus, das mehrere Lücken zwischen seinen gelben Zahnstummeln entblößte. »Also, ich … vielen Dank, Ma'am!«

Er schüttelte mir die Hand, hob die Leiter zurück auf den Pick-up und schloss die Heckklappe. Ich trat einen Schritt zurück. Der Auspuff knatterte und hustete. Der Truck fuhr ruckelnd an und verschwand in einer Staubwolke. Ich sah ihm hinterher und sagte leise: »Ich danke Ihnen, Mr. Otis.«

Am Nachmittag polierte ich das Teleskop, schraubte das Okular auf und trug es nach draußen. Ich suchte nach einer Stelle, an der mir keine Bäume die Sicht versperrten, und sah hindurch. Vorsichtig drehte ich an der Stellschraube. Außer einem verschwommenen hellen Fleck war nichts zu erkennen. Ich drehte weiter an der Schraube. Mir tat schon der Arm weh vom Gewicht des Geräts, aber da, nach einer letzten Drehung, konnte ich plötzlich einen ziemlich weit entfernten Schornstein glasklar erkennen, so deutlich, dass sogar der Mörtel in den Backsteinfugen zu sehen war.

Begeistert brachte ich das Teleskop in mein Büro und schraubte es dort auf sein Stativ.

Ich holte einen Stapel Antiquitätenfachbücher aus dem Regal und begann zu suchen. Ich blätterte mich durch die vielen Bücher, fand auch verschiedene Teleskope darin, aber keines davon glich dem, das vor mir auf dem Schreibtisch stand. Ich holte noch mehr Bücher dazu und las weiter. Eine Stunde später hatte ich gefunden, wonach ich suchte.

»Jan van der Bildt (1709–1791). In den Niederlanden geboren. Ursprünglich Uhrmacher, widmete sich später der Fertigung von Teleskopen. Wegen seiner meisterlichen Handwerkskunst hoch geschätzt. Seine Spiegellegierungen waren von so überragender Qualität, dass der Großteil davon noch zweihundert Jahre nach der Fertigung verwendet werden kann.«

Dem Buch zufolge hatte das Teleskop einen Wiederverkaufswert zwischen sechshundert und eintausendzweihundert Dollar. Ich schrieb *$ 995* auf ein Schild, hängte es an das Stativ und machte mich dann daran, die Zedernholzkiste auf Hochglanz zu polieren. Bevor ich an diesem Abend den Laden verließ, stellte ich das Teleskop neben seine Kiste auf eine alte Holztruhe.

Der mitgenommene Teddy war zwar wahrscheinlich kaum etwas wert, aber ich hatte mich in sein liebes altes Gesichtchen verliebt. Ich setzte ihn in eine Ecke meines Schreibtischs, streichelte ihm über den Kopf und knipste für heute das Licht aus.

Dreiundzwanzig

Bald darauf bemerkte ich zum ersten Mal, dass weniger Kunden bei mir einkauften. Vor Weihnachten hatte ich noch mehrere Teile eines Silbergeschirrs verkauft und sogar ein neues Zuhause für einen mehrfarbigen Konsolentisch aus Norwegen gefunden, der fast zwei Jahre lang im Laden gestanden hatte. Aber seitdem hatte ich keine nennenswerten Verkäufe mehr gemacht. Und ich konnte es mir nicht erklären.

Das Geschäft ging natürlich immer mal besser oder etwas schlechter, aber bis jetzt hatte ich es immer noch geschafft, die dürftigeren Zeiten zu überstehen. Bis jetzt hatte ich immer überlebt, auch wenn andere Händler ihren Laden schließen mussten.

Diesmal fühlte es sich jedoch anders an.

Ende Januar begann ich, mir ernsthaft Sorgen zu machen. Selbst die Reparatur- und Restaurationsaufträge waren um fünfundzwanzig Prozent zurückgegangen. Ende Februar bekam ich dann Angst. So sehr, dass ich jeden Morgen mit einem flauen Gefühl im Magen erwachte. Jeden Montag, wenn mir Inez das Blatt mit der aktuellen Übersicht über unsere Finanzen gab, verließ mich etwas mehr der Mut. Sie sagte nie etwas dazu, aber in ihren Augen stand ebenfalls Sorge geschrieben.

Ich hatte natürlich keinen Einfluss darauf, wer meinen Laden betrat und wonach derjenige suchte. Die Schuld für die jetzige Situation war dennoch ganz allein bei mir zu suchen. Vorigen Sommer hatte mir mein Kontakt in London Fotos geschickt. Es ging dabei um zwei überaus seltene antiquarische Stücke, die er in North Yorkshire aufgetan hatte. Ich hatte sie übermütig gleich beide gekauft. Den riesigen Kleiderschrank aus der Zeit Louis XV. mit wunderschön geschnitzten Blättern und Schnörkeln entlang des geschwungenen Bords auf der Oberseite und ein absolutes Glanzstück: eine ganz besondere Schale mit hohem Deckel aus der Zeit George III. In das Silber waren die für den Regency-Stil typischen ausgefallenen Rokokoverzierungen getrieben. Auf der Unterseite stand »1818 – Thomas Gairdner«, der Name eines bekannten Silberschmieds.

Sowohl der Kleiderschrank als auch die Schale waren Stücke, die einem nur einmal im Leben über den Weg liefen, und dementsprechend hoch fielen auch die Preise aus. Ich fand jedoch, es sei an der Zeit, dass ich die Latte für mich etwas höher legte und mich den Antiquitätenhändlern in Atlanta und New York annäherte. Das Risiko, das ich damit einging, hielt ich für kalkulierbar.

Ich rechnete zwar damit, dass es eine Weile dauern könnte, bis ich die Silberschale verkauft hätte, war aber davon ausgegangen, dass ich den Kleiderschrank im Nu wieder loswürde. Er fand auch viele Interessenten, aber bis jetzt hatte mir noch niemand ein Angebot gemacht. Jeden Morgen schloss ich die Ladentür auf, betrachtete die Hundertachtzig-Kilo-Schönheit, deren Anblick mir mittlerweile nur noch Kummer bereitete, und verstand einfach nicht, wieso sie niemand kaufte.

Die Schale stand währenddessen in einer von innen beleuchteten Glasvitrine und erinnerte mich Tag für Tag an meinen Übermut. Ich konnte ihren Anblick kaum noch ertragen. Ich hatte über ein Drittel meines Jahresbudgets für die beiden Stücke ausgegeben, und mit jeder Woche, in der ich sie nicht verkaufte, schmolzen meine Ersparnisse dahin. Im Nachhinein war mein riskanter Kauf einfach töricht gewesen.

Am wichtigsten war mir immer, dass ich Albert und Inez bezahlen konnte, und die Miete für den Laden bekam ich auch jeden Monat irgendwie zusammen. Es reichte jedoch nicht mehr für mein eigenes Gehalt. Ich hatte Mühe, meine Rechnungen zu bezahlen, besonders die für Grammys Altenheim. Egal, wie oft ich mit den Preisen herunterging oder wie sehr ich die Werbetrommel für den Laden rührte, die kleine Glocke über der Ladentür schwieg beharrlich. Meine Ersparnisse schwanden von Monat zu Monat mehr dahin. Mitte März war der Traum vom eigenen Haus in weite Ferne gerückt.

Es war an einem Montag im April, ich brütete gerade wieder einmal über meiner finanziellen Situation, da riss mich die Türglocke aus meinen düsteren Gedanken. Ein vornehm gekleideter Gentleman betrat den Laden. Er sah aus, als käme er aus einer anderen Zeit. Er trug einen cremefarbenen Leinenanzug, darunter eine karierte Seidenweste, aus deren Tasche eine kleine Uhr an einer Kette hervorschaute. Er stützte sich beim Gehen auf einen Stock mit Zinnspitze.

»Guten Morgen, Sir. Willkommen. Ich bin Teddi Overman.«

»Sehr erfreut, Miz Overman. Ich bin John Jacob Lee aus Shelbyville, Tennessee.« Er genoss sichtlich die Tatsache, dass sich sein Name und sein Heimatstaat reimten.

»Was kann ich für Sie tun, Mr. Lee?«

»Meine Enkelin heiratet demnächst. Meine Frau wüsste genau, was ich ihr dazu schenken könnte, sie ist jedoch leider bereits verstorben. Der Bräutigam kommt aus einer ehrwürdigen Familie hier aus Charleston, und diese hat meiner Enkelin gerade ein silbernes Besteckservice geschenkt, das sich seit dem Bürgerkrieg im Besitz der Familie befindet. Ich stehe nicht gern hintenan, also suche ich nun etwas wirklich Ausgefallenes.«

»Wie würden Sie denn den Stil der jungen Dame beschreiben?«

Er stützte sich auf seinen Gehstock und hob die Brauen. »Ich muss Ihnen leider gestehen, dass sie keinen hat. Meine Enkelin ist eine wundervolle junge Frau, hat aber leider so viel Geschmack wie eine Zwiebel. Ich würde ihr gern etwas schenken, auf das sie stolz sein kann, etwas, das sie an ihre Kinder weitergeben kann. Was würden Sie mir da empfehlen?«

»Hier entlang, bitte.« Ich führte ihn zu meinem schönsten Silber.

Bevor ich jedoch die Vitrine aufschließen konnte, hatte Mr. Lee die Schale entdeckt. »Also, die hier ist doch wirklich ein Prachtstück. Die würde ich mir gern einmal ansehen.«

Ehrfürchtig holte ich sie aus der Vitrine und stellte sie vor ihm auf den Tisch. Das Silber verstrahlte einen sanften Glanz. »Das ist wirklich ein ausgesprochen seltenes Stück.«

»Es ist wunderschön, aber wofür benutzt man es? Für besonders raffinierte Aufläufe?« Mr. Lee strich mit den Fingern über die mit silbernen Lorbeerranken verzierten Griffe.

»Darin hat man früher Weingläser gekühlt. Man hat die Schale mit Eiswasser gefüllt und die Gläser dann mit der

Öffnung nach unten hineingestellt, die Stiele hat man hier in diese hübschen Einbuchtungen am Rand eingehängt. Ich habe so was auch schon mal als Teil einer Tischdekoration gesehen, darin kann man ganz toll Blumen arrangieren …«

Während ich dem älteren Gentleman erzählte, was ich über die verschiedenen Verwendungsmöglichkeiten wusste, nahm er den Deckel ab und wog ihn in der Hand. Das Gewicht schien ihm zu gefallen. Er lächelte beeindruckt. »Ganz schön schwer.«

»In der Tat. Da die Schale ein so seltenes Stück ist und in wirklich einwandfreiem Zustand, ist der Preis auch gerechtfertigt. Sie kostet vierzigtausend Dollar.«

»Bitte, reden wir doch nicht über etwas so Profanes wie Geld. Sie verderben mir ja die ganze Freude an dem Stück! Wenn ich nach dem Preis fragen müsste, könnte ich mir die Schale höchstwahrscheinlich nicht leisten. Mir kommt es lediglich darauf an, dass ich meiner Enkelin damit eine Freude machen kann.«

Mit einem sanften Gong setzte er den Deckel zurück auf die Schale. »Im Laufe der Jahre hat sich eine schöne Freundschaft zwischen mir und dem Geld entwickelt. Wenn es mir in die Finger kommt, halte ich es nicht etwa krampfhaft fest. Ich erfreue mich vielmehr daran und lasse es weiterziehen. Und ich habe das Gefühl, je leichter ich es loslasse, umso leichter kommt es zu mir zurück«, fügte er mit einem kleinen Lachen hinzu. Er holte seine Brieftasche hervor. »Sie nehmen doch sicher Kreditkarten?«

Ich konnte es nicht fassen. Er wollte das Stück tatsächlich kaufen. Ich zwang mich zu einer neutralen Miene. »Selbstverständlich.«

»Würden Sie sie mir auch als Geschenk einpacken?«

»Aber gern, Mr. Lee. Setzen Sie sich doch so lange.« Ich zeigte auf einen viktorianischen Stuhl. »Kann ich Ihnen etwas zu trinken anbieten?«

»Nein, vielen Dank.« Er ließ sich auf den Stuhl sinken. »Ich sitze hier einfach ein bisschen und sehe den Leuten zu, die da draußen vorbeigehen. Wie Ihnen sicher aufgefallen ist, habe ich ein schlimmes Bein.« Er klopfte sich mit dem Gehstock an den Schuh. »Wären Sie vielleicht auch so nett und würden mir die Schale nachher noch hinaus zum Auto tragen?«

»Natürlich.«

Ich hätte sie ihm auch barfuß bis nach Tennessee getragen.

Jetzt trug ich sie jedoch erst mal ins Hinterzimmer. Ich zog die Karte durch das Lesegerät und betete stumm vor mich hin. *Bitte, bitte, oh bitte* … Als die Bestätigung auf dem Display erschien, schrie ich fast auf vor Freude. Dann verpackte ich die Silberschale in weißes Geschenkpapier und band noch eine breite Seidenschleife darum. Ich passte auf, keine Fingerabdrücke auf dem edlen Papier zu hinterlassen. Das Ganze kam in einen Karton und wurde mit sehr viel Seidenpapier gepolstert. Schließlich trug ich mein Werk zurück in den Laden. Als Mr. Lee mich kommen sah, erhob er sich und hielt mir dir Tür auf. »Mein Auto steht gleich dort drüben.« Er zeigte die Straße hinunter.

Wir gingen nebeneinander her. Sein krankes Bein machte ihm auf dem unebenen Gehweg ziemlich zu schaffen, er humpelte stark.

Wir kamen bei seinem Auto an, einem alten Chrysler in fantastischem Zustand, und Mr. Lee öffnete den Kofferraum. Er stützte sich an der Stoßstange ab und half mir, den Karton abzustellen. Es bereitete ihm offensichtlich große Mühe.

»Ist wirklich keine schöne Angelegenheit, dieses Altern. Ich hab mich nie daran gewöhnen können. Jeden Tag bin ich aufs Neue schockiert, wie mein Körper mich einfach im Stich lässt.« Er schloss den Kofferraum und sah mich nachdenklich an. »Sie sind eine sehr hübsche junge Frau, Miz Overman. Aber mit Schönheit allein kommt man nicht weit. Es kommt darauf an, wie freundlich man zu seinen Mitmenschen ist. Haben Sie vielen Dank für Ihr wunderschönes Lächeln und die Freundlichkeit, mit der Sie mich bedient haben.«

»Gern geschehen, Mr. Lee. Sie haben mir wirklich den Tag versüßt.«

»In diesem Körper steckt immer noch ein junger Mann.« Er deutete auf seine Brust. »Und diesem jungen Mann haben Sie es sehr angetan.«

Ich wusste nicht, was ich darauf sagen sollte. Was gab es da auch zu sagen?

»Aber na ja …« Er hob resigniert die buschigen Augenbrauen.

Angesichts seiner respektvollen Art und der Tatsache, dass ich die Silberschale verkauft hatte, wurde ich von einer Welle der Erleichterung und Dankbarkeit überschwemmt. Ich machte einen Schritt auf ihn zu, nahm seine Hand und hauchte ihm einen sanften Kuss auf die Wange. Er wirkte nicht einmal überrascht, nur sehr zufrieden.

Ich lächelte ihn an und drückte ihm die Hand. »Ich hoffe, Sie beehren mich bald wieder, Mr. Lee.«

Er stützte sich auf seinen Stock und verbeugte sich. »So Gott will, Miz Overman, so Gott will.«

Im Laden kam mir Inez mit dem Kreditkartenbeleg in der Hand entgegen. »Ich weiß nicht, was mich mehr überrascht: dass du die Schale verkauft hast, oder an WEN du sie verkauft hast!«

»Wie meinst du das? War Mr. Lee schon mal im Laden, als ich nicht da war?«

»Nein, aber als ich den Namen gesehen habe und dann die Adresse, bin ich fast umgekippt. Es gab vor Kurzem einen Artikel im *Time Magazine* über ihn. Er kommt aus armen Verhältnissen, und ich meine richtig arm, wo die Kinder keine Schuhe haben und so. Er ist Marmeladenfabrikant, hat damit ein Vermögen gemacht. Seine Holunderkonfitüre gewinnt regelmäßig diverse Preise.«

Ich sah aus dem Fenster. »Ob berühmt oder nicht, ich werde ihn jedenfalls niemals vergessen.«

Der Verkauf der Silberschale hatte mich davor bewahrt, einen Kredit aufnehmen zu müssen, aber es würde mindestens ein Jahr dauern, bis ich meine Ersparnisse wieder zusammenhatte. Weshalb mir der Anruf drei Wochen später zwar das Herz brach, mich aber gleichzeitig auch sehr erleichterte. Das Telefonat dauerte nur ein paar Minuten, die Konsequenzen würden mich jedoch für den Rest meines Lebens begleiten.

Ich legte auf, nahm meinen Pullover und steckte den Kopf zu Inez ins Büro. »Bin mal kurz weg, ja?«

Sie hörte auf zu tippen und sah mich über den Rand ihrer Brille hinweg an. »Alles in Ordnung? Du siehst ja schlimm aus. Bist du krank?«

Ich schüttelte den Kopf. »Nein, ich brauch nur ein bisschen frische Luft.«

In den letzten Tagen war es ungewöhnlich kalt gewesen. Ich schlug meinen Kragen hoch. Mit gesenktem Kopf ging ich durch die Straßen, bis ich an den schmalen Pfad kam, der auf den Friedhof führte. Ich setzte mich dort auf eine Bank und legte die Hände in den Schoß. »Heute ist kein guter Tag, Pernelia.«

Ein Wind kam auf und am Himmel zogen riesige Wolken vorbei. Ich stützte die Ellenbogen auf die Knie und ließ den Kopf in die Hände sinken. Ich dachte über meine Familie und mein Leben nach und wie sehr ich mir wünschte, ich könnte alles noch einmal und ganz anders machen. Besser. Ich war kurz davor, völlig in einem dunklen Loch zu versinken, da sah ich eine kleine Dame um die Ecke kommen. Sie trug eine Tasche, die so schwer war, dass ihr Gang an den einer Ente erinnerte. Graue Strähnen sahen aus den Löchern ihrer grünen Häkelmütze hervor, ihre Jacke war offen und flatterte im Wind.

Es gab genug Bänke hier auf dem Friedhof, aber sie setzte sich ausgerechnet ans andere Ende der Bank, auf der ich schon saß. Sie lächelte, kramte in ihrer Tasche und holte eine dicke Wollsocke heraus. Aus der Socke kam ein kleiner Porzellanschuh zum Vorschein, den sie kurz mit einem Ende ihres Schals polierte. Ich sah sofort, dass der Schuh antik war, aus der Zeit Edwards VII., und wäre ich nicht so unglücklich gewesen, hätte ich sie darauf angesprochen.

Die alte Dame sah mich an. »Dein Herz ist schwer und du hast großen Kummer, nicht wahr?«

Einen Moment lang sah ich sie nur verwirrt an. »Das klingt wie aus einem richtig schlechten Schlager.«

Sie stellte den kleinen Schuh zwischen uns auf die Bank. »Für zwanzig Dollar kann ich dir deinen Kummer nehmen.«

»Nein danke.«

Sie zuckte mit den Schultern, holte ein halbes Sandwich aus der Tasche, faltete das Wachspapier auseinander und biss ab.

Ich sah ihr aus dem Augenwinkel zu. Ihre Jacke war schon sehr abgetragen, genauso wie ihr Schal, und auch ihre Schuhe boten ein sehr trauriges Bild. Ich wurde etwas milder und wühlte in meinen Taschen. Ich fand einen Fünfdollarschein.

»Mehr habe ich nicht.«

»Welcher Tag ist heute?«, fragte sie und tupfte sich die Lippen mit dem Ende ihres Schals ab.

»Mittwoch.«

»Da hast du aber Glück gehabt, Mittwoch ist Rabatttag.« Sie zeigte auf den Schuh. »Steck das Geld da rein.«

Ich schob den Schein in den kleinen Schuh. Die alte Frau tat mir leid, aber es war mir auch ein bisschen peinlich, dass ich bei so etwas mitmachte – was auch immer es eigentlich war.

»Wie heißt du?«

Mein Blick fiel auf den Grabstein gegenüber, in dessen Granit der Name Suzanne Reynolds gemeißelt war.

»Suzanne«, antwortete ich, ohne die Frau anzusehen.

»Hm, komisch. Dein Name passt gar nicht zu deiner Aura. Aber egal, deine Aura spüre ich jedenfalls gut.« Sie faltete die kleinen, runzligen Hände im Schoß und sah zum Himmel auf.

»Und jetzt?«

»Ich bin eine Himmelsleserin.«

Innerlich musste ich über mich selbst lachen, wie ich da neben der alten Frau saß, die einen seltsamen Ausdruck im Gesicht und neben sich einen Schuh stehen hatte, aus dem mein Fünfdollarschein herausragte. Was wohl passiert war, dass sie so ein erbärmliches Leben führen musste? Sofort hatte ich ein schlechtes Gewissen, so etwas Abfälliges über sie gedacht zu haben. Schließlich war ich ja diejenige, die hier auf dem Friedhof saß und sich mit einem Grabstein unterhielt. Wer von uns beiden war also schlechter dran?

Die alte Dame schnupperte in die Luft und atmete aus. »Sie sagen mir, dass es ein ziemliches Dilemma ist.«

»Was? Wer sagt das?«

»Meine Wesen«, antwortete die alte Dame und musterte die Wolken. »Schutzengel. Jeder hat sie, aber nur wenige hören ihnen zu. Sie sagen, es ist Zeit, die Reise anzutreten. Was bedeutet das?«

»Keine Ahnung. Sie sind doch diejenige, die mit den Engeln reden kann und einen Porzellanschuh mit sich rumträgt.«

Sie ignorierte meinen Kommentar und fuhr fort. »Nichts funktioniert, bis wir unseren Frieden gemacht haben. So läuft es hier und so läuft es auch dort.«

»Wo denn?«

»Auf der anderen Seite. Im anderen Leben.«

Das ergab doch alles keinen Sinn. Aber das hätte mich natürlich nicht überraschen sollen.

Sie wurde ernst. »Sie sagen, es ist Zeit, den Stein abzulegen und die Reise anzutreten.«

Den Stein? Welchen Stein denn?

Sie verstummte und spähte wieder in den Himmel, als suche sie nach etwas Bestimmtem. »Das sagen sie mir. Mehr nicht. Ach, warte. Ich sehe die Sonne aufgehen. Über einem … was sehe ich da? Ah ja, ein Maisfeld. Jawohl, Mais.«

»Wie bitte?« Ich bekam eine Gänsehaut und rieb mir über die Arme. »Haben Sie sich das gerade ausgedacht?«

Sie legte den Kopf schräg. »Nein. Zelda denkt sich nichts aus. Das wurde mir alles so gesagt. Aber jetzt ist die Aura wieder weg.«

»Nein! Holen Sie sie zurück«, rief ich und schwenkte die Arme vor dem dunklen Himmel. »Können Sie mir nicht vielleicht noch was zu meinem Bruder sagen?«

»Tut mir leid, Suzanne. Wenn die Aura verschwunden ist, ist sie eben verschwunden.«

Ich holte ein zerknülltes Taschentuch hervor und tupfte mir die Nase.

»Ich heiße gar nicht Suzanne. Ich hab Sie angelogen. Tut mir leid.«

»Schon in Ordnung.« Sie steckte den Porzellanschuh zurück in die Wollsocke. »Ich heiße auch nicht wirklich Zelda.«

Ich verabschiedete mich und ging zum Ausgang. *Was war das denn gerade?* Ich sah mich noch einmal um. Zelda trottete schon wieder um die Ecke der Kirche.

Als ich vom Friedhof auf die Straße trat, blies ein eisiger Wind und trieb zwei Pappbecher über den Gehweg vor sich her. Ich überquerte gerade die Fulton Street, als ich jemanden meinen Namen rufen hörte. Ich drehte mich um und sah Olivia ein Stück hinter mir. Ihre Haare waren vom Wind zerzaust. Ich zog meinen Pullover fester um mich und wartete auf sie.

»Ich habe dich schon überall gesucht!« Sie war ganz außer Atem. »Aber ich wäre anscheinend kein guter Detektiv, ich hätte nämlich schwören können, dass du bei Pernelia sitzt.«

»Da war ich bis eben auch. Was ist denn los?«

»Inez hat mich angerufen. Sie macht sich Sorgen um dich. Sie meinte, du hast einen Anruf bekommen und bist danach blass und ganz aufgelöst aus dem Laden gestürmt.«

»Ach, so schlimm war das alles gar nicht. Mir geht's gut.«

»Nein, geht's dir nicht. Du solltest mal dein Gesicht sehen. Na los, sag schon. Was ist passiert?«

»Nichts, wirklich. Ich muss jetzt zurück in den Laden, da wartet ein Tisch auf seine Gesso-Grundierung.«

»Quatsch.« Sie nahm mich beim Arm und manövrierte mich freundlich, aber bestimmt zu Marty's Café.

Wir nahmen einen Tisch am Fenster und ließen uns auf die Sitze mit den roten Plastikbezügen sinken. Eine Kellnerin mit müden Augen kam durch die Schwingtür aus der Küche. Der Duft von warmem Apfelkuchen folgte ihr. Sie nahm unsere Bestellung auf und schlurfte wieder davon. Ich pustete mir in die kalten Hände und versuchte, sie warm zu reiben.

»Jetzt erzähl, was ist denn los?« Olivia zog sich Jacke und Handschuhe aus.

»Joe Springer hat angerufen. Das ist der Farmer, der seit ein paar Jahren Daddys Getreidefelder pachtet. Er möchte das Land jetzt kaufen und hat mir ein Angebot gemacht. Und kein ›Mal sehen, wie weit du noch im Preis runtergehst‹-Angebot, sondern ein ehrliches, vernünftiges Angebot.«

Olivia sah verwirrt aus. »Ist das nicht eine gute Nachricht? Vor allem, weil es in letzter Zeit finanziell doch nicht so rosig für dich ausgesehen hat, oder?«

Die Kellnerin kam mit unserer Bestellung – frittierte Zwiebelringe und Limonade für Olivia, eine heiße Schokolade für mich. Ich rührte mit dem verbogenen Löffel in der

Tasse, bis sich der Sahneklecks aufgelöst hatte. »Aber das bedeutet auch, dass nicht mehr alles so sein wird wie bisher. Joe will nur die Felder, weder das Haus noch die Scheune. Das kann ich auch verstehen, aber das Land war so lange als Ganzes in Familienbesitz … na ja, jedenfalls hat mich sein Anruf überrascht, das ist alles.«

Olivia steckte sich einen Zwiebelring in den Mund. »Ich weiß, dass du das im Moment vielleicht nicht so siehst, aber die ganze Sache hätte ja auch Vorteile. Mit den Einnahmen vom Verkauf der Farm müsstest du nicht mehr so lange im Laden stehen und könntest dir endlich ein Haus kaufen.«

»Ein trauriger Preis, den ich da zahlen würde.«

Olivia beugte sich ein Stück vor und sah mich sehr ernst an. »Und was ist mit dem hohen Preis, den du bis jetzt schon gezahlt hast? Dass du sechs, manchmal sieben Tage die Woche schuftest, um die Arztrechnungen deiner Großmutter bezahlen zu können? Die ständige Fahrerei nach Kentucky und wieder hierher? Ich weiß wirklich nicht, wie du das bis jetzt ausgehalten hast. Das Fahren allein hätte mich schon vor Ewigkeiten in den Wahnsinn getrieben. Das Schicksal meint es gerade gut mit dir. Lass dir das nicht entgehen.«

Ich sah aus dem Fenster. Der Wind wehte stark, eine Frau lief ihrem Schal hinterher, der über die Straße flog. Um das Thema zu wechseln, erzählte ich Olivia von meiner Begegnung mit Zelda.

Sie lachte laut los und verschluckte sich fast an einem Zwiebelring. »Ha! Du bist auf Zeldas alten Trick reingefallen? Womit hat sie dich denn gekriegt? Mit ›Dein Herz ist schwer‹ oder mit ihrem Lieblingseinstieg ›Dein Kummer ist groß‹?«

Ich versteckte mich hinter einer Serviette. »Beides.«

»Du bist so eine Nase. Wie viel hat sie dir denn abgenommen?«

»Fünf Dollar.« Die Serviette fiel auf den Tisch vor mir. »Mehr hatte ich nicht dabei, also musst du heute für uns beide zahlen.«

»Mach ich, kein Problem.«

»Als sie mich gefragt hat, wie ich heiße, habe ich Suzanne gesagt.«

Olivia verzog das Gesicht. »Suzanne?«

»Ja. Keine Ahnung, warum, ich wollte ihr einfach nicht meinen richtigen Namen sagen. Und als ich mich dann dafür entschuldigen wollte, dass ich sie angelogen habe, meinte sie nur, dass sie ja auch nicht wirklich Zelda heißt.«

»Im wahren Leben heißt sie Ethel Townley, aber das klingt wohl nicht exotisch genug für eine Himmelsleserin, also hat sie einfach angefangen, sich Zelda zu nennen. Solange ich mich erinnern kann, läuft sie hier schon durch die Straßen. Seltsam, dass du sie heute zum ersten Mal getroffen hast. Sie gehört zu Charlestons harmloser Unterwelt. Vor Jahren, und ich meine wirklich vor Jahren, das muss Ende der Sechziger gewesen sein, wurde sie mal vom Blitz getroffen und ist durch die Luft geflogen wie Mary Poppins. So zumindest die Legende. Manche behaupten, seitdem hätte sie ›die Gabe‹, aber ich glaube, die arme Frau ist einfach nicht ganz dicht.«

»Wahrscheinlich ist es eine Mischung aus beidem.« Ich nahm mir einen Zwiebelring von Olivias Teller und dippte ihn in Ketchup. »Sie tut mir leid.«

»Sie wohnt bei ihrem Bruder und dessen Frau in einem schicken Haus in der Lamboll Street, sie muss dir also nicht allzu leidtun. Der geht's viel besser, als die meisten denken. Die Touristen lieben sie.« Olivia lachte. »Na gut, ich geb's zu, ich bin genauso eine Nase wie du. Vor ein paar Jahren hab ich zehn Dollar in den Schuh gesteckt, aber was sie gesagt hat, hat keinen Sinn ergeben.«

»Bei mir auch nicht. Obwohl, sie hat ein Maisfeld erwähnt.«

Olivia sah mich mit großen Augen an. »Ehrlich? Das ist ganz schön gruselig, besonders nach dem Anruf heute. Was hat sie denn gesagt?«

»Nichts, nur dass sie eins gesehen hätte.«

Oivia lehnte sich zurück. »Meine Familie hatte ja nie eine Farm oder Land, aber ich kann mir vorstellen, wie schlimm es sein muss, das alles zu verkaufen. Aber du nimmst das Angebot doch trotzdem an, oder?«

Ich zuckte traurig mit den Schultern. »Ich habe wohl keine Wahl.«

Olivia und ich unterhielten uns noch eine Weile, und hinterher ging es mir wie immer sehr viel besser. Zurück im Laden grundierte ich die Tischplatte mit Gesso. Das Marmorieren konnte bis zum nächsten Tag warten. Ich schloss den Laden und fuhr zu Grammy.

Vierundzwanzig

Auf dem Weg zu Grammy kam ich am Zimmer von Mr. Lamb vorbei. Er las gerade ein Buch mit einer Lupe. Ich blieb im Türrahmen stehen. »Hallo, Mr. Lamb. Wie geht's?«

Er sah auf und lächelte. »Hallo, Miz Teddi.« Sein Gebiss saß etwas locker und machte ein schmatzendes Geräusch. »Mir geht's ganz gut, würde ich mal sagen. Noch hat mich der Teufel nicht gefunden!« Er lachte. »Sind Sie auf dem Weg zu Belle oder gehen Sie gerade wieder?«

»Ich bin auf dem Weg zu ihr. Soll ich Ihnen was verraten? Am Sonntag bringe ich wieder was Besonderes mit, und Sie bekommen auf jeden Fall was ab.«

Er sah mich voller Hoffnung an. »Makkaroni mit Käse überbacken?«

»Genau.«

»Da freue ich mich aber!«

Ich winkte ihm zum Abschied und ging den Flur hinunter. Meine Großmutter saß in ihrem Zimmer im Rollstuhl vor dem Fernseher. Ihre Lieblingssendung lief, aber sie sah nicht hin. Ihr Kinn war auf die Brust gesunken. Das Mittagessen stand neben ihr. Es war kalt und sie hatte es nicht angerührt.

Ich kniete mich neben sie, um ihr Gesicht sehen zu können. Sie hatte Tränen in den Augen. »Was ist denn passiert?«

»Mir schmeckt der Hühnchenauflauf nicht, den sie hier machen. Da hab ich mir die Schachtel mit den Donuts geholt, die du mir mitgebracht hast. Ich hab einen gegessen und meine Sendung angesehen, und da kam eine Schwester rein.« Meine Großmutter zeigte auf das oberste Regal an der Wand. »Sie hat sie einfach da oben hingestellt, wo ich nicht rankomme.«

»Sie hat dir die Donuts weggenommen?«

»Ja, und sie hat mit mir geschimpft wie mit einem kleinen Kind. Sie meinte, so viel Zucker würde mich umbringen. Da hab ich gesagt, dass wir sowieso alle irgendwann sterben müssen, und dann wären zu viele Donuts doch wenigstens ein schöner Grund. Sie wollte sie mir aber trotzdem nicht wiedergeben. Ich hab sie höflich darum gebeten, aber sie ist einfach rausgegangen.«

Ich holte die Schachtel vom Regal und stellte sie meiner Großmutter hin. »Iss so viele, wie du willst.«

Sie wischte sich die Tränen ab, nahm einen heraus und biss ab.

»Du, ich glaube, ich hab vergessen, das Auto abzuschließen. Ich geh noch mal schnell nachsehen, bin gleich wieder da.«

Mit vor Ärger hochrotem Kopf marschierte ich zum Schwesternzimmer. Als ich dort ankam, stand gerade eine große, etwa vierzigjährige Schwester hinter dem Tresen und schrieb etwas in eine Tabelle. Ich wartete. Sie tat, als hätte sie mich nicht gesehen. Schließlich sagte ich: »Entschuldigung, ich bin Teddi Overman, Belle Forresters Enkelin. Ich glaube, wir kennen uns noch nicht.«

Sie sah kurz hoch. »Kann ich Ihnen helfen?«

Ich beugte mich ein Stück vor, damit ich ihr Namensschild lesen konnte.

»Freut mich auch, Sie kennenzulernen, Rochelle. Sind Sie neu hier?«

»Ja«, sagte sie knapp und blätterte eine Seite um.

»Haben Sie meiner Großmutter die Donuts weggenommen und ins Regal gestellt, wo sie nicht rankommt?«

»Hab ich.« Sie mich herausfordernd an. »Vor dem Abendbrot gibt es nun mal keine Donuts. Und sie muss …«

»Jetzt hören Sie mir mal gut zu, Miz Rochelle«, unterbrach ich sie. »Meine Großmutter musste sich während der Weltwirtschaftskrise die Klamotten mit Zeitungspapier ausstopfen, damit sie nicht erfriert. Sie ist fast dreiundneunzig und hat in ihrem Leben schon mehr mitgemacht, als Sie sich überhaupt vorstellen können.«

»Na ja, ich …«

»Wenn meine Großmutter einen Donut essen will, dann isst sie verdammt noch mal einen Donut. Gern auch zwei oder die ganze Schachtel, wenn ihr danach ist! Wenn Sie ihr noch mal was wegnehmen, sie wie ein kleines Kind behandeln oder sonst irgendwie unfreundlich zu ihr sind, werde ich Ihren Chef informieren. Ich *verlange*, ja, da haben Sie richtig gehört, ich verlange, dass Sie diese wundervolle Frau mit Respekt behandeln.«

Aus seinem Zimmer rief Mr. Lamb mit seiner heiseren Stimme: »Ja, lassen Sie Belle gefälligst ihre verdammten Donuts essen!«

Ich musste fast loslachen. Mit geraden Schultern und hochgerecktem Kinn wandte ich mich um und ging wieder. Auf meinem Rücken fühlte ich Rochelles wütenden Blick. Als ich an Mr. Lambs Zimmer vorbeikam, zeigte er mir den Daumen hoch. Ich lächelte und erwiderte den Gruß.

Als ich um die Ecke ging, stieß ich fast mit meiner Großmutter zusammen, die aus ihrem Zimmer den Gang hinuntergerollt war und nun gerade so außer Sichtweite des Schwesternzimmers stand. An ihrem Kinn klebten noch ein paar Donutkrümel. Sie grinste. »Hast du das Auto schön abgeschlossen, ja?«

Ich drehte lachend ihren Rollstuhl herum und schob sie davon. Als wir an ihrem Zimmer vorbeikamen, hielt ich an. Ich wickelte zwei Donuts in ein Papierhandtuch und brachte sie Mr. Lamb. Er grinste, als er die Donuts sah, und als ich ihm zuwinkte, mussten wir beide lachen.

»Es ist leider zu kalt für den Garten. Wollen wir uns vielleicht in den Aufenthaltsraum ans Fenster setzen?«

»Ja, gern.«

Als wir an einem großen Fenster vorbeikamen, sagte meine Großmutter: »Oh nein. Digger ist hier.«

»Digger?«

»So nennen wir den Mann vom Beerdigungsinstitut.«

Ich unterdrückte ein Lachen.

»Da hat uns wohl wieder jemand verlassen. Wer das wohl war? Mildred Coleman geht es schon eine ganze Weile nicht gut, ich hoffe, sie war's nicht. Wir sind doch morgen zum Bastelkurs verabredet.«

Ich dachte darüber nach, wie schwer es für meine Großmutter sein musste, hier neue Freunde zu finden, nur um sich kurz darauf vielleicht schon wieder von ihnen verabschieden zu müssen. Wie oft sie ›Digger‹ wohl schon gesehen hatte, wie oft hier die Betten abgezogen und das Zimmer desinfiziert wurde, bevor der nächste Kurzgast einzog?

»Da wären wir.« Ich schob den Rollstuhl vor ein Fenster, aus dem man den Garten überblicken konnte. Ich zog mir einen Stuhl vom Kamin heran und setzte mich neben meine Großmutter.

»Von der Schwester abgesehen, die dir die Donuts weggenommen hat, war sonst schon mal jemand hier unfreundlich zu dir?«

Sie schüttelte den Kopf. »Die anderen Schwestern sind alle sehr nett. Ich weiß nicht, was mit dieser einen nicht stimmt.« Sie sah plötzlich traurig aus. »Es ist so schade, dass ich deiner Mutter keine Ausbildung ermöglichen konnte. Sie wollte so gern Krankenpflegerin werden.«

»Im Ernst? Davon höre ich zum ersten Mal.«

Grammy zupfte einen losen Faden von ihrem Pullover. »Deine Mutter hat nicht gern darüber gesprochen. Es war ein wunder Punkt, all die Jahre. Und man kann es ihr auch nicht verübeln. Ihr Vater hatte ihr versprochen, das Geld für die Ausbildung zusammenzusparen. Er hat immer was auf die Seite gelegt. Nicht viel, eben so wie er konnte. Aber dann hat er ja eine Lungenentzündung bekommen und ist gestorben, und nach seinem Tod brauchte ich jeden Penny, damit wir weiter ein Dach über dem Kopf hatten. Ich hab angefangen, für andere Leute die Wäsche zu machen, und hab Brot und Marmelade verkauft. Immer, wenn Franny von der Schwesternschule angefangen hat, hab ich ihr gesagt, ich würde weiter dafür sparen. Es war nicht richtig, sie anzulügen. Ich dachte nur, wenn sie sich auf was freuen kann, steht sie die harten Zeiten vielleicht besser durch. Nachdem sie sechzehn geworden war, musste ich ihr dann die Wahrheit sagen – dass wir kein Geld hatten für die Ausbildung. Du hättest ihr Gesicht sehen sollen. Ich habe meiner Tochter das Herz gebrochen.«

Ich griff nach der Hand meiner Großmutter. »Du hast alles für sie getan, was du konntest. Das wusste sie bestimmt auch.«

»Ich hab's zumindest versucht, ja. Aber es tut mir so leid, dass ich sie nicht auf die Schwesternschule schicken konnte. Als dein Vater aus dem Krieg zurückkam, ging mir erst auf, was sie für ein Talent hatte. Sie hat sich wirklich hervorragend um ihn gekümmert.«

»Um Daddy? Aber er war doch gar nicht verletzt.«

»Körperlich vielleicht nicht, aber seelisch war er ein Wrack. Frances hat immer von seinen schlimmen Albträumen erzählt. Oft konnte er auch nicht schlafen, war die ganze Nacht wach, tigerte durch das Haus. Er war lange Zeit sehr nervös und ist beim geringsten Anlass aus der Haut gefahren.«

Ich streichelte ihr den Arm. »Ich glaube, du verwechselst Daddy gerade mit jemand anderem. Das passt gar nicht zu ihm.«

»Besonders auf laute Geräusche hat er damals sehr empfindlich reagiert. Das war lange vor deiner Geburt. Viele Jungs, die aus dem Krieg zurückkamen, hatten solche Probleme. Kriegszittern nannte man das damals.«

Sie sah aus dem Fenster. Ihre Augen schienen in die Vergangenheit zurückzuschauen. »Einmal war ich sonntags zu Besuch auf der Farm und Franny meinte, ich solle doch zum Essen bleiben. Beim Kochen ist ihr dann aus Versehen ein Topf heruntergefallen. Du lieber Gott, du hättest deinen Vater mal erleben sollen. Er war ganz außer sich, ist vom Tisch aufgesprungen und hat unglaublich geflucht. Er hatte ganz wilde Augen, wie ein Hund, der sich in die Ecke getrieben fühlt. Es hat eine ganze Weile gedauert, bis Franny ihn wieder beruhigen konnte.«

»Wieso warst du zu Besuch auf der Farm? Ich dachte, du wärst schon vor dem Krieg bei Mama und Daddy eingezogen.«

Sie schüttelte den Kopf. »Nein, bis 1948 habe ich in meinem eigenen kleinen Häuschen gewohnt. Ich werde das nie vergessen, ich stand gerade in der Küche und habe Brotteig geknetet, da kam Henry zur Hintertür herein. Er hat sich an den Tisch gesetzt und gesagt: ›Belle, bei uns auf der Farm gibt es ein hübsches Zimmer für dich. Wir würden uns sehr freuen, wenn du zu uns ziehst.‹«

»Daddy war immer so lieb.«

»Das war er. Ich wusste nur erst nicht, was ich sagen sollte. Ich fand die Idee zwar schön, wollte mich aber nicht so sehr in ihr Leben drängen. Also habe ich erst mal eine Weile darüber nachgedacht. Dann habe ich Frances angerufen, um mal zu hören, was sie über die ganze Angelegenheit so denkt. Wir zwei hatten schon immer so unsere Auseinandersetzungen und ich hatte Sorge, dass es vielleicht hauptsächlich von Henry ausging, dass ich bei ihnen einziehen sollte. Ich konnte es gar nicht recht glauben, als sie meinte, sie hätte nichts dagegen.« Grammy lachte. »Das hieß bei Frances so viel wie ›Ich würde mich freuen‹. Also hat mir Henry geholfen, meine Sachen zu packen, und ich bin bei ihnen eingezogen. Und ich war immer sehr glücklich auf der Farm.«

»Ich auch.« Ich schloss für einen Moment die Augen. »Joe Springer hat heute angerufen. Er hat mir ein Kaufangebot für Daddys Getreidefelder gemacht und ich habe es angenommen.«

Sie streichelte mein Knie. »Joe Springer ist ein guter Mann. Er und dein Daddy kannten sich schon sehr lange.«

»Aber ich liebe das Land so sehr. Ich kann mir gar nicht vorstellen, es wegzugeben.«

Meine Großmutter legte den Kopf nachdenklich zur Seite. Ihr Gesicht sah im Abendlicht ganz weich und sanft aus.

»Mein Schatz, ich habe schon so viele Jahre hinter mir, dass ich sie lieber nicht zählen will. Wenn ich zurückblicke und darüber nachdenke, was ich im Laufe meines Lebens so gelernt habe, dann fällt mir immer eine Sache ein.«

Sie verstummte, als müsste sie erst ihre Gedanken ordnen. Ich dachte schon, sie hätte vergessen, worüber wir gerade sprachen, da fuhr sie fort. »Manchmal ist das Wichtigste im Leben nicht das, was wir besitzen, sondern das, wovon wir bereit sind, uns zu trennen.«

Ich spielte an meinem Rocksaum herum und dachte über ihre Worte nach.

»Am Ende kommt es doch nur auf das an, was wir hier drin mit uns herumtragen.« Sie tippte sich mit den knorrigen Fingern auf die Brust. »Die Felder von deinem Daddy sind in deinem Herzen. Und da werden sie auch immer bleiben.«

Ich lehnte den Kopf an die Stuhllehne. Ich fühlte mich auf einmal sehr müde. »Ich fahre demnächst noch mal nach Kentucky, um dort alles zum Abschluss zu bringen. Davor rufe ich bei ein paar Firmen an, die Haushaltsauflösungen durchführen. In der Scheune und in Daddys Werkstatt stehen noch so viele Sachen herum, dass ich wohl am besten alles auf einmal verkaufe. So kriege ich wahrscheinlich weniger Geld, als wenn ich sie einzeln verkaufe, aber ich bringe es einfach nichts übers Herz, einen Flohmarkt zu veranstalten. Den Gedanken, dass fremde Leute dort überall herumwühlen, kann ich einfach nicht ertragen.«

»Du hast doch bis jetzt immer die richtigen Entscheidungen getroffen.«

»Da bin ich mir nicht so sicher. Jedenfalls bin ich dann also eine Weile weg, aber nicht lange. Ich denke, in vier oder fünf Tagen bin ich wieder da.«

»Triffst du dich da auch wieder mit Stella?«

»Nein. Ach, das habe ich dir ja noch gar nicht erzählt!«, lachte ich. »Sie macht zusammen mit ein paar Freunden aus ihrer Gemeinde eine Karibikkreuzfahrt. Sie war so aufgeregt, sag ich dir, sie konnte es kaum abwarten.«

»Ach, wie schön. Der Tod deiner Mutter muss sehr schwer für sie gewesen sein. Die beiden waren so eng befreundet. Schön, dass sie ein bisschen Spaß hat.«

Ich strich meiner Großmutter eine Haarsträhne hinters Ohr. »Tut mir leid, dass ich die letzten Monate so selten hier war.«

»Mach dir um mich mal keine Sorgen, mein Schatz. Mir geht's gut. Wann willst du denn los?«

»Am Freitag nach der Arbeit. Aber davor komme ich noch mal her.«

Sie beugte sich zu mir vor und lächelte verschwörerisch. »Bringst du mir dann vielleicht noch eine Packung Donuts mit?«

Da mussten wir beide lachen.

Eddie freute sich so sehr, mich zu sehen, dass er sich im Kreis drehte, als hätte sein Schwanz Feuer gefangen. Ich spielte kurz mit ihm im Garten und gab ihm sein Futter. Dann zog ich mich aus und schlüpfte in meinen Morgenmantel. Auf dem Weg in die Küche blieb ich im Türrahmen des Gästezimmers stehen. Mamas Urne stand immer noch auf dem Nachttisch, wo ich sie letzten Herbst hingestellt hatte.

»Ich weiß nicht, was ich mit dir machen soll. Du hattest wahrscheinlich nicht vor, für immer und ewig hier im Gästezimmer herumzustehen.«

Ich knipste das Licht an, holte den Koffer meiner Mutter und das Seidennachthemd aus dem Kleiderschrank und legte beides aufs Bett. Ich strich über die feine Spitze und aus einem plötzlichen Impuls heraus warf ich meinen Morgenmantel ab und glitt in das Nachthemd. Die Seide war so leicht und kühl auf meiner Haut wie der erste Winterhauch. Es war ein kleines bisschen eng an der Hüfte, aber sonst passte es perfekt.

Ich sah über die Schulter zur Urne meiner Mutter. »Ich habe noch nie etwas so Schönes gesehen. Wieso hast du das nie getragen?«

Die zarte Spitze, die Schleifenträger, die kleinen Rosenknospen aus Seide mit den Perlen in der Mitte – dieses Nachthemd war einfach etwas ganz Besonderes. Ich drehte meine Haare zu einem Dutt ein und hielt ihn hoch.

Ich bewunderte mich in dem Nachthemd, die Seide umspielte meine nackten Beine.

Als mein Blick jedoch in den Spiegel fiel, erstarrte ich. Ich öffnete die Hand und ließ meine Haare herunterfallen wie einen Theatervorhang, schob mir rasch die Träger von den Schultern, ließ das Kleid über die Hüften rutschen und sah ihm zu, wie es sich um meine Knöchel legte.

Ich schlüpfte schnell wieder in meinen Morgenmantel und zog den Gürtel fest zu. Ich legte das Nachthemd zurück in die Schachtel und flüsterte: »Das gehört nur dir, nicht? Entschuldige, ich hätte es nicht einfach anziehen dürfen.«

Ich setzte mich neben den Koffer meiner Mutter aufs Bett. Etwas fühlte sich anders an, und ohne dass ich mir meiner Gedanken bewusst gewesen wäre, wurde mir plötzlich etwas klar. Ich holte Mamas Kleider heraus, eine gelbe Leinenbluse, ein blaues Baumwollkleid, eine lavendelfarbene

Stoffhose. Jedes einzelne Kleidungsstück war wie ein liebevoll eingepacktes Geschenk. Ich breitete diesen Regenbogen an sorgfältig zusammengelegten Kleidungsstücken auf dem Bett aus und verstand auf einmal die Nachricht, die meine Mutter mir damit hinterlassen hatte: *Doch, Teddi. Ich wollte dich wirklich in Charleston besuchen kommen.*

Fünfundzwanzig

Nebelschwaden drifteten vor die Scheinwerfer und verschwanden wieder. Ab und zu tauchte am Horizont eine Scheune oder ein Silo auf, sonst sah man kaum etwas. Eddie lag auf einer Decke auf dem Beifahrersitz. Manchmal zuckten seine Pfoten im Schlaf. Ich war noch nie nachts nach Kentucky gefahren und es machte mir richtig Spaß. Die Straßen waren völlig leer und ich kam so gut voran wie nie zuvor.

Um fünf nach sechs am Samstagmorgen erreichte ich die Farm. Das Haus roch verlassen, die Luft war feucht und muffig. Auf dem Linoleum lag eine dünne Staubschicht.

Ich riss erst einmal alle Fenster auf, wischte den Küchenfußboden und bereitete eine große Kanne Eistee zu. Dann schnappte ich mir den Besen und ging hinaus. Eddie erkundete den Garten, ich fegte unterdessen die Veranda und dachte nach: über mein Leben, meine Familie und die Farm. Jetzt, da Joe die Felder kaufen wollte, spielte ich mit dem Gedanken, den Rest des Anwesens doch zu behalten. Aber wie ich es auch drehte und wendete, es würde einfach nicht gehen. Das Haus musste renoviert werden, besonders die Küche und das Bad. Die Scheune war für ihr Alter zwar noch in einem recht guten Zustand, aber ein bisschen Arbeit müsste auch da reingesteckt werden.

Für mich hatte immer festgestanden, dass Josh nach der Schule die Farm übernehmen würde. Ich hatte ihn oft beobachtet, wenn er Daddys Felder beackerte. Es war faszinierend zu sehen, mit welcher Leichtigkeit er selbst die kompliziertesten Handgriffe ausführte und wie viel Freude er an der körperlichen Anstrengung der Erntesaison hatte. In meiner Vorstellung hätte er dann irgendwann ein Mädchen gefunden und geheiratet, eins mit Herz und Verstand und blitzenden Augen, und die beiden wären von einer Schar lachender Kinder umgeben gewesen und hätten den Hof voller Tiere gehabt.

Ich dachte auch sonst jeden Tag an meinen Bruder, aber hier auf der Farm holte mich die Vergangenheit immer wieder mit solcher Heftigkeit ein, dass ich ihn einfach überall sah und fühlte. Die Erinnerungen an ihn waren gleichermaßen intensiv und zart. Ich konnte nicht hinter die Scheune sehen, ohne halb zu hoffen, er würde gleich aus dem Wald dahinter hervortreten.

Der Mensch klammert sich am meisten an Dinge, die er am wenigsten erträgt.

In der Ferne sang eine rotbraune Amsel aus voller Kehle, die Sonne stieg über den Bäumen auf, und der Tau glitzerte auf der Wiese.

Juli 1975

In diesem Jahr wurde ich einundzwanzig. Ich war nach Hause gekommen, um ein langes Wochenende bei meiner Familie zu verbringen. Eine Kaltfront zog über das Gebiet hinweg und nahm dankenswerterweise die drückende Hitze mit. Der Abend war lieblich und kühl, deshalb beschloss ich, draußen auf der Veranda zu schlafen. Ich holte mir einen Stapel Steppdecken aus dem Schrank, baute mir eine halbwegs bequeme Unterlage daraus und machte es mir gemütlich. Ich genoss die frische Luft und lauschte den Geräuschen der Nacht. Da kam Josh auf die Veranda. Er trug eine blau karierte Schlafanzughose und ein weißes T-Shirt.

»Hey«, sagte er leise. »Schläfst du schon?«

Ich klopfte auf die Decke neben mir und er setzte sich. »Das ist dann wohl deine Version von Camping, hm?« Er klang amüsiert.

»Ja. Ich wollte so viel Heimat wie möglich in mich aufsaugen, bevor ich wieder nach Charleston fahre.«

»Du magst Charleston wirklich, was?«

»Ja. Aber nicht so sehr, wie ich es hier mag.«

Mein Bruder lächelte, als wäre er froh zu hören, dass mir unsere Farm noch etwas bedeutete. Wir lauschten dem Gezwitscher und Geflatter der Nacht. Josh tippte mich an. »Schau mal, du hast Besuch.«

Er zeigte auf eine Lunamotte, die auf dem Verandageländer saß. Ich setzte mich auf und beugte mich so nah heran, dass ich ihre pelzigen Fühler sehen konnte. »Lunamotten sind so schön«, flüsterte ich. »Manchmal kann ich kaum glauben, dass sie echt sind.«

»Wusstest du, dass die nur etwa sieben Tage leben?«

»Wirklich? Das kommt mir irgendwie ungerecht vor – da sind die so schön und dann hat man kaum Zeit, die Schönheit zu bewundern.«

Als hätte sie uns zugehört und wollte jetzt noch nutzen, was von ihrem Leben übrig war, schlug die Motte mit den Flügeln und flog davon. Sie löste sich im Mondlicht auf wie eine schimmernde grüne Seele.

Josh stand auf. »Kein Grund, traurig zu sein. Vielleicht ist ein Tag für eine Lunamotte ja wie zehn Jahre für einen Menschen. Schlaf schön.«

Ich zupfte ihn am Hosenbein. »Du auch, kleiner Bruder.«

Kurz vor Sonnenaufgang erwachte ich von Hundegebell. Über der Farm lag blauer Nebel, in dem der Wald aussah wie eine Traumwelt. Ich lag dort und wartete darauf, dass die Sonne aufging, als plötzlich Licht im Küchenfenster aufblitzte. Ich setzte mich auf und sah ins Haus.

Josh stand vorm Kühlschrank. Sein Gesicht war in silberweißes Licht getaucht, die Haare vom Schlaf verwuschelt. Er schmierte zwei Sandwiches mit Erdnussbutter und Marmelade, wickelte sie in ein Tuch und steckte sie zusammen mit einem Apfel in seinen Rucksack. Dann füllte er sich Limonade in eine kleine Thermosflasche ab und befestigte sie an seinem Gürtel.

Ich wollte sehen, wie es mit seinem morgendlichen Ritual weiterging, legte mich wieder hin und tat so, als würde ich noch schlafen.

Die Fliegengittertür öffnete sich knarrend. Ich beobachtete Josh mit halb geschlossenen Augen, wie er sich katzengleich über die Veranda und die Stufen hinabschlich. Er überquerte den Rasen in Richtung Feld. Dann war er auf einmal verschwunden.

Ich schlug die Decke zurück und stand auf, um ihm nachzusehen, aber er war einfach weg. Ich suchte das Feld nach seinem roten T-Shirt ab. Nichts. Einen Moment lang kam es mir so vor, als hätte ich das alles nur geträumt, aber direkt vor mir hatte ich den Beweis dafür, dass es wirklich passiert war – Joshs Fußspuren im taufeuchten Gras.

Ich verscheuchte diese Erinnerung aus meinem Kopf und fegte weiter die Veranda.

Ich pfiff nach Eddie und wir gingen gemeinsam zur Scheune hinüber. Ich öffnete das Zahlenschloss, hängte es mir in eine Gürtelschlaufe, legte den Riegel um und zog mit beiden Händen an der Tür. Langsam ließ sich die Tür mit einem verrosteten Quietschen zur Seite schieben.

Die Scheune zu betreten fühlte sich an, als wäre ich in ein sepiafarbenes Foto hineingestiegen. An der Seite stand Daddys alter Traktor. Die Vorderreifen waren platt. Ein verschlissenes blaues Handtuch hing über dem Lenkrad, und auf dem Sitz lagen Daddys Arbeitshandschuhe. Ich schlenderte ein Stück weiter und stand plötzlich vor der Leiter zum Heuboden. Ich war seit Jahren nicht mehr dort oben gewesen. Die Sprossen ächzten unter meinem Gewicht, als hätte ich sie aus einem tiefen Schlaf geweckt. Zwei Schwalben flatterten aufgeschreckt zwischen den Dachsparren umher und flogen schließlich durch ein Loch im Dach hinaus ins Freie.

Ich öffnete die beiden Fenster auf dem Heuboden, um etwas Licht hereinzulassen, und sah mich um. Es war ein wunderschöner, großzügiger Raum mit handgezimmerten Balken. Alles in dieser Scheune war irgendwie stark und fest und erinnerte an eine Zeit, in der noch alles mit größter Sorgfalt von Hand gefertigt worden war.

Wären nicht ein paar Sonnenstrahlen durch das Loch im Dach gefallen, hätte ich es gar nicht bemerkt: Auf einem der unteren Balken lag etwas. Erst dachte ich, es wäre nur ein Stück Holz, das sich gelöst hatte. Ich versuchte zu erkennen, was es war, konnte aber nicht genug sehen. Ich zerrte mir drei schimmlige Heuballen heran, stellte den einen auf die anderen beiden und kletterte hinauf.

Ich konnte es immer noch nicht genau erkennen.

Ich stellte mich auf die Zehenspitzen und fuhr mit den Fingern den Balken entlang. Ich stieß auf etwas, das sich wie ein Stock anfühlte. In dem Moment gaben die Heuballen unter mir nach. Ich sprang hoch und schnappte mir den Gegenstand, dann fiel ich zu Boden und er rollte mir aus der Hand.

Ich saß in einer Staubwolke und starrte fassungslos auf das, was dort vor mir lag. Ich kletterte mit klopfendem Herzen die Leiter wieder hinunter. Als ich gerade von der untersten Sprosse trat, fing Eddie an zu bellen und ich hörte, wie jemand nach mir rief.

In unserer Einfahrt parkte ein weißer Pick-up mit der Aufschrift »Haushaltsauflösungen Woodard Tucker« an der Seite. Auf der Veranda stand ein älterer Herr mit gebeugten Schultern. Er trug einen Cowboyhut. Neben ihm stand ein jüngerer Mann.

Ich rief ihnen zu: »Bin gleich da!« Es klang wie ein Schrei.

Ich war so durcheinander, dass ich gar nicht klar denken konnte. Wohin nur mit meinem Fund? Mit zitternden Händen riss ich das Handtuch vom Lenkrad des Traktors und wickelte ihn darin ein. Ich sammelte mich kurz und trat dann aus der Scheune heraus. Mit Eddie dicht an meiner Seite ging ich über den Rasen zum Haus. Ich versuchte, möglichst ruhig zu wirken. Meine linke Hand umklammerte das Handtuchpäckchen. Das sah bestimmt seltsam aus, wie eine Frotteeflagge. Aber was hätte ich sonst tun sollen?

»Vielen Dank, dass Sie gekommen sind, Mr. Tucker. Ich bin Teddi Overman.«

Er tippte sich an die Hutkrempe. »Freut mich. Das hier ist mein Enkel Gabe.«

Groß und schlank, blondes Haar und helle, blaue Augen. Ich schätzte ihn auf Mitte zwanzig.

»Wo möchten Sie denn anfangen?« Ein Zipfel des Handtuchs löste sich.

»Ich würde gern in der Scheune anfangen. Sie sagten, es kann alles weg, ja?«

»Alles bis auf den Traktor und den Rasenmäher. Neben der Scheune ist noch eine Werkstatt mit einer ganzen Menge Werkzeug. Die Scheune ist schon offen. Ich hole Ihnen schnell den Schlüssel für die Werkstatt.«

Während die Männer zur Scheune gingen, rannte ich ins Haus. Ich stürzte ein Glas Wasser hinunter und ging mit meinem Handtuchpäckchen nach oben.

Josh Zimmertür war wie immer zu. Ich legte die Hand auf die Klinke und musste daran denken, wie oft ich in sein Zimmer gekommen war und er auf dem Bett gesessen und in einem Naturführer gelesen oder seine Steinesammlung sortiert hatte. Wie er dann immer hochgesehen und mich angelächelt hatte.

Seit zehn Jahren drückte ich diese Klinke zum ersten Mal wieder herunter. Der Riegel schnappte auf und die Tür öffnete sich langsam. Das Zimmer meines Bruders sah unwirklich aus, eine undeutliche, formlose Erinnerung in verschiedenen Blautönen. Zarte Lichtfäden drangen durch die geschlossenen Fensterläden hinein.

Selbst nach so vielen Jahren fiel es mir immer noch schwer zu glauben, dass er nicht mehr da war.

Es war kühl im Zimmer und eine seltsame Stimmung überkam mich, die ich allerdings nicht genau benennen konnte. Es war, als würde ich alles durch einen Schleier betrachten. Das Bett und die Kommode waren mit weißen

Laken abgedeckt, die im Laufe der Jahre grau geworden waren. Der Kleiderschrank stand offen. Auf der Stange hing ein einzelner Metallbügel.

Ich ging ans Fenster. Ich fühlte mich so zerbrechlich, als könnte ich jederzeit zu Scherben zerfallen. Ich zog an der Jalousiekordel. Spinnweben wehten auf. Die Sonne schien durch das schmutzige Fenster herein und tauchte das Zimmer in ein seltsames gelbes Licht. Ich entriegelte die Fensterläden, ich musste mich gegen sie stemmen, um sie zu öffnen. Eine weiße Motte mit braunen Punkten auf den Flügeln hing am Fliegengitter. Ich berührte sie, damit sie davonflog, aber sie fiel steif und tot auf das Fensterbrett.

Als Jugendlicher hatte mein Bruder sich eine Weile mit der Kultur der indianischen Ureinwohner beschäftigt. Dabei war er auf ein Sprichwort der Sioux aus Dakota gestoßen, das ihn sehr beeindruckt hatte. Es gefiel ihm sogar so sehr, dass er es an die Wand über seinem Bett geschrieben hatte. Zwei Jahre nach seinem Verschwinden hatte Mama versucht, es mit Stahlwolle wegzuschrubben, man konnte jedoch immer noch deutlich die Spuren davon auf der blauen Farbe erkennen. Josh hatte die Worte mit grünem Filzstift geschrieben, und nach den Versuchen meiner Mutter waren sie zwar viel heller, aber immer noch gut lesbar:

Es sind die Spuren, die wir hinterlassen,
die uns unsterblich machen.

Kurz nach Joshs Verschwinden kam Jeb mit zwei Polizisten her. Sie machten ernste Gesichter und wichen unseren Blicken aus. Sie mussten im Rahmen ihrer Ermittlungen nach Spuren suchen und Daddy meinte, sie sollten sich ruhig überall umsehen. Sie durchsuchten Scheune und Haus, konzentrierten sich jedoch vor allem auf Joshs Zimmer. Es war ihre Pflicht, das verstanden wir alle, aber es fühlte sich dennoch schrecklich an.

Und dann kamen die Fragen:

Drogen? *Nein.*

Alkohol? *Nein.*

Ärger in der Schule? *Nein.*

Joshs Mitschüler und Lehrer wurden ebenfalls befragt und sagten alle das Gleiche aus: Mein Bruder war still und introvertiert. Sanftmütig. Ein Einzelgänger. Nachdenklich. Ein Mädchen, mit dem er einmal zusammen einen Geschichtsvortrag ausgearbeitet hatte, nannte ihn rätselhaft, und mehrere Schüler sagten, er habe kaum gesprochen. Ein Junge meinte, er habe sich vor meinem Bruder gefürchtet. Als man ihn näher befragte, gab er zu, dass Josh ihm nie einen Grund dafür gegeben hatte, der intensive Blick meines Bruders habe ihm einfach Angst gemacht.

Im Sommer nach seinem Verschwinden war ich einmal im Drugstore und traf dort zufällig ein Mädchen namens Molly Ferguson, das bei uns in der Nähe wohnte. Ich kannte einen Teil der Geschichte, die sie mir erzählte, schon von Mama, aber erst als ich sie noch einmal aus Mollys Mund hörte, wurde mir das Ausmaß dessen klar, was tatsächlich geschehen war.

In der zehnten Klasse hatte Josh einmal ein Mädchen aus seiner Klasse gefragt, ob sie mit ihm zum Schulball gehen wollte. Sie hieß Gretchen Millner. Mama hatte mir erzählt, wie viel Mühe sich Josh gegeben hatte, ihr ein Ansteckstraußchen zu basteln. Er hatte Walnüsse und Bucheckern mit Bienenwachs poliert, bis sie wie Seide glänzten, dann jeweils ein kleines Loch hineingebohrt und sie auf Draht gefädelt. Er trennte sich dafür sogar von einigen bunten Federn aus seiner geliebten Sammlung und umwickelte am Ende noch alles mit weißem Samtband. Auf die Rückseite des Sträußchens klebte er ein Stück Filz und befestigte daran eine Anstecknadel.

Er muss sehr lange daran gearbeitet haben.

Als er mit seiner Arbeit fertig war, zeigte er sie Mama. Sie sagte, sie hätte selten etwas so Schönes gesehen. Am Morgen des Balls wusch Josh ihr Auto, mit dem er Gretchen abends abholen wollte, und ging sogar zum Friseur. Um neunzehn Uhr kam er die Treppe hinunter ins Wohnzimmer. Er trug Sakko und Krawatte und sah so schick aus, dass Mama ganz feuchte Augen bekam. Als er losfuhr, winkte sie ihm von der Veranda aus hinterher.

Zu ihrer Überraschung war er nur eine Stunde später schon wieder zu Hause. Gretchen sei krank geworden. Danach sprach er nie wieder von ihr.

Molly erzählte mir jedoch eine ganz andere Geschichte.

Als Josh bei Gretchen ankam, waren Molly und ihr Begleiter schon da. Die vier wollten zusammen zum Schulball fahren. Als Josh Gretchen stolz sein Ansteckstäußchen überreichte, warf sie nur einen kurzen Blick darauf und gab es ihm zurück. Sie sagte, sie würde so etwas nicht tragen, es sei albern und selbst gemacht und nicht so hübsch wie die mit den Rosen und Orchideen, die alle anderen trugen. Molly sagte, Josh sei sehr rot geworden und hätte auf der Stelle kehrtgemacht.

Mollys Geschichte hatte zwar nicht direkt etwas mit dem Verschwinden meines Bruders zu tun, aber ich fragte mich doch, welche Grausamkeiten er in seiner Jugend noch hatte erleben müssen. Zwischen dem hübschen Ansteckstäußchen und dem, was Josh dann gefertigt hatte und was nun in ein Handtuch gewickelt vor mir lag, war lediglich ein Jahr vergangen.

Wir hatten zusammen gewohnt, hatten zusammen gegessen und waren zusammen durch die Felder gelaufen. Wir hatten miteinander gelacht und uns gegenseitig unsere Geheimnisse erzählt. Aber wie gut kennt man einen anderen Menschen jemals wirklich?

Ich holte tief Luft und setzte mich auf das Bett meines Bruders. Vorsichtig wickelte ich das Handtuch auseinander. Was darin lag, war ebenso wunderschön wie erschreckend. Obwohl ich mich mit so etwas nicht gut auskannte, war mir klar, dass ich hier ein meisterhaft gefertigtes Stück vor mir sah. Wenn es mir mein Bruder damals gezeigt hätte, wäre ich begeistert gewesen und hätte ihn sofort mit Fragen bombardiert, wie er es angefertigt und wie lange er dafür gebraucht hatte.

Der Schaft war sehr gerade und glatt, etwa fünfundsiebzig Zentimeter lang. Vielleicht aus Buche oder Birkenholz. Die Spitze war überraschend scharf, und ich wusste es natürlich nicht genau, war mir aber ziemlich sicher, dass mein Bruder den Feuerstein selbst in Form geschlagen hatte. Die schwarze Pfeilspitze war am Schaft festgebunden, die Schnur mit glänzendem Wachs überzogen. Die Befiederung bestand aus rostbraun gestreiften Federn, höchstwahrscheinlich von einem Rotschwanzbussard.

Wie hatte es nur dazu kommen können? Wir waren eine einfache Farmerfamilie, gute Leute, die ihre Arbeit machten, vor dem Essen beteten und höflich zu ihren Mitmenschen waren. Wir halfen einander und waren immer für einen Nachbarn in Not da. Ich dachte immer, wir seien schlicht und unkompliziert.

Der Morgenwind kam zum Fenster hinein und hob eine Ecke des Lakens an, die tote Motte wehte zu Boden, und plötzlich kam mir alles so unwirklich vor. Als sei alles nur ein böser Traum, aus dem ich jeden Moment aufwachen würde. Ich legte den Pfeil beiseite und merkte, wie sich meine Gedanken ohne mein Zutun gefährlichem Terrain näherten. Ich stützte die Ellenbogen auf die Knie und den Kopf in die Hände.

»Miss Overman … Hallo?«

Ich schreckte hoch. »Ich komme!« Ich schloss die Tür hinter mir und ging die Treppe hinunter. Gabe stand in der Küchentür.

»Entschuldigen Sie, aber wir wären dann so weit, einen Blick in die Werkstatt zu werfen.«

»Ach ja, natürlich. Entschuldigung, das habe ich ganz vergessen.« Ich sah auf die Uhr. Ich hatte mehr als eine Stunde in Joshs Zimmer gesessen. Es war mir vorgekommen wie ein kurzer Moment. Ich holte den Schlüssel aus der Schublade und ging nach draußen.

Gabe schloss sich mir an. Er lief mit großen Schritten neben mir her. »Der Teil der Scheune, der mit dem Draht eingezäunt ist, haben Sie da früher Hühner gehalten?«

»Als ich klein war, hatten wir zwar Hühner, aber was Sie meinen, war zu Zeiten von meinem Urgroßvater eigentlich mal als Kuhstall gebaut worden. Mein Bruder hat den Drahtkäfig dort eingebaut, weil er einen verletzten Bussard gepflegt hat.«

Gabe machte große Augen. »Im Ernst? Ist er wieder gesund geworden? Konnte Ihr Bruder ihn fliegen lassen?«

»Ja. Als der Bussard sich wieder erholt hatte und stark genug war, hat mein Bruder ihn in die Freiheit entlassen.«

Ich ging weiter zur Werkstatt, aber Gabe war stehen geblieben. »Was für ein Bussard war es denn?«

»Ein Rotschwanz. Aber fast ein Albino. Eine Schulter hatte ein bisschen Farbe, aber sonst war er komplett weiß.«

»Ich habe mal einen Albinobussard gesehen. Der war wunderschön, sah aber auch ein bisschen gruselig aus.«

Ich lächelte. »Deshalb hat ihn mein Bruder wahrscheinlich Ghost genannt. Sie mögen wohl Vögel?«

»Jawohl, Ma'am.«

»Ach, sagen Sie doch Teddi.«

»Ich habe mich schon immer für Greifvögel interessiert. Ich arbeite halbtags im Veterinärkrankenhaus.«

»Ich habe gehört, Doc Evans ist vor Kurzem in Rente gegangen?«

»Ja, das stimmt. Er hat seine Praxis an Matt Waters verkauft. Ein wirklich guter Tierarzt. Ich habe letzte Woche ein Rundschwanzsperberweibchen entlassen, das im März gegen eine Windschutzscheibe geflogen ist. Matt und ich hatten große Sorge, dass sie sich nicht wieder erholen würde, aber das hat sie.«

»Ich dachte, Sie arbeiten bei Ihrem Großvater?«

»Nicht fest, ich helfe ihm nur ab und zu aus. Es kommt mir ganz gelegen, noch ein bisschen Geld nebenbei zu verdienen, ich arbeite ja nur drei Tage die Woche als Tierarzt. Gestern hat uns jemand einen Biber vorbeigebracht, den ein Hund angegriffen hatte. Wir mussten das arme Tier stundenlang operieren. Man verdient da nicht viel, aber wenn ich den Tieren helfen kann, macht mich das glücklich. «

»Hey, Gabe!«, rief Mr. Tucker plötzlich von der Scheune zu uns herüber. »Willst du den ganzen Tag da rumstehen und schwatzen, oder was?«

Gabe war es offensichtlich peinlich. »Ich komme gleich, Grandpa!«

»Hier.« Ich drückte ihm den Schlüssel in die Hand. »Schließen Sie einfach ab, wenn Sie fertig sind.«

Er schlurfte davon und ich ging ins Haus, um eine Taschenlampe zu holen.

Während Gabe und sein Großvater in Daddys Werkstatt herumkramten, kletterte ich mit der Taschenlampe noch einmal auf den Heuboden. Ich leuchtete überall hin, zwischen die Balken und in die dunklen Ecken, um sicherzugehen, dass ich auch nichts übersehen hatte. Ich hüpfte sogar ein wenig auf und ab, um zu sehen, ob vielleicht eins der Dielenbretter lose war. Bestimmt hatte ich nur zu viele Filme gesehen, in denen jemand ein Geheimversteck unter einer Diele hatte, aber ich wollte eben sichergehen.

Ich fand jedoch nichts.

Ich ging zurück zum Haus, zog meine Schuhe aus und setzte mich auf die Schaukel auf der Veranda. Ich war jetzt seit fast dreißig Stunden wach und merkte, wie meine Kräfte nachließen. Eddie kam und kuschelte sich an mich. Ich streckte mich aus und schloss die Augen. Dachte nach. Erinnerte mich …

Ich erwachte von einem dumpfen Knall. Mr. Tucker und Gabe kamen hinter der Scheune hervor. Ich setzte mich auf und schlüpfte in meine Schuhe.

»Also, hier gibt's jede Menge zu holen«, sagte Mr. Tucker und warf einen Blick auf sein Klemmbrett. »Für den alten Allis-Chalmers-Traktor würden Sie auch noch eine ganze Menge Geld bekommen. Sind Sie sicher, dass Sie den nicht verkaufen wollen?«

»Ganz sicher.« Ich wusste, es war verrückt, aber ich konnte mich einfach nicht von ihm trennen. Er war ein Erinnerungsstück und sollte dort in der Scheune stehen bleiben, wo Daddy ihn abgestellt hatte, bis ich entschieden hatte, was aus der Farm wurde.

Gabe reichte mir den Schlüssel. »Hier, bevor ich's vergesse. Ich habe auch wieder abgeschlossen.«

Mr. Tucker blätterte durch die Seiten auf seinem Klemmbrett. »Es gibt zwei Möglichkeiten. Entweder vereinbaren wir einen Termin für eine Auktion direkt hier auf dem Grundstück, und alles, was an dem Tag nicht verkauft wird, nehme ich mit und zahle Ihnen dafür einen festen Preis. Oder ich kaufe Ihnen alles auf einmal ab und verkaufe die einzelnen Dinge dann auf einer meiner eigenen monatlichen Auktionen.« Er holte ein Taschentuch hervor und wischte sich über die Stirn. »Wenn Sie die Auktion hier veranstalten, bekommen Sie mehr Geld. Aber wenn ich mich recht erinnere, wollten Sie das nicht.«

»Ich möchte nicht, dass Leute hier auf der Farm herumlaufen.«

»Also gut. Ich veranschlage einen Gesamtpreis und mache Ihnen den Papierkram fertig. Wenn Sie damit einverstanden sind, sagen Sie mir einfach Bescheid und ich schicke Ihnen dann meine Männer her, die sich um alles Weitere kümmern.«

»Klingt gut, Mr. Tucker. Die Kartons im Wohnzimmer können Sie auch mitnehmen.«

»Gut, dass Sie mich daran erinnern. Ich sehe sie mir gleich mal an.«

»Wann können Sie mir denn den Preisvorschlag etwa machen?«

»Wenn ich mir alles angesehen habe. Ich würde sagen, in einer Dreiviertelstunde müsste ich fertig sein.«

Wir drei gingen ins Haus und ich schenkte jedem ein Glas Eistee ein. Dann pfiff ich nach Eddie und spazierte über das Gelände. Joe Springer hatte vor Kurzem die oberen Felder bepflanzt, in den Ackerfurchen lugten schon die ersten grünen Hälmchen aus der frisch gepflügten Erde. Eddie streckte sich in der Sonne aus und ich kletterte auf den Zaun. Ich ließ den Blick über Daddys schönes Land schweifen. Trauer breitete sich in mir aus. Dieses Land würde ich in weniger als achtundvierzig Stunden aufgeben.

Ich dachte darüber nach, wie meine Vorfahren diese Felder hier beackert hatten, wie sie mit schweißnassem Nacken hinter dem Pflug hergetrottet waren, der von treuen Pferden gezogen wurde. Und ich versuchte mir vorzustellen, wie es wohl war, als mein Großvater sich den ersten Traktor gekauft hatte und von da an seine Pferde auf der Weide lassen konnte. Ich sah zum Himmel hinauf. Ob die Menschen, die vor mir diese Felder bestellt hatten, nun auf mich herabsahen und traurig die Köpfe schüttelten angesichts dessen, was ich vorhatte?

Während ich mich im Stillen von den Feldern verabschiedete, sah ich plötzlich Gabe den Weg am Feldrand entlangkommen. Seine Füße wirbelten kleine Staubwolken auf.

Ich konnte nicht genau sagen, was es war, aber irgendetwas an ihm brachte etwas in mir zum Klingen.

Irgendetwas.

Sechsundzwanzig

Am Montagmorgen früh um neun betrat ich die Kentucky Farmers Bank. Ein junger Mann führte mich in einen kleinen Konferenzraum, wo Joe Springer bereits auf mich wartete. Er trug ein steifes, weißes Hemd, das ihm etwas zu eng am Kragen war und in dem er nicht glücklich aussah. Er stand auf und gab mir die Hand, eine große, kräftige Hand, dunkel und trocken wie Leder. Sein Lächeln kam von Herzen, aber die Traurigkeit in seinen blauen Augen war unübersehbar. Joe hing an seinem Land wie jeder andere Farmer auch und verstand zweifelsohne, dass dies heute für mich ein schwerer Tag war.

»Vielen Dank, dass Sie das Angebot angenommen haben, Teddi. Ich und meine Jungs sind Ihnen wirklich sehr dankbar. Wir werden uns gut um Henrys Land kümmern. Er war ein guter Mann und einer der besten Farmer in ganz Powell County. Er fehlt uns allen sehr.«

Obwohl die Felder in wenigen Minuten ihm gehören würden, betrachtete er sie noch als den Besitz meines Vaters. Ich unterdrücke meine Tränen. »Danke, Mr. Springer. Ich weiß, dass Sie sich gut um alles kümmern werden.«

Der Finanzierungsberater, ein fülliger kleiner Mann namens Charlie Chase, trat ein und legte einen dicken Aktenordner auf den Tisch. »Dann wollen wir mal.« Er schloss die

Tür. »Setzen Sie sich doch. Ich habe den Bericht vom Vermessungsamt bekommen und es ist alles in bester Ordnung, wir können also loslegen. Es geht ganz schnell.«

Er hatte recht. Eine halbe Stunde später traten Mr. Springer und ich gemeinsam aus der Bank. Wir schwiegen beide bekümmert. Zu meiner Überraschung umarmte er mich etwas ungeschickt, aber herzlich. Ich konnte die Stärke an seinem Hemd riechen, ein Hemd, das er sicher extra für heute gekauft hatte und nie wieder anziehen würde. Mit Tränen in den Augen sah ich ihm zu, wie er seinen massigen Körper in den Truck verfrachtete und losfuhr.

Es war einer der schlimmsten Tage meines Lebens. Es war, als wäre Daddy ein zweites Mal gestorben.

Eine ganze Weile saß ich im Auto einfach nur da. In der Handtasche auf meinem Schoß befand sich ein beglaubigter Scheck über den Verkauf von einhundertachtundzwanzig Hektar bestem Ackerboden. Jede Handbreit dieser Felder war von Generationen von Menschen respektvoll bestellt worden, Menschen, denen harte Arbeit und die Befriedigung, etwas gut gemacht zu haben, noch etwas bedeuteten. Und jetzt hatte man den Wert der Felder auf ein Stück Papier mit Wasserzeichen reduziert.

Auf der Rückfahrt fühlte ich mich so erschöpft, dass ich kaum das Lenkrad halten konnte. Mein Atem war flach und mir tat der Kopf weh. Zu Hause spritzte ich mir über dem Waschbecken kaltes Wasser ins Gesicht. »Iss endlich was!«, schimpfte ich mit mir und öffnete den Kühlschrank. Ich kochte mir ein Ei, aß eine Scheibe Toast und trank ein Glas Orangensaft dazu, während Eddie eine Handvoll Hundekuchen verputzte. Meine Haut fühlte sich kühl und feucht an. Ich ging nach oben und zog mich um.

Ich knöpfte gerade die Bluse zu, als es an der Hintertür klopfte.

»Komme gleich!«, rief ich und zog den Reißverschluss meiner Jeans zu. Zu meiner Überraschung stand Gabe vor der Tür. In der Einfahrt parkten zwei LKW, ein Tieflader und drei Pick-ups.

»Hi, Teddi. Wir sind eine Stunde früher dran. Ich hoffe, das ist in Ordnung.«

»Klar, kein Problem.« Eddie, der jeden Besuch fröhlich begrüßte, stürzte aus dem Haus, um Gabe mit Schwanzwedeln und Gejaul willkommen zu heißen. Ich gab Gabe den Schlüssel für die Werkstatt. Seine Männer gingen in die Scheune und trugen die Werkzeuge und Arbeitsgeräte heraus, die sich seit Generationen im Familienbesitz befunden hatten. Der Anblick war schlimmer, als ich es mir vorgestellt hatte. Es tat wirklich sehr weh. Also ging ich mit Eddie lieber wieder ins Haus.

Am späten Nachmittag war die Scheune leer geräumt. Ich sah vom Küchenfenster aus zu, wie die beiden LKW bis obenhin vollgeladen davon fuhren. Als Nächstes war der Tieflader dran, auf dem Daddys Heuballenpresse und der Pflug standen. Joe Springer hatte bereits den Mähdrescher gekauft und ihn vom Hof gefahren. Während sich der Rest der Männer an die Werkstatt machte, ging ich mit Eddie in die Scheune. Bis auf Daddys alten Traktor war sie leer. Ich strich über den rauen Reifen. Ich trat durch die Tür am hinteren Ende der Scheune hinaus in den strahlenden Sonnenschein. Gabe stand neben Ghosts altem Drahtkäfig. Das Dach des Käfigs hatte sich mittlerweile abgesenkt und an der hinteren Wand waren mehrere Bretter durchgefault.

Gabe drehte sich zu mir herum. Er war ganz verschwitzt und schmutzig.

»Hi, Gabe. Na, wie läuft's?«

»Gut. Ich mache gerade Pause.« Er wischte sich mit dem Ärmel über die Stirn. »Die Scheune ist wie eine Festung gebaut. Und der Heuboden – Mann, ist der groß.«

»Ja, mein Daddy hatte gutes Heu, das hat schon so einigen Vollblütern den einen oder anderen Sieg im Rennen beschert. Und die Scheune steht bestimmt noch, wenn wir beide schon tot sind. Ich muss mich nur mal um das Loch im Dach kümmern.«

»Ja, das habe ich schon gesehen. Ist aber nicht so schlimm, wie es aussieht. Wenn Sie möchten, könnte ich das reparieren. Dauert nicht lange.«

Ich warf einen Stock für Eddie. »Sie arbeiten halbtags als Tierarzt, helfen Ihrem Großvater bei Haushaltsauflösungen, und Dachdecker sind Sie auch noch?«

Er lächelte und klopfte sich den Staub von der Jeans. »Zu Collegezeiten habe ich im Sommer bei Dachdeckerfirmen gejobbt. Mach ich ab und zu immer noch.«

»Was haben Sie denn studiert?«

»Ich bin Naturwissenschaftler mit dem Schwerpunkt Umwelt und ausgebildeter Tierpfleger. Letztes Jahr habe ich einen Kurs belegt und darf jetzt offiziell auch Wildtiere medizinisch versorgen. Meine Freundin Sally ist Tierärztin und macht gerade eine Zusatzausbildung zur Vogelmedizinerin. Wir wollen im Frühjahr heiraten und uns ein Haus kaufen. Das ist unter anderem der Grund dafür, dass ich alle möglichen Nebenjobs annehme.«

»Wir alt sind Sie eigentlich, wenn ich fragen darf?«

»Ich werde im September siebenundzwanzig. Warum?«

»Ach, ich bin nur neugierig.«

Gabe packte das Ende des Stocks, den Eddie uns im Maul zurückgebracht hatte, zog daran und knurrte. Eddie freute sich wie verrückt und biss sich in dem Stock fest. Schließlich ließ er los und Gabe warf ihm den Stock weit hinaus ins Feld. Eddie sprintete wie der Blitz hinterher, und Gabe und ich mussten lachen.

»Wo werden Sie und Sally denn nach der Hochzeit wohnen?«

»Kommt darauf an, wo sie Arbeit findet. Ich kann mir gar nicht vorstellen, irgendwo anders zu leben als hier. Die Natur hier ist ein Teil von mir, deshalb hoffe ich, dass wir zumindest in der Nähe bleiben können.«

»Mein Bruder hat die Red-River-Schlucht auch sehr geliebt«, sagte ich mit einem traurigen Lächeln.

»Mein Großvater hat mir am Samstag erzählt, dass Ihr Bruder schon seit einer ganzen Weile als vermisst gilt. Ich erinnere mich, mal einen Bericht darüber im Fernsehen gesehen zu haben. Da war ich noch ein Kind, aber ich hab's nicht vergessen.« Gabe sah zu Boden und kickte mit dem Stiefel einen Stein weg. »Es tut mir wirklich sehr leid.«

»Mir auch.« Ich schob die Hände in die Taschen und sah zum Berg hoch. »Gabe, wie lange gehen Sie eigentlich schon wandern und klettern?«

»Wanderungen hier in der Gegend mache ich schon, solange ich denken kann. Ernsthaft mit dem Klettern habe ich angefangen, als ich elf war.«

»Ich würde Sie gern was fragen, aber Sie müssen ehrlich sein.«

Er sah mich aufmerksam an. »Okay.«

»Wie lange kann Ihrer Meinung nach jemand, der fit ist und sich gut in der Wildnis auskennt, in der Schlucht überleben?«

Gabe presste die Lippen zusammen und wich meinem Blick aus.

»Sie müssen es nicht beschönigen, sagen Sie mir bitte einfach ehrlich, was Sie denken.«

»Da müsste man eine ganze Menge Faktoren miteinbeziehen. Ernährung, unerwartete gesundheitliche Probleme, Verletzungen. Aber Menschen haben Jahrtausende in der Schlucht gelebt. Es war die Heimat der Paläoindianer und denen ging es dort gut.«

»Und jemand, der kein Fleisch isst, sondern nur Pflanzen und Fisch?«

»Es gibt jede Menge Pflanzen und Nüsse, und ein guter Angler hätte keine Probleme, seine Mahlzeiten zusammenzubekommen. Die kurze Antwort würde jedenfalls lauten: Ja, man kann sein gesamtes Leben in der Wildnis verbringen. Aber …«

Gabe sprach nicht weiter. Ich ging einen Schritt auf ihn zu. »Aber was?«

Das Blau seiner Augen verdunkelte sich. »Mir stellt sich nur die Frage: Warum sollte das jemand wollen?«

Stille breitete sich um uns herum aus. Gabe betrachtete Ghosts leeren Käfig. Er fasste in den rostigen Maschendraht. »Erzählen Sie mir irgendwann vielleicht mehr über ihn?«

»Über Ghost oder über meinen Bruder?«

»Beide.«

Ich sah vom Käfig hoch zum Himmel und holte tief Luft. »Ja.«

Am Mittwochmorgen hatte ich alles fertig gepackt und war bereit zum Aufbruch nach Charleston. Um halb sieben fuhr Gabe auf den Hof, einen Augenblick später klopfte er leise an die Fliegengittertür.

»Herein«, rief ich aus der Küche.

Das vertraute Quietschen der Tür erklang und er trat ein, frisch rasiert und mit noch feuchten Haaren. Eddie hoffte auf einen Spielkameraden und brachte Gabe einen Tennisball. Es gefiel mir, wie Gabe ihn hinter den Ohren kraulte und ihm liebevoll einen Klaps auf den Rücken gab, bevor er ihm den Ball ins Wohnzimmer warf.

»Danke, dass Sie so früh kommen konnten. Setzen Sie sich doch.«

Er wirkte ein wenig nervös. Ich goss ihm eine Tasse Kaffee ein und musste lächeln. Ich wäre an seiner Stelle wahrscheinlich auch ganz schön nervös gewesen. Am Abend zuvor hatte ich ihn angerufen und um ein Gespräch unter vier Augen gebeten. Es sei wichtig, mehr hatte ich nicht gesagt.

Wir saßen am Tisch, unterhielten uns über die Arbeit im Krankenhaus, und Gabe aß einen ganzen Teller voller Blaubeermuffins auf, die ich gerade frisch aus dem Ofen geholt hatte. Er erinnerte mich in vielerlei Hinsicht an Josh: seine Selbstsicherheit, die Art, wie sich seine Augen verdunkelten, wenn er nachdachte, sein ungeheurer Appetit.

»Ich sollte Ihnen wohl langsam mal verraten, weshalb ich Sie sprechen wollte.« Ich schlug meinen Notizblock auf und schob ihn über den Tisch zu Gabe.

Er begann zu lesen und sah dabei immer wieder von dem Notizblock zu mir hoch und zurück. Je weiter er las, desto röter wurden seine Wangen. Ich wusste nicht, ob es am starken Kaffee lag oder an dem, was ich geschrieben hatte. Zweimal lehnte er sich auf dem Stuhl zurück und sah durch die Fliegengittertür hinaus zu Ghosts Käfig.

Wir sprachen mehr als eine Stunde lang miteinander, diskutierten, was wäre, wenn …, und wie alles zu bewerkstelligen war. Die Frage nach dem Warum war in dem Moment beantwortet worden, als ich ihm die ganze Geschichte meines Bruders erzählt hatte. Oder fast die ganze Geschichte.

Ich schenkte Gabe nach und spülte dann die Kaffeekanne aus. Dabei sah ich hinaus auf die Scheune. *Was würde Daddy davon halten? Wäre er mit meinem Plan einverstanden? Würde er mich verstehen?*

Ich war sicher, das würde er.

Ich muss ziemlich lange dort an der Spüle gestanden haben. Als ich mich umdrehte, sah mich Gabe nachdenklich an.

Ich trocknete mir die Hände ab und setzte mich wieder an den Tisch. »Denken Sie einfach in Ruhe darüber nach und sagen Sie mir Bescheid, wenn Sie sich entschieden haben.« Ich zeigte auf den Briefkopf auf dem Notizblock. »Da stehen die Telefonnummern von meinem Laden und von meiner Wohnung. Falls Sie im Laden anrufen und ich gerade nicht da bin, hinterlassen Sie mir einfach eine Nachricht, wo ich Sie erreichen kann. Sagen Sie meiner Mitarbeiterin bitte nicht, worum es geht. Ich würde das gern so privat wie möglich halten.«

Er pustete in seinen Kaffee und sah mich über den Rand der Tasse hinweg an. »Sind Sie sich sicher? Sie haben eine ganze Menge durchgemacht und …«

Ich hob die Hand. »Ich bin mir sicher.«

Als Gabe wieder vom Hof fuhr, räumte ich die letzten Sachen ins Auto, pfiff nach Eddie und fuhr ebenfalls davon. Ich hatte eine lange Fahrt vor mir und wollte gern noch vor Einbruch der Dunkelheit in Charleston sein.

Siebenundzwanzig

Am nächsten Morgen war ich so froh, wieder im Laden zu sein, dass ich schon zwei Stunden vor der eigentlichen Öffnungszeit durch den Laden wirbelte. Ich stellte das Radio an, griff mir den Korb mit den Putzsachen und ging nach vorn in den Verkaufsraum. Als ich das leuchtend rote »Verkauft«-Schild an dem riesigen Kleiderschrank mit den vielen Schnitzereien sah, sagte ich laut: »Danke, Inez!«

Während ich ein antikes Backgammonbrett polierte, fiel mein Blick aus dem Fenster. Auf der anderen Straßenseite schob ein Mann ein Wägelchen vor sich her. Auf dem Wägelchen waren zwei Kartons geladen und obenauf stand eine alte blaue Schreibmaschine.

Ich musste an die Smith-Corona denken, die mir meine Mutter zum Schulabschluss geschenkt hatte. Wie verzweifelt ich gewesen war, wie wütend und undankbar, als ich sie auspackte. Jetzt, Jahre später, sah ich alles in einem etwas anderen Licht. Mama hatte dafür sorgen wollen, dass mein Lebensunterhalt gesichert war. Die Smith-Corona war ihre Art gewesen, mir symbolisch die Freiheit zu schenken. Ihre Version von Daddys »Schlüssel zur Welt«.

Der Mann verschwand um die Ecke. Ich sah ihm hinterher und flüsterte vor mich hin: *»Es tut mir so leid, Mama. Ich habe damals nicht verstanden, was du mir damit ermöglichen wolltest.«*

Die Hintertür ging auf und Albert kam herein. Ich ließ die Putzsachen stehen und ging zu ihm in die Werkstatt. Er band sich gerade seine Schürze um. »Na, wie war's in Kentucky?«

Als würde ich von einer unsichtbaren Kraft nach vorn gezogen, warf ich mich Albert in die Arme. »Ich bin so froh, dass ich dich habe, Albert. Ist dir eigentlich klar, dass wir schon seit fast zwanzig Jahren zusammenarbeiten?« Ich ließ ihn los und trat einen Schritt zurück. Er sah so überrascht aus, dass ich lachen musste.

»Was ist denn mit dir los? Wenn du dich weiter so verrückt benimmst, arbeiten wir höchstens noch zwanzig Minuten zusammen.«

Ich wischte mir die Tränen aus den Augen und schniefte. »Ich bin nur so froh … dass ich diesen Laden habe und dass es dich gibt. Und Inez.«

Albert schüttelte den Kopf. »Ihr Frauen weint, wenn ihr böse seid, ihr weint, wenn ihr euch freut, ihr weint, wenn ihr traurig seid. Meine Mama hat sogar immer beim Bügeln geweint. Mein Gott, da sind vielleicht die Tränen gerollt und dann der heiße Dampf … kein schöner Anblick. Ich werde euch Frauen jedenfalls nie verstehen.«

»Falls es dich tröstet: Ich verstehe uns auch nicht.« Ich ging zum Arbeitstisch, holte eine Packung Taschentücher aus der Schublade und tupfte mir die Augen trocken. Plötzlich fiel mir ein Möbelstück auf, das in der Ecke unter einer Abdeckplane stand. »Was ist denn das da?«

»Keine Ahnung.«

»Wie, ›Keine Ahnung‹?«

Er ignorierte meinen fragenden Blick und reihte stattdessen die Arbeitsgeräte, die er heute brauchen würde, fein säuberlich nebeneinander auf dem Tisch auf.

Ich hob die Abdeckplane hoch. Als ich sah, was sich darunter verbarg, wie wunderschön es wiederhergestellt war, fehlten mir für einen Moment die Worte. »Albert James Pickens!«, brachte ich nur heraus.

Er versuchte, nicht zu lächeln, aber ich sah ganz genau, wie seine Mundwinkel zuckten. »Jetzt fang aber bitte nicht gleich wieder an zu weinen, ich hab nämlich zu tun.«

Ich kniete mich vor die Kommode und strich über die reparierte Marqueterie. Es war fast nicht zu glauben, dass das die heruntergekommene Kommode sein sollte, die ich bei der Haushaltsauflösung gekauft hatte. »Du bist einfach fantastisch! Ich schulde dir echt einen Gefallen. Wie hast du das denn so schnell geschafft?«

Er drehte einen Stuhl um und schraubte die Sitzfläche ab. »Zwei Wörter: Rebas Schwester. Sie ist aus Alabama zu Besuch und will einen ganzen Monat bleiben. Diese Frau redet von morgens bis abends, die quatscht schon los, bevor ich überhaupt gefrühstückt habe. Da blieb mir nichts anderes übrig, als mich hierher zu verziehen und ein bisschen außer der Reihe zu arbeiten. Ich war sogar am Wochenende hier, nur damit ich meine Ruhe vor ihr hatte.«

»Tut mir leid, dass du zu Hause rausmusstest, aber der Kommode hat es anscheinend wirklich gutgetan. Die Reparaturen sind dir unglaublich gut gelungen.«

»Sieh nicht zu genau hin. Das alte Ding hat schon eine Menge mitgemacht. Die wird nie perfekt sein.«

Ich strich mit den Fingern über die Oberfläche und flüsterte: »Ich doch auch nicht, Albert. Ich doch auch nicht.«

Mir fielen meine Putzsachen wieder ein, die immer noch im Laden standen, also ging ich wieder nach vorn, um meine Arbeit zu Ende zu bringen. Ich polierte gerade eine Kutschenlampe aus Messing, da kam Inez hinter einer hohen Kommode hervor.

»Hab gesehen, dass du den Kleiderschrank verkauft hast.«

»Ja, an ein nettes Pärchen aus Boston. Die Lieferfirma holt ihn Dienstag ab.«

»Du bist wirklich die Beste!«

Sie sah mich mit einem seltsamen Ausdruck an. »Bin nicht sicher, ob du das immer noch so siehst, wenn ich dir erzählt habe, was am Samstag passiert ist. Nachdem ich den Kleiderschrank verkauft hatte, kam eine Frau und hat das silberne Teeservice gekauft, dass du letzten Sommer erworben hast.«

»Inez! Das ist mir ja noch gar nicht aufgefallen. Wie schön!«

»Ja und nein. Während ich es hinten gerade einpacke, klingelt auf einmal die Ladenglocke wie verrückt. Ich beeile mich also, stelle das Service schnell in einen Karton und laufe wieder nach vorn in den Laden. Der war plötzlich voller Leute! Als hätten wir ein Schild im Schaufenster stehen, dass heute alles gratis ist. Es war wie im Taubenschlag, alle haben durcheinandergeredet und wollten alles Mögliche kaufen. Ich hab die Marmorkerzenhalter verkauft, den Konditorentisch aus Kiefernholz und die Blumenschale aus Seladon, die du so mochtest. Nachdem alle wieder weg waren, bin ich ein bisschen durch den Laden gegangen und hab Ordnung gemacht, ein paar Sachen zurechtgerückt und Fingerabdrücke abgewischt. Und da habe ich gemerkt, dass das Teleskop weg war. Den kleinen Koffer hat der Dieb dagelassen. Ich hab wirklich keine Ahnung, wie das passieren konnte. Tut mir sehr leid.«

Ich sah zu der Kommode, auf der das Teleskop gestanden hatte. »Ist nicht deine Schuld. Ich hätte es nicht so nahe an der Tür aufstellen sollen. Denk nicht weiter drüber nach.« Ich streichelte ihr den Arm.

»Ich fühle mich aber ganz schlecht deshalb. Du bezahlst mich schließlich gut dafür, dass ich ein Auge auf den Laden habe, während du weg bist. Es ist wahrscheinlich kein Trost, aber ich bin heute Morgen früher aufgestanden und hab uns eine Schokosahntetorte gebacken. Steht in der Küche.«

Der Tag verging wie im Flug, die Kunden gaben sich die Klinke in die Hand. Nachmittags um vier hatte ich zwei Porzellanvasen und so viel Silbergeschirr verkauft, dass ich fast kein Seidenpapier zum Einpacken mehr hatte. Es war ein schöner Tag, die Leute hatten nicht versucht zu feilschen. Und obwohl ich immer noch ein bisschen verärgert darüber war, dass jemand das Teleskop gestohlen hatte, hatte der Umsatz des heutigen Tages den Verlust mehr als wettgemacht. Kurz vor Ladenschluss sah ich noch mal in die Werkstatt. »Bereit?«

Wir stöhnten und ächzten und fluchten. Wie durch ein Wunder gelang es Albert und mir jedoch tatsächlich irgendwie, die Nussbaumkommode die Treppe in meinem Haus hinaufzubugsieren, ohne uns dabei ernsthaft zu verletzen. Ich winkte ihm lächelnd hinterher, als er davonfuhr. Sein nächster Gehaltsscheck würde eine nette Überraschung für ihn bereithalten. Er und Inez bekamen jeder einen ordentlichen Bonus.

Eddie hatte sich von der ganzen Aufregung anstecken lassen, er tapste mir fröhlich ins Schlafzimmer nach und sah gespannt dabei zu, wie ich auf der Kommode rumhantierte.

In die linke Ecke stellte ich die antike Teekanne aus Zinn, die ich zu einer Lampe umfunktioniert hatte. Dann kam ein Foto von meiner Familie und daneben eine Vase mit Hortensien. Während ich die Dinge noch ein wenig hin und her rückte, das eine Stück einen Zentimeter weiter nach rechts schob, das andere ein wenig nach vorne, rief Olivia an. »Was machst du gerade?«

»Ich freue mich über die Kommode, die ich mir bei der Haushaltsauflösung gekauft hatte. Du musst dir unbedingt ansehen, wie Albert die wieder hinbekommen hat. Ist kaum zu fassen.«

»Kann ich sie mir nicht gleich heute Abend mal ansehen? Ich hab Salat gemacht und ein Brot gebacken. Soll ich zum Abendbrot vorbeikommen?«

»Das wäre toll. Die Tür ist offen, komm einfach rein.«

Ich hatte gerade meine Sachen in den Schrank gehängt, da hörte ich Olivias Schritte auf der Treppe. Sie ging mit einer riesigen Salatschüssel im Arm in die Küche. Auf dem Deckel der Schüssel balancierte sie ein Brot, das noch warm war.

»Das riecht ja vielleicht lecker! Lass uns am besten im Garten essen.«

Ich suchte Teller, Besteck und Servietten zusammen und stellte alles auf ein Tablett. Währenddessen ging Olivia ins Schlafzimmer, um sich die Kommode anzusehen. »Heilige Mutter der Möbelrestauration!«, rief sie. »Albert kann ja wirklich zaubern!«

»Nicht wahr?«, rief ich zurück.

Olivia trat in die Küche. »Da würde einem wirklich keiner glauben, dass die Kommode mal überall Brandlöcher hatte. Der Lack sieht makellos aus.«

»Allein für die Schubladen muss er Tage gebraucht haben!« Ich goss jeder von uns ein Glas Tee ein.

Wir gingen hinaus in den Garten. Ich deckte den Tisch und Olivia servierte uns den Salat. Sie setzte sich und legte sich die Serviette in den Schoß. »Also, ich habe ein paar Dinge mit dir zu besprechen. Erstens bin ich heute an einem Haus vorbeigefahren, das seit Kurzem zum Verkauf steht. Im French Quarter. Ich weiß nicht, wie es innen aussieht, aber wenn es hält, was die Fassade verspricht, wäre es perfekt für dich.«

Ich schnitt mir eine Scheibe Brot ab. »Na ja, ich wünsche mir ja wirklich schon seit Ewigkeiten ein eigenes Haus. Aber jetzt, wo ich das Geld habe, traue ich mich irgendwie nicht, es auszugeben.«

Olivia runzelte die Stirn. »Wieso nicht? Jetzt kannst du dir endlich was Eigenes kaufen und es genau so einrichten, wie du es möchtest.«

»Das Geld gehört mir doch aber nicht allein. Die Hälfte gehört ja Josh.«

Olivia sah auf ihren Teller und piekte ein Salatblatt auf die Gabel.

»Ist irgendwas?«

Sie stützte die Ellenbogen auf den Tisch und beugte sich zu mir herüber. »Ich weiß, du hast deinen Bruder sehr geliebt. Und obwohl ich ihn nie kennenlernen konnte, habe ich ihn in all den Jahren und nach allem, was du mir über ihn erzählt hast, auch sehr lieb gewonnen. Aber manchmal, wenn du ihn erwähnst, kommt es mir vor, als wäre ein Teil deines Lebens nach seinem Verschwinden einfach stehen geblieben. Hast du schon mal darüber nachgedacht, mit jemandem darüber zu sprechen? Mit einem Therapeuten? Ich habe Angst, dass du dich selbst immer wieder unglücklich machst, wenn du weiter so an ihm festhältst.«

»Hör auf!« Ich hielt mir die Ohren zu. Als ich sicher war, dass Olivia nicht weitersprechen würde, ließ ich die Hände wieder sinken. »Ich habe keine Lust, mit irgendeinem Seelenklempner an meiner Psyche herumzubasteln. Ich weiß, du denkst, dass Josh schon lange tot ist. Alle denken das. Die Unsicherheit darüber, was passiert ist, ist das Schlimmste, was ich je erlebt habe. Und es lässt mich nicht los. Jeden Morgen hoffe ich auf eine Nachricht im Briefkasten. Jedes Mal, wenn das Telefon klingelt, hoffe ich, dass der Anruf was mit Josh zu tun hat. Und habe gleichzeitig unglaubliche Angst davor.«

»Deshalb meine ich ja, du solltest …«

»Lass mich ausreden. Natürlich ist ein Teil meines Lebens stehen geblieben, als er verschwunden ist. Ich habe ihn schließlich mehr oder weniger großgezogen. So sehr es auch wehtun würde, in gewisser Weise wäre es leichter, wenn ich wüsste, dass er tot ist. Dann würden mich die ewigen Sorgen nicht weiter um den Verstand bringen.«

Ich zeigte auf meine Schläfen. »Hier oben sagt mir die Logik ganz deutlich, dass er tot sein muss. Aber hier drin«, ich tippte mir ans Herz, »habe ich einfach immer noch das Gefühl, dass er am Leben ist. Und das kann ich nicht ändern.«

Olivia biss sich auf die Lippe und schwieg. Ich wartete darauf, mir jetzt einen Vortrag zum Thema Kopf vs. Herz anhören zu müssen, wie es schon oft genug der Fall gewesen war. Von Mama, von Ranger Jim, sogar von Grammy. Alle versuchten sie, mir das letzte bisschen Hoffnung zu nehmen. Alle bis auf Daddy. Bis zu seinem Tod stand mein Vater jeden

Abend an der Spüle, trank schweigend seine letzte Tasse Kaffee für den Tag und sah durch das Küchenfenster hinüber zum Waldrand.

Olivia schob ihren Stuhl zurück und hob beschwichtigend die Hände. »Mea culpa. Manchmal mische ich mich in Dinge ein, die mich gar nichts angehen, ich weiß. Tut mir leid. Ich hatte mich nur schon so gefreut, dass du dir endlich ein Haus kaufen kannst.«

»Ich will das ja auch gar nicht ausschließen. Es muss sich nur richtig anfühlen, verstehst du?«

Sie nickte, wechselte das Thema und machte sich wieder über ihren Salat her.

Sie hatte die weiße Fahne geschwenkt.

Olivia und mich verband eine ganz besondere Freundschaft. Wir konnten verschiedener Meinung sein und uns sogar streiten. Aber nachdem wir beide gesagt hatten, was wir dachten, vertrugen wir uns immer sofort wieder und ließen das Thema ruhen.

»Ich wollte dir ja noch was erzählen.« Sie hob eine Augenbraue und machte eine Kunstpause. »Ich habe ein Date. Und das Tollste ist: Er ist ein absoluter Buchliebhaber!«

»Wow. Erzähl!«

»Er heißt Martin Armstead. Er ist Börsenmakler und kommt aus Atlanta. Er hat die Erstausgabe von diesem Churchill-Buch von neulich gekauft. Hat alle anderen überboten, ohne es überhaupt gesehen zu haben. Gestern kam er zu mir, um das Buch abzuholen. Und du wirst nicht glauben, was er noch gekauft hat.«

»Was denn?«

»Den Jules Verne!«

»Den du seit Jahren nicht loswirst?«

»Ja! Er hat wirklich *Zwanzigtausend Meilen unter dem Meer* gekauft. Okay, er hat wie ein Profi gefeilscht und den Preis ganz schön gedrückt, aber wenigstens hat er es überhaupt gekauft. Und das Beste: Er kennt sich mit seltenen Büchern fast so gut aus wie ich. Wir haben fast eine Stunde in meiner Bibliothek gesessen und uns unterhalten. Er ist unglaublich klug, benutzt die ganze Zeit Wörter, die ich noch nie gehört habe.«

Ich persönlich fand das zwar nicht sonderlich sympathisch, sagte aber nichts. Wenn es um Männer ging, war ich nun wirklich keine Expertin. Ich gab mir Mühe, interessiert zu klingen. »Was denn zum Beispiel?«

»Als wir uns über unsere Familien unterhalten haben, meinte er, sein Bruder sei ein nichtsnutziger Bohemien.« Olivia lachte. »Ist das nicht ein tolles Wort? Nachdem Martin weg war, habe ich es nachgeschlagen. Bedeutet so viel wie ›ein Künstler, der anderen auf der Tasche liegt‹.«

»Vielleicht liest er abends vorm Schlafengehen ein Synonymwörterbuch.«

»Jedenfalls habe ich jede Minute mit ihm genossen. Ich fand sogar seine Socken toll.«

Ich verschluckte mich fast an einem Stück Tomate. »Du findest seine Socken toll? Oh Mann, du bist echt verknallt.«

Olivia grinste und schnitt sich eine Scheibe Brot ab. »Die hatten so ein schickes Argylemuster. Weiß nicht, warum, aber irgendwie fand ich das sexy. Ich glaube, das waren sogar Kaschmirsocken. Und nun muss ich die ganze Zeit an ihn denken.«

»Und wann ist euer Date?«

»Er hat nächsten Freitag geschäftlich in Charleston zu tun und am Samstag gehen wir zusammen essen. Deshalb wollte ich dich was fragen.« Sie zog sich den Pferdeschwanz fester. »Kannst du dir morgen ein oder zwei Stunden freinehmen und mit mir ein Kleid kaufen gehen?«

Ich tupfte mir den Mund mit der Serviette ab und schüttelte den Kopf. »Geht nicht, ich hab bis Montag noch wahnsinnig viel zu tun. Wie wär's mit Dienstag?«

»Klar. Um wie viel Uhr?«

»Lass uns am besten gleich morgens früh gehen, wenn die Geschäfte aufmachen. Inez kann bestimmt auf den Laden aufpassen. Und wenn du nicht gleich was findest, hast du noch ein paar Tage Zeit, um es noch mal woanders zu versuchen.«

Wir aßen weiter und schwatzen dabei über dies und das. Nach dem Essen machten wir es uns in den beiden Chaiselongues aus Rattan gemütlich. Eddie war erst eine Weile fröhlich damit beschäftigt, den grünen Bezug von einem Tennisball zu nagen, dann spazierte er zu den Blumenbeeten hinüber. Seine neue Freundin kam aus ihrem Versteck bei den Azaleen. Sie rieb sich an seinen Beinen und die beiden beschnüffelten einander.

»Jetzt sieh dir doch mal diese wunderschöne Katze an. Wo kommt die denn plötzlich her?«

»Die gehört den neuen Nachbarn, sie heißt Dee-Dee. Eddie ist ganz vernarrt in sie. Sie kommt immer in den Garten und wartet auf ihn. Die passen wirklich gut zusammen, die beiden.«

Eddie kam mit Dee-Dee an seiner Seite auf uns zugetrottet. Sie war schmal und hatte grüne Augen, strahlend weißes Fell und einen buschigen Schwanz. Ich beugte mich vor und nahm sie auf den Arm.

»Die ist wirklich wunderschön.« Olivia streichelte ihr über den Kopf. »Neben der sieht die aus der Katzenfutterwerbung aus wie ein verlauster Schuhabtreter.«

Ich ließ mich in die Kissen zurückfallen und lachte los. »Du und deine Sprüche! Wenn ich irgendwann ein Haus habe, hole ich mir auf jeden Fall eine Katze aus dem Tierheim. Vielleicht sogar zwei.«

»Wieso nicht jetzt schon?«

»Geht nicht, in meinem Mietvertrag steht, dass ich nur ein Haustier halten darf.«

»Dann wird's ja wirklich Zeit, nach einer neuen Bleibe zu suchen.«

»Bald«, sagte ich und kraulte Dee-Dee den Rücken.

Abends um zehn klingelte das Telefon. Der Abwasch war gemacht, das Geschirr wieder weggeräumt, Olivia war nach Hause gegangen und ich hatte mich mit einem Buch auf die Veranda gesetzt. Es war gerade so bequem, dass ich kurz überlegte, den Anrufbeantworter drangehen zu lassen. Beim dritten Klingeln stand ich jedoch auf und ging in die Küche.

»Hallo?«

»Ich bin's, Gabe.«

Ich lächelte und lehnte mich gegen den Küchentisch. »Hi! Wie geht's?«

»Gut, danke. Sally und ich haben uns in Ruhe über Ihren Vorschlag unterhalten und ich habe auch mit meinen Eltern darüber gesprochen.« Es folgte eine lange Pause. Dann fuhr er leise fort: »Meinen Sie es wirklich ernst? Ich meine, sind Sie sich hundertprozentig sicher? Nicht, dass Sie es später vielleicht bereuen.«

»Ja, Gabe. Ich bin mir absolut sicher. Haben Sie sich denn entschieden?«

»Dann ist meine Antwort Ja.« Er klang sehr gerührt.

»Fantastisch. Ich sage meinem Anwalt Bescheid, dass er die Papiere fertig machen soll.«

Achtundzwanzig

Inez schwebte in eine Parfumwolke gehüllt an meinem Büro vorbei. »Olivia ist auf Leitung zwei.«

Ich nahm den Hörer ab. »Hi! Was gibt's?«

»Hier vielleicht gleich Verletzte. Du wirst nicht glauben, wer gerade vor meiner Tür stand.«

»Ein Steuerfahnder?«

»Schlimmer. Sehr viel schlimmer sogar. Meine Mutter. Sie ist im Moment in der Küche, also wenn ich auf einmal das Thema wechsele, heißt das, dass sie gerade hochgekommen ist. Sie war wegen eines Golfturniers in Myrtle Beach und dachte, sie könnte ja auf der Rückfahrt nach Jacksonville bei mir vorbeischauen. Sie hat nicht mal vorher angerufen, um zu fragen, ob es mir überhaupt passt. Seit einer Stunde regt sie sich darüber auf, dass ihr alle Knochen wehtun, dass alles so unfair ist, bla, bla, bla. Ich habe einfach genug von ihrem ›Mir geht's ja so schlecht‹-Gejammer. Als wäre sie die Einzige, in deren Leben mal nicht alles glattgeht.«

Während Olivia sich aufregte, malte ich auf einem Notizblock herum.

»Und dann hab ich mich auch noch voll reingeritten. Ich hab ihr erzählt, dass ich ein Date habe und wir beide morgen shoppen gehen. Da hat sie sich natürlich kurzerhand eingeladen und will jetzt mitkommen.«

»Wieso hast du ihr überhaupt davon erzählt?«

»Weil ich dumm bin. Das letzte Mal, dass wir zusammen shoppen waren, war für mein Hochzeitskleid. Und wir wissen ja, was daraus geworden ist.«

Ich musste lachen. »Sei nicht so streng mit ihr. Ich mag deine Mutter. Sie ist witzig.«

»Ja, so witzig wie eine Wurzelbehandlung. Du darfst mich morgen auf keinen Fall im Stich lassen!«

Am Dienstagvormittag um halb elf öffnete ich schwungvoll die Tür zu *Mollys Modeladen* und betrat das angenehm klimatisierte Geschäft. Molly war gerade mit anderen Kunden beschäftigt und rief mir nur zu: »Sie sind hinten!«

Olivias Mutter saß auf einem Polsterstuhl gegenüber den Umkleidekabinen. Ihre Haut, die deutlich »Ich verbringe zu viel Zeit auf dem Golfplatz!« sagte, war noch dunkler, als ich sie in Erinnerung hatte. Die blondierten Haare hatte sie sich toupiert und mit Haarspray zu einem Sechzigerjahre-Beehive aufgetürmt. Ihre Jacke stellte das alles jedoch noch in den Schatten: paillettenbesetzte Zickzackstreifen in Neonpink und Gelb, von denen einem ganz schwindlig wurde. Liberace wäre stolz auf sie gewesen.

Als sie mich sah, rief sie: »Na endlich!«

»Hallo, Lorna. Sie strahlen aber!« Ich beugte mich zu ihr herunter und gab ihr einen Kuss auf die gepuderte Wange.

»Wie gefällt Ihnen meine Jacke? Hab ich im Schlussverkauf bekommen, die hat gerade mal acht Dollar gekostet! So was hat nicht jeder!«

Ich lächelte. »Wohl wahr.«

In dem Moment trat eine sehr unglückliche Olivia in einem bemerkenswert unvorteilhaften, limettengrünen Kleid mit tiefem Rückenausschnitt aus einer der Umkleidekabinen.

Lornas Augen glänzten. »Du siehst aus wie ein Filmstar.«

»Nein, Mutter«, sagte Olivia betont ruhig. »Ich sehe darin aus wie eine Leberwurst in der Pelle. So ein Kleid wär höchstens was für eine Dragqueen.«

»Dragqueen? Wieso musst du denn immer Eric mit reinziehen?«

»Wie bitte? Du hast doch gerade von ihm angefangen!«

Lorna sah sie entnervt an. »Du hast Dragqueen gesagt.«

»Mutter!«, sagte Olivia entrüstet, dann etwas ruhiger: »Jetzt versau mir bitte nicht den Tag.«

»Mach ich doch gar nicht. Ich mein ja nur.«

Ich stellte mich zwischen die beiden. »Hey, jetzt ist aber mal wieder gut.«

»Wenn dir das Kleid nicht gefällt, zieh es eben aus. Wie wär's denn mit dem da?« Lorna zeigte auf eine Schaufensterpuppe, die ein Kleid aus Spitze trug.

Ich schüttelte den Kopf. »Das sieht aus wie ein riesiges Zierdeckchen.«

Lorna zog die Augenbrauen hoch. Bevor sie etwas entgegnen konnte, hatte ich ein Etuikleid in einem hellen Pfirsichton entdeckt. »Wie gefällt dir das?«

»Das ist viel zu schlicht.« Lorna stöhnte missbilligend.

»Ich find's schön, Mutter. Schön klassisch.« Olivia schnappte sich das Kleid und verschwand wieder hinter dem Samtvorhang.

Lorna sah mich an und seufzte. »Wieso bin ich mit einer Tochter ohne Geschmack gestraft worden? Das grüne Kleid sah umwerfend aus.«

Ich streichelte ihr die Schulter. »Keine Sorge, sie findet schon was Hübsches.«

Sie zog mich ein Stück zu sich herunter und flüsterte: »Wieso ist sie immer noch so besessen von Eric? Das ist doch alles ewig her.«

»Sie ist nicht besessen«, flüsterte ich zurück. »Es tut ihr einfach immer noch weh. Das ist ein großer Unterschied. Und um ehrlich zu sein, haben Sie ja auch mit ihm angefangen.« Es war an der Zeit, das Thema zu wechseln, und zwar schleunigst. Ich richtete mich auf. »Olivia meinte, Sie fahren heute zurück nach Jacksonville?«

»Ja. Ich würde gern länger bleiben, aber am Donnerstag kommen die Maler. Ich lasse mir das Schlafzimmer lila streichen.«

»Das finde ich so bewundernswert an Ihnen, Lorna. Sie haben immer Mut zur Farbe.«

Sie lächelte mich fröhlich an. Die braunen Augen hatte sie sich mit metallicblauem Kajal umrandet. »Olivia findet, dass ich es mit den vielen bunten Farben übertreibe, aber sie machen mich nun mal glücklich.«

Der Vorhang wurde zurückgezogen und Olivia trat aus der Kabine.

»Wow. Du siehst toll aus. Die Farbe steht dir wirklich gut.«

Das Kleid umspielte perfekt ihre Figur, die schimmernde, pfirsichfarbene Seide ließ ihre blauen Augen strahlen.

Lorna kramte in ihrer Handtasche herum und steckte sich ein Pfefferminzbonbon in den Mund. »Die Farbe ist hübsch, aber ich finde, du brauchst was Moderneres. Darin siehst du aus wie eine Haushaltshilfe.«

Ich legte Lorna beschwörend die Hand auf den Arm.

Olivia stellte sich vor den dreiteiligen Spiegel. »Ich hätte mir das Kleid selbst nie ausgesucht, aber es gefällt mir echt gut.« Sie drehte sich hin und her. »Sehe ich darin zu dick aus? Ich meine, dicker als ich bin?«

»Ja«, sagte Lorna.

»Nein«, sagte ich gleichzeitig.

Olivia ignorierte ihre Mutter und sah hinunter auf ihre nackten Füße. »Was für Schuhe würden denn dazu passen?«

»Sandaletten mit halbhohem Absatz.«

Lorna ließ entmutigt die Schultern sinken. »Na gut, ich merke schon, dass meine Meinung hier nicht zählt. Wenn es dir wirklich so gut gefällt, würde ich es dir gern kaufen.« Sie holte ein strassbesetztes Portemonnaie aus der Handtasche. »Wie viel kostet es denn?«

»Dreihundert«, sagte Olivia.

Lorna sah erst Olivia an, dann mich, dann wieder Olivia. Sie ließ ihr Portemonnaie zuschnappen und steckte es zurück in die Handtasche. »Vergiss es. Ich übernehme dann doch lieber die Schuhe.«

Am Samstag schloss ich den Laden und ging nach Hause. Eine Hitzewelle hatte die Stadt fest im Griff. Die Luft brannte in der Nase. Der Himmel war schwefelgelb. Zu Hause drehte ich die Klimaanlage voll auf und zog mir das dünnste Nachthemd an, das ich finden konnte. Ich stellte einen Klassiksender im Radio ein und setzte mich mit einem Zeichenblock und Buntstiften an den Küchentisch, um eine Skizze für die Truhe zu entwerfen, die ich bemalen sollte. Der Kunde wollte, dass es aussah, als ob ein Schal mit Paisleymuster über der Truhe lag, die Fransen sollten links und rechts herunterhängen. Es war das komplizierteste Trompe-l'Œil, an das ich mich je gewagt hatte.

Eddie lag ausgestreckt unter dem Tisch, die Musik hatte ihn schläfrig gemacht. Während ich die Vorderseite der Truhe skizzierte, klingelte es an der Tür. Ich ignorierte es und zeichnete weiter.

Es klingelte wieder.

»Geh weg«, murmelte ich vor mich hin.

Es klingelte noch zweimal. Eddie bellte schläfrig. Schließlich schob ich meinen Stuhl nach hinten, ging hinunter und spähte durch den Türspion.

Ich öffnete die Tür. »Wow, du siehst ja umwerfend aus.«

Olivia sah mich nur niedergeschlagen an. »Tja, nur leider wird sich niemand außer dir daran erfreuen können!«

»Was ist denn los?«

Sie kam herein. »Ich wollte gerade meine schöne Perlenkette umlegen, da hat Martin angerufen. Er ist krank geworden, wahrscheinlich Grippe.« Olivia bemerkte mein Nachthemd. »Hab ich dich aus dem Bett geholt?«

»Nein, ich wollte nur was Luftiges anziehen.« Ich schloss die Tür hinter ihr. »Komm mit hoch.«

Sie kraulte Eddie hinter den Ohren und ließ sich auf einen Stuhl am Küchentisch fallen. »Das Schlimmste an der Sache ist: Meine Haare haben noch nie so perfekt ausgesehen wie heute.«

Ich goss ihr ein Glas Eistee ein. »Er findet es bestimmt genau so schade wie du. Muss schrecklich sein, krank zu sein und im Hotel übernachten zu müssen. In welchem wohnt er denn?«

»Das hab ich ihn gar nicht gefragt.« Olivia warf einen Blick auf das Radio und runzelte die Stirn. »Was hörst du denn da,

Hoffnungslosigkeit in C-Moll, oder was? Bei der Musik kriegt man ja Lust, sich die Pulsadern aufzuschneiden.«

Ich versetzte ihr einen Klaps mit einem Buntstift. »Das ist das Adagietto aus Mahlers 5. Sinfonie und wunderschön.«

Olivia nahm einen Schluck Eistee. Als sie das Glas absetzte, fiel ihr Blick auf den großen Umschlag, der auf dem Regal gegenüber der Spüle stand. Der Empfänger, »Gannon Rawlings – Rechtsanwalt«, war deutlich zu erkennen.

Unverschämt neugierig, wie Olivia eben war, auch wenn sie selbst es lieber als ›interessiert‹ bezeichnete, fragte sie natürlich sofort danach. »Was Ernstes?«

»Ja, kann man so sagen. Als ich im Frühjahr zu Hause in Kentucky war, habe ich einen jungen Mann namens Gabe Tucker kennengelernt. Er ist ein Naturforscher, der sich um verletzte Tiere und Vögel kümmert. Er hat mich so sehr an Josh erinnert, dass es fast gruselig war. Jedenfalls, langer Rede kurzer Sinn: Ich hab ihm das Anwesen geschenkt, inklusive Haus und Scheune.«

Olivia sah mich an, als wäre ich verrückt geworden. »Du hast ihm die Farm geschenkt? Wieso das denn?«

»Weil ich ihn mag und weil ich weiß, dass er was Gutes daraus machen wird. Gabes Verlobte ist Tierärztin und die beiden wollen …«

»Bist du völlig durchgedreht? Wieso hast du was verschenkt, das du genauso gut hättest verkaufen können?«

»Ich weiß, was ich da mache, und es fühlt sich richtig an, also nimm es hin.« Ich sah sie ernst an. »Ehrlich, Olivia. Ich bin glücklich mit der Entscheidung, also red mir da nicht rein. Okay?«

Hinter ihren Augen wirbelten Tausende von Fragen durcheinander, aber sie sagte nichts. Sie sah auf meine

Zeichnung. »Arbeitest du eigentlich auch irgendwann mal nicht?«

»Das ist ja keine Arbeit, das macht mir Spaß.«

»Keine Sorge, ich bin auch gleich wieder weg und lass dich in Ruhe mit deiner Arbeit oder deinem Spaß oder was auch immer.«

»Jetzt sei doch nicht so ….«

»Ich kann nichts dafür, ich bin eben enttäuscht wegen heute Abend.«

Ich betrachtete ihr hübsches Kleid, das kastanienfarbene Haar, das sie sich zu einer schicken Frisur aufgesteckt hatte, die perfekt manikürten Fingernägel. Ich sammelte die Buntstifte ein und legte sie in die Schachtel. »Warte mal kurz und schneid dir in der Zeit bitte nicht die Pulsadern auf.«

Sobald ich das Zimmer verlassen hatte, stellte Olivia einen anderen Sender ein. Ich zog das Nachthemd aus und schlüpfte in ein weißes Sommerkleid mit Spitzeneinsätzen. Ich zog mir ein paar High Heels an, band mir die Haare zu einem Pferdeschwanz zusammen und steckte meine Ohrringe an. Dann frischte ich noch schnell mein Rouge auf, tupfte mir einen Spritzer Parfum an den Hals und in weniger als fünf Minuten stand ich wieder in der Küche.

Olivia sah mich überrascht an. »Was hast du denn vor?«

»Wir gehen essen.«

Sie presste die Lippen aufeinander und musterte mich. »Du bist einfach die Beste, weißt du das?«

»Ja, ja«, winkte ich ab. »Das sagst du jedem, der dir deinen Willen lässt.«

Sie lachte und stand auf. »Wo wollen wir denn hin?«

»Es sollte schon was richtig Feines sein. Ich schlage vor, wir gehen zu McCrady's.«

»Meinst du, wir kriegen da ohne Reservierung einen Tisch? Wollen wir nicht lieber vorher anrufen?«

Ich schnappte mir meine Handtasche und die Autoschlüssel. »Wir schenken dem Oberkellner einfach unser schönstes Lächeln und hoffen das Beste. Na los, ich fahre.«

Ein mandarinenfarbener Sonnenuntergang breitete sich über dem Himmel aus, während ich durch den Verkehr steuerte. Ich bog in die Bay Street ein. Als wir an einer wunderschönen dreistöckigen Villa vorbeikamen, verlangsamte ich das Tempo. Sie hatte rosafarbene, stuckverzierte Wände und die von Kerzen erhellte überdachte Veranda war voller Menschen in feinen Kleidern, sicher alles gebürtige Charlestoner. Ich stellte mir das Klingen der Kristallgläser vor, die Silbertabletts, auf denen kunstvoll Horsd'œuvre angerichtet waren, und der Duft von teurem Parfum und guten Zigarren in der Luft. Plötzlich hatte ich großes Heimweh nach Kentucky. Ich wollte dort mit meiner Familie auf der alten Veranda sitzen und Limonade aus den lustigen Gläsern mit den Cartoonfiguren trinken, die Grammy in meiner Kindheit gesammelt hatte. Ich wollte meine Familie lachen hören.

Olivia unterbrach meinen nostalgischen Moment, indem sie auf einen Parkplatz vor uns zeigte. »Da drüben vielleicht. Einen besseren finden wir wohl nicht.«

Während ich das Auto in die winzige Parklücke zwängte, verblasste die Erinnerung. »Ich hoffe, die haben einen Tisch für uns. Ich bin am Verhungern.«

Wir waren kaum hundert Meter gelaufen, da brach mir schon der Schweiß aus allen Poren. Als wir bei McCrady's ankamen, waren die Haare an meinen Schläfen feucht. Der Oberkellner warf uns zwar einen missbilligenden Blick zu, weil wir nicht reserviert hatten, durchsuchte aber trotzdem seine Liste. Er sah auf die Uhr. »In Ordnung, ich habe noch einen Tisch für Sie gefunden. Hier entlang, bitte.«

Er führte uns zu einem Tisch im hinteren Teil des Restaurants. Ich ließ Olivia den Vortritt. Wir wollten uns gerade an einem Kellner vorbeischieben, da blieb Olivia so abrupt stehen, dass ich in sie hineinstolperte. Sie drehte sich blitzschnell um und packte mich am Arm. Ich war nicht sicher, ob sie wütend oder ängstlich war. Wortlos zerrte sie mich aus dem Restaurant.

»Was war das denn?«

Sie ließ meinen Arm los und marschierte in Richtung Auto. Ich musste mich anstrengen, mit ihr Schritt zu halten. »Was ist denn passiert?«

Olivia blieb stehen. Ein Schweißtropfen lief ihr die Schläfe hinunter. »Weißt du, was ich bin? Ein Klischee. Eine vierzigjährige dumme Kuh, die sich ein Seidenkleid, eine Maniküre und eine Pediküre gegönnt hat, und wozu das alles – für nichts und wieder nichts.«

»Ich glaube, ich kann dir nicht ganz folgen. Was ist denn bloß los?«

Sie lief weiter. Ihre Absätze klapperten böse auf dem heißen Gehweg. »Von wegen krank. Martin, dieses Arschloch. Der sitzt da mit einer wunderschönen Brünetten bei McCrady's!«

»Nein!«

»*Doch!* Und die ist höchstens halb so alt wie ich.«

Ich packte sie am Handgelenk und zwang sie, etwas langsamer zu gehen. »Moment mal. Bist du dir überhaupt sicher? Hast du deine Kontaktlinsen drin?«

Sie blieb stehen. Eine Träne kullerte ihre Wange hinunter. Sie nickte.

»Na gut, dann ist er wirklich ein fieses Schwein. Und ein Lügner. Ich finde, wir sollten zurückgehen und dort essen. Sei stolz, geh da rein und sorg dafür, dass er dich auch ja sieht. Damit ruinieren wir ihm garantiert den Abend.«

Olivia verschränkte die Arme vor der Brust. »Ich kann nicht. Das ist mir alles viel zu peinlich.«

»Komm schon. Lass ihn nicht gewinnen. Wir gehen da einfach wieder rein, setzen uns an unseren Tisch und sehen ihm dabei zu, wie er sich windet. Danach geht's dir bestimmt besser.«

»Jetzt sei doch nicht immer so krampfhaft positiv!« Olivia holte ein Taschentuch hervor und tupfte sich die Augen.

Sie hatte so verzweifelt geklungen, dass ich unwillkürlich einen Schritt zurückging. »Na, dann soll Martin eben mit seinem Teenie-Date allein da sitzen. Wir zwei haben uns doch aber schon mal schick gemacht, das sollten wir ausnutzen. Lass uns einfach woanders hingehen und was Schönes essen. Du kannst dich bei mir über ihn auslassen, so viel du willst – solange wir dabei in einem klimatisierten Restaurant sitzen.«

»Ich will einfach nur nach Hause. Wo ist denn bloß dein verdammtes Auto?« Olivia sah sich um. »Ich bin ganz durcheinander.«

Um sie davon abzuhalten, noch mal in die falsche Richtung zu marschieren, stellte ich mich vor sie. »Ich verstehe ja, dass das eine blöde Situation ist, aber du kennst doch diesen Martin kaum. Wieso bedeutet dir dieses eine Date so viel?«

»Das verstehst du sowieso nicht.«

»Ich würd's gern versuchen.«

Sie drehte sich weg und schüttelte den Kopf.

»Olivia, bitte. Red mit mir.«

Sie tupfte sich eine Träne von der Wange. Ihr Gesicht sah im Abendlicht unglaublich verletzt aus. »Ich … ich habe einfach Angst davor, dass mich niemals wieder jemand liebt. Eric hat mir die besten Jahre meines Lebens gestohlen. Du hast ja keine Ahnung, wie sehr ich ihn geliebt habe. Jetzt ist er mit seinem Kalifornier glücklich und mir geht's hier immer schlechter. Jeden Abend, wenn ich allein ins Bett gehe, fühle ich mich so unglaublich einsam und wertlos. Ich habe neulich so einen Artikel gelesen. Da hieß es, die Wahrscheinlichkeit, dass eine vierzigjährige Frau bei einem Flugzeugabsturz ums Leben kommt, ist höher, als dass sie noch mal heiratet.« Olivias Stimme brach. »Der Gedanke, allein alt zu werden, macht mir solche Angst.«

Hätte sie mir erzählt, dass sie ein Alien vom Jupiter sei, hätte ich nicht überraschter sein können. Olivia hatte gerade ihre sonstige harte Schale aus Schlagfertigkeit und beißendem Sarkasmus geöffnet und mir einen Blick auf einen weichen, verletzlichen Kern gewährt, von dessen Existenz ich nicht einmal etwas geahnt hatte. Ich hatte plötzlich Zweifel an meiner Qualität als Freundin. Wie hatte ich diesen Schmerz in ihr nur übersehen können?

Ich legte ihr sanft die Hände auf die Schultern. »Du bist hübsch und intelligent und du hast Humor. Und auch wenn du dir immer große Mühe gibst, es zu verstecken, hast du ein großes Herz. Aber was Männer angeht, fehlt dir einfach ein glückliches Händchen.«

Sie lief wütend davon. Ihre Handtasche schwang an ihrer Seite und stieß ihr gegen die Hüfte. Obwohl mir schon wieder der Schweiß aus allen Poren strömte, eilte ich ihr hinterher. Ich hakte mich bei ihr unter.

»Ich treffe ja auch nie vernünftige Männer, Teddi!«

»Das stimmt nicht.«

»Doch, das stimmt. Nenn mir einen. Einen einzigen!«

Ich hatte diese Unterhaltung zwar nicht führen wollen, aber jetzt war es zu spät. »Na schön. Erinnerst du dich noch an den Klempner, der mein Waschbecken repariert hat? Der ziemlich gut aussah und dich um ein Date gebeten hat? Den wolltest du nicht.«

Olivia blieb stehen. »Natürlich nicht. Worüber hätte ich mich denn bitte schön mit dem unterhalten sollen? Wie man am besten mit einem verstopften Abfluss umgeht? Wir hatten absolut nichts gemeinsam.«

»Du hast ihm ja nicht mal eine Chance gegeben. Dieser Klempner, von dem du nichts wissen wolltest, hat gerade ein Buch mit Kurzgeschichten geschrieben. Er ist jetzt mit Carla Frey zusammen. Die arbeitet in einem Juweliergeschäft und hat mir davon erzählt, als ich meine Armbanduhr zur Reparatur gebracht habe.«

»Schön für sie!«, fauchte Olivia. Sie drehte sich um und ließ die Schultern hängen. »Wieso erzählst du mir das? Gerade jetzt, nach der Sache mit Martin?«

Ich versuchte, sie zu umarmen, aber sie machte sich sofort wieder los. »Ich sage das nicht, um dir wehzutun, sondern weil du meine beste Freundin bist. Du verdienst einen tollen Mann, aber du wirst nie einen finden, wenn du die Leute immer so schnell verurteilst. Das machst du wirklich oft. Weißt du noch, wie wir uns damals auf dem Flohmarkt kennengelernt haben? Du meintest sofort, ich bekomme nichts allein hin, weil ich den Kronleuchter nicht ins Auto gekriegt habe.«

»Na ja, du hast es ja auch nicht allein hinbekommen.«

»Ich hab mich in der Größe vertan! Deshalb bin ich doch noch lange kein Mensch, der nichts allein schafft. Dann haben wir uns jedenfalls unterhalten und sieh nur, was daraus geworden ist.«

»Ja, ich hab dir den Kronleuchter mit meinem Truck zum Laden gefahren, weil du es eben nicht allein hinbekommen hättest.«

Ich stöhnte genervt. »Jetzt sei doch nicht so zickig. Ich meine das Endergebnis, und das weißt du auch. Ohne diesen Kronleuchter wären wir nie miteinander ins Gespräch gekommen und hätten nicht festgestellt, dass wir eine ganze Menge gemeinsam haben.«

Olivia pustete sich eine verschwitzte Strähne aus der Stirn und stimmte mir mit einem fast unmerklichen Nicken zu.

»Also, ich zerfließe hier gleich. Lass uns irgendwohin, wo es kühler ist, und was essen.« Ich hakte sie unter und zog sie vorwärts. »Und wenn wir in keinem schicken Restaurant einen Tisch bekommen, fahren wir zurück zu mir, sitzen in unserer Unterwäsche rum und essen Pizza.«

Auf dem Weg zu meinem Auto blieb Olivia vor einem roten Porsche stehen. »Das ist Martins Auto. Ich würde ihm am liebsten die Scheinwerfer einschlagen!«

»Olivia Dupree, vergiss ihn endlich. Vergiss seine schlauen Wörter und die blöden Argylesocken. Der Kerl hat doch keine Seele. Der ist nur ein … ein selbstverliebter Idiot, der mit seinem Synonymwörterbuch ins Bett geht.«

Erst dachte ich, sie würde wieder anfangen zu weinen, aber dann zuckten ihre Mundwinkel und sie lachte laut los. »›Ein selbstverliebter Idiot, der mit seinem Synonymwörterbuch ins Bett geht‹? Nicht schlecht. Und weißt du was? Du hast recht. Er hat mich überredet, beim Preis für den

Jules Verne runterzugehen, indem er gefragt hat, ob wir mal zusammen essen gehen. Jetzt könnte ich mir in den Hintern beißen.«

»Keine Sorge, das kann ich gern später übernehmen. Halt mal kurz.« Ich drückte ihr meine Handtasche in die Hand, sah nach links und rechts, ob auch keiner kam, und machte mich ans Werk.

»Was machst du denn da?«

»Pssst. Huste einfach, falls jemand kommt.«

Ich kniete mich neben den Porsche und schraubte die Ventilkappe des linken Vorderreifens ab. Ich drückte einen kleinen Kiesel hinein und schraubte die Kappe wieder drauf, bis ein Zischen zu hören war. Lächelnd nahm ich mir den rechten Vorderreifen vor.

Olivia sah mir zu. Ihre Tränen waren versiegt und sie strahlte mich an. »Du bist genial«, flüsterte sie mir begeistert zu.

»Na ja, zum nächsten Treffen der Hochbegabten werde ich wohl nicht gerade eingeladen, aber ich hab so meine hellen Momente. Und ich weiß, wann Rache angebracht ist.«

»Wo hast du das denn gelernt?« Ich trat zurück auf den Gehweg, nahm Olivia meine Tasche ab und schwang sie mir triumphierend über die Schulter. »Bei meinem cleveren kleinen Bruder.«

Neunundzwanzig

Der Sommer brachte viel Arbeit in den Laden. In der Nähe fanden mehrere Kongresse statt und ein Artikel in der *New York Times* über Charlestons viele charmante Facetten hatte den Tourismus ordentlich angekurbelt. Ich wurde meine Antiquitäten fast so schnell wieder los, wie ich sie einkaufte, und Albert hatte eine lange Liste mit Reparaturaufträgen. Im August bekam ich von Marilee Armstrong, einer jungen Frau aus der feinen Gesellschaft von Charleston, den Auftrag, ihrer Tochter zum fünften Geburtstag eine Truhe mit dem Spielbrett von »Candy Land« zu bemalen. Wenige Wochen, nachdem die Truhe ein neues Zuhause in der Legare Street gefunden hatte, wollte plötzlich jeder aus Marilees Freundeskreis ein handbemaltes Möbelstück. Ich wusste vor lauter Arbeit nicht, wo mir der Kopf stand, und musste eine Warteliste anlegen.

Anfang Oktober saßen Albert und ich in der Werkstatt. Er reparierte gerade einen Riss an der Seite einer hübschen William-und-Mary-Kommode aus Olivenholz. Ich saß am entgegengesetzten Ende der Werkstatt und bemalte für ein zehnjähriges Mädchen einen Kiefernholzschreibtisch in barbiepink, die Schubladenknäufe sollten neongrün werden.

Das Telefon klingelte. Einen Moment später stand Inez in der Tür. »Da ist ein Gabe, der dich sprechen will. Soll ich ihn erst mal fragen, worum es geht?«

»Nein, ich komme schon.«

Ich ging in mein Büro und schloss die Tür.

»Hi, Gabe.«

»Hallo, Teddi. Ich hoffe, ich störe nicht. Ich wollte Ihnen nur kurz erzählen, dass Sally und ich eine Wohltätigkeitsveranstaltung auf der Farm organisieren, und es würde uns viel bedeuten, wenn Sie kommen könnten.«

Ich blätterte im Kalender. »Haben Sie schon ein Datum ins Auge gefasst?«

»Den siebenundzwanzigsten Oktober. Wir wollten es an einem Sonntag machen, weil da bestimmt mehr Leute Zeit haben. Aber es ist uns wichtig, dass Sie dabei sind. Wir würden es auch verschieben, wenn es Ihnen an einem anderen Tag besser passt.«

»Nein, das passt mir gut. Ich komme auf jeden Fall. Kann ich noch irgendwie helfen?«

»Sie haben doch schon so viel für uns getan! Wir können es immer noch nicht richtig glauben. Sally freut sich schon so darauf, Sie endlich kennenzulernen. Meine Eltern übrigens auch.«

Seine Stimme klang ein wenig heiser, als er fortfuhr. »Teddi? Ich … ich wollte nur noch mal Danke sagen.«

»Gern geschehen. Dann bis bald!«

Ich kringelte das Datum im Kalender ein und fragte Inez, ob sie an dem Wochenende für mich den Laden übernehmen könnte. Sie freute sich, denn sie konnte ein paar Überstunden gut gebrauchen. Als ich gerade mit der Fluggesellschaft telefonierte, klingelte die Ladenglocke.

»Ich bin's nur!«, rief Olivia.

Ich schrieb schnell die Reservierungsnummer mit, legte auf und ging nach vorn. Olivia stand am Fenster und hielt ein Tintenfass aus Kristallglas ins Licht. »Das ist ja wunderschön. Wo hast du das denn her?«

»Von einem Händler aus Frankreich. Hübsch, nicht?«

Das Tintenfass glitzerte in der Sonne. Olivia hob den Silberdeckel an und sah den Preis. »Hm, ganz schön teuer. Aber ich würde das Ding so gern haben … bekomme ich vielleicht Rabatt?«

»Wenn du mir einen Gefallen tust, verkauf ich's dir zum Einkaufspreis.«

»Abgemacht! Was denn für einen Gefallen?«

»Gabe hat mich zu einer Wohltätigkeitsveranstaltung eingeladen, die er mit Sally auf der Farm veranstaltet. Ich habe keine Zeit, mit dem Auto nach Kentucky und wieder zurückzufahren, deshalb fliege ich diesmal. Könntest du so lange auf Eddie aufpassen?«

»Klar, kein Problem.« Sie wischte mit dem Blusenärmel ihre Fingerabdrücke von dem Tintenfass. »Wann denn?«

»Am siebenundzwanzigsten, das ist ein Sonntag. Aber ich fliege schon am Samstagmorgen, also würde ich Eddie Freitagabend zu dir bringen.«

»Bear freut sich doch immer, wenn er jemanden zum Spielen hat.« Olivia gab mir das Tintenfass. »Packst du's mir ein?«

Ich nahm einen Stapel Seidenpapier und eine Tüte und ging nach hinten. Olivia folgte mir und setzte sich auf Alberts Werkbank. Sie fühlte sich hier wie zu Hause.

»Du siehst aus, als hättest du dich im Matsch gewälzt«, bemerkte ich.

Olivia sah auf ihre schmutzige Jeans hinunter. »Stimmt auch mehr oder weniger. Hab den ganzen Vormittag meinen Garten umgegraben. Ich will Azaleen pflanzen und war gerade auf dem Weg zum Gärtner. Aber da dachte ich, schau ich doch mal vorbei und nerve euch ein bisschen.«

Olivia, Albert und ich schwatzten ein wenig übers Gärtnern. Währenddessen hörte ich Inez plötzlich in ihrem Büro wie verrückt lachen.

Einen Augenblick später stand sie bei uns in der Tür, die Hände in die Hüften gestemmt. »Alle mal herhören, ich muss euch was erzählen. Kaye Farley von Dodsons Antiquitäten hat gerade angerufen und mir eine Wahnsinnsgeschichte erzählt. Samstagmorgen kam Miz ›Langfinger‹ Poteet bei ihr vorbei, hat sich einen Porzellanhund aus der Vitrine geschnappt und ist damit weggerannt. Mr. Dodson hat das aber gesehen und ist ihr hinterhergelaufen. Nach ein paar Metern hatte er sie eingeholt und wollte ihr den Hund wieder abnehmen. Miz Poteet hat ihn aber nicht hergegeben. Muss ein richtiges Tauziehen gewesen sein. Miz Poteet wollte jedenfalls nicht loslassen, und dann hat sie einen Schritt rückwärts gemacht, ist über den Bordstein gestolpert und gestürzt.«

»Hat sie sich wehgetan?«

»Ja, sie hat sich den Knöchel verstaucht und den Ellenbogen aufgeschrammt, Kaye hat alles gesehen. Polizei und Notarzt waren auch gleich da, und drumherum stand eine Menschenmenge. Muss wohl ganz schön was los gewesen sein. Kaye sagt, der Hund ist in tausend Teile zersprungen. Das war so ein teurer, davon hatten wir auch schon ein paar. Aus England sind die, wie heißen die noch mal …«

»Staffordshire?«

»Ja, genau.« Inez seufzte dramatisch. »Kaye sagt, Miz Poteets Sohn hat jetzt jemanden angestellt, der sie nicht mehr aus dem Haus lässt. Das bedeutet vermutlich das Ende unserer schönen Klaulimentezahlungen. Das war's dann wohl auch mit meinem roten Cabrio.«

Albert sah sie verwirrt an. »Rotes Cabrio?«

»Und was sind Klaulimente?«, fragte Olivia.

Wir lachten alle, als Inez erklärte, was sich dahinter verbarg und wie sie auf das Wort gekommen war. Miz Poteet tat mir dennoch leid. Ich musste den Tag über immer wieder an sie denken.

Nach Ladenschluss verriegelte ich die Tür, nahm etwas aus der Glasvitrine und ging los, um eine ›Gute Besserung‹-Karte, Geschenkpapier und eine kleine Präsenttüte zu besorgen. Als ich alles zusammenhatte, setzte ich mich ins Auto und schrieb eine kurze Nachricht in die Karte:

Liebe Mrs. Poteet,
ich habe von Ihrem kleinen Unfall gehört und
hoffe sehr, dass es Ihnen schnell wieder gut geht.
Herzliche Grüße,
Teddi Overman

Ich fuhr eine Weile auf der Suche nach einem Parkplatz die Straße hinauf und hinunter, fand jedoch keinen. Schließlich verlor ich die Geduld und parkte ein ganzes Stück weit weg von Miz Poteets Haus, stieg aus und schlenderte in Ruhe zurück. Auf meinem Spaziergang bewunderte ich wieder mal Charlestons wunderschöne Architektur. Ein Haus hatte es mir besonders angetan: eine prächtige weiße Schönheit an der Ecke East Battery und Atlantic Street. Ich hatte es zwar schon unzählige Male gesehen, fuhr jedoch trotzdem immer etwas langsamer daran vorbei, wenn ich durch diese Straße kam. Mit den halbmondförmigen Balkons in allen drei Etagen und den fantasievollen Verzierungen sah es aus wie eine ausgefallene Hochzeitstorte und war das meistfotografierte Haus der Stadt.

Das Haus der Poteets, das auf den White Point Garden blickte, war im italienischen Stil erbaut und nicht ganz so opulent wie die Hochzeitstortenvilla. Eine Marmortreppe führte zur Tür hinauf. Die Stufen waren schon etwas ausgetreten und wiesen leichte Risse auf, so viele Menschen waren hier in den letzten hundert Jahren ein- und ausgegangen. Ich drückte auf die Klingel. Während ich darauf wartete, dass mir jemand öffnete, trat ich einen Schritt zurück, um mir die Veranda genauer anzusehen. Wie es sich wohl anfühlte, in einem der Rattanschaukelstühle zu sitzen und die frische Meeresbrise zu genießen, die vom Hafen herüberzog?

Obwohl ich ihn noch nie gesehen hatte, war mir sofort klar, dass der Mann, der mir die Tür öffnete, der hochwohlgeborene Hausbesitzer selbst sein musste. Bei den wenigen Malen, die wir wegen der Diebstähle seiner Mutter miteinander telefoniert hatten, hatte ich ihn mir immer wie eine angeberische Kröte vorgestellt. Das war jedoch ganz und gar nicht der Fall.

Der Mann, der dort in der Tür stand, war groß, hatte dunkelbraune Augen und dichtes, braunes Haar, das an den Schläfen schon leicht grau wurde. Von seinen großen Ohren abgesehen hätte man ihn als gut aussehend bezeichnen können, wenn er nicht so ein genervtes Gesicht gezogen hätte.

»Mr. Poteet?«

»Ja?«

»Hallo, ich bin Teddi Overman. Ich habe gehört, dass Ihre Mutter gestürzt ist. Das tut mir sehr leid. Ich habe ihr ein kleines Geschenk mitgebracht.«

Er sah mich misstrauisch an und nahm zögernd die glänzende rosa Tüte entgegen. Er hatte wohl Angst, jemand wolle seiner Mutter einen Streich spielen, denn er fasste sofort prüfend hinein. In der Tüte war ein Kästchen aus Limosiner Email. Es war nicht dasselbe, das mir Miz Poteet gestohlen und dann nach dem Tod meiner Mutter zurückgebracht hatte, sondern eins, das ich vor Kurzem bei einer Haushaltsauflösung erstanden hatte – ein hübsches kleines Kästchen mit einem blauen Schmetterling auf dem Deckel.

Der harte Zug um seine Mundwinkel löste sich etwas. »Mutter mag diese Kästchen sehr.«

Ob er irgendeine Ahnung hatte, wie viel sie mir schon gestohlen hatte? Wie viel er mir an Klaulimenten gezahlt hatte?

»Na ja, ich werd dann mal wieder. Grüßen Sie Ihre Mutter von mir. Einen schönen Abend noch, Mr. Poteet.«

Ich war schon die Treppe hinunter und stand wieder auf dem Gehweg, als er mir hinterherrief. »Miz Overman?«

Ich drehte mich um. »Ja?«

»Danke, dass Sie so freundlich zu meiner Mutter waren. Und nennen Sie mich doch bitte Sam.«

»Aber nur, wenn Sie mich Teddi nennen.«

Ich hob lächelnd die Hand. Er tat dasselbe.

Auf dem Rückweg zu meinem Auto dachte ich darüber nach, wie einsam er in diesem großen Haus sein musste, mit niemandem zum Reden außer seiner verrückten Mutter. So viele Zimmer, so wenig Lachen, um sie zu füllen.

Dreißig

Am Freitagabend, dem fünfundzwanzigsten Oktober, packte ich Futter für Eddie, seinen Napf und sein Spielzeug ein und fuhr mit ihm zu Olivia. Bear freute sich sehr über den Besuch, und die beiden Hunde rannten sofort fröhlich zusammen in die Küche.

Olivia und ich unterhielten uns noch ein bisschen. Als ich dann wieder loswollte, kam Eddie sofort angelaufen, schmiegte sich an meine Beine und wollte mich gar nicht mehr gehen lassen. Ich kniete mich neben ihn und knuddelte ihn, flüsterte ihm ins Ohr, wie lieb ich ihn hatte und dass ich bald wiederkommen würde, aber das überzeugte ihn anscheinend alles nicht. Olivia nahm ihn seufzend auf den Arm. »Was bist du denn für ein Baby?«

Als ich zur Tür hinausgehen wollte, heulte Eddie jämmerlich und versuchte mit all seiner Kraft, sich aus Olivias Armen zu befreien. »Geh einfach. Wenn er dich nicht mehr sieht, geht's ihm bestimmt gleich besser. Ich passe gut auf ihn auf.« Ich gab ihm noch einen Kuss und kraulte ihn hinter den Ohren. »Sonntagabend hole ich dich wieder ab. Versprochen.«

Olivia drehte sich um, damit er nicht sah, wie ich aus der Tür ging. Eddie heulte herzzerreißend. Ich hatte ein sehr schlechtes Gewissen. Ich fuhr nach Hause, packte meinen Koffer und vermisste ihn schon ganz schrecklich.

Wir ließen die dichten weißen Wolken hinter uns und tauchten ins Sonnenlicht ein. Das Flugzeug landete auf dem Blue-Grass-Flughafen in Kentucky. Ich mietete mir ein Auto und machte mich auf den Weg zur Farm. Gegen zwanzig vor zehn war ich bereits auf dem Highway unterwegs. Es war ein frischer Herbstmorgen, und ich öffnete das Fenster lediglich einen kleinen Spalt, um etwas kühle Luft hereinzulassen. Die knappe Stunde Fahrt verging wie im Flug. Ich würde zwar bei Stella übernachten, fuhr jedoch trotzdem erst mal durch zur Farm. Gabe wartete bestimmt schon auf mich.

Als ich die Einfahrt hinauffuhr, fiel mir sofort ein großes Schild im Garten auf, das mit einer grauen Plane abgedeckt war. Es war mindestens zwei Meter breit und etwa einen Meter hoch. Der Rasen war frisch gemäht und das Haus hatte einen neuen Anstrich bekommen. Neue schiefergraue Läden hingen vor den Fenstern.

Ich ging die Treppe zur Veranda hinauf und wollte gerade anklopfen, als ich ein vertrautes Tuckern hörte. Ich sah mich überrascht um. Gabe kam auf Daddys altem Traktor um die Ecke gefahren und winkte mir. Blasser Rauch stieg aus dem Auspuffrohr, genau wie früher. Gabe fuhr hinters Haus und stellte den Motor ab. Der auf Hochglanz polierte Traktor glänzte in der Sonne.

»Hallo!« Gabe kletterte herunter. »Ich hab den Traktor zusammen mit einem Freund vor ein paar Wochen wieder zum Laufen gebracht.«

Ich ging die Verandatreppe wieder hinunter und schüttelte die ausgestreckte Hand. »Da würde sich Daddy aber freuen. Er hat diesen Saurier von einem Traktor geliebt. Und das Haus sieht übrigens auch toll aus.«

»Danke. Wir haben vor zwei Wochen mit einem Haufen Freunde eine Malerparty geschmissen, sind an nur einem Wochenende fertig geworden!«

Er sah sich stolz um. Plötzlich wurde sein Gesicht ernst. »Ich freue mich wirklich, dass Sie kommen konnten. Ich verstehe immer noch nicht so richtig, wieso Sie das alles für uns getan haben. Ich meine, ich verstehe es schon ein bisschen, nach dem, was Sie mir über Josh erzählt haben, aber ich … ich weiß einfach nicht, was ich sagen soll.«

Ich lehnte mich gegen den Traktor und zeigte die Straße hinunter. »Vor langer Zeit hat dort drüben mal ein Gentleman namens Jackson T. Palmer angehalten. Er war ein bisschen verschroben und dickköpfig, hatte aber ein Herz so groß wie Texas. Er hat mir eine Chance gegeben, die mein Leben verändert hat. Als er gestorben ist, dachte ich, mein Traum vom eigenen Laden wäre aus. Aber bevor ich mich wirklich davon verabschieden musste, trat ein anderer Gentleman in mein Leben, Preston Calhoun. Er ist für mich ein großes Risiko eingegangen, indem er als Bürge für einen ziemlich hohen Kredit eingesprungen ist, damit ich meinen Laden doch noch aufmachen konnte. Ich habe Jahre gebraucht, um den Kredit abzuzahlen, und manchmal war es sehr schwer. Aber ich habe jede Rate pünktlich gezahlt. Ich habe Mr. Calhoun einmal gefragt, warum er sich so für mich eingesetzt hat, für ein Bauernmädchen mit einem großen Traum, aber ohne Geld, das er gar nicht richtig kannte. Wissen Sie, was er geantwortet hat?«

Gabe schüttelte den Kopf.

»Er hat gesagt, an dem Tag war ihm einfach danach.« Ich ließ den Blick über die Farm schweifen und zwang mich, nicht zu weinen. »Und da habe ich mir geschworen, eines Tages würde ich auch jemandem so helfen wie er mir damals. Ich wusste nicht, wann und womit, aber dann habe ich Sie getroffen, und es hat sich einfach richtig angefühlt.«

Gabe wurde rot. In ihm tobten sicher gerade viele Emotionen. Ich versuchte, ihn auf andere Gedanken zu bringen. »Haben Sie Lust, mir mal alles zu zeigen?«

Wir gingen gemeinsam zur Scheune hinüber. Als ich eintrat, stieg mir sofort der Duft von Sägespänen in die Nase. In die unteren Balken waren moderne Spotlights eingelassen, der Holzfußboden war sauber und frisch geölt, und keine Spinnweben weit und breit. Links an der Wand befanden sich acht große Käfige, die alle mit Sägespänen ausgelegt waren.

Gabe erzählte mir mit großem Stolz, für welche Tiere die einzelnen Käfige gedacht waren und dass er und seine Freunde sie so gebaut hatten, dass niemand aus- oder einbrechen konnte. In einem der Käfige stand ein kleiner Waschbär auf den Hinterbeinen und schien sich sehr über unseren Besuch zu freuen.

»Das ist Ella.« Gabe kniete sich neben den Käfig. »Sie ist in eine Wildererfalle geraten, aber wir konnten ihr mit einer Operation das Leben retten. Ihr Bein ist fast wieder komplett geheilt. Sie ist ganz zutraulich und unglaublich schlau.«

Ich kniete mich vor den Käfig. »Hi, Ella. Du bist aber eine Hübsche.« Ich lächelte Gabe an. »Was die für ein süßes Gesicht hat!«

»Ja, ich bin auch ganz verliebt in sie.«

Hinter den Käfigen war eine neu gezogene Wand, an der über ein Dutzend amtliche Genehmigungen, Urkunden und Zertifikate hingen. Dahinter standen zwei fest installierte Edelstahlwannen, ein Kühlschrank und mehrere Regale. Die Leiter zum Heuboden war verschwunden, stattdessen gab es dort nun eine richtige Treppe. Ich fuhr mit der Hand über das lackierte Geländer und sah hinauf. »Und was wird aus dem Heuboden?«

»Wissen wir noch nicht genau. Sally und ich wollen den vorderen Teil vielleicht als Büro nutzen.«

Ein paar Schritte weiter öffnete Gabe die Tür zu einem neu abgeteilten Innenraum. In die Wand waren drei Fenster eingelassen, die mit Draht bespannt waren. Auf der gegenüberliegenden Seite befanden sich sieben Käfige. Einer hatte auch schon einen Bewohner.

Ich lächelte. »Ein Streifenkauz! Ach, die finde ich toll. Ich habe noch nie einen von so nah gesehen. Sieht irgendwie aus wie ein neugieriger alter Mann.«

»Das ist Oscar. Er ruft immer achtmal und es klingt wie ›Wer bist denn duuu, wer bist denn duuu?‹«

Ich lachte. »Na, hoffentlich bekomme ich das mal zu hören.«

»Bei der Aufregung hier morgen wird er bestimmt gar nicht mehr aufhören zu rufen. Er wurde auf der I-64 von einem Auto angefahren, aber mittlerweile ist er wieder völlig gesund. Oscar wird der Star der Veranstaltung. Wir lassen ihn morgen frei und hoffen, dass den Gästen dadurch klar wird, wie wichtig unsere Arbeit hier ist. Und dass ihre Spenden entsprechend großzügig ausfallen!«

Gabe ging zum hinteren Teil der Scheune. »Das hier wird Ihnen gefallen.« Er entriegelte die Tür und trat einen Schritt zurück. »Nach Ihnen.«

Ich sah ihn verwundert an, öffnete die Tür und trat hinaus ins Sonnenlicht. Vor mir lag der Kuhstall meines Urgroßvaters, oder zumindest das, was von ihm übrig war. Er war völlig neu gebaut worden, hatte ein neues Dach bekommen und auch neuen Maschendraht.

Ich trat näher heran und schlug die Hand vor den Mund. Gabe hatte es sicher nur gut gemeint, aber ich war einfach nicht vorbereitet gewesen.

Nicht darauf.

Ich versuchte, mein inneres Gleichgewicht wiederzufinden, kämpfte darum, nicht zusammenzubrechen. Mein Gesicht fühlte sich heiß an, mein Atem kam stoßweise.

Alles in Ordnung. Du bist im Heute. Bleib im Moment. Atme ganz ruhig …

Ich ließ stumm die Hände sinken, meine Arme hingen schwer an mir herunter. Als sich unsere Blicke trafen, flatterte er nicht einmal kurz auf, als wäre so eine Bewegung unter seiner Würde.

Gabe sagte leise: »Das ist Noah.«

Er war so ein beeindruckendes Exemplar, dass er fast unecht wirkte. Im Gegensatz zu Ghost trug dieser Rotschwanzbussard seine komplette Uniform: zimtfarbene Streifen quer über der Brust, dunkelbraune an den Schultern, die Spitze seines rostroten Schwanzes war mit einem schwarzen Strich geschmückt.

»Der sieht unglaublich schön aus. Was macht der denn hier?«

»Ein Farmer hat ihn nach einem Unwetter in einer Pfütze gefunden. Sein Gefieder war völlig durchnässt und er war ganz verwirrt. Ich nehme an, dass er vom Wind gegen die Hauswand geschleudert wurde. Wir haben ihn geröntgt und zum Glück keine Knochenbrüche festgestellt, aber er war trotzdem ziemlich mitgenommen, hatte wahrscheinlich Quetschungen an mehreren inneren Organen. Die erste Woche war er ganz apathisch und hat sich kaum bewegt. Ich hab ihm Hühnchen püriert und musste ihn per Hand füttern.«

Ich ging einen Schritt näher an Noah heran. Er sah mich aufmerksam an. »Ist er jetzt wieder ganz gesund?«

»Ja. Bald können wir ihn freilassen.«

»Wann denn?«

»Bald.« Gabe lächelte den Vogel an. »Ich muss dann mal los, ich habe heute Schicht von zwölf bis sieben im Krankenhaus. Aber bleiben Sie ruhig, solange Sie möchten.«

Wir gingen zusammen zum Haus zurück. Gabe stieg in seinen Truck. »Bis morgen!« Er startete den Motor. Ich winkte ihm hinterher.

Und da stand ich nun. Auf dem Land, das nicht mehr meiner Familie gehörte. Ich konnte immer noch nicht ganz fassen, dass es kein Zurück mehr dafür gab. Und trotzdem fühlte ich gleichzeitig sehr deutlich, dass ich meinen Frieden mit dieser Tatsache gemacht hatte. Ich öffnete den Kofferraum meines Autos, holte die Wanderschuhe heraus, setzte mich auf die Verandatreppe und zog sie an. Ich band mir einen Pullover um die Hüften, füllte meine Wasserflasche auf und machte mich auf zu meiner Wanderung in den Wald.

Der Pfad, einst von meinem Bruder ganz ausgetreten, war mittlerweile mit dichtem Gestrüpp überwuchert. Ich wusste jedoch noch genau, wo ich langgehen musste. Je tiefer ich in den Wald hineinkam, desto schmerzhafter wurde es für mich, jeder Schritt rührte an der größten Wunde meiner Familie. Ab und zu blieb ich stehen, um wieder zu Atem zu kommen und die Rinde des einen oder anderen Baums zu streicheln. Viele von ihnen kannte ich seit meiner Kindheit.

Ich stieg immer höher, durch die Schatten hindurch, bis ich auf einer sonnenhellen Lichtung stand. Hier waren Josh und ich als Kinder oft gewesen. Ich setzte mich auf den Waldboden, schlang die Arme um die Knie und lauschte den Klängen des Waldorchesters: dem Zwitschern eines Zaunkönigs, dem Rascheln eines Eichhörnchens, das im Laub nach Futter suchte, dem fernen Rauschen eines Wasserfalls. Ich schloss die Augen und stellte mir vor, Josh würde neben mir sitzen, mit zerzausten Haaren, die Ränder seiner Jeans schmutzig und ausgefranst. Ich wusste genau, dass mir nur meine Fantasie einen Streich spielte, aber einen kurzen Augenblick lang konnte ich ihn sogar riechen. Diesen unverwechselbaren Geruch eines Jungen, der im Wald umhergestreift ist: das verschwitzte T-Shirt, der Duft nach Erde. Ich lächelte und atmete tief ein, wollte den Duft meines Bruders noch einen Moment länger festhalten. Aber da war er auch schon wieder verflogen, so wie mein Bruder selbst vor vielen Jahren.

Ich trank den letzten Schluck Wasser und schüttelte die Flasche aus, bis sie innen fast trocken war. Ich holte den Brief aus der Hosentasche, den ich am Abend zuvor geschrieben hatte. Langsam faltete ich das einzelne, handbeschriebene Blatt auseinander und las es mir noch einmal durch:

Mein lieber Josh,
es hat lange gedauert, aber mittlerweile habe ich endlich akzeptiert, dass du nicht wieder zurückkommst und die Farm übernehmen wirst. Daddy

ist tot, aber das weißt du bestimmt schon. Mama ist letztes Jahr gestorben. Da du nicht da bist, um dich um die Farm zu kümmern, hatte ich keine andere Wahl und habe die Felder an Joe Springer verkauft. Das Haus, die Scheune und das restliche Land habe ich verschenkt. Ich will dich nicht mit den Details langweilen, wichtig ist nur, dass die Overman-Farm für immer ein geschützter Lebensraum für Wildtiere sein wird.
Ich hoffe immer noch jeden Tag, dass das Telefon klingelt, und jeden Abend bete ich für dich.
In Liebe,
Teddi

Ich rollte den Brief zusammen, schob ihn in die Wasserflasche und schraubte sie zu. Ich schob sie in eine Felsspalte und ging zurück zum Wanderweg. Während ich durch die Schatten hindurch zurückging, hörte ich über mir das unverwechselbare *KEEERRRRR* eines Bussards, der aus den Bergen hinuntersegelte.

Einunddreißig

Wieder zurück auf der Farm sah ich mich ein letztes Mal um. Ich fühlte bereits, wie sich etwas in mir von diesem Ort entfernte, wie ich mich innerlich löste. Ich strich mit der Hand über die Scheunenwand und schloss für einen Moment die Augen. Dann fuhr ich zu Stella.

In der Sekunde, als ich ihre Einfahrt hinauffuhr, kam sie mir schon entgegengelaufen. »Da bist du ja endlich! Hab mir schon Sorgen gemacht.«

»Ich war noch mal bei der Farm und hab ein bisschen die Zeit vergessen. Tut mir leid.«

Sie nahm mein Gesicht in die Hände. »Jetzt bist du ja da, mein Schatz. Komm rein. Hast du Hunger?«

»Sehr sogar.«

Ich saß am Küchentisch und wir schwatzten miteinander, während sie mir ein Sandwich mit Geflügelsalat machte. Hier in ihrer Küche zu sitzen war wie eine Reise in die Vergangenheit, in meine Kindheit. Die Küchenschränke aus Ahornholz, das Wachstuch mit den leuchtend roten Äpfeln darauf, der Toaster, der unter dem kleinen gelben Deckchen versteckt war, dessen Ränder mit ausgeblichener blauer Zackenlitze eingefasst waren.

Sie stellte mir den Teller hin. »Ich hab viel saure Gurke und Sellerie drangemacht, so wie du es magst.«

Ich nahm einen Bissen und seufzte genussvoll. »Du machst wirklich den allerbesten Geflügelsalat.«

Noch bevor ich das Sandwich aufgegessen hatte, stellte Stella mir schon ein riesiges Stück Schokoladenkuchen hin. »Morgen ist also der große Tag, hm?« Sie setzte sich mir gegenüber. »Im Supermarkt und in der Reinigung lagen Flyer aus. Sogar Loretta vom Schönheitssalon hat einen bei sich ins Schaufenster gelegt.«

Ich tupfte mir mit der Serviette den Mund ab. »Gabe ist ein ganz besonderer junger Mann. Was er und Sally da vorhaben, ist keine Kleinigkeit. Ich hoffe, das klappt alles.«

»Ach, bestimmt«, sagte Stella. »Rita vom Bäcker hat erzählt, dass die beiden auch Kurse über Wildtiere anbieten wollen?«

»Ja, das war die einzige Bedingung, die ich Gabe gestellt habe.«

Ich nahm einen Bissen vom Schokoladenkuchen. Ich könnte schwören, dass meine Geschmacksknospen sich in diesem Moment feierlich erhoben und eine Hymne anschlugen. Der Kuchen war so köstlich und süß, dass ich mich nach zwei Bissen erst einmal zurücklehnte und abwartete, ob mir nicht die Zähne wegschmelzen würden. »Oh mein Gott, ich hab noch nie so was Leckeres gegessen.«

Stella strahlte. »Der Extrazucker und das ganze Stück Butter haben sicher was damit zu tun.«

»Ein ganzes Stück Butter! Na, hoffentlich überleb ich das.« Nach einem weiteren Bissen gab ich jedoch auf.

Stella zog den Teller zu sich heran, steckte sich das restliche Stück in den Mund und nahm noch die letzten Krümel mit der Gabel auf. »Wer passt eigentlich gerade auf deinen Hund auf?«

»Olivia. Und Eddie war absolut nicht einverstanden damit. Du hättest ihn mal hören sollen, als ich wieder gehen wollte. Er hat so geweint! Ich musste auch fast weinen.«

»Er ist nun mal dein Baby.« Stella lächelte.

Danach wuschen wir zusammen das Geschirr ab. Stella schenkte uns Eistee ein. »Komm mit rüber ins Wohnzimmer. Ich bastele gerade kleine Duftkissen für den Kirchenbasar und dachte, du hast vielleicht Lust, mir zu helfen.«

Wir setzten uns auf das geblümte Sofa. Auf dem Kaffeetisch davor stand ein Karton. Stella holte eine Plastiktüte daraus hervor und hielt sie mir unter die Nase. »Schnupper mal.«

Ich beugte mich vor und roch an der Tüte. »Hmmm. Ich liebe Lavendel.«

Sie holte viele bunte Stoffquadrate aus dem Karton und legte sie sich in den Schoß. »Letzte Woche hab ich diese kleinen Säckchen hier genäht. In jedes Säckchen kommt eine Handvoll Lavendel und dann binde ich sie oben mit einem Band zu. Ist ein nettes Geschenk. Wenn ich richtig gerechnet habe, müsste der Lavendel für achtzig Säckchen reichen.«

Ich trank einen Schluck Eistee. »Wow, das ist ja eine ganz schöne Menge.«

Wir machten es uns gemütlich und begannen, die Säckchen zu befüllen.

Stella meinte, ich würde die Bänder hübscher binden als sie, also teilten wir uns auf – Stella befüllte und ich band zusammen.

»War es schwer, euer Haus auszuräumen?«, fragte sie nach einer Weile.

»Sehr schwer, ja. Nicht unbedingt körperlich, obwohl auch das nicht gerade leicht war, aber es hat mich vor allem emotional sehr mitgenommen. Und weißt du, was ich am schlimmsten fand? Dass ich Daddys Bronze Star Medal nicht gefunden habe.«

»Die Kriegsauszeichnung? Die hat deine Mutter einem Freund von ihm geschenkt, Max Walker.«

»Was? Wann denn?«

»Nachdem Max und Claudette deinen Brief bekommen hatten, dass dein Daddy verstorben war, sind sie gleich hergekommen. Sie kamen leider zu spät für die Beerdigung, aber sie wollten sich trotzdem noch richtig von ihm verabschieden. Du warst an dem Tag frühmorgens schon zurück nach Charleston gefahren. Die beiden fanden es sehr schade, dass ihr euch verpasst habt.«

»Ja, Mama hat mal erzählt, dass die beiden da waren. Aber sie hat nie erwähnt, dass sie Max den Orden geschenkt hat.«

»Ein paar Tage später hat sie es auch schon bereut und überlegt, ob sie ihn nicht lieber dir hätte geben sollen.«

Ich sah zu Boden. *Verdammt, Mama. Wie konntest du nur?*

»Alles in Ordnung, mein Schatz?«

»Nein!«, sagte ich lauter als gewollt. »Ich kann einfach nicht glauben, dass sie das getan hat, ohne mich zu fragen. Ich hätte Daddys Auszeichnung so gern gehabt.« Ich atmete tief ein. »Aber gut, es ist nicht mehr zu ändern. Wenigstens weiß ich jetzt, dass er nicht verloren gegangen ist.«

Wir saßen eine Weile schweigend nebeneinander und bastelten weiter an den Säckchen. Ich zog eines der Bändchen zu und fragte: »Weißt du eigentlich, wieso Mama mich besuchen wollte? Ich habe sie jahrelang angebettelt und sie hat immer Nein gesagt. Und auf einmal wollte sie doch – das ist schon seltsam.«

Ein trauriges Lächeln huschte über Stellas Gesicht. Sie strich mir über den Pferdeschwanz. »Deine Mutter wollte sich deinen Laden ansehen und ein bisschen Zeit mit dir verbringen. Und sie wollte sich entschuldigen.«

»Sich entschuldigen?«

Stella befüllte ein weiteres Säckchen mit Lavendel und reichte es mir. »Sie hat viel nachgedacht. Das kommt mit einem bestimmten Alter einfach. Nach deinem Besuch letzten Sommer hat sie mich angerufen und gefragt, ob sie vorbeikommen könnte. Sie war ganz aufgelöst und wollte reden. Wir haben genau hier gesessen, wo wir beide jetzt auch sitzen, und haben uns lange unterhalten. Sie meinte, dass ihr viele Sachen mittlerweile sehr leidtun würden und dass es an der Zeit sei, nicht mehr die verbitterte Frau, sondern eine richtige Mutter zu sein.«

Ich schnitt ein Stück Band ab und ließ die Schere sinken. »Das hat sie wirklich gesagt?«

»Ja. Es tut mir so leid, dass Franny es nicht mehr geschafft hat, dich zu besuchen.«

»Mir auch. Ich hatte sogar das Laken für sie gebügelt, das mochte sie doch immer so.«

Stella lehnte sich zurück. »Weißt du, je älter ich werde, desto mehr bin ich davon überzeugt, dass das Leben im Grunde wie dieses Kartenspiel ist, das wir früher immer zusammen gespielt haben. Man weiß nie, was für Karten man bekommt. Manchmal denke ich, deine Mutter hat einfach immer ein schlechtes Blatt abbekommen, egal, was sie getan hat.«

»Wie meinst du das?«

Stella nahm einen Schluck Eistee und setzte das Glas auf ihrem Knie ab. Ein paar Tropfen Kondenswasser liefen vom Glas auf ihre Schürze.

»Erst hat sie ihren Vater verloren, dann die Hoffnung, Krankenschwester zu werden. Dann hat sie sich Hals über Kopf in deinen Daddy verliebt und es sah aus, als hätte sie endlich mal ein bisschen Glück im Leben. Aber nachdem er aus dem Krieg zurück war, war er nicht mehr der Alte, er hatte doch damals so schlimme psychische Probleme.«

Ich zog ein Bändchen fest und legte das fertige Säckchen zwischen uns. »Das hat mir Grammy auch erzählt, aber ich dachte, sie hätte da ein wenig übertrieben.«

»Nein, nein, es stimmt leider. Der Mann war dürr wie ein Zaunpfahl und hatte fast völlig aufgehört zu sprechen. Franny hat erzählt, dass er manchmal tagelang kein einziges Wort gesagt hat. Irgendwann hat sie sich solche Sorgen gemacht, dass sie mit ihm ins Krankenhaus gefahren ist. Aber die Tabletten, die er da bekommen hat, haben kaum geholfen. An manchen Tagen hat er nicht mal das Haus verlassen …«

Ich saß da und war sprachlos, während mir Stella erzählte, wie Mama allein Heuballen stapeln musste, bis ihr der Draht durch die Handschuhe hindurch in die Finger schnitt, wie sie nächtelang an Daddys Bett saß und versuchte, ihn zum Reden zu bringen.

»Nach einer Weile hat er sich dann wieder gefangen. Er hat viel gearbeitet, die Werkstatt neben der Scheune gebaut und Reparaturaufträge angenommen. Aber er war nicht mehr der Mann, den deine Mutter geheiratet hatte.«

»Was willst du denn damit sagen? Daddy war doch ein wundervoller Mensch.«

»Ja, Henry war wirklich wundervoll. Aber der Mann, in den sich deine Mutter verliebt hatte, war gesprächig gewesen, hat ständig Witze und Geschichten erzählt und ihr kleine Geschenke gemacht. Vor dem Krieg gingen sie jeden Freitagabend zusammen tanzen und jeden Sonntag haben sie einen Ausflug gemacht und im Lieblingsrestaurant deiner Mutter zu Mittag gegessen.«

Zugegebenermaßen konnte ich mich nicht daran erinnern, dass meine Eltern jemals auswärts essen oder ins Kino gegangen wären. Ich war immer davon ausgegangen, dass die beiden eben einfach gern zu Hause blieben.

»Manchmal war ich fast ein bisschen eifersüchtig«, fuhr Stella fort und holte noch ein paar leere Säckchen aus dem Karton. »Mein George war ein guter Ehemann, aber er war nie so romantisch, zumindest nicht mehr nach der Hochzeit. Dein Vater hat jedenfalls nach dem Krieg kaum noch geredet, wollte nirgendwohin fahren und auch nichts unternehmen. Es war schwer für deine Mutter, besonders, als sie noch jünger war. Aber im Laufe der Jahre hat sie sich irgendwann daran gewöhnt und ihren Frieden damit gemacht.«

»Aber sie war doch immer so negativ. Es kam mir immer so vor, als würde sie sich über nichts freuen können.«

»Teddi, ich weiß, ich bin nur eine einfache Frau vom Land, aber ich mache mir natürlich trotzdem so meine Gedanken. Meiner Meinung nach muss man sich das Leben deiner Mutter mal näher ansehen, dann versteht man das alles besser. Ihr Vater hatte ihr eine Ausbildung zur Krankenschwester versprochen. Daraus wurde nichts, wie wir wissen, und da war sie nach seinem Tod natürlich am Boden zerstört, sie hatte schließlich ihren Traum und ihren Vater auf einmal verloren. Dann hat sie Henry getroffen und dachte, sie hätte eine neue Chance im Leben bekommen. Sie hat deinen Vater sehr geliebt. Während er im Krieg war, ging es ihr sehr schlecht. Sie hat ihm die ganze Zeit Briefe geschrieben, hat jeden Tag auf eine Antwort von ihm gewartet und geweint, wenn kein Brief von ihm in der Post war.«

Stella lehnte sich zurück. »Immer, wenn deine Mutter ein bisschen Geld übrig hatte, hat sie es in ein Glas getan. Sie hat darauf gespart, sich was Besonderes zum Anziehen zu kaufen für den Tag, an dem Henry endlich nach Hause kam. Sie hat wirklich an allen Ecken und Enden gespart. Manchmal hatte sie nicht mal Butter im Haus. Als der Krieg dann vorbei war und Henry auf dem Weg nach Hause, war sie außer sich vor Freude. Wir sind zusammen nach Lexington gefahren.

Dort haben wir einen kleinen Laden entdeckt, in dem es die schönsten Kleider gab, die ich je gesehen hatte. Wir sahen gemeinsam die Kleider auf der Stange durch, als deine Mutter plötzlich was am anderen Ende des Ladens entdeckte. Ich werde ihren Blick in diesem Moment nie vergessen, sie sah aus, als hätte sie gerade ein Wunder gesehen. Und dann sprach sie auch schon mit der Verkäuferin, plötzlich ging es um ein Nachthemd. Deine Mutter hatte nur leider bei Weitem nicht genug Geld, um es sich leisten zu können. Aber als die Ladenbesitzerin gehört hat, dass dein Daddy aus dem Krieg nach Hause kommt, hat sie deiner Mutter das Nachthemd gegeben und gesagt, sie soll einfach so viel zahlen, wie sie kann.«

Das war es also.

Das Rätsel um das Nachthemd war für mich so sanft gelüftet worden wie ein zarter Herbstwind, der zum Fenster hereinweht. Jetzt hatte ich die Wahrheit erfahren, ohne Pauken und Trompeten, einfach dort auf Stellas Sofa.

»Es war rosa und aus Seide, nicht wahr?«

»Ja. Woher weißt du das?«

»Mama hat es aufgehoben. Es war sogar noch zusammengelegt und in der Schachtel, zuunterst in einer Schublade. Ich glaube nicht, dass sie es je getragen hat.«

»Das überrascht mich nicht. Henry ging es ja sehr lange so schlecht. Wie ich Franny kenne, hat sie das Nachthemd einfach weggeräumt und nie wieder angesehen.«

Ich schloss die Augen. Wie verletzt und einsam sie sich gefühlt haben musste. *Arme Mama.*

Nach Stellas Erzählungen sah ich meine Mutter in einem anderen Licht – als fröhliche junge Frau, offen und voller Hoffnung. Ich stellte mir vor, wie sie die Post durchging, auf einen Brief von Daddy hoffte, ich sah sie sogar in dem Kleiderladen vor mir, sah ihre grünen Augen leuchten, die roten Haare offen auf den Schultern, wie sie dastand und das Nachthemd bewunderte. Wie musste es sich angefühlt haben, so hoffnungsvoll und verliebt zu sein? Und wie musste es sich angefühlt haben, die Lebenslust nach Jahren immerwährender Enttäuschung Stück für Stück zu verlieren?

»Ich habe Mamas Nachthemd letzten Herbst mit nach Charleston genommen, nachdem ich das Haus hier ausgeräumt hatte. Eins verstehe ich nur nicht: Sie war böse, als ich was aufheben wollte, das mich an Josh erinnert. Sie meinte immer, man soll die Vergangenheit ruhen lassen und am besten alles vergessen. Wieso hat sie dann dieses Nachthemd aufgehoben?«

Stellas Gesicht wurde traurig. »Ich weiß es nicht, mein Schatz. Vielleicht war das das eine Erinnerungsstück, von dem sie sich nicht trennen konnte. Ich sag dir, das Leben war einfach gegen sie, immer hat es ihr einen Strich durch die Rechnung gemacht. Sie war wie jemand, der mit einem Sieb Wasser holen will.«

Ich fühlte mich auf einmal sehr müde und mir war schon ganz schwindelig vom intensiven Duft des Lavendels. Außerdem hatte ich ein sehr schlechtes Gewissen. Ich konnte Stella nicht einmal in die Augen sehen, als ich sagte: »Und dann hat sie versucht, mir zu helfen, indem sie mich an der Sekretärinnenschule angemeldet und mir die Schreibmaschine gekauft hat. Und ich habe es ihr gedankt, indem ich heimlich weggelaufen bin. Ich hab ihr damit sehr wehgetan, oder?«

»Ja, das hast du. Ich meine das nicht vorwurfsvoll, ich sage dir nur, wie es aus ihrer Sicht war.« Stella schwieg einen Moment und ließ eines der Bänder durch die Finger gleiten. »Als dein Bruder verschwunden ist, hat der Schmerz sie fast umgebracht.«

»Aber sie war doch so wütend! Ich kann gar nicht mehr zählen, wie oft sie mir die Schuld an Joshs Verschwinden gegeben hat.«

»Anders konnte sie eben nicht damit umgehen. Ihrem Ärger verdankt sie, dass sie nicht verrückt geworden ist. Sie wusste genau, dass es nicht deine Schuld war. Das wollte sie dir auch sagen. Das war einer der Gründe, weshalb sie dich besuchen wollte. Sie wollte sich mit dir aussprechen.«

Stella wischte sich eine Träne ab. »Ich hätte mir nie träumen lassen, dass sie aus dem Krankenhaus nicht mehr nach Hause kommt. Franny war mir über sechzig Jahre lang eine wunderbare Freundin gewesen. Jeden Tag passiert es mir, dass ich nach dem Telefon greife, um sie anzurufen. Sie fehlt mir so.«

Ich nahm Stellas Hand und wir saßen eine Weile schweigend da. »Und wann hat Daddy sich wieder berappelt?«

»Ach Gott, das war erst, als deine Mutter mir dir schwanger war. Tatsächlich hat erst das eine wirkliche Veränderung gebracht.«

»*So* lange hat das gedauert? Die beiden waren zwölf Jahre miteinander verheiratet, bevor ich geboren wurde.«

»Ja, so lange hat es gedauert. Und du warst ja auch eine ganz schöne Überraschung. Der Arzt hatte Franny gesagt, dass sie keine Kinder bekommen kann. Als sie Henry dann erzählt hat, dass sie schwanger ist, war er so überglücklich, dass er gar nicht wusste, was er zuerst tun sollte. Zum ersten Mal, seitdem er aus dem Krieg zurück war, hat er fast wieder wie der Mann gewirkt, der er früher gewesen war. Du lieber Himmel, er war so vernarrt in dich, dass es deiner Mutter sogar ein bisschen wehtat.«

»Wieso hat ihr das denn wehgetan?«

Stella spielte am Saum ihrer Schürze herum, faltete den Rand um und wieder auseinander, nur um ihn gleich wieder aufs Neue zu falten. »Sie meinte, es hat sich wie ein Schlag ins Gesicht angefühlt, als sei ihm Vater zu sein wichtiger als Ehemann zu sein.«

»Aber Daddy war doch wieder der Alte, sie hatte ihren Mann doch zurück. Es hätte ihr doch egal sein können, was der Grund dafür war?«

Stella schüttelte langsam den Kopf. »Nein. Ihren Ehemann hat sie nicht zurückbekommen. Diesen Mann hat sie nie wiedergesehen, genauso gut hätte er im Krieg fallen können.«

Ich seufzte und massierte mir die Schläfen.

»Ach, Teddi. Es tut mir so leid, dass deine Mutter dich nicht in Charleston besuchen und dir das alles selbst erklären konnte. Sie hatte sich schon so auf den Besuch gefreut.«

»Im Ernst?«

»Ja, wirklich. Nachdem sie sich einmal dazu entschlossen hatte, hat sie von nichts anderem mehr gesprochen. Du darfst nie vergessen, dass sie dich sehr lieb hatte. Ich weiß, dass sie das manchmal nicht gut zeigen konnte, aber es stimmt.«

Ich schnupperte an einem der Säckchen und schloss die Augen. »Ich hatte sie auch sehr lieb.«

Nach dem Abendbrot saßen Stella und ich noch eine Weile am Küchentisch und spielten Gin Rommé. Als es dunkel wurde, ging ich in mein Zimmer. Es fühlte sich gut an, die Jeans auszuziehen und in eine warme, weiche Pyjamahose zu schlüpfen. Ich zog mir ein Paar frische Socken an und warf einen Blick in den Koffer. »Bist du bereit?«, flüsterte ich.

Ich ging wieder hinunter ins Wohnzimmer, wo Stella auf dem Sofa saß und ein Bild stickte. Ich setzte mich ans andere Ende des Sofas und stellte die Urne meiner Mutter vorsichtig zwischen uns.

»Ich habe Mama mitgebracht. Ich hatte sie eine Weile bei mir in Charleston, länger, als sie eigentlich bleiben wollte. Ich hatte das Gefühl, sie will lieber wieder nach Hause und bei ihrer besten Freundin sein.«

Stellas Augen füllten sich mit Tränen. Sie legte eine Hand auf die Urne und saß lange Zeit so da. Was sie wohl dachte?

Ich legte meine Hand auf ihre und lächelte sie an. »Ich glaube, es ist Zeit, Mama gehen zu lassen.«

Stella holte ein Taschentuch hervor und trocknete sich die Augen. »Franny mochte meinen Rosengarten immer sehr. Wir könnten ihre Asche dort verstreuen.«

»Das würde ihr bestimmt gefallen.«

Stella legte den Stickrahmen beiseite und stand auf. »Ich bin gleich wieder da.«

Es dauerte jedoch eine ganze Weile. Ich wollte gerade nach ihr sehen, da kam sie wieder. Sie trug einen dicken Pullover und hatte ein gefaltetes Stück Papier in der Hand. Ich schlüpfte in meine Schuhe, zog mir eine Jacke über den Pyjama und wir gingen schweigend nach draußen.

Ich hielt Mamas Urne im Arm und Stella las von dem Zettel ab: »Der Abschied ist gekommen, ich fliege nun fort. Ich kehre zurück nach Haus …«

Als sie fertig war, musste ich so weinen, dass ich kaum den Deckel der Urne öffnen konnte.

Abwechselnd nahmen wir eine Handvoll Asche heraus und ließen sie von der kühlen Abendluft verwehen. Nachdem der letzte Rest von Mama verstreut war, nahm Stella meine Hand. Schweigend gingen wir zurück zum Haus. Ich sah über meine Schulter und fragte mich, wohin Mama wohl als Erstes flog.

Zweiunddreißig

Als ich aufwachte, duftete es schon im ganzen Haus nach Bacon. Ich ging hinunter in die Küche. Stella stand am Herd. »Guten Morgen, mein Schatz. Frühstück ist gleich fertig.« Während sie das Rührei machte, bestrich ich uns Toastscheiben mit Butter. Dann saßen wir in unseren Morgenmänteln am Tisch, lasen die Zeitung und unterhielten uns, während die Sonne den neuen Tag zu wärmen begann.

Um Viertel vor zehn war ich geduscht, angezogen und fertig zum Losgehen. Ich überprüfte noch einmal, dass ich mich auch nicht bei der Abflugzeit geirrt hatte. Stella kam aus ihrem Zimmer. »Schade, dass du nicht länger bleiben kannst!«

»Wenn ich im Laden nicht so viel zu tun hätte, würde ich ja. Aber ich komme auf jeden Fall bald wieder.«

»Versprochen?«

Ich drückte sie. »Versprochen.«

Sie nahm ihre Schlüssel vom Haken neben der Tür und wir fuhren gemeinsam zur Farm.

Als ich um die letzte Biegung fuhr und die Farm in Sicht kam, konnte ich meinen Augen kaum trauen. Lange Schlangen von Autos und Trucks parkten in der Einfahrt und links und rechts von der Farm, ein paar Motorräder waren auch darunter. Zwei Jungs in roten T-Shirts lotsten mich zum Feld hinter der Scheune. Im Rückspiegel sah ich Stella direkt hinter mir. Wir holperten auf den provisorischen Parkplatz. Wir mussten ein ganz schönes Stück zurück zum Garten hinterm Haus laufen.

Das Scheunentor stand weit offen, links und rechts wurde es von Edelstahlmilchkannen flankiert, die bunte Luftballons schmückten. Leute gingen dort ein und aus, schwatzen, tranken Tee und Kaffee. Ich musste lachen, als Oscar sich einmischte: »Wer bist denn duuu, wer bist denn duuu?«

Im Garten standen mindestens zweihundert Menschen, unterhielten sich oder füllten sich die Teller am Buffet. Mehrere Tische waren zusammengestellt und liebevoll mit Stofftischtüchern bedeckt. Tabletts mit Gebäck und Brötchen drängten sich neben Schalen mit frischem Obst, das bunt in der Sonne glänzte. Es gab mehrere Spendenkisten, die wie Vogelhäuser aussahen, und auf dem gesamten Gelände verteilt waren Staffeleien aufgebaut, auf denen jeweils ein großes Foto eines Tiers zu sehen war. Unter dem Foto stand der Name – Hootie, Morris, Chucky, Ella und die anderen. Außerdem stand dort kurz zusammengefasst, wie die einzelnen Tiere gerettet worden waren und wann sie wieder freigelassen werden konnten.

Stella begann sich mit einem älteren Ehepaar zu unterhalten, und ich mischte mich unter die Leute. Der Erste, den ich sah, war Ranger Jim. Er umarmte mich und flüsterte mir ins Ohr: »Ich denke jeden Tag an Ihren Bruder. Er war wirklich ein besonderer junger Mann.« Ich musste mir große Mühe geben, nicht loszuweinen.

Die nächste Stunde verbrachte ich damit, mich mit Leuten zu unterhalten, die ich seit Jahren nicht mehr gesehen hatte – der frühere Hilfssheriff Jeb Davis und seine Frau, einige Farmer und Ladenbesitzer aus der Umgebung – und alle waren sie da, um uns zu unterstützen. Es gab auch viele jüngere Leute, Freunde von Gabe und Sally. Ich hatte mich gerade eine Weile mit Joe Springer unterhalten, da berührte mich Gabe am Arm.

»Hi!« Wir umarmten uns. »Hab mich schon gefragt, wo Sie stecken.«

»Sally und ich haben den Leuten die Umbauarbeiten in der Scheune vorgeführt. Und alle sind natürlich sofort Ella verfallen. Wir hätten uns wirklich keine bessere Repräsentantin wünschen können. Die Spendenkiste neben ihrem Käfig ist schon voll. Und Oscar ist heute auch besonders gut drauf«, lachte Gabe. »Er hält einfach nicht den Schnabel. Ach, übrigens, haben Sie schon meine Mom und meinen Dad kennengelernt?«

»Ja, hab ich. Sie sind so liebe Leute. Mit Sallys Eltern habe ich mich auch schon unterhalten.«

Gabe zog mich am Arm weg. »Kommen Sie, ich möchte Ihnen Sally vorstellen.«

Obwohl über ein Dutzend junger Leute in der Scheune standen, wusste ich sofort, wer Sally war. Sie war fast eins achtzig groß, hatte dichte, schwarze Locken und strahlte eine sehr große Ruhe und Kraft aus. Die kräftigen Hände in die Hüften gestemmt, den Kopf leicht schräg geneigt, sah sie Gabe und mir durch die Gläser einer Hornbrille hindurch entgegen.

Gerade, als Gabe uns einander vorstellte, kam ein junger Mann aus der Menge auf ihn zugerannt und zerdrückte ihn fast mit seiner heftigen Umarmung. Er trug Gabe lachend davon. Sally lachte auch. Dann wandte sie sich mir zu und sah mir direkt in die Augen. »Ehrlich gesagt war ich nicht sicher, ob Sie irgend so eine reiche Tussi sind, die bloß die Supermama für meinen Mann spielen will, oder eine Heilige.«

Bevor ich etwas sagen konnte, umarmte sie mich. »Ein Glück, dass Sie eine Heilige sind!«

Ich lachte nervös und wusste nicht so recht, wie ich darauf reagieren sollte.

Sie ließ mich wieder los und schob mich in Richtung Ausgang. »Ich würde Ihnen gern was zeigen.«

Wir verließen die Scheune. Sally erzählte mir von ihren und Gabes Plänen für die Farm und welche Umbauarbeiten sie im Haus schon begonnen hatten.

»Haben Sie schon ein Datum für die Hochzeit?«

»Nein, noch nicht. Aber wir haben uns sowieso gegen eine klassische Hochzeit entschieden. Meine Mutter ist natürlich am Boden zerstört deswegen, aber ich persönlich halte es einfach für reine Geldverschwendung. Da kaufe ich mir doch lieber einen Röntgenapparat.« Wir waren fast vorn an der Straße angelangt. Sie zeigte auf das Feld rechts von der Einfahrt zur Farm. »Sehen Sie die Markierungen da drüben? Da wollen wir die Tierklinik bauen. Wenn alles so klappt, wie wir uns das vorstellen, kann in einem Jahr der Grundstein gelegt werden. Das wird fantastisch, dann haben wir die Klinik und das Rehabilitationszentrum auf einem Grundstück.«

»Wird's auch einen OP-Saal geben?«

»Ja.« Sally erzählte mir mit leuchtenden Augen von ihren Ideen und welche Geräte noch angeschafft werden sollten. »Und in der Scheune geben wir dann Kurse. Gabe möchte auch gern eine Art Ferienlager einrichten, wo er mit den Kindern wandern geht und ihnen die Natur erklärt.«

Plötzlich verstummte sie und sah zur Scheune hinüber, dann zum Haus und schließlich zu mir. »Ich kann das alles immer noch nicht glauben. Wir wissen gar nicht, wie wir Ihnen dafür danken sollen. Ich meine, da tauchen Sie einfach aus dem Nichts auf und schenken uns das alles hier …«

»Hey, Sally!«, rief Gabe von der Einfahrt zu uns herüber. Er tippte auf seine Armbanduhr. »Es ist so weit!«

»Kommen Sie.« Sie hakte sich bei mir unter und wir gingen zurück zum Haus.

Die Leute hatten sich um das Schild mit der Plane darüber versammelt. »Bleiben Sie genau hier«, befahl mir Sally. Dann ging sie rüber zu Gabe.

Stella kam durch die Menge auf mich zu. »Mein Gott, es sind so viele Leute gekommen! So was habe ich ja noch nie gesehen.«

Sally und Gabe lösten das Seil von der Plane und stellten sich links und rechts von dem Schild auf. Gabe hob die Hand und ließ den Blick über die Menge schweifen. Als alle verstummt waren, begann er mit klarer Stimme zu reden. »Heute ist ein großer Tag für Sally und mich. Wir möchten uns bei Ihnen dafür bedanken, dass Sie gekommen sind. Aber das alles wäre nicht möglich ohne die Güte und Großzügigkeit von Teddi Overman. Als ich Teddi im letzten Frühjahr kennengelernt habe, habe ich sie gebeten, mir von ihrem Bruder Josh zu erzählen. Das hat sie getan und es hat mein Leben verändert.

Vom ersten Tag an auf dieser Welt hat Josh die Natur geliebt und ihr großen Respekt entgegengebracht. Er war ein stiller Mensch, sanft und mutig. Jeder wusste, dass er eine Gabe hatte, dass ihn etwas Besonderes mit Tieren verband, das nicht mit Logik zu erklären war und einen bleibenden

Eindruck bei den Menschen hinterlassen hat, die Zeuge dieses Bandes zwischen ihm und der Natur werden durften. Seine Geschichte ist unglaublich. Ich werde sie nie vergessen. Und damit auch diese Gemeinde hier sie nie vergisst, möchten Sally und ich Ihnen jetzt gern gemeinsam das Schild zeigen.«

Mit einer schwungvollen Handbewegung und einem lauten Knallen der Plane enthüllten sie das Schild. Die Menge applaudierte. Hinter mir brach jemand in Tränen aus.

Ein Wind kam auf. Rote Blätter drehten sich hin und her, bis sie schlussendlich doch den Ast losließen. Sie fielen herab, trudelten sanft herunter und landeten hier im Haar eines Menschen, dort auf einer Schulter, bis sie auf dem Boden zur Ruhe kamen. Ich las immer wieder, was auf dem Schild vor mir stand:

MENEWA
JOSH-OVERMAN-WILDTIERZENTRUM

Die Emotionen, die sich im Laufe der Jahre angestaut hatten, brachen aus mir heraus. Ich drückte mich an Stella und weinte an ihrer weichen Schulter. Es dauerte mehrere Minuten, bis ich mich wieder beruhigt hatte. Als ich schließlich den Kopf hob, holte sie ein Papiertaschentuch hervor. Ich fühlte mich wie ein Kind, während sie mein Kinn hielt und mir mit der anderen Hand die verlaufene Wimperntusche abwischte. Sie weinte ebenfalls. Hinter ihr stand Jeb Davis. Auch er tupfte sich die Augen mit einem Taschentuch.

Sally rief der Menge zu: »Wir haben noch eine Überraschung und die wollt ihr garantiert nicht verpassen!« Sie scheuchte die Leute zur Einfahrt. Stella und ich schlossen uns an. Plötzlich stand Gabe neben uns. »Darf ich mir Teddi mal kurz ausleihen?«

Stella sah begehrlich zum Tisch mit dem Kuchen. »Ja, geht ihr zwei ruhig schon vor. Ich komme gleich nach.«

Gabe führte mich zur Scheune. »Zeit für das große Finale!« Er schob die Tür zu. »Es wäre uns eine Ehre, wenn Sie ihm die Freiheit schenken würden.«

Mir wurde vor Aufregung fast ein bisschen schlecht. »Ehrlich? Ich darf Oscar fliegen lassen?«

Gabe lächelte nur und nahm zwei Paar braune Wildlederhandschuhe aus dem Regal. Ein Paar gab er mir und überprüfte, ob es auch passte. Dann nahm er eine kleine Plastiktüte mit rohem Fleisch aus dem Kühlschrank. Ich folgte ihm in den Vogeltrakt, aber an Oscars Käfig ging er einfach vorbei. Er öffnete die hintere Tür und drehte sich zu mir um. »Ich habe gelogen. Oscar ist noch nicht so weit, in die Freiheit entlassen zu werden. Noah aber schon. Er wartet auf Sie. Er will wieder nach Hause.«

Das Blut rauschte mir in den Ohren. Ich sah in den Käfig und die Vergangenheit vermischte sich mit der Gegenwart.

Schau mal, Teddi. Das ist der Große, von dem ich dir erzählt habe ... Was er wohl da oben macht? ... Mach dir keine Sorgen, Teddi. Wir haben doch alle unsere kleinen Geheimnisse ... Weil ich mit wachen Augen durch die Welt gehe ... Ich habe ihn Ghost genannt ...

Ich war mir plötzlich sicher, dass ich das hier nicht schaffen würde. In dem Moment sah mich Noah an. Die dunklen Augen glitzerten, den Kopf hatte er zur Seite geneigt. Was er wohl in mir sah?

Aus dem Augenwinkel sah ich, wie Gabe in den Käfig trat und ein Stück Fleisch auf den Boden warf. Noah flog von seinem Ast hinunter, um es sich zu holen, und Gabe griff zu. Noah wehrte sich, bis Gabe ihn kurz mit dem Kopf nach unten und dann wieder aufrecht hielt.

»Okay.« Mein Herz schlug wie wild. Ich zog noch einmal meine Handschuhe zurecht und öffnete dann die Tür.

»Ich gebe Ihnen jetzt den Vogel. Halten Sie ihn gut fest, aber drücken Sie ihn nicht zu sehr. Wenn er mit den Flügeln schlägt, lassen Sie sich davon nicht nervös machen. Er beruhigt sich von allein wieder.«

Gabe reichte mir Noah. Der Vogel zuckte nicht einmal zusammen, als ich die Finger meiner rechten Hand um seine Füße legte. Einen Moment lang spreizte er die Krallen, dann umfasste ich mit der linken Hand sanft seine Brust und er entspannte sich wieder.

»Sie sind ein Naturtalent. Perfekt, genau so. Na dann los.«

Wir traten hinaus ins Sonnenlicht. Gabe sah hinüber zu den Feldern. »Eigentlich wollte ich dabei sein, aber ich denke, es sollte lieber ein Moment nur zwischen Ihnen und Noah sein. Sie wissen, wie das geht, oder?«

»Ja.«

Gabe streichelte mir kurz den Arm und stellte sich dann zu den Zuschauern. Ich setzte langsam einen Fuß vor den anderen, genoss das Gefühl, so ein prachtvolles Tier an meine Brust gedrückt zu halten. Zu meiner Überraschung drehte Noah den Kopf und sah mich an. Ich lächelte und flüsterte ihm zu: »Weißt du, was heute für ein Tag ist, Noah? Mein Daddy hätte gesagt, heute bekommst du den Schlüssel zur Welt.«

Als ich in der Mitte des Feldes angekommen war, warf ich einen Blick zurück auf die Menge hinter dem Zaun, auf die vielen Augen, die nur darauf warteten, Noah endlich fliegen zu sehen. Ich sprach leise auf ihn ein. »Flieg zu meinem Bruder. Er ist irgendwo da draußen. Sag ihm, seine Schwester vermisst ihn und hat ihn sehr lieb. Ich wünsche dir ein wunderschönes Leben, Noah. Los!«

Wie ich es vor vielen Jahren bei meinem Bruder gesehen hatte, senkte ich den Arm, mit dem ich den Vogel hielt, erst ein Stück, brachte ihn dann mit Schwung nach oben und ließ los. Noah hob ab und die Menge jubelte und applaudierte.

Er stieg immer höher, nahm seinen angestammten Platz am Himmel ein. Ich schlang die Arme um mich und sah ihm nach, bis er verschwunden war.

Dreiunddreißig

War es die Tatsache, dass ich Noah hatte fliegen lassen? Symbolisierte der Abschied von ihm für mich vielleicht auch meinen eigenen und den meiner Familie von unserer Farm? Oder hatte mich das Schild mit Joshs Namen darauf so aufgewühlt? Jedenfalls kehrte ich nach Charleston zurück und empfand zum ersten Mal die Gewissheit, dass mein Bruder wirklich nicht mehr zurückkommen würde.

Die Wochen vergingen und ich arbeitete viel. Die ganze Zeit war es jedoch, als sei ein Teil von mir gar nicht anwesend. Ich machte Fehler. Ich wollte falsche Geräte benutzen und verlegte Auftragsbestätigungen. Zweimal verschüttete ich Lack, und einmal ging ich nach Hause, ohne den Laden abzuschließen. Eines Tages bemalte ich einen Stuhl mit Paisleymuster und musste mittendrin erschrocken feststellen, dass es der falsche Stuhl war.

Ich verlor mich immer mehr und wusste nicht, was ich dagegen tun sollte.

Die grauen Monate zum Jahresende verbrachte ich wie im Winterschlaf. Gleich nach dem Abendbrot legte ich mich ins Bett, zog mir die Decke hoch bis zum Kinn und lauschte dem Knacken der Heizung. Oft wachte ich in den frühen Morgenstunden auf und starrte lange das Foto meines Bruders an, das auf meinem Nachttisch stand. Ich träumte oft von ihm und manchmal meinte ich ihn fast riechen zu können. In einer bitterkalten Januarnacht wachte ich sogar einmal von seiner Stimme auf: *Der Virginia-Uhu kann Geheimnisse für sich behalten.*

Die Trauer hatte sich wie ein Nebel in meinem Leben ausgebreitet, überdeckte die Hoffnung, an die ich mich so viele Jahre geklammert hatte. Es war Zeit, den Tatsachen ins Auge zu sehen. Mein Bruder war tot. Und das wahrscheinlich schon sehr lange.

Im Dezember begann ich, regelmäßig vor Sonnenaufgang aufzustehen. Ich zog mir eine dicke Jacke über den Schlafanzug, setzte eine Mütze auf, zog Handschuhe an und machte mit Eddie lange Spaziergänge durch die schlafenden Straßen. Es wurde zu einem Ritual, fast wie eine Art Meditation. An manchen Tagen gingen wir bis zum White Point Garden, an anderen spazierten wir durch das neblige French Quarter. Wir ließen uns treiben, ich überlegte vorher nicht, wohin ich wollte, sondern ging einfach drauflos. Hauptsache, ich war in Bewegung.

Am fünften Januar waren Eddie und ich wieder einmal unterwegs. Es war mein Geburtstag, und ich war sehr unglücklich. Im Kopf hörte ich meine Familie »Happy Birthday« singen und ich hatte den Geschmack von Mamas fünfschichtigem Kokoskuchen im Mund. Mit jedem Schritt wurde ich trauriger, und nachdem wir einmal um den Colonial Lake herumgelaufen waren, wollte ich einfach wieder zurück nach Hause und mich im Bett verkriechen, bis der Tag vorbei war.

Eddie wollte aber unbedingt in die Queen Street, also gingen wir dort entlang. Er zerrte an seiner Leine und wurde immer schneller, als hätte er etwas Besonderes erschnuppert. Wir überquerten die Archdale Street. Plötzlich hielt er an einem Vorgarten und schnüffelte wie wild. Während ich darauf wartete, dass er mir zeigte, wie es weitergehen sollte, fiel mein Blick auf eine Hauswand aus Kalkstein, an der sich Wein emporrankte. Am schmiedeeisernen Gartentor davor war ein rot-blaues »Zu verkaufen«-Schild. Ich zog Eddie ein Stück weiter, um mir das Haus genauer anzusehen. Es war im Greek-Revival-Stil erbaut und umgeben von einem Garten, um dem sich offensichtlich schon lange niemand mehr gekümmert hatte. Das Haus sah traurig aus, die weiße Farbe war stellenweise abgeplatzt, die Veranda ein Stück abgesackt und die kaputten grünen Fensterläden hingen schief in den Angeln. Im oberen Stockwerk waren zwei Fenster mit Brettern vernagelt, als hätte das Haus beschämt die Augen geschlossen: »Seht nur, was aus mir geworden ist.«

Während ich dort in den Anblick des Hauses versunken stand und überlegte, wieso es wohl in so einem schlechten Zustand war, wurde mir klar: Ich musste mich zusammenreißen und den Weg zurück ins Leben finden, sonst würde ich auch irgendwann einmal so traurig und leer enden wie dieses Haus.

Es war immer weiter bergab mit mir gegangen seit meinem letzten Besuch in Kentucky. Ich hatte mich mehr und mehr zurückgezogen, die Farbe war aus meinen Wangen gewichen und unter meinen Augen hatten sich dunkle Schatten gelegt. Außerdem war ich zu einer Lügnerin geworden. Wenn Olivia fragte, ob alles in Ordnung sei, behauptete ich, ich hätte nur gerade viel zu tun oder sei stark erkältet und bräuchte im Moment viel Ruhe. Ich erzählte ihr alles Mögliche, damit sie nicht weiter nachbohrte. Ich wollte nicht darüber reden, wie es war, sich mit dem Tod seines Bruders abfinden zu müssen. Nicht mit ihr und auch mit niemandem sonst.

Auf dem Rückweg nach Hause fiel mir ein, dass ich immer gedacht hatte, im Leben eines Menschen ließe sich genau ein Moment bestimmen, in dem er oder sie erwachsen wurde. Ich war immer überzeugt davon gewesen, dass dies bei mir im Alter von achtzehn Jahren geschehen war, in dem Moment, als ich die Handbremse löste und in dem alten Ford Falcon vom Hof meiner Eltern rollte. Aber vielleicht gab es auch gar nicht nur den einen Moment im Leben, in dem man das eigene Schicksal in der Hand hatte, sondern mehrere – man musste sie nur wahrnehmen. Ich nahm mir in diesem Augenblick jedenfalls fest vor, dass ich verhindern würde, noch weiter davonzutreiben.

Zu Hause duschte ich lange und heiß. Dann rief ich jemanden an.

Als ich in den Laden kam, kopierte Inez gerade Rechnungen. »Morgen, Inez!«

»Herzlichen Glückwunsch zum Geburtstag! Ich hab dir einen gestürzten Ananaskuchen gebacken. Steht in der Küche, aber ich glaube, Albert hat schon die Hälfte gegessen.«

Ich lachte. »Danke. Kann ich dich vielleicht um einen Gefallen bitten? Ich weiß, du hast eigentlich genug zu tun, aber ich habe heute um Viertel vor elf einen Termin. Dauert auch nicht lange. Könntet du ein Auge auf den Laden haben?«

»Klar, kein Problem.«

Ich schloss die Ladentür auf, setzte mich mit einem Stück Kuchen an den Schreibtisch und machte ein paar Anrufe. Als meine Uhr fünf Minuten vor halb elf anzeigte, ging ich los. Von der Wentworth Street war es nicht weit bis zur Smith Street. Hier standen noch viele alte Häuser, jedes ein Unikat. Manche hatten eine breite, einladende Veranda wie die ausgebreiteten Arme einer lieben Großmutter. Andere waren schmal und hoch aufgeschossen. Wieder andere waren leider kurz vorm Einstürzen.

Nach nur zehn Minuten war ich da. Ich wollte gerade auf die antike Klingel drücken, da ging die schwere Holztür auf, und eine Frau mit silbergrauem Haar stand vor mir. »Huch! Sie haben mich vielleicht erschreckt!«

Ich streckte ihr die Hand entgegen. »Hallo, ich bin Teddi Overman. Bin wohl ein paar Minuten zu früh dran.«

»Judy McIntyre. Kommen Sie doch herein. Ich muss Sie leider warnen – hier sieht's schlimm aus. Eigentlich sollte übers Wochenende eine Reinigungsfirma kommen, aber die sind einfach nicht aufgetaucht. Na ja. Ich muss gerade noch was aus dem Auto holen, sehen Sie sich doch schon mal um. Ich bin gleich wieder da.«

Das Geräusch meiner Absätze hallte in dem leeren Haus wider. Als Erstes sah ich mich im Wohnzimmer um, im Salon, wie man zu der Zeit gesagt hatte, als das Haus gebaut worden war. Sonnenlicht drang durch die schmutzigen Scheiben und fiel auf die staubigen Dielen. Die hohen Decken waren mit Stuck verziert, der noch in überraschend gutem Zustand war. Ich trat an den Kamin und strich über den verschnörkelten Sims. Er war aus weißem Marmor und wunderschön, man müsste ihn nur mal richtig sauber machen. Die Tür zum Esszimmer wurde von zwei dorischen Säulen flankiert. Mehrere Tapetenbahnen mit Rosenmotiv hingen lose von der Wand herunter und gaben den Blick auf rissigen Putz und zerbrochene Holzlatten frei.

Ich ging die Treppe hinauf in den zweiten Stock. Das größte der drei Zimmer dort oben verfügte ebenfalls über einen Kamin und eine große Glastür. Ich mühte mich eine

Weile daran ab, bis ich sie endlich aufbekam. Sie führte auf eine überdachte Veranda hinaus, die an der gesamten Hausseite entlang verlief. Die grau lackierten Dielen waren stellenweise aufgequollen und mehrere Geländerpfosten wiesen bereits Spuren von Schimmel auf. Direkt unter mir war ein kleiner Garten, oder zumindest etwas, das einmal ein Garten gewesen war.

»Bin wieder da!«, rief Judy von unten herauf.

Ich schloss die Glastür und ging hinunter.

»Entschuldigen Sie, ich hatte meine Aktentasche und ein paar Unterlagen vergessen. Wie Sie sehen, müsste man wohl etwas Arbeit investieren. Das Haus wurde im Jahr 1892 gebaut und war seitdem immer im Besitz derselben Familie. Ist das nicht bemerkenswert? Die Dame, die zuletzt hier gewohnt hat, war schon alt und etwas verschroben. Die Nachbarn meinten, sie habe diese Krankheit gehabt, ich vergesse immer, wie das heißt. Wenn man sich nicht mehr traut, das Haus zu verlassen.«

»Agoraphobie.«

»Ja, genau.« Judy knipste das Licht im Flur an und seufzte. »Die Arme, sie hat das Haus am Ende gar nicht mehr verlassen, aber sie wollte auch nicht, dass jemand hineinkommt. Wenn hier also was kaputt gegangen ist, hat sie sich eben irgendwie beholfen.«

Judy holte einen Ordner aus der Aktentasche und reichte mir ein Blatt Papier mit Informationen zum Haus. »Sie ist vor zwölf Jahren gestorben und seitdem steht das Haus leer. Es gab zwischendurch Streit unter den Erben, aber jetzt haben sie sich geeinigt, und das Haus soll verkauft werden. Es ist erst seit ein paar Tagen auf dem Markt, Sie sind die Erste, die es von innen zu sehen bekommt.« Sie lachte kurz. »Von mir mal abgesehen sind Sie wahrscheinlich sogar die Erste, die es seit fünfzig Jahren betreten hat. Ich führe Sie mal ein wenig herum, ja?«

Judy ging den Flur entlang. Staub wirbelte auf. »Dieses Haus hat wirklich eine tolle Raumaufteilung«, sagte sie über die Schulter hinweg. »Haben Sie schon die Küche gesehen?«

»Nein.«

»Da wäre eine Menge zu erneuern, gar keine Frage. Aber es kommt viel Tageslicht herein und die Speisekammer nebenan ist riesig.«

Wir betraten die Küche. Als ich den Herd sah, musste ich laut lachen. »Der ist ja herrlich! Oh Mann, der ist ja so groß wie ein Auto!«

»Und ob Sie's glauben oder nicht – zwei von den Gasbrennern funktionieren sogar noch. Jetzt sehen Sie sich aber mal die Speisekammer an.«

Ich ließ mich von Judy durch das ganze Haus führen. Sie redete zwar ein bisschen zu viel für meinen Geschmack und hatte einfach zu jedem Thema eine Meinung, aber ich mochte sie trotzdem. Wir waren wieder im Flur angelangt. Ich sah zum oberen Stockwerk hinauf und dachte laut vor mich hin. »Den Raum neben dem größeren Zimmer oben könnte man sehr gut in ein Bad mit angeschlossenem begehbaren Kleiderschrank verwandeln. Die hohen Decken und die Aufteilung der Zimmer sind wirklich fantastisch. Aber dieses arme alte Haus braucht schon eine ganze Menge Arbeit. Die elektrischen Leitungen müssten auch erneuert werden, oder?«

»Auf jeden Fall, ja. Ich bin seit neunundzwanzig Jahren Maklerin und so ein Schnäppchen wie das hier ist mir noch nie untergekommen. Ich verstehe, wenn es vielleicht nicht das Richtige für Sie ist. Warten Sie, ich habe da noch ein wunderschönes Haus in der Cannon Street, das ich Ihnen gern zeigen kann.« Sie blätterte in einem Ordner. »Das Exposé hatte ich doch eben noch irgendwo. Ist zwar ein kleineres Haus, aber …«

»Ich nehme sie.«

»Wen?«

Ich strich liebevoll über die Wand. »Ich will das Haus.«

»Dieses Haus?«

»Ja. Ich geh kurz raus und mache das ›Zu verkaufen‹-Schild ab, ja? Ich will nicht, dass noch mehr Interessenten kommen und die alte Dame in ihrem jetzigen Zustand sehen. Das wäre ihr bestimmt unangenehm.«

Judy musterte mich. »Wie viele Häuser haben Sie sich denn schon angesehen, wenn ich fragen darf?«

»Das hier ist das erste.«

»Ach, Gott! Lassen Sie mich Ihnen doch wenigstens noch ein paar andere zeigen, damit Sie einen Vergleich haben.«

Ich schüttelte den Kopf und ging hinüber ins Wohnzimmer. »Manchmal ist man sich einfach sicher.«

Gleich nach der Arbeit hatte ich einen Termin bei Judy im Maklerbüro. Sie fragte mich noch zweimal, ob ich mir auch wirklich sicher sei, und sagte, ich würde sie an ihre Tochter erinnern: »Intelligent, aber impulsiv.«

Ich lächelte nur und unterschrieb den Vertrag. Sie konnte mich nicht umstimmen. Dieses alte Haus brauchte mich genauso sehr, wie ich es brauchte. Außerdem hatte ich auf dem Boden der Veranda vor dem Schlafzimmer auch noch etwas entdeckt, das mich endgültig überzeugt hatte.

An diesem Abend holte ich vor dem Zubettgehen noch einmal mein Portemonnaie aus der Handtasche und betrachtete den Talisman. Er war so winzig, dass ihn jeder andere sicher übersehen hätte. Ich hielt die Feder vor die Lampe. Sie war hellgelb und ganz weich. Ich dachte an die vier Worte, die mir mein Bruder vor so vielen Jahren geschrieben hatte, und musste lächeln: *Der Goldzeisig bringt Glück.*

Er sollte recht behalten. Die Renovierungsarbeiten dauerten ein halbes Jahr und waren umfassender, als ich es mir vorgestellt hatte. Die Kopfschmerzen und die Zweifel währenddessen wurden durch das Endergebnis jedoch wieder mehr als wettgemacht.

Ende Juli waren die Baumaßnahmen innen und außen abgeschlossen. Ich hatte die Holzverkleidung des Hauses reparieren und in einem hellen Grau streichen lassen. Die Fensterläden bekamen einen schwarzen Anstrich. Die Farbe für die Eingangstür mischte ich mir selbst an: ein warmes Goldzeisiggelb.

Am ersten Freitag im August zog ich offiziell in mein neues Zuhause.

Nachdem das Umzugsunternehmen wieder abgerückt war, ging ich hinauf ins Obergeschoss und machte mich im Schlafzimmer an die Arbeit. Ich bügelte die Gardinen und hängte Bilder an die Wände. Als ich gerade damit beschäftigt war, mein Bett frisch zu beziehen, klingelte es. Eddie bellte sofort los und rannte die Treppe hinunter. Vor der Tür stand Olivia mit einem liebevoll verpackten Geschenk in der Hand. »Alles Gute zum Einzug, Teddi!« Sie sah nach unten: »Dir natürlich auch, Eddie.«

»Komm rein!«

Sie legte das Päckchen auf den Küchentisch. »Das Haus sieht fantastisch aus! Hat sich ganz schön was verändert. Wenn ich ehrlich bin, war ich ja anfangs nicht allzu begeistert. Ich hab nicht verstanden, wieso du dir unbedingt so eine Katastrophe ans Bein binden musstest.«

»In deinen Augen eine Katastrophe, in meinen eine lediglich etwas baufällige Schönheit.«

Olivia bemerkte den Herd. »Was ist das denn?! Wo hast du den denn her?«

»Der stand schon hier im Haus, als ich es gekauft habe. Ich habe ihn aufbereiten und die Emaille erneuern lassen.«

»Ich kann's gar nicht fassen, das ist ja wohl der verrückteste Herd, den ich jemals gesehen habe.« Olivia fuhr bewundernd über die glänzend schwarze Oberfläche. »Ein Monstrum, aber wunderschön.«

Ich seufzte glücklich. »Ja, der ist toll, nicht? Jetzt möchte ich unbedingt lernen, wie man selbst Brot backt.«

»Das glaube ich erst, wenn ich es sehe. Mach mal dein Geschenk auf.«

Ich löste die Schleife, riss das Papier auf und öffnete den Karton. Darin lagen ein Buch übers Gärtnern, rosa Gartenhandschuhe, ein Strohhut und ein Set Gärtnerutensilien. Außerdem lag noch eine Tüte mit Hundekuchen für Eddie daneben.

»Du bist wirklich eine tolle Freundin. Danke. Ich hoffe, ich komme mit meinen Gartenkünsten irgendwann mal wenigstens annähernd an meine Großmutter heran.«

»Gern geschehen. Brauchst du Hilfe beim Auspacken?«

»Ich wollte gerade einen Spiegel aufhängen, dabei könnte ich deine Hilfe gebrauchen.«

Wir schafften es tatsächlich, Löcher in die Wand zu bohren, ohne dabei den Putz zu beschädigen. Wir waren beide ganz rot im Gesicht vor Anstrengung bei unseren Bemühungen, den schweren barocken Spiegel im Flur im Obergeschoss anzubringen. Ich hätte Olivia gern noch beim Einräumen der Küchenschränke dabeigehabt, aber ich wusste, dass sie gerade an einem Restaurationsauftrag saß, mit dem sie bald fertig sein musste.

»Na dann, du musst bestimmt wieder an die Arbeit und ich ja auch.« Ich umarmte sie zum Abschied und scheuchte sie aus der Tür.

Ich stellte das Radio an und arbeitete mich durch die Zimmer. Gegen Viertel vor sieben waren das Schlafzimmer, die Küche und die Speisekammer fertig. Ich hatte zwar noch ein paar Kartons vor mir, war aber schon ziemlich erschöpft und hatte für heute genug. Ich duschte, band mir die noch feuchten Haare zum Pferdeschwanz und schlüpfte in Jeans und eine weiße Leinenbluse. Eddie und ich spielten eine Weile im Garten. Dann spazierte ich durch mein neues Zuhause, erfreute mich an den architektonischen Besonderheiten und strich immer wieder bewundernd über die verschiedenen Oberflächen.

Dass das alles wirklich mir gehören sollte, kam mir vor wie ein Wunder.

Ich stand in der Schlafzimmertür und betrachtete zufrieden die buttercremefarbene Moirétapete, die weißen Holzoberflächen und den Sessel, den ich eigenhändig mit teegefärbtem Damaststoff bezogen hatte. Auf dem prachtvollen Himmelbett, das Olivia und ich bei einer Haushaltsauflösung in Savannah erstanden hatten, lag ein weißer Trapuntoquilt, und die Bettwäsche war mit Spitze eingefasst. Neben dem

Bett stand stolz die alte Nussbaumkommode, die mir Albert wiederhergerichtet hatte.

Alles war genau so, wie ich es mir erträumt hatte, bis auf ein kleines Detail: Das Kabel der Nachttischlampe war zu kurz. Ich war zwar hundemüde, wusste aber genau, dass es mir keine Ruhe lassen würde, bis ich das Problem gelöst hatte. Also zog ich mir Schuhe an, nahm meine Handtasche und fuhr noch mal zum Laden.

Ich sah kurz nach, ob Inez in meiner Abwesenheit etwas verkauft hatte, und das hatte sie tatsächlich. Dann lief ich durch den Laden und suchte nach der perfekten Lampe. Schließlich entschied ich mich für ein Exemplar mit einem Bronzefuß und einem Lampenschirm aus Leinen. Während ich die Lampe einpackte, begann mein Magen zu knurren. Ich hatte zwar große Lust darauf, meinen neuen Herd einzuweihen, aber das würde wohl heute nichts mehr werden. Also stellte ich die Lampe in den Kofferraum und ging nach nebenan zu Marty's Café. Das rote Neonschild im Fenster flackerte und summte. Ich öffnete die Tür, hörte das vertraute Klappern von Besteck, und gleich stieg mir auch schon der Duft von frittierten Zwiebelringen in die Nase. Das Café war ziemlich voll, aber ich fand noch einen freien Tisch in der Ecke. Zu meinem Glück kam auch sofort eine Kellnerin, um meine Bestellung aufzunehmen.

Ich hatte mein Chili con carne aufgegessen und wollte gerade wieder gehen, als ich am anderen Ende des Cafés Sam Poteet entdeckte. Er winkte mir zu, und ich lächelte kurz zurück. Ich zahlte, nahm mir noch ein Pfefferminzbonbon aus dem Körbchen auf dem Tresen und ging.

Ich lutschte das Bonbon und dachte über mein neues Zuhause nach. Ich holte die Schlüssel aus der Handtasche und wollte gerade das Auto aufschließen, da rief jemand meinen Namen.

Sam kam mir hinterhergelaufen.

»Ich … ich kann so was nicht so gut.«

Ich hob fragend die Augenbrauen. »Was denn jetzt genau, Herr Anwalt?«

»Mich mit Ihnen unterhalten.«

»Aber Sie haben ja noch gar nichts gesagt.«

Seine Augen blitzten, ich war nicht sicher, ob aus Nervosität oder Belustigung. Er schob die Hände in die Taschen und legte den Kopf etwas schräg. »Genau das meine ich. Ich wollte eigentlich fragen … würden Sie vielleicht irgendwann mal mit mir essen gehen?«

Die Frage überraschte mich. »Äh, ja, gern. Irgendwann mal. Ich bin aber gerade in ein neues Haus gezogen. Also, es ist ein altes Haus, aber neu für mich. Ich habe noch nicht alle Kartons ausgeräumt und auch im Laden gibt's im Moment eine ganze Menge zu tun …«

Mir wurde klar, wie durcheinander ich gerade wirkte, und ich verstummte.

»Helfen Sie mir kurz auf die Sprünge. War das ein Ja?«

Mein Gott, war mir das vielleicht unangenehm. Aber ich lächelte, sagte Ja und stieg ins Auto. Ich schloss die Tür und wollte gerade losfahren, da sah Sam noch einmal zu mir ins Fenster: »Ich ruf dich an.«

Ich fuhr die Straße hinunter. An der Kreuzung musste ich anhalten und sah in den Rückspiegel. Sam stand immer noch dort auf dem Gehweg und sah mir nach.

Vierunddreißig

In der darauffolgenden Woche rief mich Sam wie versprochen an, und wir verabredeten uns im Laufe einer verkrampften Unterhaltung für Samstag. Einfach nur zusammen essen, hatte er gesagt. Und dass er mich um sieben abholen würde.

Am Samstagabend hatte ich leider überhaupt keine Lust auf Gesellschaft und schon gar nicht auf den Sohn der berühmt-berüchtigten Tula Jane Poteet. Ich musste mich richtig dazu zwingen, zu duschen und mich anzuziehen. Ich wäre viel lieber zu Hause geblieben und hätte den Abend mit einem guten Buch bei einem Glas Wein ausklingen lassen. Ich konnte erste Dates einfach nicht leiden.

Ich betrachtete mich im Spiegel. Ich trug ein einfaches weiß-gelb kariertes Kleid mit gerafftem Kragen und eine weiße Strickjacke über den Schultern. War ich zu leger angezogen? Was galt wohl bei Leuten, die südlich der Broad Street wohnten, als angebrachte Kleidung für eine Verabredung zum Essen? Ich schlüpfte in ein paar Sandaletten. Da klingelte es an der Tür, und Eddie fing an zu bellen. Ich sah noch einmal in den Spiegel und ging hinunter.

In der Tür stand Sam. Er trug Khakihosen und ein blaues Hemd mit hochgekrempelten Ärmeln. Und sah genauso unsicher aus, wie ich mich fühlte.

»Hübsches Haus. Und wer ist das hier?«

»Eddie, sag hallo zu Sam.« Obwohl er Fremden gegenüber immer etwas schüchtern war, hob Eddie folgsam die Pfote. Sam schüttelte sie lächelnd und streichelte Eddie kurz über den Kopf. »Bis später, und sei schön lieb!«

Draußen überquerte gerade eine alte Dame etwas wackelig und sehr langsam die Straße. Ich hoffte, wir würden an ihr vorbeigehen, ohne dass sie mich erkannte, aber Sam blieb stehen und sprach sie auch noch an. »Guten Abend, Miz Zelda.«

Sie strahlte ihn an. »Es ist wirklich ein wunderschöner Abend, Herr General.«

»Gibt's irgendwelche Neuigkeiten aus den Wolken?«

Zelda sah hoch zum Himmel. »In der Tat. Sie erleben bald eine Überraschung, und zwar eine große. Also halten Sie schön die Augen auf, Herr General.« Sam holte einen Zehndollarschein aus der Tasche und gab ihn ihr.

Offensichtlich hatte sie ihr Himmelslesen für heute beendet, denn sie setzte zufrieden ihren Weg fort. Die schwere Tasche an ihrer Seite schlug ihr mit jedem Schritt gegen das Bein.

»Du kennst sie?«, flüsterte ich, während wir in die entgegengesetzte Richtung gingen.

»Ich kenne Miz Zelda schon fast mein ganzes Leben lang. Sie gehört genauso zu Charleston wie die Glocken von St. Michael.«

»Wieso nennt sie dich ›Herr General‹?«

Sam lachte und nahm meinen Arm. »Ich habe keine Ahnung!«

Er führte mich zu seinem Auto, das schon ziemlich alt war. Mit dem mattschwarzen Lack, den großzügigen Radkästen und dem lang gezogenen Kühlergrill erinnerte es mich an die

Autos in dem Film *Die Unbestechlichen*. Sam drehte den Zündschlüssel herum und der Motor erwachte tief brummend zum Leben.

»Schickes Auto! Was für eine Marke ist das denn?«

»Ein 1932er Ford Roadster. Da du Antiquitäten magst, dachte ich, du hast vielleicht auch Lust, mal in einer zu fahren. Sieht im Moment vielleicht noch nicht nach viel aus, aber sobald ich mit der Aufbereitung fertig bin, wirst du dich umschauen!«

Nach der Begegnung mit Zelda und Sams schickem Auto war unsere anfängliche Unsicherheit verflogen, und wir unterhielten uns während der Fahrt angeregt über unsere gemeinsame Leidenschaft, alte Dinge wieder herzurichten. Ein paar Minuten später hielt er vor einem Haus.

Seinem Haus.

Er stieg aus, ging um das Auto herum und öffnete mir die Tür. »Was machen wir denn hier?«

»Wirst du gleich sehen.« Er führte mich um das Haus herum. Vor einem schmiedeeisernen Gartentor blieben wir stehen. Sam bat mich vorzugehen. Ich trat durch das Tor. Und war sprachlos.

Der Garten war üppig und schattig. Große Farne flankierten einen Gehweg aus Steinplatten, der zu einer gemauerten Terrasse mit wunderschön bepflanzten Blumenkübeln führte. In einem kleinen Laubengang stand ein schmiedeeiserner Tisch, auf dem mit feinem Porzellan, Kristallgläsern und echtem Silberbesteck für zwei gedeckt war.

»Ich möchte für dich kochen, Teddi.«

»Hier? Toll, der Garten ist wirklich unglaublich schön.«

»Danke. Neben der Restauration von Oldtimern ist das meine zweite große Leidenschaft.«

Ich sah ihn überrascht an. »Das ist dein Garten? Also, ich meine, natürlich ist es dein Garten, du wohnst ja schließlich hier, aber du kümmerst dich auch um die Pflanzen?«

Er schien geschmeichelt von meiner offensichtlichen Bewunderung. »Ich habe früher in einem Reihenhaus in der Beaufain Street gewohnt, aber das habe ich verkauft und bin hier eingezogen, um mich um meine Mutter zu kümmern. Sie hat den Garten völlig verwildern lassen. Eines Tages hatte ich einfach Lust, alles neu zu bepflanzen, und habe losgelegt. Und das ist das Ergebnis.« Er trat an einen kleinen Teewagen. »Was möchtest du trinken?«

»Eistee, bitte, falls du welchen hast.«

»Habe ich.«

Mit einer schon etwas angelaufenen Silberzange platzierte er ein paar Eiswürfel in einem Glas und goss mit Tee auf. Sich selbst schenkte er ein Glas Wein ein.

»Hast du Lust, mich ein bisschen herumzuführen?«

»Sehr gern.«

Wir spazierten nebeneinander durch den Garten und Sam zählte die vielen Pflanzennamen auf: Sagopalmen, Seidelbast, Dreimasterblumen. An der linken Seite des Gartens, fast versteckt von einer Reihe süßer Duftblüten, entdeckte ich eine Sandsteintreppe. »Wo führt die denn hin?«

»Komm mit, ich zeig's dir.«

Er führte mich die fünf Stufen hinauf zu einer kleinen versteckten Oase. Der Boden bestand aus großen, flachen Steinen. In der Mitte befand sich ein angeschlagenes Marmorpodest, auf dem ein kleines Messingteleskop stand.

»Das hier ist meine kleine private Sternwarte. Wenn ich nicht schlafen kann, komme ich her und sehe mir die Sterne an.«

Ich sah von Sam zu dem Teleskop.

Das konnte doch wohl nicht wahr sein.

Mit klopfendem Herzen trat ich an das Podest heran und strich mit den Fingern über das Instrument. Na klar, da war die kleine Delle, nach der ich gesucht hatte. Ich beugte mich vor. Auf einem runden Schild auf der Unterseite stand ›J. van der Bildt, Franeker‹.

Hinter mir sagte Sam: »Das hat mir meine Mutter zum vierzigsten Geburtstag geschenkt.«

Es wäre gemein gewesen, ihm zu erzählen, woher das Teleskop wirklich kam, also riss ich mich zusammen. »Wunderschön. Wirklich ein tolles Geschenk. Du bist also Anwalt, Gärtner, Automechaniker, Astrologe und anscheinend auch noch Koch?«

»Na ja, aber natürlich kein Sternekoch, davon kannst du dich gleich selbst überzeugen.« Er lachte leise.

Wir gingen die Stufen wieder hinunter. Ich warf einen letzten Blick auf das Teleskop.

»Setz dich doch.« Er zeigte auf einen Stuhl. »Erzähl mir was, während ich mich ums Essen kümmere.«

Er zündete den Grill an und schenkte mir Eistee nach. Dann holte er eine Schüssel Garnelen aus einer Kühltasche. »Ist Teddi dein Spitzname?«

»Ja, ich heiße eigentlich Theodora.«

»Theodora«, sagte er langsam vor sich hin, als würde er dem Klang nachschmecken.

Und ich saß da und sah einem Mann dabei zu, wie er mir inmitten eines wunderschönen Gartens ein Abendessen kochte, während nur ein paar Meter entfernt das Teleskop stand, das mir seine Mutter gestohlen hatte. Mir kam das alles so seltsam vor. Ich hätte nie damit gerechnet, dass ich einmal hier sitzen würde, und wusste kaum, was ich sagen sollte. Zum Glück ließ Sam kein Schweigen aufkommen, sondern erzählte mir fröhlich von seinen Plänen für den Garten. Nach einer Weile hatte ich mich beruhigt und fand meine Stimme wieder. Ich fragte ihn über seine Arbeit als Wirtschaftsanwalt aus und bat ihn, mir mehr über seine Leidenschaft für Oldtimer zu erzählen, eine Liebe, von der er meinte, sie sei ihm angeboren.

Sam grillte die Garnelen und servierte sie uns dann auf einem Caesar Salad. Das Essen schmeckte absolut köstlich. Mir fiel sofort das Silberbesteck auf, mit dem wir aßen, und ich versuchte natürlich unauffällig, es etwas näher zu inspizieren. Das musste noch von vor dem Bürgerkrieg sein. Als ich bemerkte, dass Sam mich beobachtete, wurde ich rot. Er lächelte jedoch nur und trank einen Schluck Wein.

Nach dem Essen erhob er sich und mir fiel wieder einmal auf, wie groß er war. »Wollen wir es uns ein bisschen gemütlicher machen?« Er zeigte auf zwei Liegestühle. »Und wie wär's mit einem Kaffee?«

»Ja, gern.«

»Wie möchten Sie Ihren Kaffee denn, Miss Theodora?«

»Mit viel Milch und vier Stück Zucker.«

Sam sah mich überrascht an. »Eine Frau, die zugibt, dass sie vier Stück Zucker im Kaffee nimmt, muss ich unbedingt näher kennenlernen.« Er lächelte in sich hinein und ging ins Haus.

Ein paar Minuten später kam er mit einem Tablett wieder und stellte es auf den kleinen Tisch zwischen den Liegestühlen. Mit einem amüsierten Glitzern in den Augen reichte er mir meine Tasse. »Viel Milch und viel Zucker, wie gewünscht.«

Ein leichter Wind ging durch die Palmen. Am indigofarbenen Himmel zogen kleine Wolken vorbei. Sam zündete ein paar Kerzen an und rückte seinen Liegestuhl ein Stück näher an meinen heran. »Du hast einen ganz leichten Akzent, aber ich komme nicht drauf, woher.«

»Ich komme aus Kentucky.«

»Ach, wirklich? Ich bin in Clarksville in Tennessee geboren. Ist direkt an der Grenze zu Kentucky. Warst du schon mal dort?«

»Ich bin vor ein paar Jahren mal da durchgefahren. Aber Sam, ich dachte immer, du hättest eine lange Ahnenreihe hier in Charleston?«

Er trank einen Schluck Kaffee und schüttelte den Kopf. »Meine richtige Mutter ist mit mir hierher nach Charleston gezogen, als ich noch ein Baby war. Unter der Woche hat sie als Schneiderin gearbeitet, und am Wochenende hat sie für Tula Jane und Everett gekocht. Dafür gab's freie Kost und Logis für uns beide.«

Er zeigte auf eine zweistöckige Garage im hinteren Teil des Grundstücks. »Im oberen Stockwerk befindet sich eine kleine Wohnung. Da haben wir gewohnt. Ich weiß noch genau, wie ich morgens immer vom Geräusch von Everetts Auto aufgewacht bin. Es war ein 1950er Hudson, dunkelgrün, mit großen Weißwandreifen. Wer weiß, vielleicht kommt daher meine Liebe zu alten Autos.«

Sam sah zu der Wohnung über der Garage hinauf. »Als ich sechs war, erlitt meine Mutter eine Hirnblutung. Sie hatte ein Aneurysma im Gehirn, das geplatzt ist, während sie gerade ein Kleid umsäumte. Sie war sofort tot. So hat man es mir zumindest erzählt. Tula Jane hat mich aus der Schule abgeholt. Wir sind in den Park gegangen, haben uns auf eine

Bank gesetzt und sie hat mir erklärt, dass meine Mutter Gott gerade hilft, ein Loch im Himmel zuzunähen. Wie die meisten kleinen Kinder hatte ich natürlich keine Ahnung, was der Tod bedeutet, und habe Tula gefragt, wann meine Mutter denn wiederkommt. Sie meinte, ich könnte sie jede Nacht im Traum sehen. Na ja, ist eine lange Geschichte, jedenfalls haben Tula Jane und Everett mich dann adoptiert. Sie hatten keine eigenen Kinder und waren fast alt genug, um meine Großeltern zu sein.«

Ich fragte Sam nach seinem Vater, woraufhin sich sein Gesicht schlagartig verfinsterte. »Ich habe keine Ahnung, wer er ist. Und es interessiert mich auch kein bisschen. Meine Eltern waren nicht verheiratet. Mom hat mir immer nur gesagt, er hätte uns eines Tages verlassen.«

Ich rührte in meiner Tasse. Der Löffel klingelte in dem feinen Porzellan. »Wenn dir das nicht zu privat ist – wie hieß denn deine Mutter?«

»Madeline. Madeline Marshall.«

»Du hast dein Leben also als Sam Marshall begonnen. Als die Poteets dich adoptiert haben, war es da nicht schwer, sich mit dem neuen Namen anzufreunden?«

Sam lächelte. »Es war meine eigene Idee. Du weißt ja, wie Kinder sind, wenn sie sich einmal was in den Kopf gesetzt haben. Ich wollte sichergehen, dass Tula Jane und Everett mich nie wieder verlassen würden. Ich dachte, wenn ich so heiße wie sie, kann mir nichts passieren. Everett war ein toller Mann. Du hättest ihn gemocht und er hätte dich bestimmt auch sofort ins Herz geschlossen. Er ist gestorben, während ich noch auf dem College war.« Sam seufzte. »Dieser Vortrag über meine Familiengeschichte bringt mich natürlich zu Tula Jane.« Er stützte die Ellenbogen auf die Knie und verschränkte die Hände unterm Kinn. »Im Laufe der letzten Jahre haben ihre gesundheitlichen Probleme immer mehr zugenommen, sie leidet unter anderem an Alzheimer.«

Er sah traurig zu einem erleuchteten Fenster im zweiten Stock des Hauses hinauf. »Ich habe es lange Zeit nicht wahrhaben wollen, das weißt du ja. Aber nach dem neuesten Vorfall muss ich den Tatsachen einfach ins Auge blicken. Ich habe eine Pflegekraft eingestellt, die sich rund um die Uhr um sie kümmert, und werde sie so lange beschäftigen, wie ich es mir leisten kann.«

Ich legte Sam die Hand auf den Arm. »Es tut mir wirklich sehr leid.«

Meine Berührung machte ihn offensichtlich sehr froh. Er rückte noch ein Stück näher heran. »Aber jetzt bist du dran. Erzähl mir was über dich. Am liebsten alles.«

»Na gut.« Ich ließ den Kopf nach hinten ins Kissen sinken. »Ich wurde auf einer Farm in der Nähe der Red-River-Schlucht geboren …«

Und was als ein etwas verkrampftes Date mit einem Mann begonnen hatte, den ich ein kleines bisschen seltsam fand, wurde zu einem wundervollen, entspannten Abend mit tollem Essen und netten Gesprächen, der bis weit nach Mitternacht ging und in einem verwunschenen Garten stattfand. Ich vergaß sogar mein Teleskop.

Na ja, zumindest fast.

Fünfunddreißig

An einem Dienstag Anfang September kam ich in den Laden und fühlte mich so fröhlich und beschwingt wie schon seit Jahren nicht mehr. Ich zog mir meinen Kittel über und machte mich daran, einen venezianischen Hocker abzuschleifen, während Albert Holzspachtel für ein Stuhlbein anmischte, das dem Hund des Besitzers zum Opfer gefallen war.

Im Radio lief ein Oldiesender und als die Four Tops eins meiner Lieblingslieder spielten, musste ich einfach mitsingen.

Ich tanzte durch die Werkstatt und schlug mit dem Putzlappen im Takt gegen meine Hüfte, gegen die Wand, gegen die Werkbank. Ich hüpfte ausgelassen herum und probierte vergnügt die verschiedensten Tanzschritte aus. Als ich bemerkte, wie Albert mich ansah, blieb ich abrupt stehen. »Was denn?«

»Wenn du nicht gleich aufhörst zu singen, mach ich das Radio aus. Hat dir noch nie jemand gesagt …«

»Mir was gesagt?«

»Dass du nicht singen kannst.« Er schüttelte den Kopf. »Und tanzen kannst du auch nicht.«

Ich lachte. »Ach komm, Albert. Lass mich doch ein bisschen Spaß haben.«

Die Glocke an der Ladentür erklang und ich tanzte singend aus der Werkstatt hinaus. Hinter mir hörte ich Albert lachen. Ich legte den Putzlappen beiseite und zwang mich, wieder etwas ernsthafter zu sein, um den Kunden begrüßen zu können. Es war aber nur Olivia.

»Hi! Du, ich war heute Morgen in dem Ramschladen in der Meeting Street. Schau mal, was ich da gefunden habe!« Sie reichte mir eine Rolle Stoff. »Ich hatte sofort das Gefühl, das ist was Besonderes.«

Ich löste das Gummiband und sah mir den Stoff genauer an. Wassermelonenfarbene Streifen lösten sich mit cremefarbenen ab. Es war die schönste Seide, die ich je gesehen hatte. »Oh mein Gott, die ist ja wirklich unglaublich schön.« Ich überschlug, wie viel Stoff es insgesamt war. »Das müsste sogar für Vorhänge in meinem Büro zu Hause reichen!«

»Du willst sie also haben?«, fragte Olivia mit einem wissenden Lächeln.

»Auf jeden Fall! Wie viel kriegst du dafür?«

»Fünfundzwanzig Dollar«, antwortete sie und betrachtete einen silbernen Reislöffel in einer der Vitrinen.

»Das ist ja ein Schnäppchen. Komm mit ins Büro, dann geb ich dir gleich das Geld. Hast du Zeit für einen Kaffee?«

Olivia folgte mir fröhlich in die Küche. Ich goss uns Kaffee ein und wir wollten es uns gerade gemütlich machen, da klingelte die Ladenglocke schon wieder. Inez rief aus ihrem Büro: »Schon gut, ich gehe. Ist bestimmt nur der Briefträger.«

Einen Moment später kam sie zu uns in die Küche und trällerte: »Blumen für Miss Theodora Overman!« Sie stellte einen üppigen Strauß auf den Tisch – weiße Hortensien, blassrosa Rosen, duftende Levkojen und dazwischen Eukalyptuszweige.

Ich musste gar nicht die Karte lesen, um zu wissen, von wem die Blumen waren. Ein kleiner Umschlag war mit einem schmalen weißen Band an der Vase befestigt. Ich versuchte, ihn unauffällig in meine Tasche zu stecken.

»Die sind echt der Wahnsinn.« Olivia drehte die Vase langsam vor sich hin und her. »Ich liebe Hortensien.«

Inez verschränkte die Arme vor der Brust. »Und, von wem sind die?«

»Genau, was stand denn auf dem Kärtchen?«

»Ach, die sind bestimmt nur von irgendeinem Kunden.«

Inez zog eine ihrer perfekt nachgezogenen Augenbrauen hoch. »Quatsch. Ich gehe nicht aus der Küche, bis du uns die Karte gezeigt hast.«

»Ich auch nicht«, stimmte Olivia ein. »Wo ist denn die Karte überhaupt?«

»Sie hat versucht, sie ganz unauffällig in die Tasche zu stecken«, sagte Inez.

Ich holte den kleinen Umschlag hervor. In der Karte stand lediglich: »Sam«.

»Hab ich euch doch gesagt, ein Kunde.«

Inez schnappte sich die Karte. »*Ich* verschicke ja wohl immer die Rechnungen, und ich weiß genau, dass wir keinen Kunden namens Sam haben.« Sie runzelte die Stirn und sah mich prüfend an. »Bis auf einen.«

Ich versuchte, ihr die Karte wieder wegzunehmen, und sie lachte laut auf. »Also ist es wirklich Sam Poteet!«

»Nein!«, rief Olivia. »Der Sohn von Miz ›Langfinger‹ Poteet? Meintest du nicht immer, der wäre eine eklige Kröte?«

»Da kannte ich ihn ja noch nicht.«

»Wie lange geht ihr denn schon zusammen aus?«

»Erst ein paar Wochen.«

Olivia sah mich überrascht an. »Und du hast mir nichts davon erzählt?«

»Mir war noch nicht danach, darüber zu reden. Es ist ja auch nichts Ernstes.«

»Klar ist es was Ernstes, er schickt dir Blumen!«

Inez lehnte im Türrahmen und grinste. »Du bist verliebt. Das seh ich dir doch an.«

Ich berührte sanft eine der Hortensien. »Ja, das bin ich.«

An diesem Abend ging ich mit Sams Blumen im Arm zu Fuß nach Hause. Der Strauß war so schwer, dass mir die Schultern wehtaten, als ich ihn endlich absetzen konnte. Ich spielte erst einmal eine Weile mit Eddie und gab ihm sein Futter. Dann trug ich die Blumen nach oben und stellte sie auf die Kommode neben meinem Bett. In dem Moment klingelte das Telefon. Ich ließ mich aufs Bett fallen und nahm lächelnd den Hörer ab, in der Hoffnung, es sei Sam.

»Teddi, ich bin's, Gabe.«

»Hi! Ich habe gerade heute Morgen an Sie und Sally gedacht. Wie geht's Ihnen d…«

»Haben Sie den Fernseher an?«, unterbrach er mich.

»Nein, wieso?«

»Gut. Versprechen Sie mir bitte, dass Sie heute keine Nachrichten mehr sehen.« Gabe atmete heftig. »Es tut mir unglaublich leid, dass ich Ihnen das jetzt sagen muss, aber besser, Sie hören es von mir als von irgendeinem Reporter.«

»Was denn?«

»Ich hatte Ihnen doch mal von den Wilderern erzählt, die in der Schlucht hier unterwegs sind, wissen Sie noch? Es ist viel schlimmer, als ich es Ihnen erzählt habe. Sehr viel schlimmer.«

»Wie meinen Sie das?«

Schweigen.

Ich drückte den Hörer fester ans Ohr. »Gabe?«

»Ich spare mir in Ihrem und auch in meinem Interesse mal die Details, jedenfalls läuft da draußen irgend so ein Freak rum und schlachtet einfach völlig sinnlos Wildtiere ab.«

Ich schlug die Hand vor den Mund. »Oh nein!«

»Am Sonntag haben die Ranger alle Eingänge zum Daniel Boone National Forest abgesperrt, und zur Red-River-Schlucht kommt man auch nicht mehr durch. Wir sind mit sechzig Mann los und haben nach dem Kerl gesucht. Gestern hat eine Gruppe Wanderer etwas gefunden ... es war so schlimm, dass sogar ein Fernsehteam von CNN hier war und gefilmt hat, was dort lag. Die Bilder werden sie wohl nicht ausstrahlen, aber sie haben mehrere Ranger interviewt und diese Interviews laufen bestimmt im Fernsehen.«

Während ich Gabe zuhörte, war ich vom Bett aufgestanden und tigerte nun nervös durch die Wohnung.

»Heute Morgen sind wir noch einmal zu viert zur Clifty Wilderness – ich, Doug, ein Freund von mir, der ein Ass im Spurenlesen ist, und Mike und Ben, zwei Scharfschützen, die sich uns angeschlossen haben. Doug hat eine Spur gefunden, die uns in sehr schroffes Gelände geführt hat, mit Abhängen, die bis zu fünfundsiebzig Meter weit runtergingen. Tja, und da wir haben den Kerl dann tatsächlich gefunden.«

»Wirklich? Gott sei Dank. Ist er jetzt im Gefängnis?«

»Nein, er ist ...«

»Wieso denn nicht? Wieso ist dieser Unmensch nicht hinter Gittern?«

»Weil er tot ist.«

Ich reckte triumphierend eine Faust in die Luft und jubelte: »Fantastisch! Hat Mike ihn erwischt oder Ben?«

»Keiner von beiden. Er wurde zwar erschossen, aber wir wissen nicht, von wem. Zumindest noch nicht. Er war erst seit ein paar Stunden tot, als wir ihn gefunden haben. Sagt Ihnen der Name Leland Boles etwas?«

»Nein, ich glaube nicht.«

»Das war ein bekannter Wilderer aus West Virginia. Er hat allein in einem Jahr acht Weißkopfseeadler getötet. 1980 wurde er wegen Wilderei in einundzwanzig Fällen verurteilt. Er hat sieben Jahre in einem Gefängnis in West Virginia abgesessen. Seine Exfreundin hat ausgesagt, dass er sofort weitergemacht hat, sobald er aus dem Gefängnis raus war.«

»Und Sie sind sicher, dass er es war?«

»Absolut, ja. Kein Zweifel. Die Untersuchung läuft ja noch, also kann ich Ihnen nicht genau erzählen, was wir da gefunden haben, aber es war sehr schlimm. Na ja, er war es auf jeden Fall. Ein paar Meter neben seiner Leiche lag eine Pistole mit einem Schalldämpfer, aber Boles hatte offenbar keine Chance gehabt, selbst einen Schuss abzugeben. Er wurde mit einem Pfeil erschossen, und wer auch immer der Täter war, derjenige war entweder ein unglaublich guter Schütze oder hatte Riesenglück. Der Pfeil war nämlich nicht aus Metall, nicht maschinell hergestellt. Der war selbst gemacht.«

Ich ließ mich aufs Bett sinken. »Selbst gemacht? Wissen Sie noch, wie er aussah? Ich … ich bin nur neugierig.«

»Ja, ich erinnere mich noch ganz genau, den werde ich wohl auch nicht wieder vergessen. Boles lag auf der Seite, der Pfeil ragte ihm aus dem Rücken. Und seinem Gesichtsausdruck nach zu urteilen, hat dieses Arschloch denjenigen auch gesehen, der ihn erschossen hat. Er wurde nämlich von vorn erschossen.

Doug ist Bogenschütze und beschäftigt sich mit den Alltagsgegenständen der indianischen Ureinwohner. Er meinte, der Pfeil wäre handwerklich einwandfrei. Die Pfeilspitze war eine Clovis-Spitze, sehr scharf, tödlich. Die Befiederung bestand aus schwarzen Federn. Wahrscheinlich von einer Krähe, aber das konnte ich nicht so genau sehen, ich musste ja einen gewissen Abstand halten, um keine Spuren zu verwischen.«

Ich hielt die Augen geschlossen und lehnte die Stirn an den Bettpfosten. Ich war froh, Gabe nie von dem Pfeil erzählt zu haben, den ich in der Scheune gefunden hatte. »Sind … sind selbst gemachte Pfeile denn selten?«

»Nein, selten nicht unbedingt, würde ich sagen. Es tut mir wirklich leid, dass ich Ihnen das alles erzählen musste, aber Sally und ich wollten nicht, dass Sie es aus dem Fernsehen erfahren. Die Tiere waren alle tot bis auf ein Rotluchsweibchen, dem es irgendwie gelungen ist, sich wegzuschleppen. Sally und Doc Waters haben sie operiert. Sie mussten ihr das rechte Vorderbein amputieren. Wir haben sie Lucky getauft.«

»Ich hoffe, das arme Ding wird seinem Namen gerecht.«

»Das hoffen wir auch.«

»Wenn Sie noch irgendwas erfahren, melden Sie sich bei mir, ja?«

»Na klar.«

Ich legte den Hörer auf und sah aus dem Fenster.

Sechsunddreißig

November 1971

Nach dem Mittagessen fing es an zu schneien. Vom Küchenfenster aus sah ich den dichten Flocken zu, die sich wie eine Decke auf die Felder legten und auf dem Scheunendach auftürmten. Der Küchenwecker schrillte. Ich holte ein Blech Haferkekse aus dem Ofen und legte sie zum Abkühlen auf ein Gitter. Mama kam aus dem Keller hoch. »Wo ist dein Bruder?«

Ich drehte mich mit dem Teigschaber in der Hand zu ihr herum. »Ich glaube, in seinem Zimmer.«

Daddy kam herein und goss sich eine Tasse Kaffee ein. »Der ist in der Scheune, Franny.«

»Und was macht er da?«

»Er richtet sich mit seinem Schlafsack ein.«

Mamas Augen blitzten wütend auf. »Er schläft mir nicht in der Scheune! Wir haben minus fünf Grad draußen, da wird er doch krank.«

Daddy sah aus dem Fenster. »Ich hab's ihm aber schon erlaubt.«

»Wieso denn bloß?«

»Franny, er ist ein Junge. Kann nicht schaden, wenn er sich ein bisschen abhärtet. Und wenn es ihm zu kalt wird, kommt er schon wieder rein.«

Mama presste ärgerlich die Lippen aufeinander und ging aus der Küche.

Als die Kekse abgekühlt waren, füllte ich eine Handvoll in eine kleine Papiertüte und goss eine Thermosflasche voll mit heißer Schokolade. Ich knöpfte mir die Jacke zu und verstaute die Kekse in der einen, die Flasche in der anderen Tasche.

Die Flocken fielen mittlerweile so dicht, dass ich kaum mehr als den winzigen Lichtschimmer über dem Scheunentor ausmachen konnte.

Von meinen gedämpften Schritten und dem trockenen Schaben eines Zweigs an der Hauswand abgesehen war es völlig still.

Ich schob das Scheunentor nur einen winzigen Spalt auf, gerade so weit, dass ich mich durchquetschen konnte.

»Josh? Kann ich das Licht anmachen und hochkommen?«

»Nein, warte kurz.« Einen Augenblick später hielt mein Bruder den Lichtkegel einer Taschenlampe vor meine Füße. »Lass das Licht aus. Ich leuchte dir bis zur Leiter.«

Ich stampfte mir den Schnee von den Stiefeln und kletterte die Leiter hinauf. Die Thermosflasche fühlte sich warm und schwer an meiner Seite an. Als ich auf dem Heuboden angekommen war, leuchtete mir Josh zu einem Heuhaufen, auf dem er seinen Schlafsack ausgebreitet hatte.

»Schön hast du's hier.« Ich holte die Thermosflasche und die Kekse aus der Tasche. »Überraschung!«

»Wow, danke!« Er biss von einem Keks ab und strahlte mich an.

Wir setzten uns nebeneinander auf den Schlafsack, Josh machte sich über den nächsten Keks her und trank von der heißen Schokolade. Die Taschenlampe steckte er in einem

Heuballen fest, sodass sich ein warmer Lichtkegel über den Dachsparren ausbreitete.

»Schau mal.«

Der Schatten eines Vogels huschte durch den Lichtkegel. Ich lächelte. Mein Bruder hielt die Hände ein wenig anders und der Vogelschatten flog von einem der Dachsparren herunter.

»Das ist ein Bussard«, erklärte er mir. »Die sind wirklich die Herren der Lüfte. Wusstest du, dass sie im Sturzflug bis zu hundertzwanzig Meilen pro Stunde schnell werden?«

Ich stieß ihm leicht mit dem Ellenbogen in die Seite. »Das hast du dir doch ausgedacht.«

»Nein, es stimmt!« Er zeigte auf das Buch in seinem Schoß. »Hab ich gelesen. Wanderfalken sind sogar noch schneller.«

Ich wollte ihn gerade etwas fragen, da setzte er sich plötzlich kerzengerade auf. »Pssst! Hast du das gehört?«

Ich sah ihn erschrocken an. »Was denn?«

Er knipste die Taschenlampe aus und flüsterte: »Komm mal mit.«

Wir schlichen auf Zehenspitzen zum hinteren Teil des Heubodens. Mein Bruder öffnete lautlos den Riegel an der Luke nach draußen und schob sie einen Spalt weit auf. Er trat an die Öffnung und winkte mich heran. Wir standen fast zehn Meter über der Erde. Ich klammerte mich an den Rahmen der Luke und spähte vorsichtig hinaus. Erst verstand ich nicht, worüber sich Josh so freute, aber dann gewöhnten sich meine Augen an die Schatten und das Schneegestöber, und ich musste ebenfalls lächeln. Da unten saß ein Rotluchs.

»Was frisst der denn da?«

»Reste von unserem Abendbrot.«

Josh ließ die Beine aus der Luke baumeln. Ich tat es ihm nach. So saßen wir beide im Mondlicht und sahen dem Rotluchs beim Abendessen zu. Nachdem er alles verputzt hatte, drehte er sich um und humpelte zurück in den Wald.

»Der Arme. Ich versuche ihm zu helfen, indem ich ihm jeden Abend was zu fressen hinstelle, aber ich weiß nicht, wie lange er noch durchhält.«

Ich lehnte mich bei ihm an. »Du hast so ein großes Herz. Für dich ist im Himmel bestimmt ein ganz besonderer Platz reserviert.«

Josh zuckte mit den Schultern. »Ist mir eigentlich egal, was mit mir passiert, wenn ich tot bin. Hauptsache, ich bin bei meinen Tieren.«

Wir saßen stumm da, während unsere Atemwolken ineinandertrieben. Der Schneefall wurde von Minute zu Minute dichter, bis der Waldrand kaum noch zu erkennen war. Riesige Flocken tanzten zu uns herein und aus dem Augenwinkel sah ich der Natur dabei zu, wie sie Josh in ihren weißen Segen hüllte.

Siebenunddreißig

Auf wackeligen Beinen ging ich in mein Arbeitszimmer. Ich knipste das Licht an und öffnete den Kleiderschrank. Ich holte mir den Bürostuhl heran und kletterte darauf, um an das oberste Bord zu kommen, wo ein Schuhkarton und eine Versandrolle lagen.

Ich schob den Stuhl zurück an den Schreibtisch und setzte mich. Der Deckel der Versandrolle löste sich mit einem hohlen Geräusch. Ich ließ den Pfeil herausrutschen. Die schwarze Spitze war scharf wie ein Rasiermesser und wies links und rechts kleine Kerben auf.

Ich hielt den Pfeil eine Weile in der Hand, fühlte das Gewicht, legte ihn dann vor mich auf den Schreibtisch.

Ich saß mehrere Minuten vor dem Schuhkarton, bevor ich die Kraft hatte, das weiße Band zu lösen und den Deckel zu öffnen. Alle Zettel, die mir mein Bruder je geschrieben hatte, lagen dort sorgfältig sortiert, in chronologischer Reihenfolge. Obenauf lag der letzte, den ich bekommen hatte. Das Blut rauschte mir in den Ohren. Ich schob den Deckel zurück auf den Karton und fasste blind hinein.

Die Ränder des Papiers waren vergilbt und fühlten sich an, als würden sie gleich unter meinen Händen zu Staub zerfallen. Ich faltete diesen Zettel zum ersten Mal wieder seit 1977 auseinander.

Die Feder fiel heraus und landete sanft auf meinem Schreibtisch. Sie war genau so, wie ich sie in Erinnerung hatte – weich und glänzend und tiefschwarz.

Wenn die Schatten fliehen
und der Mond sich von den Sternen abwendet,
sorgt der Rabe für die Einhaltung der göttlichen Gesetze.

Ich strich mit dem Daumen über die Worte, die mein Bruder hinzugefügt hatte, Worte, die das Leben vieler Menschen für immer verändert hatten:

Sucht nicht nach mir.

Ich ließ den Zettel sinken, holte das Telefonbuch aus der Schreibtischschublade und blätterte darin, bis ich gefunden hatte, wonach ich suchte. Ich wählte die Nummer der nächstgelegenen Bibliothek.

»Wie lange haben Sie heute geöffnet?«

»Bis zwanzig Uhr«, antwortete die Dame am Telefon.

Meine Armbanduhr zeigte neunzehn Uhr fünfundzwanzig an. Ich bedankte mich, legte auf, rannte die Treppe hinunter und schnappte mir meinen Schlüssel. Um neunzehn Uhr achtunddreißig fuhr ich auf den Parkplatz der Bibliothek. Mein Herz klopfte so stark, dass ich kaum klar denken konnte, aber die Bibliothekarin half mir suchen. Eine halbe Stunde später war ich wieder zu Hause.

Ich schenkte mir ein Glas Wasser ein und setzte mich an den Schreibtisch. Ich blätterte durch das Buch, bis ich das Kapitel über Clovis-Pfeilspitzen gefunden hatte.

Ich las:

»Clovis ist eine prähistorische paläoindianische Kultur, die zum ersten Mal vor elftausendfünfhundert Radiocarbonjahren auftaucht. Archäologen verorten diesen Zeitraum vor etwa dreizehn- bis vierzehntausend Kalenderjahren. Die Clovis-Spitze ist die erste Pfeilspitzenart, die in Nordamerika entdeckt wurde. Bis jetzt wurde sie in keiner anderen Region gefunden …«

Ich überflog die Seiten und hielt den Pfeil meines Bruders zum Vergleich neben die verschiedenen Fotos. Aber am Ende war ich mir immer noch nicht völlig sicher, ob ich nun eine Clovis-Pfeilspitze in der Hand hielt oder nicht. Hätte ich raten müssen, hätte ich gesagt, dass sie am ehesten einer Copena ähnelte.

Zwei Federn der Befiederung gehörten auf jeden Fall einem Rotschwanzbussard, da war ich mir ganz sicher. Die dritte war komplett schwarz. Ob sie von einem Raben, einer Krähe oder vielleicht einer Amsel stammte, wusste ich jedoch nicht.

Ich konnte mir einfach keinen Reim auf das alles machen und stöhnte verzweifelt auf. In der letzten Stunde hatte ich mehr über Pfeilspitzen erfahren, als mir lieb war, und dennoch hatte ich immer noch keine Antwort auf die Frage gefunden, die mir die Luft zum Atmen nahm. Ein Mann namens Leland Boles hatte Tiere auf unaussprechliche Weise gequält. Jemand anderes hatte seinem Treiben ein Ende bereitet. Im Moment war diese andere Person nach wie vor namenlos.

Ich stand auf, räumte alles wieder in den Schrank und knipste das Licht aus.

Ich ließ mir ein Bad ein, zündete ein paar Kerzen an und zog mich aus. Ich stieg in die Badewanne. Dampf breitete sich im Raum aus. Ich ließ mich in das heiße Wasser sinken und schloss die Augen.

Lass los. Atme einfach aus und lass los … Lieber Gott, bitte gib mir die Kraft, diese Nacht durchzustehen …

Achtunddreißig

Ich saß an meiner Werkbank, aß ein paar Apfelspalten und blätterte durch eine alte Ausgabe des *National Geographic*. Dabei fiel mir ein Artikel über afrikanische Großkatzen ins Auge.

Es war ein ruhiger Donnerstagnachmittag Anfang Oktober. Albert reparierte einen Riss in einem irischen Konsolentisch und ich wollte als Nächstes einen Sessel im gotischen Stil lackieren, den ich auf einem Flohmarkt entdeckt hatte. Es war ein ziemlich großes Ding mit breiten Armlehnen und einer hohen, massiven Rückenlehne. Ich beschloss, den Sessel im Leopardenmuster zu bemalen. Ich wollte ein etwas ausgefalleneres Stück daraus machen und es dann ins Schaufenster stellen. Ich riss ein Foto der Großkatze aus der Zeitschrift und befestigte es an der Wand über meiner Werkbank. Ich holte meine Ölfarben hervor und suchte nach den entsprechenden Tuben, als die Ladenglocke klingelte. Inez kam aus ihrem Büro gelaufen. Meine Wahl war gerade auf die Farbe »Gebrannte Umbra« gefallen, da stand Inez plötzlich vor mir. »Teddi«, flüsterte sie, »da ist ein sehr gut aussehender Mann und er hat nach dir gefragt.«

»Aber kein Vertreter, oder? Ich habe nämlich gerade keine Zeit …«

»Jetzt geh schon«, sagte sie ungeduldig. »Er ist sehr groß, hat tolle Augen und riecht gut.«

Albert schüttelte lachend den Kopf. »Er riecht gut?«

Ich zog mir den Kittel aus, strich mir die Haare hinter die Ohren und ging nach vorn. Ich schob mich an einem Wäscheschrank aus Kiefernholz vorbei und blieb wie angewurzelt stehen, als ich ihn sah. Er trug einen dunkelblauen Anzug, dazu ein weißes Hemd und eine geschmackvoll gestreifte Krawatte. Er sah sehr gut aus, aber auch ein ganz kleines bisschen unsicher, wie ein schüchterner kleiner Junge.

»Sam! Was für eine nette Überraschung!«

Er stellte den Jadebriefbeschwerer in Form einer Schildkröte zurück, den er sich gerade angesehen hatte. »Du hast wirklich einen wunderschönen Laden.«

»Danke.«

Ich wollte ihn ein wenig herumführen, aber er lehnte ab. »Ich weiß, dass du viel zu tun hast, und ich muss auch gleich zurück ins Büro zu einem Meeting. Ich wollte dich nur schnell was fragen: Hast du Lust, am Samstag mit mir zusammen zu frühstücken?«

»Dazu hätte ich große Lust, aber ich muss leider den Laden aufmachen.«

»Ich mach das schon!«, rief Inez wie aus der Pistole geschossen von irgendwoher.

Sam sah über meinen Kopf hinweg in die Richtung, aus der Inez' Stimme gekommen war. Ich wurde rot. »Tja, dann ist meine Antwort wohl Ja.«

»Fantastisch. Ich muss dich aber leider schon um Viertel nach sechs abholen.«

»Wieso denn so früh?«

»Das ist eine Überraschung.«

Einen Moment sah es so aus, als wollte er noch etwas sagen, aber dann beugte er sich nur vor und gab mir einen Kuss auf die Wange.

Ich trug meinen Lieblingsrock mit dem grauen Fischgrätmuster, eine schwarze Strumpfhose und einen dünnen Rollkragenpullover aus Wolle, stand am Fenster und hielt nach Sam Ausschau. Ich gähnte und sah hinunter zu Eddie. »Was meinst du, wo er so früh wohl mit mir hinwill?«

Eddie legte nur den Kopf zur Seite, er war anscheinend überfragt.

Um genau Viertel nach sechs tauchte ein Paar Scheinwerfer im Morgennebel auf und hielt vor meinem Haus. Ich kraulte Eddie noch einmal kurz und ging hinunter.

»Guten Morgen!« Sam stieg aus dem Auto.

Ich lehnte mich an seine Brust und schloss für einen Moment die Augen. »Fühlt sich eher an wie mitten in der Nacht.«

Er streichelte mir aufmunternd den Rücken. »Du wirst es auf keinen Fall bereuen!«

Ich blieb noch einen Moment so stehen, mein Gesicht in seinem Hals vergraben. Er roch nach Ivory-Seife. Ich trat einen Schritt zurück und sofort fielen mir seine Leinenjacke und die alte Jeans auf, die er trug. »Da bin ich wohl ein bisschen overdressed.«

»Nein, du siehst umwerfend aus. Mehr als umwerfend sogar«, sagte Sam und öffnete mir die Autotür. Wir fuhren Richtung Norden und ließen die verlassenen Straßen von Charleston hinter uns.

»Wann darf ich denn nun erfahren, wo es zu unserem mysteriösen Frühstück hingeht?«

Er lächelte. »Wenn ich dir das sagen würde, wäre es ja wohl keine Überraschung mehr.«

Ich war zwar sehr neugierig, bohrte jedoch nicht weiter nach. Wir legten Meile um Meile zurück, das Licht der

Straßenlaternen schien sanft im Morgennebel. Irgendwo weit draußen ertönte das Nebelhorn vom Cooper River. Ich schloss die Augen, ließ den Kopf gegen Sams Schulter sinken und lauschte dem Summen der Reifen. Fast wäre ich eingeschlafen, wenn wir in diesem Moment nicht über ein Schlagloch gefahren wären, das das gesamte Auto erschütterte. Ich setzte mich auf und sah hinaus. Fensterlose, metallverkleidete Gebäude waren von einem Maschendrahtzaun umgeben, und zu meiner Rechten stand eine einsame Lok.

»Das sieht ja aus wie ein Industriepark. Was machen wir denn hier?«

»Nur Geduld.« Er zwinkerte mir zu. Wir fuhren über einen Bahnübergang. Sam zeigte aus dem Fenster. »Schau mal, der Kran dort!«

Es war immer noch ganz schön dunkel, und ich sah erst nicht genau, worauf er zeigte, aber dann entdeckte ich den Kran plötzlich, der wie eine Gottesanbeterin vor uns im Nebel emporragte. Und dann fielen mir die Schiffe auf.

»Wo sind wir hier?«

»Bei der Charlestoner Marinewerft. Warst du noch nie hier?«

Ich schüttelte den Kopf. »Frühstücken wir mit einem Kapitän oder was?«

Sam sah mich an. Seine Augen leuchteten übermütig. »Nein, unser Frühstück wird viel, viel besser.« Plötzlich verdüsterte sich sein Gesicht. »Ach, ich hab ja ganz vergessen zu fragen … hast du eigentlich Höhenangst?«

»Na ja, ich würde mich nicht unbedingt darum reißen, die Fenster an einem Wolkenkratzer zu putzen, aber nein, Höhenangst habe ich nicht.«

Sam atmete erleichtert aus. »Ein Glück.«

Wir bogen nach links ab und fuhren an einem langen Truck vorbei, der am Straßenrand parkte. Vor uns tauchte eine weiß-gelb gestreifte Straßensperre auf, flankiert von zwei Verkehrshütchen mit Blinklichtern. Sam hielt an. Ein Wachmann kam mit seiner Taschenlampe auf uns zu. Sam kurbelte das Fenster herunter und holte einen Zettel hinter der Sonnenblende hervor.

Der Wachmann beugte sich herunter und sah zu uns ins Fenster. »Ich muss Sie leider bitten umzudrehen. Die Straße ist gesperrt.«

»Ich habe eine Sondererlaubnis.« Sam gab ihm den Zettel.

Der Wachmann leuchtete mit seiner Taschenlampe auf das Papier. »Alles klar, fahren Sie einfach rein und biegen Sie dann links ab. Parken Sie auf der anderen Seite des Zauns, bei den roten Fässern.« Er gab Sam den Zettel zurück und trat zur Seite.

Sam fuhr um die Absperrung herum. Ich versuchte immer noch herauszufinden, wo wir uns eigentlich befanden. Weit vor uns erhoben sich Serpentinen aus einem Betonmeer und rechts von mir flackerte eine Reihe roter und weißer Lichter ein paarmal auf.

Durch das offene Fenster zog Karamellduft herein. Als wir schließlich ausstiegen, hörte ich das Geräusch von Metall auf Metall und jemanden rufen: »Ein Stück zurück! Hey! Das reicht!«

Sam holte einen kleinen Picknickkorb aus dem Kofferraum, nahm meine Hand und führte mich an einem Truck vorbei. Im blaugrauen Licht bemerkte ich, dass die Serpentinen vor uns zu einer Achterbahn gehörten.

»Sind wir etwa auf einem Rummel?«

»Ja. Hier findet dieses Wochenende ein Jahrmarkt statt, mit dem Geld für das Carolina-Jugendzentrum gesammelt werden soll. Meine Kanzlei ist einer der Sponsoren.«

»Und wieso sind wir so früh da?«

Er schob mich schweigend an einem Teetassenkarussell vorbei und auf einen Mann mit gebeugten Schultern zu, der gerade einen Zaun reparierte. »Guten Morgen. Sie müssen Fred sein.«

»Jawohl, Sir.«

»Ich bin Sam Poteet. Und das ist meine … meine Freundin, Teddi Overman.«

Bei dem Wort »Freundin« musste ich lächeln.

Die beiden Männer schüttelten einander die Hände.

»Hab das gute Stück gestern Abend noch mal überprüft. Läuft wie geschmiert.« Fred ging zu einem hölzernen Podest, öffnete einen Schaltkasten und drückte einen Knopf. Bunte Lichter flackerten auf und bildeten einen großen Kreis vor dem dunklen Himmel.

Ich sah verblüfft zwischen Fred und Sam hin und her. Es war ein Riesenrad.

Fred schloss die Absperrkette auf. »Immer rein mit euch!«

»Na komm.« Sam zog mich mit sich.

Fred hielt den Sicherheitsbügel hoch und wir setzten uns in eine der Gondeln. Den Picknickkorb stellten wir zwischen uns. Fred ließ den Metallbügel einrasten und rüttelte kurz noch einmal daran, ob er auch wirklich festsaß. »Los geht's!«

Zuerst fuhren wir ein Stück rückwärts. Mir kribbelte es im Bauch. Wir stiegen immer höher hinauf und ich musste lachen. »Ich … ich weiß nicht, was ich sagen soll!«

Sam sah höchst zufrieden aus. Wir drehten mehrere Runden mit dem Riesenrad. Als wir uns wieder dem höchsten Punkt näherten, wurde es langsamer und hielt schließlich an.

»Zeit fürs Frühstück.« Sam öffnete den Korb. Darin waren Servietten, ein Päckchen, das in Alufolie eingepackt war, und zwei Thermosflaschen. »Milch und ein Pfund Zucker für die Dame.« Er schraubte eine der Flaschen auf, goss Kaffee in den Deckel und reichte ihn mir. Ich war so fassungslos darüber, wo wir waren und was wir hier taten, dass ich schon wieder lachen musste. Sam wickelte mehrere Kuchenstücke aus der Alufolie. »Such dir was aus.«

»Ein Glück, dass mir in dieser Höhe nicht schlecht wird«, sagte ich und nahm mir ein Zimtteilchen.

Sam biss in ein Stück Kirschkuchen. »Na ja, wenn wir Kinder wären, würden wir Zuckerwatte und Hotdogs essen.«

Und da saßen wir nun, hoch in der Luft, mit Kaffee und Kuchen. Einfach alles an diesem Morgen war so besonders und unerwartet, dass ich nicht aufhören konnte zu kichern. »Wie ist denn die Idee zu diesem Jahrmarkt eigentlich entstanden?«

»Ich habe neulich einen Zeitungsartikel über einen siebenjährigen Jungen gelesen, der auf der Straße gelebt hat und von einem Mitarbeiter des Jugendzentrums aufgelesen wurde. Die Geschichte hat mich sehr berührt. Wenn sich Everett und Tula Jane nicht um mich gekümmert hätten, hätte ich das sein können. Seitdem unterstütze ich dieses Jugendzentrum.«

»Hat deine Kanzlei den Jahrmarkt organisiert?«

Er trank einen Schluck Kaffee und schüttelte den Kopf. »Nein. Ein Freund von mir ist auf den Ort hier gekommen.

Sein Dad ist ein Kapitän a.D. Letzten Donnerstag bin ich mit ihm hierhergefahren, als die Leute angefangen haben, die Karussells aufzubauen. Und da kam mir die Idee …«

Plötzlich verstummte Sam und streckte den Arm hinter mir aus. Er schob meinen Pferdeschwanz beiseite und ließ seine Finger über den Kragen meines Oberteils gleiten. Er sah zu den Bäumen hinüber und lächelte. »Deshalb sind wir hier. Schau mal, dort drüben.«

Ich folgte seinem Blick, wusste aber nicht, ob er die Schiffe meinte, die sich gegen den Himmel abhoben, die Kräne über der Werft oder vielleicht etwas ganz anderes. Ich wollte ihn gerade fragen, da streichelte er meine Schulter und drückte mich an sich. »Pass auf. Jetzt geht's los.«

Das stumpfe Blaugrau des Himmels riss plötzlich auf und über den Bäumen war ein sanftes Leuchten zu sehen, blasslila und unscharf zuerst, dann wurde es zu einem kräftigen Pink und breitete sich über den gesamten Horizont aus. Innerhalb weniger Minuten wurde aus dem Pink ein leuchtendes Orange, das die Wolken in flammendem Gold erstrahlen ließ. Und dann schob die Sonne die letzte verirrte Wolke beiseite und erhob sich über den Baumwipfeln.

Es war ein unglaublicher Moment. Nicht nur das wunderschöne Farbenspiel, das die Natur an den Himmel gezaubert hatte, sondern auch die Tatsache, dass Sam sich so etwas für uns beide hatte einfallen lassen. Langsam drehte er sich zu mir herum und sah mir tief in die Augen. »Das hier ist doch der perfekte Ort für unseren ersten gemeinsamen Sonnenaufgang, oder?«

Neununddreißig

Ich stand bei Olivia in der Küche und sah mich um. Der Kaugummiautomat war verschwunden, ebenso die verstaubten Handpuppen, die Katzenwanduhr und die unzähligen Glaskaraffen, die sich im Laufe der Jahre angesammelt hatten. Alles war frisch gestrichen, die Wände in einem Zitronenton, die Holzfronten weiß. Die alten Kieferndielen waren abgeschliffen und neu lackiert.

Olivia sah jedoch noch nicht ganz glücklich aus. »Die Wände gelb zu streichen war ein Fehler, oder? Ist es nicht viel zu hell?«

»Ach nein, die Farbe ist doch sehr sanft. Du bist nur noch nicht daran gewöhnt, und es ist ja auch ein ziemlicher Unterschied zu dem Blau davor. Aber wenn wir noch ein paar Bilder aufhängen, gefällt es dir bestimmt richtig gut. Wie bist du überhaupt darauf gekommen, die Küche zu streichen?« Ich stellte die Leiter an die Wand. »Und wieso hast du mir eigentlich nichts davon erzählt?«

»Letzten Donnerstag stand ich morgens hier und wollte mir gerade einen Kaffee machen. Da fiel mir plötzlich auf, dass mein Haus einfach nur schlimm aussieht. Als würde hier eine Verrückte wohnen! Bevor das Brot fertig getoastet war, hatte ich schon die halbe Küche ausgeräumt. Und ich hab dir nichts davon erzählt, weil … na ja … es war mir irgendwie peinlich.« Olivia sah mich an. »Ich hab's wohl ein bisschen übertrieben mit meiner Sammelleidenschaft, seitdem Eric mich verlassen hat, hm?«

Ich grinste. »Ein bisschen vielleicht, ja. Na gut, ziemlich sogar.«

»Wieso hast du nie was gesagt?«

»Weil ich kein Recht hatte, dir da reinzureden. Unsere Freundschaft hat ja nichts damit zu tun, was du zu Hause rumstehen hast. Ich wusste, dass es dir nicht so gut ging, und dachte mir, du suchst einfach was, um die Leere in deinem Herzen zu füllen.« Ich lachte. »Und da ist deine Wahl eben auf Kaugummiautomaten und Handpuppen gefallen.«

»Aber welcher Mann will schon in meiner Küche sitzen und mit mir einen Kaffee trinken, wenn ihn dabei sechzig Glasaugenpaare anstarren?« Olivia ließ den Blick nachdenklich über die leeren Wände schweifen. »Jetzt hab ich hier sozusagen Tabula rasa gemacht und kann alles neu gestalten, wie ich will, und dabei weiß ich gar nicht, was sich hier gut machen würde.«

»Kein Problem«, sagte ich und hielt ein kleines Ölgemälde von einem Apfelgarten hoch. »Ich würde mit dem hier anfangen. Und der Chagall-Druck da würde bestimmt gut an der Wand über dem Tisch aussehen.«

»Jetzt, wo du da bist, geht's mir schon viel besser«, sagte Olivia. »Ich hab uns Eiersalat gemacht und weil du mir hilfst, obwohl du mit deinem Sonntagnachmittag bestimmt auch was Besseres anzufangen wüsstest, hab ich uns auch gleich noch ein frisches Brot dazu gebacken.«

»Toll! Dann lass uns die Bilder mal schnell aufhängen, ich hab nämlich ganz schön Hunger.«

Olivia holte eine Packung Bilderhaken und ich nahm mir das Maßband und einen Bleistift. Wir schwatzten über ihr neuestes Restaurationsprojekt, eine Erstausgabe von *Stuart Little*, die einen Wohnungsbrand überlebt hatte, aber nun voller Ruß war, und Olivia beichtete mir lachend, dass sie letzte Nacht im Schutze der Dunkelheit zwei Kartons mit Büchern durchwühlt hatte, die die Nachbarn aussortiert hatten.

Aber als ich ihr von meinem Abenteuerfrühstück auf dem Riesenrad erzählte, verschwand ihr Lächeln. Sie nahm sich einen Putzlappen und machte sich daran, ein gerahmtes Foto zu säubern. Leise sagte sie: »Das ist das Romantischste, was ich jemals gehört hab.«

Ich schlug einen Bilderhaken in die Wand und stieg von der Leiter. »Olivia, bist du böse auf mich oder so?«

»Nein.« Sie polierte weiter den Rahmen und sah mich nicht an. »Wenn irgendjemand alles Glück dieser Welt verdient hat, dann du. ›Böse‹ ist das falsche Wort. Ich weiß, es ist total kindisch von mir und auch nicht in Ordnung, aber ich bin einfach ein bisschen neidisch auf dich. Du hast einen tollen Mann getroffen, obwohl du gar nicht gesucht hast. Und auf der anderen Seite stehe ich, Olivia Dupree, die erbärmliche Versagerin.«

»Sag doch nicht so was. Du bist doch keine erbärmliche Versagerin.«

»Ach komm«, sagte sie mit einem Schulterzucken, »ist doch so. Als Eric mich verlassen hat, ist für mich eine Welt zusammengebrochen. Dann habe ich endlich akzeptiert, dass er wirklich schwul ist und es keine Hoffnung mehr für uns beide gibt, und dachte, na gut, dann jetzt eben ein neuer Start ins Leben, alles noch mal auf Anfang, was man sich halt so einredet. Aber es fühlt sich an, als ob ich eher rückwärtsgehe, und es ist auch keine Hoffnung in Sicht. Während ich die Küche gestrichen habe, habe ich mir überlegt, dass ich es vielleicht doch mal mit einer Dating-Agentur versuchen sollte. Und dann …«

Sie verstummte abrupt. »Ganz ehrlich, manchmal weiß ich wirklich nicht, wie du es mit mir aushältst. Ich beschwere mich die ganze Zeit immer nur über mein Leben. Du wolltest mir doch gerade von Sam erzählen und ich fange einfach mit meinem blöden Selbstmitleid an. Tut mir leid.« Sie zwang sich zu einem Lächeln und hielt mir den sauberen Bilderrahmen hin. »Erzähl weiter.«

Ich stellte das Foto neben der Leiter ab. »Ich wollte dir ja eigentlich nachher beim Mittagessen in Ruhe davon erzählen, aber wo wir gerade mal dabei sind – erinnerst du dich noch an den Klempner?«

»Dessen Kurzgeschichten gerade veröffentlicht wurden?«

»Ja.«

Sie hielt abwehrend die Hand hoch und wich meinem Blick aus. »Bitte, jetzt erklär mir nicht noch mal, dass das damals doof von mir war. Ich weiß, dass ich mir manchmal selbst im Weg stehe.«

»Darauf wollte ich gar nicht hinaus. Ich wollte nur sagen, dass er nicht mehr mit Carla Fry zusammen ist. Ich hab sie neulich im Supermarkt getroffen, und da hat sie mir erzählt, dass sich die beiden letzten Monat getrennt haben.«

Olivia verdrehte die Augen. »Tut mir ja echt leid für Carla.«

»Wow, bist du heute zickig. Jedenfalls – du könntest ihn jetzt anrufen. Der Zeitpunkt wär doch perfekt.«

Olivia sah mich genervt an und begann, das nächste Bild zu säubern. »Ich soll ihn anrufen? Auf keinen Fall. Was soll ich denn sagen? ›Hey, sorry, dass ich dich mal hab abblitzen lassen, aber ich hab in der Zwischenzeit bei den Anonymen Zicken richtig Fortschritte gemacht und würde jetzt gern …‹«

»Jetzt stell dich mal nicht so an, das ist doch ganz einfach. Ruf ihn an und mach einen Termin aus für irgendein Rohrproblem, das du angeblich hast. Und wenn er dann da ist, sprichst du ihn zum Beispiel auf sein Buch an.«

»Vergiss es«, schnaubte sie. »Ich werd vor dem sicherlich nicht zu Kreuze kriechen.«

Ich stemmte die Hände in die Hüften. »Entschuldige mal, wer hat denn bitte schön was davon gesagt, dass du zu Kreuze kriechen sollst? Während er sich den verstopften Abfluss ansieht, sprichst du ihn einfach auf seine Kurzgeschichten an und schon seid ihr mitten in einer schönen Unterhaltung über Bücher.«

»Mein Abfluss ist aber nicht verstopft, und ich werde auch nicht so tun, als wäre er es. Lass es einfach, Teddi. Es hat eben nicht sein sollen.«

Ich weiß nicht, was in diesem Moment über mich kam, bevor ich drüber nachdenken konnte, hatte ich mir jedenfalls den Hammer vom Küchentisch geschnappt und mit voller Wucht gegen den Wasserhahn geschlagen. Sofort stieg eine Fontäne auf und spritzte Olivia in das erschrockene Gesicht.

Ich versuchte, das Leck mit einem Geschirrhandtuch zu stopfen. Währenddessen riss Olivia fluchend die Schranktür unter der Spüle auf und drehte – immer noch fluchend – den Haupthahn zu. Das Ganze hatte zwar nur wenige Sekunden gedauert, aber trotzdem hatte es für eine kleine Überschwemmung in der Küche gereicht.

Beim Anblick von Olivia auf dem Fußboden in einer Wasserpfütze musste ich loslachen. »So, *jetzt* brauchst du einen Klempner!«

Zwei Tage, nachdem ich Olivias Wasserhahn kaputt gemacht hatte, meldete sich Sam plötzlich nicht mehr. Erst dachte ich, er hätte einfach gerade viel zu tun. Als ich am Mittwoch jedoch immer noch nichts von ihm gehört hatte, machte ich mir langsam Sorgen. Sam und ich hatten eigentlich von Anfang an eine gewisse Routine gehabt: Er rief mich alle ein, zwei Tage an, mindestens einmal pro Woche gingen wir abends essen und verbrachten jeden Freitag- und Samstagabend miteinander.

Als er sich bis Donnerstag immer noch nicht gemeldet hatte, rief ich bei ihm im Büro an. Seine Sekretärin sagte mir, er sei gerade nicht im Haus und sie wisse auch nicht, wann er wiederkäme. Ich legte auf. Freitag saß ich am Schreibtisch und versuchte, das Telefon mit purer Willenskraft zum Klingeln zu bringen, aber Sam rief nicht an. Zu Hause lief ich als Erstes zum Anrufbeantworter, aber auch da war keine Nachricht von ihm.

Als ich am Samstagmorgen in den Laden kam, war ich so unglücklich, dass ich es kaum über mich brachte, mich mit den Kunden zu unterhalten. Sobald das Telefon klingelte, rannte ich hin, aber nie war es Sam. Auf dem Nachhauseweg ging ich im Kopf die wildesten Szenarien durch. War das seine Art, unsere Beziehung zu beenden? Hatte er eine andere kennengelernt? War ihm vielleicht etwas passiert?

Eddie begrüßte mich an der Tür mit Schwanzwedeln und seinem Tennisball im Maul. Ich ging mit ihm hinaus in den Garten. »Was meinst du? Hat Sam genug von uns beiden?« Ich ließ mich in den Liegestuhl fallen. Mein treuer Hund sprang aufgeregt neben mir auf und ab, als wollte er sagen: *Ist doch egal, wir haben doch immer noch uns!*

Mir war es aber nicht egal.

Ich versuchte, mich zu beschäftigen, damit meine Fantasie nicht mit mir durchging. Der Abend zog sich in die Länge. Um sieben war ich davon überzeugt, dass Sam gerade ein Date mit einer exotischen Prinzessin hatte, die er viel interessanter fand als mich. Um Viertel vor acht lag ich zusammengerollt auf dem Sofa und starrte traurig aus dem Fenster. Ich musste daran denken, wie ich Sam das erste Mal gesehen hatte, und ging dann im Kopf jedes einzelne unserer Treffen in den vergangenen acht Wochen durch. Auch rückblickend fiel mir nichts auf, das darauf hingedeutet hätte, dass irgendetwas zwischen uns beiden nicht in Ordnung wäre.

Der Himmel verfärbte sich langsam. Es wurde dunkel. Mir fiel eine Begebenheit ein, an die ich in den letzten zwanzig Jahren nur ein- oder zweimal hatte denken müssen. Ich erfuhr damals eine Wahrheit, die ich erst in meiner jetzigen Situation in ihrer ganzen Tiefe verstand.

Herbst 1970

Am Freitagabend sollte ein Schulball stattfinden. Ich hatte mich schon die ganze Woche darauf gefreut und hoffte sehr, David Tyler würde mich fragen, ob ich seine Begleitung sein wollte. Bei einem unserer seltenen Mutter-Tochter-Momente hatte ich Mama von David erzählt: Wie er mich immer neckte und jedes Mal an meinem Pferdeschwanz zog, wenn wir einander auf dem Schulhof begegneten.

Ich wartete ungeduldig darauf, dass er mich endlich fragen würde, aber er tat es einfach nicht. Am Freitagnachmittag kam ich aus der Schule nach Hause und warf mich unglücklich aufs Bett, um meine Wunden zu lecken. Mama kam mir nach und fragte, was denn los sei. Ich erzählte es ihr. Sie nickte nur und ging aus dem Zimmer.

Ein paar Minuten später klopfte sie an meine Tür und steckte den Kopf herein. »Ich hab was für dich.« Sie stellte einen Schokoladenmilchshake auf den Nachttisch und setzte sich zu mir aufs Bett. »Lass dich davon nicht so runterziehen. Du ruinierst dir ja das ganze Wochenende!«

»Aber mein Wochenende ist doch schon ruiniert.«

Mama nahm mein Kinn in die Hand und sah mir in die Augen. »Wenn du dir solche Dinge immer so zu Herzen nimmst, stellst du eines Tages fest, dass dein gesamtes Leben eigentlich nur eine Abfolge von nicht erfüllten Erwartungen ist.«

Sie drehte sich zum Fenster. Im sanften Nachmittagslicht sah ihr Profil ganz zart aus. »Glaub mir, wenn man Misserfolge zu sehr an sich heranlässt, verliert man sich irgendwann darin. Und findet da nicht mehr raus.«

»Aber es tut so weh, Mama. Was soll ich denn bloß machen?«

Sie sah mich an und lächelte traurig. »Ich weiß es nicht. Das musst du für dich selbst herausfinden. Aber denk immer daran: Man darf sein Glück nicht von anderen abhängig machen.«

Mama streichelte mir noch einmal über den Kopf, stand auf und ging aus dem Zimmer.

Obwohl diese Unterhaltung schon sehr lange her war, fühlte ich mich heute Abend genauso verletzt und verwirrt wie damals. Ich schloss die Augen und rief mir Mamas liebevolle

Geste in Erinnerung. Ich hatte sogar noch die Schürze vor Augen, die sie getragen hatte, mit dem Muster aus winzigen Veilchen, die Taschen mit grüner Paspelierung. Diese Unterhaltung war das einzige Mal gewesen, dass wir darüber gesprochen hatten, wie verletzlich das Herz einer Frau sein konnte. Welche Weisheiten sie mir wohl noch mit auf den Weg hätte geben können, wenn wir ein engeres Verhältnis gehabt hätten? Wenn ich mich mehr bemüht hätte, nicht so eigensinnig und störrisch gewesen wäre?

In diesem Moment fehlte sie mir so sehr, dass mir fast die Luft wegblieb. Ich merkte, dass ich kurz davor war, mich in meinem Unglück zu verlieren, und stand schnell auf und rief nach Eddie. »Komm, Eddie, dann machen wir zwei uns eben einen schönen Abend zusammen.« Ich befestigte die Leine an seinem Halsband und wir gingen los.

Wir spazierten die Queen Street hinunter. Ich dachte über Sam nach. Saß er jetzt mit einer anderen Frau in seinem Garten, trank Wein mit ihr, lachte und unterhielt sich? Ich war kurz davor, an seinem Haus vorbeizugehen und heimlich in seinen Garten zu spähen. Aber ich hatte noch nie einem Mann nachspioniert, und damit würde ich auch jetzt nicht anfangen. Ich sah in die Richtung, in der Sams Haus lag, und sagte laut: »Behalt doch deinen Oldtimer, deinen jungenhaften Charme und mein Teleskop! Mach doch, was du willst. Ich bin nur froh, dass ich wenigstens nicht mit dir geschlafen habe, Sam Poteet!«

Sobald ich die Worte gesagt hatte, bemerkte ich, dass dicht hinter mir jemand ging. Aus dem Augenwinkel sah ich einen jungen Mann die Straße überqueren. Er schüttelte grinsend den Kopf. Bestimmt hielt er mich jetzt für eins von den berühmten Charlestoner »Originalen«.

Aber das war mir in diesem Moment egal.

Eddie war es auch völlig egal, worüber ich mich aufregte, er lief einfach fröhlich neben mir her und schnupperte in die kühle Abendluft. Wir bogen in die Franklin Street ein, dann auf die Broad Street, wo eine Villa neben der anderen stand. Die meisten waren hell erleuchtet. Ich ging langsam, um in die Fenster zu sehen und vielleicht den einen oder anderen Blick auf einen wunderschönen antiken Kronleuchter oder ein geerbtes, meist auf Hochglanz poliertes Möbelstück zu erhaschen.

Etwa auf der Hälfte hörte ich jemanden ein Klavierkonzert von Rachmaninow zum Besten geben. Durch die offenen Fenster eines hohen, schlanken Hauses im Greek-Revival-Stil sah ich eine ziemliche Menschenmenge, die in einem großen Wohnzimmer versammelt war. Es musste eine ganz besondere Feier sein, die Frauen trugen Abendkleider und die Männer Anzüge.

Ich bleib vor dem verschnörkelten Eisenzaun stehen und sah schamlos hinein, lauschte der Musik und bewunderte die Tapete mit den lachsfarbenen Streifen. Ich hatte zufällig einen Moment voller Glück gefunden, hakte die Finger in den Zaun und genoss ihn. Als das Klavierkonzert zu Ende war und von drinnen Applaus und das Klingen von Gläsern zu mir in die kühle Nacht hinausdrang, stand ich dort auf dem Gehweg und klatschte ebenfalls.

Eddie interessierte die Musik weniger, und er bellte ungeduldig. Also gingen wir weiter. Als wir in die Legare Street einbogen, wurde ich langsam müde. Wir drehten wieder um. Als wir auf mein Haus zugingen, wurde Eddie plötzlich schneller und zerrte wie wild an der Leine. Ich lachte. »Du rechnest wohl mit einem Hundekuchen, wenn wir da sind, was? Na ja, damit liegst du ja auch nicht ganz falsch.«

Während ich mit einer Hand das Gartentor öffnete und meine liebe Mühe hatte, mit der anderen Eddie festzuhalten, der sofort zur Haustür vorpreschen wollte, blieb ich mit dem Pullover am Zaun hängen. Ich brauchte einen Moment, um mich zu befreien. Als ich mich umdrehte, sah ich jemanden auf der Treppe vor meinem Haus sitzen. Einen Moment lang war ich vor Angst wie gelähmt, dann erkannte ich, wer es war.

»Teddi«, sagte er leise. Er klang zerknirscht. »Schön, dich zu sehen.«

Ich wusste nicht, was ich darauf antworten sollte. Vor allem sollte Sam bloß nicht merken, wie sehr ich mich über seinen Besuch freute. Ich ging langsam auf ihn zu. Er kraulte Eddie hinter den Ohren und gab ihm einen liebevollen Klaps auf den Rücken. Dann stand er auf. Als der Schein der Verandalampe auf sein Gesicht fiel, schrie ich entsetzt auf.

»Sam, was ist denn passiert?«

Er nahm mich stumm in die Arme, vergrub das Gesicht in meinen Haaren und hielt mich lange fest. »Kann ich reinkommen?«, fragte er schließlich leise.

Ich schloss die Tür auf. »Möchtest du was trinken?«

»Wasser wäre nett.«

Er setzte sich aufs Sofa und ich ging in die Küche.

»Hattest du einen Autounfall?« Ich reichte ihm das Glas und setzte mich neben ihn.

»Nein. Am Dienstag hat mich meine Sekretärin mitten aus einer Besprechung geholt. Eine von Tula Janes Pflegerinnen hatte angerufen und gesagt, es gibt einen Notfall, ich muss sofort nach Hause kommen. Das kam mir natürlich nicht gerade gelegen, aber ich habe die Besprechung abgebrochen und bin hingefahren. Du hättest das Haus sehen sollen. Ein Haufen betrunkener Collegetypen hätte kaum mehr Schaden anrichten können, sag ich dir. Der Küchenfußboden war übersät mit Geschirr, die Besteckschubladen waren ausgekippt, zwei Fenster eingeschlagen.

Ich bin nach oben zu Tula Jane gerannt. Sie war in Tränen aufgelöst. Sie meinte, ich hätte ihr Schmuck gestohlen, und als ihr eine der Pflegerinnen eine Spritze geben wollte, fing sie an zu schreien und um sich zu schlagen. Irgendwann hatte ich sie so weit beruhigt, dass ihr jemand die Spritze geben konnte, habe ihren Arzt angerufen und einen Termin für Mittwochmorgen vereinbart.

Ich habe einen Glaser bestellt, der auch gleich gekommen ist und die Fenster repariert hat. Ich war die halbe Nacht damit beschäftigt, alles aufzuräumen. Am nächsten Morgen kam dann ein Anruf von der Einrichtung, die die Pflegerinnen stellt. Die meinten, es wäre unverantwortlich, die Mitarbeiterinnen weiter dieser Art von körperlicher Gewalt aussetzen, haben uns den Vertrag aufgekündigt und vorgeschlagen, Tula Jane in die geriatrische Psychiatrie einzuweisen.«

Sam trank einen Schluck Wasser und seufzte. »Dann wurde alles immer schlimmer. Ich hab meine Sekretärin gebeten, meine Termine für den Tag abzusagen, und wollte Tula beim Anziehen helfen. Sobald ich ihr Zimmer betreten hatte, ist sie aber mit komischen Anschuldigungen über mich hergefallen, von wegen ich wäre ein Dieb und hätte ihr Geld versteckt. Ich wusste, dass es keinen Zweck hat, mit ihr zu diskutieren, und außerdem würde ich sie in diesem Zustand auch sicher nicht angezogen bekommen. Also habe ich versucht, ihr wenigstens den Morgenmantel überzuziehen. Und da war dann auf einmal so richtig die Hölle los. Sie hat versucht, mich zu beißen, hat herumgeschrien und geweint, und plötzlich ist sie aus dem Zimmer gelaufen.«

Sam verstummte. Der Schmerz war ihm deutlich ins Gesicht geschrieben und ich hätte ihn am liebsten umarmt. Aber ich merkte, dass er noch nicht fertig war.

Leise sprach er weiter. »Ich bin ihr hinterhergelaufen. Als sie mich gesehen hat, ist sie auf einen Stuhl am Fenster geklettert. Ich hatte große Angst, dass sie noch aus dem Fenster fällt, und bin auf sie zugerannt. Da hat sie sich eine Porzellanfigur vom Regal geschnappt und sie mir über den Kopf gezogen. Ich konnte ihr nicht mehr ausweichen.«

Sam berührte vorsichtig den riesigen Bluterguss, der die genähte Wunde über seiner linken Augenbraue umgab. »Tja … am Ende saßen wir dann beide in der Notaufnahme, mir lief das Blut nur so runter, und Tula hat geschrien und geweint. Nachdem sie mich genäht hatten, bin ich zu Tulas Arzt gefahren. Es war nicht einfach, aber wir haben es geschafft, dass sie in einer Einrichtung aufgenommen wurde, wo man sich richtig um sie kümmern kann.«

»Und da ist sie jetzt?«

»Ja. Gestern Abend haben wir sie dort hingebracht. Ich bin bis um sieben bei ihr geblieben, aber ich glaube, sie wusste nicht, wer ich bin. Sie hat ziemlich starke Medikamente bekommen.«

Ich drückte seine Hand an meine Wange. »Das ist alles so schrecklich.«

Er schloss die Augen und lehnte sich nach hinten. »Das ist der Anfang vom Ende für sie. Und ich kann rein gar nichts tun. Ich muss immer daran denken, wie viel sie und Everett auf sich genommen haben, um mich zu adoptieren.«

Sam verstummte für einen Moment. Mit großer Mühe sprach er weiter. »Und jetzt hab ich sie in ein Heim gesteckt, wo sie sterben wird, ohne zu wissen, wer ich bin, wo sie ist oder warum sie dort ist.«

Ich rutschte ein Stück näher an ihn heran. »Kann ich dir irgendwie helfen?«

»Da gäbe es schon was. Aber es ist ganz schön viel verlangt.«

»Was denn?« Ich drückte ihm einen Kuss auf die Schläfe.

Er hielt die Augen geschlossen. »Dass du mir verzeihst, dass ich dir nicht schon früher davon erzählt habe. Es tut mir wirklich leid. Ich wollte dich so oft anrufen, aber es war so viel zu tun und alles ging durcheinander. Da bin ich einfach nicht dazu gekommen.«

Langsam strich ich Sam über die Stirn. Ich merkte, wie er sich entspannte und mit jedem Streicheln tiefer in die Kissen sank.

»Ich verzeihe dir. Aber nur dieses eine Mal.«

Vierzig

In den darauffolgenden Tagen dachte ich oft darüber nach, was es doch für eine Ironie war, dass die Frau, die Sam jetzt so viel Kummer bereitete, uns beide auch zusammengebracht hatte. Wäre seine Mutter nicht unsere Ladendiebin gewesen, hätte ich ihr nicht das kleine Geschenk vorbeigebracht, als sie sich den Knöchel verstaucht hatte. Und Sam und ich wären uns nie begegnet.

Eines Abends aß ich gemeinsam mit meiner Großmutter zu Abend und erzählte ihr, wie Sam in mein Leben getreten war. Ich fing ganz von vorn an, wie Tula Jane mir mehrere Kästchen aus Limosiner Email gestohlen und mir sozusagen zum Abschluss auch noch das Teleskop entwendet hatte. Grammy machte große Augen, als ich von der Sache mit dem Staffordshire erzählte, und wie sich Tula Jane dabei den Knöchel verstaucht hatte.

Sie leckte ihren Puddinglöffel ab und sah mich nachdenklich an. »Meine Mutter hat immer gesagt: ›Jeder Tag ist ein Geschenk, und ob er uns gefällt oder nicht, hängt davon ab, wie wir dieses Geschenk empfangen.‹« Sie lächelte. »Das war wirklich lieb von dir, dass du Sams Mutter eine Kleinigkeit vorbeigebracht hast.«

»Sie hat mich zwar jahrelang in den Wahnsinn getrieben, aber in dem Moment hat sie mir trotzdem leidgetan, weißt du?«

Meine Großmutter nickte. »Es hört sich nicht so an, als würde sie wieder gesund.«

Ich trank einen Schluck Ginger Ale. »Nein, glaube ich auch nicht.«

»Und wie geht es deinem Verehrer mit der ganzen Situation?«

»Er spricht von sich aus nicht viel darüber, und ich bohre nicht nach. Aber ich weiß, dass es ihm im Moment ziemlich schlecht geht.«

»Aber du solltest mal dein Lächeln sehen, wenn du über ihn sprichst! Er klingt wirklich nach einem sehr netten Mann.«

»Das ist er auch. Und ich bringe ihn gern mal mit hierher, wenn du möchtest.«

Grammys Augen leuchteten. »Da würde ich mich freuen! Sag mir aber rechtzeitig Bescheid, damit ich davor noch mal zum Friseur gehen kann. Ich will ihn ja nicht verschrecken.«

»Versprochen. Du wirst nicht glauben, was wir dieses Wochenende machen. Ein Freund von Sam schmeißt eine ›Früher war alles besser‹-Party.«

»Was ist das denn?«

»Sams Freunde veranstalten jedes Jahr so eine Party. Man soll sich so anziehen, als würde man in einer anderen Zeit leben. Sam geht als Gangster, und ich ziehe mich an wie die Frauen in den Goldenen Zwanzigern. Hab auf einem Flohmarkt auch schon das perfekte Kleid dafür gefunden, weiß und mit Perlen besetzt. Und der Saum schwingt so schön …«

Ich stieg aus der Dusche. In dem Moment klingelte es an der Tür. Ich warf mir schnell meinen Morgenmantel über, lief die Treppe hinunter und sah aus dem Fenster. Sams Oldtimer parkte vorm Haus. Er war eine Dreiviertelstunde zu früh dran. Beim Anblick seines Outfits musste ich schmunzeln – ein schwarzer zweireihiger Anzug, ein schwarzes Hemd und eine weiße Seidenkrawatte. Dazu trug er einen schwarzen Hut, den er leicht schief aufgesetzt hatte, sodass die Platzwunde an seiner Stirn etwas verdeckt wurde.

Ich öffnete die Tür. Als er mich im Morgenmantel sah, hob er erstaunt die Brauen. »Wow, gehört das zu deinem Plan? Falls ja, funktioniert er auf jeden Fall.«

Ich zog ihn lachend herein. »Du bist zu früh.«

»Stimmt. Aber wenn ich mir dich so ansehe, mach ich das ab jetzt immer.« Sam warf seinen Hut aufs Sofa. Er nahm mein Gesicht in die Hände, küsste mich einmal, zweimal und dann noch einmal und ließ seine Finger meinen Hals hinauf zu meinen Haaren wandern.

»Sam, ich … ich muss mich doch anziehen.«

»Ich will dir nur kurz eine Geschichte erzählen«, flüsterte er und küsste mich auf den Hals. »Es war einmal ein Mann mit sehr großen Ohren. Er war immer ein bisschen schlecht gelaunt.« Sam küsste meine Schläfe. »Und dann klingelte es eines Tages bei ihm an der Tür.« Er ließ seine Lippen über meine Wange wandern und küsste meine Augenlider. »Er öffnete die Tür und ein wunderschönes Mädchen stand vor ihm.« Sam löste den Gürtel meines Morgenmantels. »Und dann geschah etwas …«

Zwei Stunden später lag Sam schlafend neben mir im Bett, auf dem Rücken, das rechte Bein auf der Decke. Sein Atem ging tief und gleichmäßig.

Die Nacht war angebrochen. Tintenblaue Schatten krochen über die Wände meines Schlafzimmers. Ich hörte ein leises Jaulen, und dann tauchte Eddies Schnauze neben dem Bett auf.

»Na, mein Junge?«, flüsterte ich. »Na komm, hüpf rein. Ist noch Platz für dich.«

Er wackelte ein wenig hin und her, setzte sich kurz auf die Hinterbeine und sprang dann zu uns ins Bett. Ich legte die Arme um ihn und drückte ihn an mich. Sam regte sich im Schlaf, rollte sich auf die Seite und zog mich zu sich heran. Ich fühlte seinen warmen Atem an meinem Hals. Ich schloss die Augen. Ich wollte diesen Moment so lange wie möglich festhalten, hätte ihn am liebsten wie ein Blatt zwischen zwei Buchseiten gepresst.

Ich erwachte davon, dass mir Eddie das Gesicht leckte, und warf einen Blick auf die Uhr. Es war eine weitere Stunde vergangen. Ich stand auf, schlüpfte in Jeans und einen weichen, weißen Pullover, kämmte mir kurz die Haare und ging nach unten. Mein Morgenmantel lag immer noch da, wo Sam ihn hatte liegen lassen, direkt in der Diele vor der Haustür. Anzug, Hemd und Gürtel lagen daneben. Die Krawatte hing am Türknauf. Ich hob alles auf und legte es über die Sofalehne.

Kühle Abendluft wehte mir entgegen, als ich die Hintertür öffnete. Eddie rannte hinaus in die Dunkelheit. Wenige Minuten später stand er schon wieder vor der Tür und bellte. Als ich ihm aufmachte, rannte er so schnell herein, dass er fast auf dem Küchenboden ausrutschte. Er sah sich um und schien erleichtert, dass Sam nicht da war.

»Bist du etwa eifersüchtig?« Ich streichelte ihm über den Kopf und gab ihm einen Kauknochen. Er legte sich vor mir auf den Boden und wedelte mit dem Schwanz.

Sam und ich würden wohl nicht mehr zu der Party gehen, also sah ich nach, was der Kühlschrank so hergab.

Was sollte ich uns bloß zu essen machen? Ich entschied mich für Pancakes und holte die Zutaten aus der Speisekammer. Gerade wollte ich eine Pfanne aus dem Regal nehmen, da stand Sam auf einmal im Türrahmen. Die Haare ganz zerzaust, eine Wange noch etwas zerknautscht vom Schlafen, sein Hemd in der Hand. Er grinste mich an.

»Sie sind mir ja vielleicht eine, Miss Theodora«, murmelte er in mein Haar.

Ich gab ihm einen Kuss auf den Hals und drückte mich an ihn.

»Wir essen also hier?«

»Sind Pancakes für dich in Ordnung?«

»Klar, ich liebe Pancakes!« Er zog sich sein Hemd an und krempelte sich die Ärmel hoch. »Darf ich? Ich würde so gern mal an deinem alten Herd kochen.«

»Aber sicher. Ich decke schon mal den Tisch. Was möchtest du trinken?«

»Tee«, antwortete er und gab mir noch einen Kuss.

Sam schaltete den Herd an und ein blauer Flammenring entzündete sich. Er freute sich darüber wie ein Kind. »Dieses alte Ding ist einfach so cool. Hey, lass uns doch morgen zusammen einkaufen gehen und dann koche ich uns einen richtigen Sonntagsschmaus hier bei dir.«

Ich lächelte ihn über die Schulter hinweg an. »Gern.«

Als die Pancakes fertig waren, zündete ich eine Kerze an und dimmte das Deckenlicht. Ich ging zum Tisch und hatte plötzlich das starke Gefühl eines Déjà-vu – das Zischen der Pfanne, die Hitze, die der Herd verströmte, Sams altes Auto, das vor dem Haus parkte. Ich wusste nicht genau, warum, aber es fühlte sich seltsam vertraut an.

Wir saßen bei Kerzenlicht zusammen, und Sam erzählte mir Geschichten von seinen exzentrischen Klienten – die reiche Erbin mit den kalten Augen und dem ebenso kalten Herzen; der Mann, der sein Vermögen in Form von Goldbarren in einem alten Kühlschrank im Keller versteckt hatte und dessen neue Frau, die davon nichts wusste, den riesigen Kühlschrank nicht ausstehen konnte und ihn auf die Müllhalde hatte bringen lassen, während er auf Geschäftsreise war.

Ich schob ein Stück Pancake durch den Ahornsirup auf meinem Teller und sah Sam an. Er war mein Freund, mein Fels in der Brandung, und nun waren wir auch noch ein Paar. Ich hätte mir nie träumen lassen, dass ich einmal das Glück haben würde, mit meinem besten Freund zusammenzusein. Hätte nie gedacht, dass überhaupt jemand auf der Welt so viel Glück haben könnte. Ich trank einen Schluck Tee und fragte mich, ob es ihm wohl genauso ging.

In diesem Moment tupfte sich Sam mit der Serviette den Mund ab und sagte: »Manchmal kann ich gar nicht glauben, dass wir so oft miteinander telefoniert haben, bevor wir uns das erste Mal getroffen haben.« Er schüttelte lachend den Kopf. »Ich erinnere mich noch genau an deinen ersten Anruf. Du hast so kühl und distanziert geklungen.«

»Hab ich das?«

Sams Augen blitzten amüsiert auf. »Du hast dich als *Miss* Overman vorgestellt und es klang wie ein Zischen, als du ›Miss‹ gesagt hast. Es tut mir wirklich leid, wie du unter Tula Jane leiden musstest, aber ich bin auch sehr froh, dass wir uns dank ihr kennengelernt haben.«

»Wenn dir das nicht zu persönlich ist: Wieso bist du mir an dem Tag aus dem Café hinterhergelaufen? Ich meine, unser Treffen davor war doch bestimmt sieben oder acht Monate her.«

»Na ja, als du das Geschenk für Tula Jane vorbeigebracht hast, war ich gerade etwas angespannt, das kannst du dir bestimmt vorstellen.« Er zögerte einen Moment, schob seinen Teller beiseite und stützte die Ellenbogen auf den Tisch. »Außerdem hatte ich damals sehr viel im Büro zu tun. Ich hab die nächsten Monate damit verbracht, wieder Ordnung in mein Leben zu bringen.« Sam streckte den Arm aus und streichelte meine Hand. »Und als ich dich dann im Café gesehen habe, hatte ich dasselbe Gefühl wie an dem Tag, als wir uns das erste Mal gesehen haben. Und da wusste ich, ich muss mich befreien.«

»Wie meinst du das?«

»Ich war zu dem Zeitpunkt mit jemand anderem zusammen.«

Ich sah überrascht auf. »Du hast wegen mir deine Beziehung beendet?«

»Ja, Miss Theodora. Genau das habe ich.«

»Aber du kanntest mich doch gar nicht. Ich hätte ja auch mit jemandem zusammen sein können, oder … oder was, wenn die Chemie zwischen uns einfach nicht gestimmt hätte?«

Er sah mich sehr ernst an. »Manchmal muss man im Leben eben einfach ein Risiko eingehen. Und dieses Risiko war es mir wert.«

»Also, ich …« Ich wurde vom Klingeln des Telefons unterbrochen. Nach dem zweiten Klingeln fragte Sam: »Willst du nicht rangehen?«

»Soll derjenige doch auf den Anrufbeantworter sprechen.«

Meine Nachricht und der Pfeifton ertönten. Pause. Dann: »Teddi, hier ist Jeb Davis. Rufen Sie mich bitte so schnell wie möglich zurück, hier in der Schlucht ist etwas passiert.«

Ich sprang auf, rannte zum Telefon und stieß dabei in der Dunkelheit mit dem Ellenbogen gegen den Türrahmen der Speisekammer.

»Jeb?«

Ich hörte ihm zu und suchte dabei mit zitternden Fingern die Wand nach dem Lichtschalter ab.

Nachdem ich aufgelegt hatte, drehte ich mich um. Sam stand hinter mir. »Teddi? Ist alles in Ordnung?«

Ich lehnte mich an seine Brust und atmete tief ein und aus. »Das war Jeb Davis. Er war früher Hilfssheriff bei uns zu Hause. Heute Nachmittag haben drei Wanderer im Natural Bridge Park einen Jungen gefunden, der anscheinend die Böschung hinuntergefallen ist. Sie haben ihn mit dem Hubschrauber ins Krankenhaus gebracht.«

Sam legte die Arme um mich. »Du zitterst ja. Komm, setz dich erst mal hin.«

Er führte mich ins Wohnzimmer und ich ließ mich in einen Sessel sinken. Dann zog er sich einen kleinen Hocker heran, setzte sich vor mich und nahm meine Hand. »Was hat Jeb noch gesagt?«

»Sie wissen nicht, wer der Junge ist. Er war ohnmächtig und musste gleich operiert werden. Er hat anscheinend Kopfverletzungen erlitten.«

»Und wieso ruft dich Jeb deshalb an?«

»Als sie den Jungen im Krankenhaus ausgezogen haben, haben sie einen Zettel in seiner Hosentasche gefunden.« Ich holte tief Luft. Ich hatte das Gefühl, das Herz würde mir zerspringen.

»Und was hat dieser Zettel mit dir zu tun?«

»Es war mein Brief. Der Sheriff hat ihn Jeb gegeben, damit er ihn mir vorlesen konnte. Es war einer der Briefe, die ich Josh kurz nach seinem Verschwinden geschrieben hatte. Ich hatte ihn in ein altes Gurkenglas gesteckt und das Glas an einem geheimen Ort hingestellt, an dem wir oft als Kinder waren.« Ich holte tief Luft. »Ich habe meinem Bruder im Laufe der Jahre unzählige Briefe hinterlassen. Das ist der Erste, der wieder aufgetaucht ist.«

»Ich verstehe aber immer noch nicht, weshalb dich Jeb deshalb gleich anruft.«

»Er ist ein alter Freund der Familie und hatte mir damals versprochen, sofort Bescheid zu sagen, falls es irgendetwas Neues von meinem Bruder geben sollte. Außerdem wollte er nicht, dass ich es von jemand anderem erfahre. Slade ist eine kleine Stadt, da machen Neuigkeiten sehr schnell die Runde.«

»Na gut, dann hat er also sein Versprechen gehalten. Und jetzt warten wir ab?«

»Nein, ich muss da sofort hin. Ich packe jetzt und fahre heute Abend noch los.«

Sam griff nach meinen Händen. »Teddi, du würdest doch jetzt völlig umsonst hinfahren. Im Moment gibt es doch noch gar nichts herauszufinden. Wenn der Junge wieder bei Bewusstsein ist, wird ihn die Polizei erst mal befragen.«

»Aber der Junge hat vielleicht meinen Bruder gefunden! Und was, wenn der Brief nicht da war, wo ich ihn hingetan hatte? Das könnte doch bedeuten …«

»Hat Jeb gesagt, du sollst sofort kommen?«

Ich schloss die Augen.

»Teddi?«

»Nein. Er hat gesagt, ich soll hierbleiben. Dass er mich anruft, sobald sie mehr wissen.«

»Dann solltest du das auch tun. Ich kann mir vorstellen, wie …«

Ich zog meine Hände weg und wandte mich ab. »Nein, du hast nicht die geringste Ahnung, wie es mir geht.« Meine Augen füllten sich mit Tränen.

Er fuhr sich mit den Fingern durch die Haare, stand auf und trat ans Fenster. Mit dem Rücken zu mir blieb er dort stehen, die Hände auf das Fensterbrett gestützt.

»Da hast du natürlich recht, ich habe keine Ahnung, wie es in dir aussieht. Ich weiß aber, dass du eine sehr starke Frau bist, die ihren eigenen Kopf hat. Und ich verstehe auch, dass dir selbst der kleinste Hinweis auf deinen Bruder sehr wichtig ist. Nur – deine physische Anwesenheit da vor Ort ändert nichts an den Fakten. Außerdem hat der Junge eine Kopfverletzung, es ist also völlig unklar, wann er wieder ansprechbar ist. Er hat deinen Brief wahrscheinlich genau da gefunden, wo du ihn hingelegt hattest.«

»Wenn er aufwacht, muss ich einfach da sein.«

Sam schüttelte langsam den Kopf und trommelte mit den Fingern gegen den Fensterrahmen. Selbst von hinten war ihm seine Verzweiflung deutlich anzusehen. »Wenn du unbedingt da hinwillst, fahre ich dich.« Er drehte sich zu mir um. »Aber du musst dich darauf einstellen, dass vermutlich nichts bei der ganzen Sache herauskommt. Du hast dir doch schon so oft Hoffnungen gemacht und wurdest dann enttäuscht. Wie oft willst du dir noch von dieser Geschichte das Herz brechen lassen?«

Unsere Blicke trafen sich. Ich kaute auf meiner Lippe herum, Sam stand mit den Händen in den Hüften da.

Ich dachte an die vielen Hinweise im Laufe der Jahre, die dann doch ins Leere geführt hatten – Warten auf die Autopsie, die dann doch ergab, dass die menschlichen Überreste in einer Felsspalte nicht die meines Bruders waren; die Erkenntnis, dass die von Campern entdeckte Höhle, in der offensichtlich jemand längere Zeit gelebt hatte, nichts mit Josh zu tun hatte. Sam und Jeb hatten ja recht. Wahrscheinlich hatte der Junge meinen Brief einfach dort gefunden, wo ich ihn hinterlassen hatte, und ihn dann aus irgendeinem Grund mitgenommen. Vielleicht bedeutete es etwas, aber vielleicht auch nicht.

Die Panik, die mich noch vor ein paar Sekunden erfüllt hatte, ließ langsam nach. Ich seufzte und schlug die Hände vors Gesicht. »Du hast recht.«

»Du willst also doch nicht mehr nach Kentucky?«

Ich schüttelte den Kopf. Plötzlich war mir das alles so peinlich, dass ich Sam kaum in die Augen sehen konnte. »Tut mir leid. Du hältst mich jetzt bestimmt für verrückt. Ich hab wohl eben ein bisschen überreagiert.«

Er ließ erleichtert die Schultern sinken. »Teddi, unter diesen Umständen hast du jedes Recht, hin und wieder überzureagieren. Ich will mir gar nicht vorstellen, was du im Laufe der Jahre durchgemacht hast.«

In diesem Moment löste sich das straffe Drahtseil, das sich um meine Brust gelegt hatte. Ich atmete tief ein und sehr langsam wieder aus. Ich hatte das Gefühl, von einem Anker aus Güte, von einer verlässlichen Ruhe wieder auf den Boden der Tatsachen zurückgeholt worden zu sein. Ich ließ den Blick über Sam wandern: seine verwuschelten Haare, die rosa Narbe über der linken Augenbraue, das zerknitterte Hemd, das er falsch zugeknöpft hatte, wie mir gerade auffiel.

»Weißt du was?« Ich sah auf seine Füße hinunter. »Ich bin wirklich froh, dass du keine Socken mit Argylemuster trägst.«

Er sah auf seine einfachen schwarzen Socken hinunter und wackelte mit den Zehen. »Ist das ein Witz, den ich nicht verstehe?«

»Ja, und ich erkläre ihn dir gern, wenn du mit raus in den Garten kommst.«

Eddie hüpfte ausgelassen im Garten umher und schnupperte die Düfte der Nacht. Sam und ich lagen derweil nebeneinander auf der großen Chaiselongue, die ich vor Kurzem gekauft hatte.

»Das Ding ist wirklich toll.« Sam zog mich näher an sich heran. »Und was hat es nun mit den Argylesocken auf sich?«

Ich erzählte ihm die ganze Geschichte. Als ich zu dem Teil kam, wie ich die Luft aus den Reifen gelassen hatte, lachte Sam auf. »Jemanden wie dich habe ich wirklich noch nie getroffen, Teddi. Du steckst voller Überraschungen.«

Es war ein wundervoller Abend, die Hitze endlich nicht mehr drückend. Wir lagen dort unter den Sternen und unterhielten uns, waren offen miteinander, wie man es nur im Dunkeln sein kann. Als Eddie meinte, der Garten sei jetzt genug durchschnüffelt, sprang er auf die Chaiselongue und rollte sich an unseren Füßen zusammen.

Sam nahm meine Hand. »Ich bin so froh, dich zu haben, Theodora. Ich hoffe, ich darf noch eine Weile Teil deines Lebens sein.«

Ich lehnte den Kopf an seine Schulter. »Ich bin auch sehr froh, dich zu haben. Danke, dass du mich heute Abend beruhigt hast. Ohne dich wäre ich jetzt schon auf dem Weg nach Kentucky.«

»Ich verstehe ja, wie sehr du deinen Bruder geliebt hast, ich will nur nicht, dass du unglücklich bist.«

»Ich wünschte, du hättest ihn kennengelernt. Er war unglaublich. Alles, was eine Seele hatte, musste ihn einfach lieben. Er … er hatte so eine Ausstrahlung, weißt du? Er war ein so sanfter Mensch.«

Sam gab mir einen Kuss auf die Stirn. »Wenn du über deinen Bruder sprichst, habe ich manchmal das Gefühl, du erzählst mir nicht die ganze Geschichte. Und es ist auch in Ordnung, wenn du das nicht willst.«

»Ich habe dich nie angelogen, Sam. Nie.«

»Moment mal, das habe ich auch nicht gesagt und schon gar nicht gemeint! Es klingt nur immer so, als würdest du da was für dich behalten, wenn es um Josh geht. Manchmal sprichst du von ihm in der Vergangenheit und manchmal dann wieder in der Gegenwart. Aber dass mir so was auffällt, ist wahrscheinlich bloß eine Anwaltsberufskrankheit.«

Ich kuschelte mich an seine Schulter. »Nach der Spendenaktion für das Wildtierzentrum letzten Herbst hatte ich mich endlich damit abgefunden, dass mein Bruder tot ist. Ich habe den ganzen Winter über mit der Trauer gekämpft. Aber dann ist was passiert, was meine ganze Welt auf den Kopf gestellt hat. Jetzt weiß ich ehrlich gesagt wirklich nicht mehr, ob Josh noch am Leben ist oder nicht. Und da ist etwas, das ich dir erzählen wollte, aber ich habe mich bis jetzt nicht getraut.«

Sam sah mir in die Augen. »Du kannst mit mir immer über alles reden. Ich will, dass du dich bei mir sicher fühlst. Du kannst mir vertrauen.«

»Ich vertraue dir ja. Und ich habe dir auch alles über Josh erzählt, was ich weiß … bis auf eine kleine Sache.«

Sam wartete, dass ich weitersprach. Ich sah zum Himmel hinauf, zu den Sternen. Ob mein Bruder wohl gerade denselben Himmel über sich sah? Dachte er an mich, während ich an ihn dachte? Hatte er diese Art der Verbindung gemeint, als er davon sprach, mit offenen Augen durch die Welt zu gehen?

Ich fühlte, wie sich Sams Brust ruhig hob und senkte. Ohne ihn anzusehen flüsterte ich: »Ich habe einen Pfeil gefunden …«

Sam hörte mir zu und sagte kein Wort. Auch sein Gesichtsausdruck verriet nichts. Er sah mich nicht an, nachdem ich zu Ende gesprochen hatte. Hatte ich einen schrecklichen Fehler begangen? Vielleicht. Aber früher oder später hätte ich ihm sowieso die ganze Geschichte erzählen müssen.

»Also …«, sagte er nach einer Weile und verschränkte die Arme im Nacken. »… irgend so ein Arschloch wurde durch einen Pfeil getötet, und niemand weiß, wer der Schütze war. Aber um den Typen tut's ja wohl auch keinem leid. Oder um es mit einem Zitat von Clarence Darrow zu sagen: ›Ich habe nie einen Menschen getötet, aber einige Nachrufe durchaus mit großem Vergnügen gelesen.‹ Mehr wissen wir nicht.«

Sam drehte sich zu mir. Er sah sehr ernst aus. »So fasziniert ich von dieser Geschichte auch bin – und sie ist wirklich faszinierend –, glaub mir, sie bedeutet mir nichts in der Richtung, die du vermutest.« Er formte mit Daumen und Zeigefinger einen Kreis. »Ganz ehrlich, null. Diese Geschichte hat nichts mit dir zu tun. Und ändert auch absolut nichts zwischen uns beiden.«

Ich konnte mich nicht daran erinnern, wann ich das letzte Mal so erleichtert gewesen war. »Ich wollte dir schon letzte Woche davon erzählen, als wir diesen langen Spaziergang gemacht haben, aber ich hatte Angst davor, welchen Eindruck du dadurch von mir und meiner Familie bekommen könntest. Dass du schlecht über uns denken würdest, besonders über meinen Bruder. Und das Schlimme ist ja auch, dass ich gar nicht weiß, ob der Pfeil aus der Scheune wirklich etwas mit dem zu tun hat, was in Clifty Wilderness passiert ist. Es ist schrecklich, so ein Geheimnis mit sich herumtragen zu müssen.«

Er drückte mich an sich und wir lagen mehrere Minuten lang schweigend da. Ich überlegte schon, ob er vielleicht eingeschlafen war, da drehte er sich wieder zu mir. »Ich habe auch ein Geheimnis. Ich überlege schon lange, ob ich dir davon erzählen soll oder nicht, aber ich glaube, jetzt ist der perfekte Zeitpunkt. Also hör mir gut zu, ja?«

Ich musste lächeln. Mr. Palmer hatte auch immer »Hör mir gut zu, ja?« gesagt.

»Weißt du, an dem Tag, als du plötzlich bei mir vor der Tür gestanden hast, da hatte ich so ein Gefühl. Dasselbe Gefühl hatte ich auch, als wir uns dann in Marty's Café über den Weg gelaufen sind. Und dann, als du gesagt hast, dass du deinen Kaffee mit vier Stück Zucker trinkst, ist mir endlich aufgegangen, was es ist. Und jedes Mal, wenn wir uns treffen, fühle ich es wieder.«

Sam verstummte. Ich wartete, er sprach jedoch nicht weiter. Ich stieß ihn leicht an. »Was ist es denn nun?«

»Willst du das wirklich wissen?«

»Ja.«

»Und du bist nicht böse, egal, was es ist?«

»Versprochen.«

Trotz der Dunkelheit konnte ich ein Glitzern in seinen Augen sehen. Er lehnte seine Stirn gegen meine. »Ich habe mich in dich verliebt. Jawohl, Miss Theodora Overman. Ich liebe dich. Und daran wird auch kein komischer Pfeil etwas ändern können. Niemals. Also hör auf, dir solche Sorgen zu machen.«

Sam strich mir eine Haarsträhne hinters Ohr. »Eine Sache würde mich interessieren: Meinst du, du wirst mir auch irgendwann sagen können, dass du mich liebst?«

Ich öffnete den Mund, aber bevor ich etwas sagen konnte, legte Sam mir den Finger auf die Lippen. »Nein, antworte jetzt nicht. Überrasch mich einfach irgendwann.«

Einundvierzig

An diesem Abend hatte sich etwas für mich verändert. Es war keine Erleuchtung oder Ähnliches gewesen, aber von da an fühlten sich die Tage leichter an und die Nächte sanfter. Vielleicht macht das Liebe aus: Sie rundet die harten Ecken und Kanten des Lebens ab, sorgt dafür, dass wir weich landen, wenn wir fallen, und dass die Verletzungen nicht so tief schürfen.

Als Jeb mich anrief, um mich auf den neuesten Stand zu bringen, wusste ich in meinem Innersten schon, was er sagen würde. Der verletzte Junge hatte den Brief in dem Gurkenglas gefunden, und zwar genau da, wo ich es hingestellt hatte.

Aber es gab eine interessante Wendung.

Am Morgen jenes Tages hatte der Junge von meinem Bruder und dessen Verschwinden erfahren. Norma von der Seilbahn hatte ihm davon erzählt. Als der Junge, ein Sechzehnjähriger namens Paul Jameson, dann auf das Gurkenglas stieß, vermutete er noch nichts Ungewöhnliches. Erst konnte er es nicht einmal öffnen, weil der Deckel festgerostet war. Also schlug er das Glas gegen einen Stein, um den Brief darin zu lesen. Paul sagte, er sei völlig überrascht gewesen, als ihm klar wurde, dass der Brief an den verschwundenen jungen Mann gerichtet war, von dem ihm Norma erst am Morgen erzählt hatte. Er meinte, ihm sei bewusst gewesen, dass er ein Stück von Kentuckys Geschichte in den Händen hielt, und dass der Brief vielleicht sehr wertvoll sein könnte.

Ich war erleichtert zu hören, dass der Junge zwar mehrere Knochenbrüche davongetragen hatte, aber wieder völlig gesund werden würde. Paul Jameson gehörte also zu den wenigen Glücklichen, die einen Sturz in die Schlucht ohne bleibende Schäden überstanden hatten.

Ich gehörte leider eher zu einer Gruppe Unglücklicher, gehörte zu einem Club mit einem unglaublich hohen Mitgliedsbeitrag: sich jeden Tag fragen zu müssen, ob jemand, der einem sehr nahestand, wohl noch am Leben war. Auch wenn jedes Clubmitglied ein eigenes Schicksal hatte, verband uns doch eine Sache: Wir hofften nach wie vor auf ein Wunder. Ich hatte im Laufe der Jahre immer wieder die vielen Facetten der Trauer durchlebt, die mit der Unwissenheit einhergehen. Es war ein aufwühlender, verwirrender Prozess, der früher oder später selbst die Stärksten und Zuversichtlichsten unter uns in die Knie zwang. Wenn der Schmerz zu groß wurde, versuchten wir, die Hoffnung endlich loszulassen und in unser Leben zurückzufinden. Aber schon am nächsten Tag, im nächsten Monat oder Jahr wurde uns wieder ein dünner Hoffnungsfaden in die Hände gespielt, der leider eben auch immer wieder riss.

Die Statistik war gegen uns.

Mein Zuhause und meine Beziehung mit Sam gaben mir jedoch mehr Halt, als ich es jemals zuvor erlebt hatte. Und zum ersten Mal seit meiner Ankunft in Charleston hatte ich das Gefühl, eine unsichtbare Linie überschritten zu haben und eine echte Charlestoner Bürgerin geworden zu sein. Als ob ich endlich hierhergehörte, obwohl ich nicht hier geboren worden war. Olivia meinte dazu, dass mich Charleston von

Anfang an mit offenen Armen empfangen hatte. Rückblickend musste ich ihr zustimmen: Von Mr. Palmer über Tedra Calhoun und der Überraschung, die mir ihr Mann im Café unter seinem Teller hinterlassen hatte, hatten mich die Charlestoner eigentlich alle freundlich aufgenommen. Olivia meinte außerdem, Sam sei das Beste, was mir je passiert sei, und obwohl ich Beziehungen eigentlich eher ungern für das Glück eines Menschen verantwortlich machte, musste ich ihr recht geben. Wir unterhielten uns eines frühen Sonntagmorgens darüber, während wir gemeinsam über einen Flohmarkt schlenderten.

»Sam tut dir gut«, sagte Olivia und sah sich einen kleinen Schreibtisch näher an. »Es wird langsam mal Zeit, dein Arbeitspensum ein bisschen zurückzuschrauben und dir mehr Freizeit zu gönnen. Ich hatte mir ja eigentlich fest vorgenommen, Sam nicht zu mögen, aber er hat mir gar keine Wahl gelassen. Er ist ein toller Mensch.«

»Er mag dich auch sehr. Deine direkte Art gefällt ihm.«

Sie lächelte. »Gibt's irgendwas Neues von seiner Mutter?« Sie zog eine Schublade auf.

»Es geht wohl bald zu Ende mit ihr. Sie reagiert nicht, wenn man sie anspricht, und hat seit Wochen kein Wort mehr gesagt.«

»Das ist so traurig. Ich hoffe, sie hat es bald geschafft – das wäre bestimmt sowohl in ihrem als auch in Sams Sinne.« Olivia strich mit der Hand über die Schreibtischplatte und sah mich an. »Der hier gefällt mir übrigens richtig gut. Meinst du, der würde in mein Schlafzimmer passen?«

Ich trat einen Schritt zurück. »Nein, das klappt von den Proportionen her nicht, der würde winzig aussehen im Vergleich zu deinen anderen Möbeln.«

»Mist, da hast du recht.«

»Wie sieht's mit dem Klempner aus, gibt's da eigentlich irgendwas Neues?«

»Du weißt schon, dass er einen Namen hat, oder?« Olivia klang ärgerlich.

»Tut mir leid, für mich bleibt er wohl immer ›Der Klempner‹.« Ich stellte einen Kerzenständer aus Silberglas zurück. »Also, erzähl mir von Michael.«

»Ich mag ihn wirklich sehr«, sagte sie und drehte auf der Suche nach dem Preisschild einen Brieföffner mit perlenbesetztem Griff um. »Er kommt heute Abend zu mir, wir wollen zusammen Pizza backen. Und er liest mir oft vor. Er nimmt einfach ein Buch aus dem Regal, wir setzen uns auf die Couch, ich lege den Kopf in seinen Schoß, und er liest mir stundenlang vor. Das macht mich immer so glücklich. Er ist so anders als die Männer, mit denen ich bis jetzt zusammen war.«

»Und damit wären wir bei der großen Preisfrage: Freust du dich jetzt, dass ich den Wasserhahn kaputt gemacht habe?«

Olivia warf mir einen Blick über die Schulter zu und grinste schief. »Ja, schon. Zum Glück ist er kein Feuerwehrmann, sonst hättest du mir noch das Haus abgefackelt.«

Sonntag, der sechste Dezember, war ein klarer Tag, der Himmel war blau. Sam und ich standen vor dem Altenheim. Wir hatten einen großen Blumenstrauß, Schokoladenkuchen und mehrere bunt verpackte Geschenke dabei. Ich klopfte an Grammys Tür und warf vorsichtig einen Blick hinein, um zu sehen, ob sie schon fertig angezogen war. Sie erwartete uns bereits. Sie trug einen himbeerroten Pullover über ihrem gelben Hauskleid und zur Feier des Tages einen lavendelfarbenen Samthut mit einer roten Papierblüte daran. Ich stellte den Kuchen auf den Tisch und umarmte sie. Sie roch nach Babypuder.

Sam beugte sich zu ihr herunter und gab ihr einen Kuss auf die Wange. »Alles Liebe zum Geburtstag, Belle. Du siehst toll aus heute!«

»Wirklich?« Sie klang so jung, so erfreut über das Kompliment eines Mannes, dass ich ganz gerührt war.

»Ja, Belle, ganz ehrlich. Dein Pullover ist sehr hübsch.«

Sie strich liebevoll über den Ärmel. »Den hat mir Teddi geschenkt.«

»Wollen wir ein bisschen mit dem Auto herumfahren?« Ich berührte die Papierblume an ihrem Hut. »Sam würde dich überall hinfahren.«

Sie dachte einen Moment nach. »Wisst ihr, was ich am liebsten machen würde?«

»Wir erfüllen dir heute jeden Wunsch, Belle«, sagte Sam.

Grammy nahm seine Hand. »Am liebsten hätte ich es, wenn ihr mich im Rollstuhl ein bisschen die Straße runterschieben könntet.«

»Dann sollst du deinen Geburtstagsausflug haben.«

Ich zog ihr die Jacke über und Sam schob sie aus dem Zimmer. Ich nahm schnell noch die Wolldecke vom Bett mit, falls ihr kalt würde.

Wir verließen das Gebäude und kamen an Mr. Lamb vorbei, der draußen in der Sonne saß. Es war ein ungewöhnlich warmer Dezembertag, aber er trug trotzdem eine Mütze und hatte sich in eine Decke eingewickelt wie in einen Kokon. »Wo geht's denn hin, Belle?«

»Meine Enkelin und ihr Verehrer machen einen Geburtstagsausflug mit mir.«

»Wie jung bist du denn geworden?«

»Vierundneunzig!«, rief Grammy stolz.

»Ach, da bist du ja ein richtiger Jungspund«, lachte Mr. Lamb. »Ich werde im März neunundneunzig. Hast du auch einen Kuchen bekommen?«

»Ja, meine Enkelin hat mir einen Schokoladenkuchen gebacken. Ich heb dir ein Stück auf.« Grammy winkte ihm mit ihrer arthritischen Hand.

Wir verließen das Gelände und spazierten den sonnenbeschienenen Gehweg entlang. Sam fragte Grammy über ihr Leben aus, und sie beantwortete ihm alles voller Freude. Es war bemerkenswert, wie gut sie sich an früher erinnerte, an ihre Kindheit in Kentuckys Gebirgsausläufern und daran, wie sie im Alter von vierzehn Jahren einmal so viel selbst gemachte Marmelade und selbst gebackenes Brot verkauft hatte, dass sie ihrer Mutter eine Milchkuh hatte kaufen können.

»Das könnt ihr euch heutzutage vielleicht nicht mehr vorstellen«, sagte sie lachend, »aber in meiner Jugend hab ich die Jungs um den Verstand gebracht. Mein Pa musste die vielen Verehrer mit der Sense verscheuchen! Ihr hättet die Jungs rennen sehen sollen! Als ich sechzehn war, ist eines Tages ein junger Mann mit einem Strauß Wildblumen aufgetaucht. Als mein Pa ihn gesehen hat, hat er sich gleich die Sense geschnappt – wie immer. Ich werde nie vergessen, wie er da vor dem Haus stand und sie ganz langsam in der Sonne gedreht hat, sodass die Klinge aufblitzte. Aber dieser junge Mann hat sich keine Angst einjagen lassen, sondern ist einfach weiter auf meinen Pa zugegangen. So etwas Mutiges hatte ich noch nie gesehen! Er hieß Otto Forrester. Ein Jahr später haben wir geheiratet, und Pa und er waren am Ende die besten Freunde.«

Sam lachte laut, und Grammy erzählte die nächste Geschichte. Unser Ausflug gefiel ihr so sehr, dass sie gar nicht mehr zurückwollte. Als wir schließlich wieder im Altenheim ankamen, waren wir über eine Stunde mit ihr unterwegs gewesen. Meine Großmutter war so müde vom vielen Erzählen und der frischen Luft, dass sie einschlief, bevor sie noch ihr letztes Geschenk ausgepackt hatte. Ich nahm ihr den Hut ab, legte ihr ein Kissen in den Nacken, und Sam und ich schlichen uns aus dem Zimmer.

Auf dem Weg nach draußen hakte ich mich bei ihm unter. Wir freuten uns beide, wie fröhlich und munter meine Großmutter heute gewesen war.

»Sie ist wirklich eine ganz besondere alte Dame«, sagte Sam und öffnete mir die Autotür. »Und sie kann toll Geschichten erzählen.«

Er hielt mir die Tür auf, aber ich stieg nicht ein, sondern blieb vor ihm stehen.

Der richtige Moment war gekommen.

»Sam, es gibt noch ein letztes Geheimnis, das ich dir erzählen muss.«

Sein Lächeln verschwand.

Ich sah auf meine Schuhe hinunter. »Und ich habe das Gefühl, ich kann nicht weiter ein Teil dieser Beziehung sein, ohne dir davon zu erzählen.«

Sam klang besorgt. »Worum geht's denn?«

Ich hob den Kopf und sah ihm in die Augen. Ich war überrascht, wie leicht es mir fiel, ihm diese Worte zu sagen. »Ich liebe dich, Sam.«

Er sah erleichtert aus und umarmte mich fest. »Das hab ich mir schon fast gedacht. Aber schön, es aus deinem Mund zu hören. Wirklich schön.«

Wir standen dort auf dem Parkplatz und knutschten so wild wie zwei verliebte Teenager. Als ich gerade dachte, dass Sam vielleicht doch ein bisschen zu weit ging, trat er einen Schritt zurück und lächelte mich an. In dem Moment kam ein älteres Paar über den Parkplatz gelaufen, beide in Sonntagskleidung, und Sam rief ihnen einfach laut zu: »Sie liebt mich! Ist das zu glauben?«

Ich liebte Sam wirklich sehr, von ganzem Herzen und bedingungslos. Manchmal dachte ich natürlich auch darüber nach, was wohl aus mir werden würde, wenn wir uns jemals trennen sollten. Aber die glücklichen, verliebten Tage mit ihm wogen viel mehr als die Unsicherheit angesichts dessen, was vielleicht noch vor uns lag.

Oft kaufte Sam ein und kam dann zu mir, um uns auf meinem alten Herd irgendetwas Köstliches zu zaubern, während ich am Küchentisch saß und Skizzen für Trompe-l'Œil-Aufträge anfertigte oder Einkaufslisten für den Laden zusammenstellte.

An einem Abend im Januar lag ich im Bett und sah fern. Ein Tanzwettbewerb wurde übertragen. Die fließenden Bewegungen der Paare hypnotisierten mich geradezu. Ich lag dort in den Kissen und wollte plötzlich auch Tango und Cha-Cha-Cha lernen. In dieser Nacht träumte ich davon, wie Sam und ich zusammen im Mondlicht auf der Veranda tanzten. Am nächsten Tag fragte ich ihn, ob er mit mir einen

Tanzkurs belegen würde. Er meinte zwar, er habe absolut kein Rhythmusgefühl, wollte aber kein Spielverderber sein und meldete uns für einen achtwöchigen Anfängerkurs für lateinamerikanische Tänze an. Wir waren beide nicht sehr gut, hatten aber jede Menge Spaß. Nach einer besonders intensiven Tangostunde fuhren wir zurück zu mir. Sam hatte seine liebe Mühe, sich an das Tempolimit zu halten, und zu Hause rannten wir die Treppe hinauf und direkt ins Schlafzimmer.

Eines Abends folgte der Tanzstunde wieder einmal eine rasante Heimfahrt. Hinterher strich mir Sam eine verschwitzte Haarsträhne aus der Stirn. »Teddi, vielleicht sollten wir uns lieber an etwas Harmloserem versuchen, so was wie Polka.«

»Wieso?«

»Wenn jedes Mal nach dem Tango schon so was passiert wie das hier – wie soll das dann erst werden, wenn wir zum Paso doble kommen? Das überleb ich ja nicht!«

Zweiundvierzig

Montag, 5. April, 1993

Eine sanfte Brise wehte zum Schlafzimmerfenster herein und bauschte die Gardinen. Ich trat hinaus auf die Veranda. Frühlingsduft lag in der Luft, die Vögel sangen aus voller Kehle und meine Azaleen streckten mir tiefrosa Blüten entgegen. Ich atmete tief ein, fühlte mich lebendig und zufrieden und, wie mein Bruder gesagt hätte, sah der Welt mit wachen Augen entgegen.

Ich zog mich bei geöffneter Verandatür an. Währenddessen überlegte ich, welche Blumen ich in meinen Garten pflanzen würde. Ich freute mich schon darauf, dieses Projekt gemeinsam mit Sam anzugehen. Ich spazierte in aller Ruhe zum Laden. Unterwegs blieb ich kurz an einer Laube stehen, die von einem Jasminbusch fast verdeckt wurde. Als ich in die Wentworth Street einbog, sah ich einen Mann, der vor einem Haus ein Schild in den Boden hämmerte. Als ich das Zauberwort »Haushaltsauflösung« auf dem Schild las, wusste ich, dass ich heute wohl zu spät zur Arbeit kommen würde.

»Wir haben alles Mögliche«, sagte der Mann. »Wenn Sie irgendwelche Fragen haben, sagen Sie einfach Bescheid. Ich bin übrigens Stanley.«

»Danke.«

Ich ließ zwei Tische voller Kleidung links liegen und ging direkt auf eine Reihe Möbelstücke zu, die an der Hecke aufgestellt waren. Ganz vorn stand ein grün kariertes Sofa, mit Abstand das hässlichste Ding, das ich jemals gesehen hatte. Daneben eine Essecke aus Kiefernholz und eine riesige Stereoanlage. Hinter einer Gruppe Aktenschränke entdeckte ich einen kleinen Nachttisch. Der französische Stil und die spitz zulaufenden Beine erinnerten mich an den Nachttisch, den ich Mr. Palmer vor über zwanzig Jahren verkauft hatte. Der Gedanke an diesen Tag machte mich immer noch froh, und obwohl das Tischchen in keinem guten Zustand war, wollte ich es haben. Ich trug es nach vorn zur Veranda, wo Stanley saß. »Hier ist kein Preisschild dran. Wie viel wollen Sie denn dafür?«

Er überlegte einen Moment. »Für fünfunddreißig Dollar gehört es Ihnen.«

»Für fünfunddreißig können Sie es behalten.«

Stanley musterte den Nachttisch. »Na gut, ich würd auch dreißig nehmen.«

»Und ich würd fünfzehn zahlen.«

Er warf einen Blick auf die kleine Geldkassette, die neben ihm stand. »Eigentlich wollte ich ein bisschen mehr dafür haben, aber na gut.«

Ich gab ihm das Geld und schleppte meine Errungenschaft zum Laden. Ich betrat die Werkstatt und setzte das schwere Stück mit einem Ächzen ab. Albert sah den Tisch missbilligend an. »Wo hast du denn den Schrott her?«

»Von einer Haushaltsauflösung. Hat früher in einem feinen Haus gestanden, bis es jemand weggeworfen hat. Dann hat es jemand anderes aus dem Müll gerettet, sich aber nie richtig darum gekümmert.«

»Woher weißt du das denn alles?«

»Von dem Nachttisch selbst. Hat mir auf dem Weg hierher seine ganze Lebensgeschichte erzählt.«

Albert verzog das Gesicht. »Egal, was er dir erzählt hat, es ist bestimmt nichts davon wahr. Dieser Nachttisch«, und er zeigte mit einem Schraubenzieher darauf, »ist nämlich ein Lügner.« Und dann lachte Albert so lange und herzlich, wie ich es selten erlebt hatte. Es war so ansteckend, dass ich auch nicht an mich halten konnte, und so standen wir beide dort in der Werkstatt und wollten uns schier ausschütten vor Lachen.

Albert widmete sich wieder seiner Arbeit und löste das Scharnier von einer Vitrine. Er kicherte immer noch in sich hinein. »Kommt hier mit einem sprechenden Nachttisch an. Also wirklich, Teddi, was du immer für Ideen hast.«

Ich ging lächelnd in die Küche, um eine Kanne Kaffee zu kochen. Während der Kaffee durchlief, räumte ich ein wenig im Laden auf, rückte die Bilder zurecht und polierte einen Spiegel. Als der Kaffee mit einem letzten Zischen durchgelaufen war, ging ich in die Küche und goss Albert eine Tasse ein.

»Bitte schön.« Ich reichte ihm die Tasse. »Ich mach dann mal weiter.«

Albert nahm einen Schluck und zuckte zusammen.

»Stimmt was nicht?«

»Wenn ich davon mehr als einen Schluck nehme, kann ich nachher durch Wände sehen.«

»Entschuldige mal, die meisten Leute finden meinen Kaffee gut, und zwar genau so, wie er ist.«

Albert murmelte etwas vor sich hin. Ich ging in mein Büro, um ein paar Telefonate mit Lieferanten zu führen. Ich war immer noch dabei, als Inez wenig später den Laden betrat. Sie hatte noch nicht mal ihre Jacke abgelegt, da rief ihr Albert schon zu: »Ich hoffe, du machst Kaffee. Was Teddi da zusammengebraut hat, würde ja nicht mal der Teufel trinken!«

Einen Augenblick später hörte ich sie schon die Kanne ausspülen.

Sobald ich die Ladentür aufgeschlossen hatte, hörte die kleine Glocke darüber nicht mehr auf zu klingeln. Gegen elf Uhr hatte ich bereits ein Schaukelpferd aus dem neunzehnten Jahrhundert, zwei blau-weiße chinesische Vasen und eine französische Vitrine verkauft, die jahrelang bei uns herumgestanden hatte. Als ich Inez die Belege für die Abrechnung brachte, jubelte sie. »Du verkaufst ja heute wie verrückt! Wenn du so weitermachst, können wir uns bald alle rote Cabrios leisten.«

Ich zwinkerte ihr zu und hüpfte fröhlich zurück in mein Büro. Ich dachte zwar sowieso oft an Mr. Palmer, aber aus irgendeinem Grund hatte ich in den letzten Tagen besonders oft an ihn denken müssen. Ich vermisste ihn immer noch und das würde auch so bleiben.

Ich setzte mich an den Schreibtisch und machte mir ein paar Notizen zu Beizen und Lacken, die wir demnächst wieder bestellen mussten. Mittendrin lehnte ich mich zurück und flüsterte: »Mr. Palmer, uns geht's gut hier unten. Ich hoffe, Ihnen geht's auch gut, egal, wo Sie jetzt sind.«

Ich stand auf, um einen Katalog aus dem Regal zu nehmen. Da klingelte das Telefon. Einen Moment später rief Inez: »Teddi, ist für dich. Leitung eins.«

Ich nahm ab.

»Hey, hier ist Gabe.«

»Hi. Ich habe gerade gestern Abend erst wieder an Sie und Sally gedacht. Wie laufen denn die Bauarbeiten an der Klinik?«

»Gut, im Juni müssten wir eigentlich fertig sein.«

»Ich kann's kaum erwarten, sie mir anzusehen.«

»Teddi, sind Sie allein? Kann ich offen reden?«

Ich schloss die Bürotür und setzte mich. »Ja. Warum?«

»Ich war heute Morgen auf dem Heuboden. Wir wollen dort eine Wand einziehen. Jedenfalls war mir plötzlich, als hätte ich ein Geräusch gehört. Sally hat heute frei, deshalb hab ich erst gedacht, sie wäre das gewesen. Aber ich hab nach ihr gerufen, und es kam keine Antwort. Ich hab den Hammer hingelegt und gelauscht, aber es war nichts zu hören außer den Tieren in ihren Käfigen. Etwa eine Stunde später wollte ich mal nach der Trauertaube sehen, die wir seit Kurzem bei uns haben. Ich komme also in den Vogelraum und ich schwör's Ihnen, ich hatte sofort eine Gänsehaut. Jemand war in der Scheune gewesen. Und hat einen Weißkopfseeadler in einen der Käfige gesteckt. Das ist mein völliger Ernst. Einen Weißkopfseeadler.«

»War es vielleicht ein Ranger?«

»Nein. Sally war die ganze Zeit in der Küche und hätte bemerkt, wenn jemand auf den Hof gefahren wäre. Der Vogel hatte einen gebrochenen Flügel, also haben wir ihn schnell in einen Transportkäfig gelegt und sind mit ihm in die Stadt gefahren. Doc Waters hat den Schnabel und den Ballenzeh vermessen und unsere Vermutung bestätigt: Es ist ein Weibchen. Und was für eins. Die hat eine Flügelspannweite von zwei Meter acht! Beim Röntgen haben wir festgestellt, dass ihr Humerus gebrochen ist, also das, was beim Menschen der Oberarmknochen ist.«

»Wird sie wieder gesund?«

»Das kann man im Moment noch nicht sicher sagen, aber ich glaube schon. Wir haben ihr ein Schmerzmittel gegeben und sobald sie stabil genug ist, werden Sally und der Doc sie operieren.«

Gabe schwieg und die Stille hielt so lange an, dass ich schon dachte, die Verbindung wäre unterbrochen worden.

»Gabe?«

»Ich bin noch da. Teddi, was ich Ihnen jetzt sage, klingt bestimmt sehr seltsam, aber ich schwöre Ihnen, dass es genau so passiert ist. Nachdem Sally und ich vom Tierarzt zurück waren, habe ich mich mal ein bisschen in der Scheune umgesehen. Erst ist mir nichts aufgefallen. Aber dann habe ich zur Hintertür rausgesehen, und dort auf den Steinstufen waren Fußabdrücke. Die waren nicht von mir und auch nicht von Sally. Derjenige, der in der Scheune war, ist um den Flugkäfig herumgegangen und durch die Hintertür hereingekommen. Ich hab weitergesucht und noch mehr Fußspuren gefunden. Einige davon waren größer als die anderen. Es waren also auf jeden Fall zwei Menschen dort unterwegs. Dann bin ich zurück in den Raum mit den Vogelkäfigen. Und dort habe ich etwas entdeckt.«

»Was denn?«

»Neben dem Käfig, in dem der Adler gesessen hatte, stand jetzt eine kleine Plastikdose. Entweder hat die noch nicht dagestanden, als ich den Adler entdeckt habe, oder sie ist mir in dem Moment nicht aufgefallen. Die Dose war ziemlich schmutzig, muss schon älter sein.«

Ich presste mir die Hand aufs Herz und erstickte fast an meinen eigenen Worten. »Und was war drin?«

»Ich weiß es nicht. Ich hab sie noch nicht aufgemacht.«

»Könnten Sie sie vielleicht jetzt aufmachen, während ich am Telefon bin?«

»Nein. Der Deckel ist mit mehreren Lagen Klebeband umwickelt, die Dose ist geradezu versiegelt. Und ich habe erst später gesehen, dass ein Name daraufsteht. Wobei, er steht nicht wirklich darauf, er wurde eher in das Klebeband hineingeritzt, wahrscheinlich mit einer Messerspitze. Man kann den Namen jedenfalls gut erkennen.« Gabe zögerte einen Moment. Dann sagte er leise: »Da steht ›Teddi‹.«

Das Blut pulsierte mir in den Adern. Ich stand auf. »Ich hole sie mir ab. Ich fahre gleich los!«

»Ich hab sie Ihnen schon an den Laden geschickt. Morgen Nachmittag ist sie da. Ich kann Ihnen auch gern die Registrierungsnummer geben, wenn Sie die Sendung verfolgen möchten.«

Ich zitterte so sehr, dass ich kaum die Nummer mitschreiben konnte. »Gabe …« Ich legte den Stift beiseite. Mir war schwindelig. »Meinen Sie, die ist von Josh?«

»Ich weiß es nicht, ich hatte nur so ein Gefühl, dass ich sie Ihnen unbedingt schicken muss, und so schnell wie möglich. Tut mir leid. Wahrscheinlich hätte ich anrufen sollen, bevor ich in die Stadt gefahren bin. Ich dachte nur …«

»Ist schon in Ordnung, Gabe. Wirklich.« Ich rieb mir über das Gesicht. »Sie haben das Richtige getan.«

Wir verabschiedeten uns. Ich starrte auf die Sendungsnummer. Wie sollte ich nur die nächsten vierundzwanzig Stunden durchstehen?

Kurz vor halb sieben kam ich zu Hause an. Ich hatte höllische Kopfschmerzen und nahm erst mal drei Aspirin. Mein Kiefer und meine Schultern waren ganz verspannt. Als das Telefon ein paar Minuten später klingelte, zuckte ich zusammen, als hätte mir jemand einen Stromschlag verpasst.

»Hallo?«

»Hey, Süße. Wie war dein Tag?«

»Ach, eigentlich ganz normal.«

Ich presste den Hörer ans Ohr und war kurz davor, Sam alles zu erzählen. Aber dann tat ich es doch nicht. Es war gar nicht so leicht, so zu klingen, als wäre nichts passiert, und Sam fragte mich auch zweimal, ob alles in Ordnung sei. Ich behauptete, ich sei nur sehr müde, und ging nicht weiter darauf ein. Wir verabredeten uns für Mittwoch zum Essen und legten auf.

Ich konnte kaum einen klaren Gedanken fassen. Ich legte mich mit Eddie ins Bett und sah dem Minutenzeiger der Uhr dabei zu, wie er langsam vorrückte. Um Mitternacht stand ich auf und wischte den Küchenfußboden. Um Viertel vor eins fing ich an, Wäsche zu waschen. Danach bügelte ich einen Stapel Blusen. Als ich um kurz vor zwei endlich müde wurde, legte ich mich wieder ins Bett und fiel in einen tiefen, traumlosen Schlaf. Um halb fünf war ich schon wieder wach.

Erinnerungsfetzen an meinen Bruder wirbelten mir durch den Kopf. Ich hatte das Gefühl, verrückt zu werden. Um fünf Uhr stand ich auf und machte mir einen Tee. Ich zog mir meinen Morgenmantel über und ging mit meiner Tasse nach draußen. Eddie schnüffelte in den Blumenbeeten herum und ich tigerte von einem Ende des Gartens zum anderen und wieder zurück. Ich setzte mich auf die Chaiselongue und ließ den Kopf in die Kissen sinken. Sie waren feucht vom Tau, aber das war mir egal.

Ich lag dort und fragte mich, was der neue Tag wohl bringen würde. Am blassen Morgenhimmel zog eine einsame Krähe vorüber.

Dreiundvierzig

Dienstag, 6. April, 1993

Der Laden war voller Menschen. Jedes Mal, wenn die Türglocke erklang, machte mein Herz einen Sprung. Ich war den ganzen Tag über nervös und sah immer wieder aus dem Fenster, ob der Postbote endlich kam.

Gegen halb vier kam eine Touristin aus Mississippi, die mich über die verschiedensten Antiquitäten ausfragte. Ich versuchte, mich auf ihre Fragen zu konzentrieren, aber als meine Armbanduhr vier Uhr anzeigte, begann ich unauffällig, sie in Richtung Tür zu schieben in der Hoffnung, sie würde endlich gehen. Fünf Minuten später quasselte sie immer noch.

Ich war kurz davor zu schreien.

Endlich ging sie und ich stellte mich sofort wieder ans Fenster und wartete weiter. Ich war so nervös, dass meine Knie ganz weich waren. Als meine Armbanduhr zwanzig Minuten vor fünf anzeigte und ich schon Angst hatte, ich würde vor Anspannung einfach zusammenbrechen, kam endlich die Post.

Ich lief aus der Tür und rannte fast ein junges Paar über den Haufen, das seinen Hund spazieren führte.

Tim, der mir schon seit Jahren die Post brachte, hüpfte aus seinem Truck und lachte, als ich ihm das Päckchen fast aus der Hand riss. »Wohl was Wichtiges, hm? Hier, du musst noch unterschreiben.«

Ich kritzelte meinen Namen auf das Klemmbrett, drückte das Päckchen an meine Brust und sah Tim nach, als er wieder fortfuhr.

Normalerweise hatten wir bis sechs geöffnet, aber ich nahm mir meine Handtasche und bat Inez, für mich abzuschließen. Meine Nerven waren zum Zerreißen gespannt. Ich lief im Stechschritt nach Hause, überholte eine Gruppe Studenten vom Military College und drängelte mich an zwei älteren Damen vorbei, die Arm in Arm gingen. Als ich in der Archdale Street ankam, verlangsamte ich das Tempo. Vielleicht wollte ich die letzten Minuten richtig auskosten oder vielleicht hatte ich auch einfach keine Kraft mehr nach den langen Stunden des aufgeregten Wartens. Woran es nun auch lag, ich bog jedenfalls in die Queen Street ein und betrat mein Haus mit einer fast unheimlichen Ruhe.

Ich stellte das Päckchen auf dem Küchentisch ab, streichelte Eddie kurz und ließ ihn hinaus. Vom Fenster aus sah ich ihm dabei zu, wie er durch den Garten tobte. Alle paar Sekunden warf ich einen Blick über die Schulter auf das Päckchen dort auf dem Tisch. Ich wollte unbedingt wissen, was drin war, hatte aber gleichzeitig auch große Angst davor.

Nachdem ich Eddie sein Abendessen gegeben hatte, stand ich vor dem Küchentisch und berührte vorsichtig das Päckchen.

Es war so weit.

Ich holte ein scharfes Schälmesser aus der Schublade und stieg mit dem Messer und dem Päckchen die Treppe hinauf. Meine linke Hand krampfte sich um das Treppengeländer. Ich legte alles im Arbeitszimmer auf den Schreibtisch. Mehrere Minuten saß ich davor und konnte das Päckchen nur anstarren. Ich strich mit der Hand darüber. Dann hob ich die Aufreißlasche an, zog kräftig daran und sah dem perforierten Streifen zu, wie er sich löste. Ich öffnete die Lasche, hob den Karton an und schüttelte vorsichtig. Ein in Zeitungspapier eingewickelter Gegenstand fiel heraus.

Ich löste die einzelnen Zeitungsseiten und ließ das Papier zu Boden gleiten. Und da war sie endlich, genau wie Gabe sie beschrieben hatte. Die alte Dose, eingedellt und schmutzig. Man konnte an der Seite sogar Fingerabdrücke erkennen. Ich hätte es natürlich nicht beweisen können, war mir jedoch sehr sicher, dass dies eine der Dosen war, die ich vor vielen Jahren meinem Bruder hingestellt hatte. Der Deckel war mit unzähligen Lagen Klebeband versiegelt.

Mein Hals war ganz trocken. Ich hielt die Dose ins Licht und sah tatsächlich meinen Namen in das Klebeband geritzt. Diese Buchstaben hätte ich überall wiedererkannt, das schräge T, die beiden Ds, die sich aneinanderlehnten.

Ich schloss die Augen. »Oh Gott.«

Ich durchschnitt das Klebeband an der Unterseite des Deckels. Mit angehaltenem Atem durchschnitt ich es auch an den Seiten. Als ich mit dem Messer auf Plastik stieß, legte ich es beiseite und versuchte, den Deckel mit den Fingern zu lösen. Er öffnete sich mit einem leisen Plopp.

Ich erstarrte.

Jetzt gab es kein Zurück mehr.

Es war kein Brief, aber die einzelnen Gegenstände in der Dose sagten mehr aus als die schönsten Worte der Welt. Ich holte den ersten Gegenstand heraus – den alten Metallchip, den ich Josh zwei Tage vor seinem Verschwinden geschenkt hatte. Ich drückte ihn an meine Wange und schloss für einen

Moment die Augen, versuchte, die Tränen zurückzuhalten. Als Nächstes holte ich eine rostfarbene, gestreifte Rotschwanzbussardfeder hervor.

In ein Stück Papier war ein kleiner, herzförmiger Flussstein gewickelt. Es war vom fließenden Wasser ganz glatt und sauber gearbeitet worden und hatte einen milchigen Cremeton. Quer durch die Mitte verlief eine breite rosafarbene Ader. Ich stellte mir vor, wie mein Bruder sich lächelnd nach ihm gebückt und ihn aus dem Red River geklaubt hatte.

Als Nächstes holte ich ein Stück zusammengefalteten Stoff hervor, karierte Baumwolle, die schon ganz dünn war. Ich faltete den Stoff auseinander und fand in der Mitte zwei zusammengeklebte Pappkarten. Ich trennte das Klebeband an den Seiten vorsichtig auf. Zwischen den Pappstücken lag ein einzelner Lunamottenflügel. Er war von so einem wunderschönen Grün, dass es mir den Atem verschlug. Er war perfekt erhalten, als hätte die Motte Josh ihren Flügel wie ein Geschenk dargebracht. Ich musste schlucken und hörte in Gedanken Joshs Worte: *Kein Grund traurig zu sein. Vielleicht ist ein Tag für eine Lunamotte ja wie zehn Jahre für einen Menschen …*

Auf dem Boden der Dose lagen noch zwei Gegenstände. Von einem der beiden war ich so überwältigt, dass ich ihn wohl eine ganze Minute lang angestarrt haben muss, bevor ich ihn endlich in die Hand nahm. Es war eine Haarsträhne, etwa einen halben Zentimeter dick und bestimmt fünfzehn Zentimeter lang. Es war nicht das lockige Haar meines Bruders. Diese Strähne in meiner Hand war weich und zart und von einer hellen, rotbraunen Farbe. Ich strich darüber. Meine Gedanken überschlugen sich.

Ich legte die Haarsträhne auf den Schreibtisch und nahm den letzten Gegenstand aus der Dose. Er war glänzend und schwarz und vollkommen. Ich hielt die Feder ins Licht.

Wann war es wohl passiert? Hatten sich Mond und Planeten schon an dem Tag mit den Sternen abgesprochen, als mein Bruder diese Erde betrat? Oder war er von einem Energiestrom aus einer anderen Welt durchdrungen worden, wie er selbst meinte?

Vom Schreibtischende nahm ich ein Foto von Josh, auf dem er etwa acht Jahre alt war, vielleicht auch neun. Er saß auf dem Heuwagen, auf dem linken Knie einen Aufnäher, die Ärmel seines Karohemdes hochgekrempelt. Was für ein wunderschönes Kind, ein Kind, dessen Augen leuchteten vor Liebe zur Natur, ein Kind, das so umsichtig durch die Welt ging und keinem Lebewesen etwas zuleide tat.

Wann war aus seiner Leidenschaft diese unglaubliche Wut geworden? Auch rückblickend konnte ich die Verwandlung meines Bruders vom Waldkind zum Krieger nicht nachvollziehen.

Ich strich über die Feder und wusste mit einer seltsamen Bestimmtheit, dass es eine Rabenfeder war.

Ich nahm das Foto meines Bruders in die Hand und sah ihm in die Augen. »Dein Geist war schon lange auf und davon, bevor du uns verlassen hast. Und jetzt gehst du mit offenen Augen durch eine Welt, die nur wenige von uns jemals selbst sehen werden, nicht wahr? ›Der Rabe sorgt für die Einhaltung der göttlichen Gesetze‹ – und du bist der Rabe?«

Ich nahm noch einmal die Haarsträhne in die Hand und flüsterte dem Foto zu: »Jetzt verstehe ich: Du bist nicht allein. Diese Haare sind von einer Frau, nicht wahr?«

Ich berührte noch einmal die einzelnen Gegenstände, die vor mir auf dem Schreibtisch lagen, und dann brach es über mich herein.

Ich konnte die Tränen nicht aufhalten und versuchte es auch gar nicht.

Die letzten Strahlen der Abendsonne fielen durchs Fenster. Ich legte alles wieder zurück in die Dose und schloss den Deckel. Ich ging hinüber ins Schlafzimmer und trat hinaus auf die Veranda. Lange Schatten breiteten sich in der Abenddämmerung über die Dielen aus. Ich setzte mich in den Schaukelstuhl. Die Dose im Schoß, Eddie zusammengerollt zu meinen Füßen, saß ich da, schaukelte langsam vor und zurück und sah dem Himmel dabei zu, wie er immer dunkler wurde.

Wir sind die Verfasser unserer eigenen Lebensgeschichten. Manche von uns, ob absichtlich oder zufällig, beenden ihre Geschichten jedoch nicht oder schreiben sie erst gar nicht auf. Auch wenn es sehr lange gedauert hat, habe ich doch eines mittlerweile akzeptieren können: So wie die weiten Wälder meiner Kindheit bleibt auch das Leben immer voller Rätsel.

Und wie sollte es auch anders sein?

Wir graben und suchen und hinterfragen alles, während wir versuchen, unseren Wahrheiten und denen unserer Lieben auf den Grund zu gehen. Und manchmal, wenn wir es am wenigsten erwarten, lüftet sich plötzlich der Schleier und wir verstehen eines der Mysterien. Viele andere hingegen bleiben für immer ungelöst.

Ich weiß nicht, ob an jenem Thanksgiving vor vielen Jahren etwas in meinem Bruder kaputtgegangen ist, oder ob die Ereignisse dieses Tages ihn einfach nur weiter auf ein Schicksal zugetrieben haben, das er sowieso schon in seiner ganz persönlichen Sternenkonstellation für sich gesehen hatte.

Ich wusste lediglich: Irgendwo tief in der Red-River-Schlucht, wo uralte Felszeichnungen die Wände verborgener Höhlen schmücken und felsige Klippen über gefährlichem Terrain emporragen, lebt ein Junge mit einem starken Glauben. Ich weiß nicht genau, woran er glaubt. Aber es muss eine Wahrheit sein, die gewaltiger ist, als ich es jemals verstehen könnte.

Ich legte die Hände auf die Dose, fuhr mit dem Finger meinen Namen nach. All die vielen Jahre des Hoffens und Bangens hindurch hatte ich recht gehabt. Mein Bruder war am Leben. Und er hatte mir auf seine ganz eigene, geheimnisvolle Art mitgeteilt, dass er nicht allein war. Ich lehnte mich im Schaukelstuhl zurück und schloss die Augen. Warum er wohl so lange gewartet hat, um mir diese Nachricht zukommen zu lassen? Ich musste lächeln, denn natürlich passte genau das wieder einmal zu ihm.

Bestimmt war er glücklich damit, dass aus der Farm ein Wildtierzentrum geworden war. Ob ihm aber gefiel, dass es seinen Namen trug, wusste ich nicht so genau; er war ja immer eher schüchtern und ein Einzelgänger gewesen. Je länger ich jedoch darüber nachdachte, desto mehr hatte ich das Gefühl, dass es bestimmt in Ordnung für ihn war.

Ich sah dem Mond zu, der voll und hell über den Baumwipfeln aufstieg. Ich dachte nach über Himmel und Hölle und alles dazwischen. Ich hatte noch genau im Ohr, was mein Bruder als kleiner Junge in einer Winternacht dazu gesagt hatte: *Ist mir eigentlich egal, was mit mir passiert, wenn ich tot bin. Hauptsache, ich bin bei meinen Tieren.*

Auch wenn mir in dieser Sache sicherlich manche Menschen widersprechen würden, war ich in Anbetracht seines großen Herzens doch fest davon überzeugt, dass meinem Bruder ein Platz im Himmel sicher war.

Der Mond stieg höher. Ich stand auf, ging ins Haus, sammelte ein paar Sachen zusammen und zog mir eine Jacke über. Eddie lief sofort zur Tür und jaulte. Ich streichelte ihn kurz und erklärte ihm, dass er leider nicht mitkommen konnte. Diesmal nicht.

Ich schloss hinter mir ab, steckte den Schlüssel in die Hosentasche und ging in die Dunkelheit hinaus.

Ich roch ihn, bevor ich ihn sehen konnte, diesen unverwechselbaren Duft nach Hafen, so frisch und doch auch immer mit einer leichten Fäulnisnote darin. Ich sah mich um, ob ich auch wirklich allein war, und kletterte über den Zaun.

Ich ging das steinige Ufer hinunter, mein Schritt so fest wie mein Herzschlag. In der stillen Umarmung der Nacht stand ich dort so nah am aufgewühlten Wasser, wie es nur ging. Der Mond hatte es mit einer silbernen, blitzenden Haut überzogen. Ein sanfter Wind wehte mir durch die Haare. Ich lauschte dem Plätschern der Wellen, die gegen die Steine schlugen.

Langsam zog ich mir die Jacke aus. Der Pfeil meines Bruders schwang wie ein Pendel an der Schnur, mit der ich ihn mir umgebunden hatte. Ich löste ihn und fuhr mit den Fingern noch einmal sanft über die Spitze, den Schaft, die Befiederung. Kaum hörbar begann ich zu sprechen. »Ich habe dich viele Jahre lang gesucht, Josh. Ich verstehe nicht, wieso du mir nicht erlaubt hast, dich zu finden. Jetzt bist du jedenfalls an der Reihe. Falls du eines Tages nach mir suchst, weißt du, wo du mich findest.«

Ich schloss die rechte Hand um den Pfeil und hob den Arm. Ich zögerte kurz, dann holte ich Schwung, ließ den Arm nach vorn schnellen und ließ los. Der Pfeil flog durch das Mondlicht und schien einen Moment lang in der Luft zu stehen. Dann fiel er ins Wasser. Ich sah hoch zum Himmel und flüsterte: »Menewa.«

Dank

Nicht weit entfernt von hier wohnen ein Mann und eine Frau, die für mich wie Familie sind, keine Blutsverwandten zwar, aber Herzensverwandte. Sie haben immer meine Arbeit gelobt und viele Jahre lang meine Schrifstellerverrücktheit ertragen. Ein dickes, südstaatenherzliches Dankeschön geht an Steve Knopf, auch Commander Click genannt, einen Mann mit ungewöhnlichen Ideen und ungewöhnlich viel Mut, und an seine Frau, die unbezähmbare Marlane Vaicius, eine liebe Freundin und Vertraute. Dass ihr beide Teil meines Lebens seid, ist ein großes Geschenk.

Was die Koryphäen der Verlagswelt angeht, möchte ich voller Dankbarkeit meine fantastische Lektorin und Verlegerin Pamela Dorman nennen, deren Einsatz und Glaube an mich ihresgleichen suchen. Außerdem danke ich von ganzem Herzen der lieben Kiki Koroshetz, die einfach nichts aus der Ruhe bringt. Zu großem Dank verpflichtet bin ich auch Susan Petersen Kennedy, Clare Ferraro, Leigh Butler, Hal Fessenden, Carolyn Coleburn, Nancy Sheppard, Shannon Twomey, Langan Kingsley, Veronica Windholz, Roseanne Serra, Nancy Resnick, Dennis Swaim und Andrew Duncan, ebenso wie Kathryn Court, Patrick Nolan, John Fagan, Maureen Donnelly, Dick Heffernan, Norman Lidofsky und ihrem großartigen Marketingteam – ohne euch wäre es nicht möglich gewesen.

Bücherfans auf der ganzen Welt haben meine Reise durch diesen Abschnitt meines Lebens bereichert, Leser, Bibliothekare, Buchhändler, Buchblogger und Autoren haben mich und mein Buch herzlich aufgenommen. Ihr bedeutet mir wirklich sehr viel.